RESCATE

DANIELLE STEEL

RESCATE

Traducción de
Encarna Quijada

PLAZA  JANÉS

Título original: *Ransom*

Primera edición en U.S.A.: octubre, 2006
Segunda edición en U.S.A.: diciembre, 2007

© 2004, Danielle Steel
© 2006, Random House Mondadori, S.A.
  Travessera de Gràcia, 47-49. 08021 Barcelona
© 2006, Encarna Quijada Vargas, por la traducción

Printed in Spain – Impreso en España

ISBN: 978-0-307-39112-4

BD 9 1 1 2 4

*A mis maravillosos hijos,
unas personas extraordinarias a las que admiro,
quiero y respeto profundamente,
y sobre todo a Sam, Victoria, Vanessa, Maxx y Zara,
por ser tan valientes, amables y pacientes.
Y a los admirables hombres y mujeres
de las agencias estatales, locales y federales,
tan a menudo anónimos,
que velan por nuestra seguridad.
Con mi agradecimiento más sincero y todo mi cariño*

D.S.

La ternura es más poderosa que la rigidez.
El agua, más poderosa que la roca.
El amor, más poderoso que la violencia.

HERMANN HESSE

1

Peter Matthew Morgan estaba ante el mostrador, recogiendo sus cosas. Una cartera con cuatrocientos dólares de su cuenta bancaria. Los papeles de su libertad, que tenía que presentar a su agente de la condicional. La ropa que llevaba puesta se la había proporcionado el Estado. Vaqueros, camisa tejana con una camiseta blanca debajo, zapatillas deportivas y calcetines blancos. Muy distinto de lo que llevaba el día que llegó. Había pasado cuatro años y tres meses en la prisión estatal de Pelican Bay, el mínimo exigido de su condena, que seguía siendo mucho para tratarse de su primer delito. Le habían cogido en posesión de una cantidad extraordinaria de cocaína. El Estado se había presentado como acusación particular, lo juzgaron y lo condenaron a cumplir sentencia en la prisión de Pelican Bay.

Al principio Peter solo vendía coca a los amigos. Pero, con el tiempo, aquello no solo le permitió pagarse aquel vicio, que había adquirido sin darse cuenta; también le permitió mantenerse a sí mismo y, en cierta época, atender a su familia. En los seis meses anteriores a su detención, había ganado casi un millón de dólares, pero ni siquiera eso fue suficiente para tapar el agujero que sus chanchullos habían creado en su economía. Drogas, malas inversiones, ventas al descubierto y apuestas arriesgadas en valores. Durante un tiempo se dedicó a la bolsa, y tuvo problemas con la Comisión de Valores y Cambio, aunque no los suficientes para que lo enjuiciaran. Eso hubiera significado que lo detuvieran los federales, no el Estado. Había estado viviendo tan por encima de sus posibilidades, tenía tantas patatas calientes en las manos y había acabado por depender tanto de la droga a causa de sus malas compañías que llegó un momento en que la única forma de negociar la deuda que tenía con su suministrador fue hacer de camello para él. Se vio envuelto en un pequeño asunto relacionado con unos cheques sin fondos y malversación, pero también en ese caso tuvo suerte. Su jefe decidió no presentar cargos cuando vio que ya lo habían detenido a causa de la cocaína. ¿Para qué? Hiciera lo que hiciese, no podría recuperar su dinero y, de todos modos, para el volumen de negocio que tenía, era una cantidad relativamente pequeña. Hasta le daba pena. Peter sabía caer bien a la gente.

Peter Morgan era el perfecto ejemplo de un buen tipo malogrado. Al llegar a cierto punto, se había desviado demasiadas veces por el mal camino y había echado a perder todas las buenas oportunidades que se le habían presentado. Más que por él, sus amigos y asociados lo sintieron por su mujer y sus hijas, que se convirtieron en las víctimas de sus planes disparatados y su poca cabeza. Y sin embargo, cualquiera que conociera a Peter Morgan habría dicho que en el fondo era un buen tipo. Era difícil saber qué había ido mal. Lo cierto es que en su vida muchas cosas habían ido mal desde el principio.

El padre de Peter murió cuando él tenía tres años. Era el descendiente de una ilustre familia perteneciente a la flor y nata de la alta sociedad neoyorquina. Durante años, la fortuna familiar no dejó de menguar, y su madre se las arregló para dilapidar, mucho antes de que él alcanzara la mayoría de edad, todo lo que su padre le había dejado. Poco después de la muerte de su padre, su madre se casó con otro joven aristócrata, heredero de una importante familia de banqueros. El hombre se afanó con Peter y sus dos hermanos; los educó, los quiso y los envió a las mejores escuelas privadas, junto con los dos hijos que tuvo el matrimonio. Parecían la familia perfecta y, desde luego, tenían dinero, aunque la afición de su madre por la bebida no dejó de aumentar y con el tiempo hizo que acabara ingresada en un centro especial, dejando a Peter y a sus dos hermanos prácticamente huérfanos. El padrastro nunca los había adoptado legalmente y volvió a casarse un año después de la muerte de su madre. La nueva esposa no veía razón para que su marido tuviera que cargar con tres niños que no eran suyos, ni económicamente ni en ningún otro aspecto. Aceptó de buena gana a sus dos hijos, aunque los mandó a un internado. Sin embargo, no quería saber nada de los tres hijos que la esposa anterior había tenido antes de casarse con él. Así que el padrastro de Peter decidió pagarles los gastos del internado y luego la universidad y pasarles una exigua pensión, pero, como les explicó tímidamente, ya no podía seguir ofreciéndoles alojamiento ni apoyo económico.

A partir de aquel momento, Peter tuvo que acostumbrarse a pasar las vacaciones en la escuela, o en la casa de algún amigo si conseguía engatusarlo. Desde luego, encanto no le faltaba. Cuando su madre murió, Peter aprendió a vivir de su ingenio. Era lo único que tenía, y le iba muy bien. El único cariño y apoyo que tuvo durante aquellos años fue el que recibió de los padres de sus amigos.

Durante las vacaciones, cuando estaba en casa de algún amigo, siempre había pequeños incidentes. Dinero que desaparecía o raquetas de tenis que se evaporaban misteriosamente y faltaban cuando él se iba. Ropa que le dejaban y que nunca devolvía. Una vez desapareció un reloj de oro y, como resultado, despidieron a una criada llorosa. Más adelante se descubriría que Peter se estaba acostando con ella. Peter tenía dieciséis años. Había convencido a la criada para que robara el reloj, y el dinero que sacó por él le permitió mantenerse durante seis meses. Su vida era una lucha constante por encontrar el dinero para cubrir sus necesidades. Hacía cualquier cosa para conseguirlo. Era tan amable, educado y agradable que, cuando la situación se ponía fea, siempre parecía inocente. Era imposible que un joven como él fuera culpable de ningún delito o tropelía.

En un momento determinado, el psicólogo de la escuela sugirió que Peter tenía tendencias sociopáticas, pero incluso al director de la escuela le pareció totalmente increíble. El psicólogo intuyó con acierto que, bajo la máscara, Peter tenía mucha menos conciencia de la que debiera. Y la máscara era extraordinariamente atractiva. Era difícil saber quién era Peter en realidad bajo la superficie. Ante todo, un superviviente. Un joven encantador, brillante y atractivo que había pasado por una serie de terribles rupturas en su vida. Solo se tenía a sí mismo y, en el fondo, se sentía muy herido. La muerte de sus padres, el distanciamiento de su padrastro, dejar de ver a los dos hermanos porque los mandaron a internados diferentes en la costa Este... Todo aquello le había pasado factura. Y, más adelante, cuando ingresó en la universidad, se enteró de que su hermana, que tenía dieciocho años, se había ahogado. Otro duro golpe. Peter rara vez hablaba de las experiencias que había vivido ni de la tristeza que le producían y, en general, parecía un chico sensato, optimista y amable, capaz de meterse en el bolsillo a quien quisiera. Pero no había tenido una vida fácil. Por fuera, nada hacía sospechar las penalidades por las que había pasado. Las cicatrices estaban escondidas muy adentro.

Las mujeres caían en sus manos como la fruta madura del árbol, y los hombres lo consideraban una buena compañía. Según recordarían más adelante sus amigos, en la universidad bebía mucho, aunque nunca perdía el control. O al menos no se notaba. Las heridas de su alma estaban bien escondidas.

Para Peter Morgan se trataba de eso, de conservar el control. Y siempre tenía algún plan. Su padrastro cumplió su promesa y lo mandó a Duke. Allí consiguió una beca para la Harvard Business School, donde obtuvo un máster en administración de empresas. Tenía todas las herramientas que necesitaba, además de buena cabeza, una apariencia atractiva y algunos valiosos contactos que había adquirido en las escuelas de élite en las que había estudiado. Era evidente que llegaría lejos. Nadie tenía ninguna duda: Peter Morgan iba a triunfar. Era un genio con el dinero, o eso parecía, y siempre tenía un montón de proyectos. Cuando se graduó, consiguió un trabajo en Wall Street como corredor de bolsa. Dos años después las cosas empezaron a torcerse. Se saltó algunas normas y tomó «prestado» algún dinero. La situación se le complicó un poco, y entonces, como siempre, puso los pies en el suelo. Empezó a trabajar para una empresa de inversiones y durante un espacio muy breve de tiempo pareció la niña de los ojos de Wall Street. Tenía todo lo que necesitaba para triunfar en la vida, excepto familia y conciencia. Sí, Peter siempre tenía un plan, una idea para llegar antes a la línea de meta. Si había aprendido algo en su infancia es que, en la vida, cualquier día uno se encuentra sin nada, y que tenía que cuidarse él solito. Los golpes de suerte no abundaban. Si acaso, la buena suerte se la tenía que buscar uno mismo.

A los veintinueve años se casó con Janet, una deslumbrante joven que acababa de presentarse en sociedad y que, casualmente, era la hija del director de la empresa donde trabajaba. Dos años después ya tenían dos adorables hijas. Tenía una vida perfecta, quería a su mujer y adoraba a sus hijas. Por fin parecía que no habría más baches en el camino. Y entonces, sin que nadie supiera por qué, las cosas empezaron a torcerse otra vez. Peter no hacía más que hablar de conseguir más y más dinero, parecía obsesionado. En opinión de algunos, se lo pasaba demasiado bien. Todo era excesivamente fácil para él. Había conseguido una vida maravillosa, jugaba fuerte, se volvió demasiado avaricioso y, poco a poco, su vida empezó a descontrolarse. Al final, sus atajos y su manía de coger siempre lo que quería acabaron con él. Empezó a escatimar dinero donde no debía y a aceptar acuerdos poco seguros. Nada por lo que pudieran echarlo, aunque se trataba de un asunto que su suegro no estaba dispuesto a tolerar. Peter parecía ir de cabeza al desastre. Su suegro tuvo varias conversaciones serias con él mientras paseaban por su finca de Connecticut, y pensó que el chico lo había entendido. En pocas palabras, le dejó muy claro que no hay ningún tren expreso al éxito. Le advirtió que los negocios que estaba cerrando y las fuentes que utilizaba acabarían por pasarle factura. Y seguramente muy pronto. Le aleccionó sobre la importancia de ser una persona íntegra. Estaba seguro de que Peter le haría caso. Le caía bien. Pero, en realidad, lo único que consiguió es que se sintiera nervioso y presionado.

A los treinta y un años, Peter empezó a consumir drogas. Al principio solo era para divertirse. No ocasionaban ningún daño, decía, y todo el mundo las tomaba. Con la droga todo era más divertido y emocionante. Janet estaba muy preocupada. A los treinta y dos años, Peter Morgan tenía un serio problema. A pesar de sus protestas, su afición por las drogas se le estaba escapando de las manos, y empezó a derrochar el dinero de su mujer, hasta que su suegro le paró los pies. Un año después se le pidió que abandonara la empresa y su mujer se fue con sus padres, desolada y traumatizada por su experiencia con Peter. Nunca le pegó, pero siempre estaba colocado por culpa de la cocaína, y su vida estaba totalmente fuera de control. Fue entonces cuando el suegro descubrió sus deudas, las cantidades que había desfalcado «discretamente» de la empresa. Dada su relación con él y lo humillante que aquel asunto podía resultar para la empresa y para Janet, decidieron cubrir sus deudas. Él accedió a ceder a Janet la custodia de las niñas, que por aquel entonces tenían dos y tres años. Y perdió el derecho a visitarlas a causa de un incidente que se produjo en un yate en East Hampton y en el que estuvieron implicados él, tres mujeres y una gran cantidad de coca. Las niñas se encontraban con él. La niñera llamó a Janet desde el yate. Y Janet amenazó con avisar a la guardia costera. Así que Peter dejó bajar a la niñera y a las niñas y Janet no le permitió volver a verlas. Pero Peter tenía problemas más graves. Había pedido prestadas importantes sumas de dinero para poder pagar la droga, y perdió el dinero que tenía en inversiones de alto riesgo en el mercado de valores. Después de aquello, a pesar de sus buenas referencias, no pudo volver a encontrar trabajo. Y, al igual que le había pasado a su madre, entró en una espiral negativa. No solo no tenía dinero, sino que además era drogadicto.

Dos años después de que Janet le dejara, trató de conseguir trabajo en una conocida empresa de inversiones de San Francisco, pero no lo consiguió. Y, puesto que ya estaba en San Francisco, se puso a vender cocaína. Ya había cumplido los treinta y cinco años y tenía a medio mundo pisándole los talones por culpa de las deudas cuando lo detuvieron por posesión de una cantidad enorme de cocaína destinada a la venta. Ganaba mucho dinero con la coca, pero cuando lo detuvieron debía cinco veces más de lo que ganaba, y tenía algunas deudas astronómicas con gente muy peligrosa. Como dijeron sus conocidos cuando se enteraron, lo tenía todo de cara y se las había arreglado para echarlo a perder. Cuando lo detuvieron, debía una fortuna y era muy probable que acabara siendo asesinado a manos de la gente que le suministraba la droga y de quienes había detrás poniendo el dinero. No había pagado a nadie. No tenía dinero. En casos como aquel, lo normal era que la deuda se cancelara cuando mandaban a la persona a la cárcel, o que quedara olvidada. Como mucho, a uno lo mataban en la cárcel. Pero, si había suerte, el asunto quedaba olvidado. Peter tenía la esperanza de que fuera así.

Cuando metieron a Peter Morgan en la cárcel, hacía dos años que no veía a sus hijas y no era probable que volviera a verlas. Durante el juicio se mostró impasible, y cuando subió a declarar al estrado parecía un hombre inteligente y arrepentido. Su abogado trató de conseguirle la condicional, pero el juez era demasiado listo. Había visto a otros como Peter, aunque no muchos, y desde luego a ninguno que hubiera echado a perder tantas oportunidades como él. Lo había calado bien, e intuía algo inquietante en su persona. Su apariencia y sus acciones no parecían cuadrar. El juez no se creyó ni una sola de las bonitas frases de arrepentimiento que Peter soltó como un loro. Parecía dócil, pero no sincero. Desde luego, era atractivo, pero las decisiones que había tomado en su vida eran apabullantes. El jurado lo declaró culpable, y el juez lo condenó a siete años de cárcel y lo envió a Pelican Bay, en Crescent City, una cárcel de máxima seguridad con tres mil trescientos de los peores criminales del sistema carcelario de California, a seiscientos kilómetros al norte de San Francisco, a diecisiete kilómetros de la frontera con Oregón. Parecía una condena injustamente dura; aquel no era su sitio.

Peter pasó en aquella cárcel los cuatro años y tres meses que cumplió de la condena. En ese tiempo, dejó las drogas, se metió solo en sus asuntos, trabajó en el despacho del alcaide, sobre todo con ordenadores, y no protagonizó ni un solo incidente por el que tuvieran que abrirle un expediente disciplinario. El alcaide creía que su arrepentimiento era sincero. Todos los que conocían a Peter estaban convencidos de que no volvería a meterse en problemas. Había aprendido la lección. Además, ante el comité que se reunió para evaluar si se le concedía la libertad condicional dijo que su único objetivo era volver a ver a sus hijas y convertirse en un padre del que pudieran estar orgullosas. Como si creyera que los seis o siete últimos años de su vida fueran una desafortunada mancha en una hoja inmaculada, y estuviera decidido a esforzarse por que siguiera estando limpia. Todos le creyeron.

Le dejaron en libertad en cuanto hubo ocasión. Durante un año no podía abandonar el norte de California, y le asignaron un agente de la condicional de San Francisco. Hasta que encontrara trabajo se alojaría en un albergue y, según dijo al comité de evaluación, no era un hombre orgulloso. Aceptaría lo que fuera, incluso un trabajo no cualificado, siempre y cuando fuera honrado. Pero a nadie le preocupaba que Peter Morgan no fuera capaz de encontrar trabajo. Había cometido algunos errores colosales, pero, incluso después de pasar cuatro años en Pelican Bay, seguía siendo un hombre inteligente y agradable. Aquellas personas bienintencionadas, incluido el alcaide, esperaban que, con un poco de suerte, encontraría su lugar en la sociedad y tendría una buena vida. Disponía de todo lo necesario para lograrlo. Solo necesitaba una oportunidad. Y esperaban que la encontrara cuando saliera. Peter siempre caía bien, y todo el mundo le deseaba lo mejor. El alcaide hasta salió para estrecharle la mano y despedirse. Peter había trabajado exclusivamente para él durante cuatro años.

—Seguiremos en contacto —le dijo el alcaide.

En los dos últimos años había invitado a Peter a pasar la Navidad con su familia, y Peter había estado estupendo: ocurrente, agradable, divertido y muy amable con sus cuatro hijos adolescentes. Tenía mucha mano con la gente, jóvenes y mayores. Y hasta había estimulado a uno de los chicos a pedir una beca para estudiar en Harvard. Aquella primavera había sabido que le aceptaban. El alcaide se sentía como si estuviera en deuda con él, y a Peter le gustaban de verdad él y su familia, y les estaba agradecido por su amabilidad.

—Estaré un año en San Francisco —dijo Peter muy amable—. Solo espero que pronto me dejen viajar al este para visitar a mis hijas.

En los cuatro últimos años, ni siquiera había podido verlas en fotografía, y no las veía en carne y hueso desde hacía seis. Isabelle y Heather tenían ocho y nueve años respectivamente, aunque en su cabeza seguían siendo mucho más pequeñas. Janet le había prohibido hacía mucho que se pusiera en contacto con ellas, y sus padres la apoyaban. El padrastro de Peter, que le había pagado los estudios, había muerto hacía tiempo. Su hermano había desaparecido. Peter Morgan no tenía a nadie, no tenía nada. Cuatrocientos dólares en la cartera, un agente de la condicional en San Francisco y una cama en un albergue en el distrito de Mission, un barrio que en otro tiempo fue bonito y que ahora estaba habitado mayoritariamente por hispanos y había degenerado bastante. La zona donde Peter iba a vivir resultaba bastante deprimente. El dinero del que disponía no le duraría mucho, hacía cuatro años que no se cortaba el pelo decentemente, y solo tenía un puñado de contactos en el mundo de la alta tecnología y de las inversiones de alto riesgo en Silicon Valley y los nombres de los traficantes de drogas con los que se había relacionado en el pasado y a quienes obviamente no tenía intención de volver a ver. Básicamente sus posibilidades eran nulas. Había pensado hacer algunas llamadas cuando llegara a la ciudad, y, aunque sabía que quizá acabara fregando platos o llenando depósitos en una gasolinera, esperaba no tener que llegar a eso. Después de todo, tenía un máster de Harvard en administración de empresas, y antes de eso había sido alumno de Duke. También podía visitar a algunos viejos amigos de la escuela que tal vez no supieran que había estado en la cárcel. Pero no se hacía ilusiones: no iba a ser fácil. Tenía treinta y nueve años, y le iba a resultar muy difícil justificar el vacío que los cuatro últimos años habían dejado en su currículo. Tenía por delante un camino largo y difícil. No obstante, era un hombre sano y fuerte, había dejado las drogas, era inteligente y seguía siendo muy atractivo. Tarde o temprano le pasaría algo bueno. De eso estaba seguro, igual que el alcaide.

—Llámanos —le dijo el alcaide otra vez.

Nunca había sentido tanto apego por ninguno de los presos que habían trabajado para él. Pero los hombres con los que trataba normalmente en Pelican Bay eran muy distintos de Peter Morgan.

Pelican Bay era una prisión de máxima seguridad creada para alojar a los criminales más peligrosos, que previamente ya habrían pasado por San Quintín. La mayoría de los presos estaban incomunicados. En la cárcel todo estaba altamente automatizado e informatizado, y disponía de las más avanzadas instalaciones, lo que le permitía albergar a algunos de los hombres más peligrosos del país. El alcaide supo enseguida que Peter no era como los demás. Si había acabado en una prisión de máxima seguridad fue solo por la gran cantidad de drogas que movía y el dinero implicado. De haber sido los cargos menos graves, seguramente le habrían enviado a una prisión normal. No había riesgo de huida, no tenía un historial violento y no protagonizó ni un solo incidente en los cuatro años que pasó allí. Los pocos hombres con los que hablaba le respetaban, y evitaba siempre los problemas. Su estrecha relación con el alcaide lo había convertido en un intocable. Que se supiera, no se había relacionado con ninguna banda, con grupos violentos ni con elementos disidentes. Se limitaba a ocuparse de sus asuntos. Y, después de más de cuatro años, parecía salir de Pelican Bay relativamente intacto. Había mantenido la cabeza gacha y había cumplido su condena. Había leído muchos libros de temática legal y financiera, había pasado una sorprendente cantidad de tiempo en la biblioteca y había trabajado incansablemente para el alcaide.

El alcaide en persona había escrito unas magníficas referencias para el comité de evaluación que estudió su caso. Se trataba de un joven que había seguido el camino equivocado. Lo único que necesitaba era una oportunidad para reformarse. Y el alcaide estaba seguro de que lo conseguiría. Estaría en ascuas esperando noticias de Peter. A sus treinta y nueve años, aún tenía toda la vida por delante, y una brillante educación a sus espaldas. Con un poco de suerte, sus errores le servirían como lección. Nadie tenía ninguna duda de que Peter seguiría la senda recta.

Peter y el alcaide aún se estaban estrechando la mano para despedirse, cuando un reportero y un fotógrafo del periódico local bajaron de una furgoneta y se acercaron al mostrador donde Peter acababa de recoger su cartera. Había otro preso firmando los documentos de salida, y él y Peter se miraron y se saludaron con un gesto de la cabeza. Peter sabía quién era..., todo el mundo lo sabía. Habían coincidido en el gimnasio y en los comedores algunas veces y, en los dos últimos años, aquel hombre había visitado con frecuencia el despacho del alcaide. Llevaba años tratando en vano de conseguir la condicional, y de todos era sabido que conocía el derecho penal como la palma de su mano. Se llamaba Carlton Waters, tenía cuarenta y un años y había cumplido veinticuatro años de condena por asesinato. En realidad, había crecido en la cárcel.

Carlton Waters fue condenado por el asesinato de un vecino y su mujer, y por el intento de asesinato de los dos hijos de la pareja. Cuando pasó, tenía diecisiete años, y su cómplice era un ex convicto de veintiséis años del que se había hecho amigo. Irrumpieron en la casa de las víctimas y robaron doscientos dólares. El amigo de Waters había sido ejecutado hacía años y Waters siempre defendió que él no había tenido nada que ver con los asesinatos. Él estaba allí, sí, nada más, y nunca cambió ni una línea de su historia. Siempre había dicho que era inocente y que fue a casa de las víctimas sin saber lo que su amigo pretendía. Todo había ocurrido muy deprisa. Los niños eran demasiado pequeños para corroborar su historia, lo bastante pequeños para no ser capaces de identificarlos. Así que los golpearon brutalmente pero no los mataron. Los dos estaban borrachos, y Waters afirmaba que había perdido el conocimiento durante los asesinatos y que no recordaba nada.

El jurado no le creyó. A pesar de su edad, fue juzgado como adulto y se le declaró culpable. Posteriormente perdió una apelación. Había pasado la mayor parte de su vida en la cárcel, primero en San Quintín y luego en Pelican Bay. Hasta se las había ingeniado para sacarse un título estando en la cárcel y tenía la carrera de derecho a medias. Había escrito varios artículos sobre el sistema legal y los correccionales, y con los años había entablado cierta relación con la prensa. Sus reiteradas protestas de inocencia lo habían convertido en una especie de celebridad. Era el editor del periódico de la cárcel y conocía a todo el mundo en Pelican Bay. La gente acudía a él buscando asesoramiento, y era muy respetado entre los presos. No tenía el aire aristocrático de Morgan. Era un hombre duro, fuerte y robusto. Y, aunque protagonizó algunos incidentes en sus primeros tiempos, cuando aún era un joven alocado, en las dos últimas décadas había sido un preso modelo. Era un hombre poderoso e imponente, pero su historial en la cárcel estaba limpio, y su reputación era casi impecable. Fue Waters quien avisó a la prensa de su salida, y parece que le alegró verlos allí.

Waters y Morgan nunca habían sido amigos, pero siempre se habían respetado y habían tenido unas pocas conversaciones sobre cuestiones legales mientras Waters esperaba para ver al alcaide. Peter había leído varios de sus artículos en el periódico de la cárcel y en el periódico local. Tanto si era culpable como si no, resultaba difícil no sentirse impresionado. Tenía buena cabeza, y había trabajado con intensidad para conseguir lo que quería a pesar del reto que supone criarse prácticamente en la cárcel.

Cuando salió por la verja, casi sin aliento por el alivio, Peter miró atrás por encima del hombro y vio a Carl Waters estrechando la mano del alcaide mientras el fotógrafo hacía una instantánea. Peter sabía que se iba a una pensión de Modesto. Su familia seguía viviendo allí.

—Gracias, señor —dijo Peter, permaneciendo inmóvil unos momentos.

Cerró los ojos y luego los entrecerró para mirar al sol. La espera se le había hecho eterna. Se pasó la mano sobre los ojos para que nadie viera las lágrimas, hizo un gesto con la cabeza al guarda y se dirigió hacia la parada del autobús. Sabía dónde estaba. En aquellos momentos lo único que quería era llegar hasta allí. Eran diez minutos a pie. Mientras hacía una señal al autobús para que parara y subía, Carlton Waters posaba para una última fotografía ante la cárcel. Volvió a decir a su entrevistador que era inocente. Lo fuera o no lo fuera, su historia era interesante, se había ganado el respeto de todos en la cárcel en los veinticuatro últimos años y había exprimido todo lo que pudo sus protestas sobre su inocencia. Durante años había manifestado su intención de escribir un libro. Las dos personas a quienes supuestamente había matado y los dos huérfanos estaban más que olvidados. Él los había eclipsado con sus artículos y sus hábiles palabras. Waters estaba concediendo una entrevista cuando Peter Morgan entró en la terminal de autobuses y compró un billete para San Francisco. Por fin libre.

2

A Ted Lee le gustaba hacer el turno de tarde. Llevaba tanto tiempo en ese turno que ya formaba parte de él. Se había convertido en un hábito. El detective inspector Lee, de la policía de San Francisco, trabajaba desde las cuatro de la tarde hasta las doce de la noche en casos generales. Llevaba casos de robo y agresión, la habitual mezcolanza de la actividad delictiva. Las violaciones pasaban a la brigada de delitos sexuales. Los asesinatos, a homicidios. Ted había trabajado al principio en homicidios un par de años, y odiaba este departamento. Demasiado tétrico para su gusto. Los que hacían carrera en aquella sección siempre le habían parecido de lo más raro. Se pasaban las horas estudiando fotografías de gente muerta. Su visión de la vida quedaba totalmente desvirtuada por la sencilla razón de que tenían que endurecerse ante lo que veían. Lo que Ted hacía era más rutinario, pero a él le parecía mucho más interesante. Cada día era distinto del anterior. Le encantaba tener que buscar un criminal para cada víctima. Llevaba veintinueve años en el cuerpo de policía, desde los dieciocho, y hacía casi veinte que ocupaba el puesto de detective. Era muy bueno en lo suyo. También había trabajado algún tiempo en la sección de falsificación de tarjetas de crédito, pero le aburría. Casos generales estaba más en su línea, igual que el turno de tarde.

Ted había nacido en San Francisco, en pleno Chinatown. Sus padres emigraron desde Pekín antes de que él naciera, y se llevaron con ellos a sus dos abuelas. Su familia respetaba mucho las tradiciones. Su padre había trabajado en un restaurante toda la vida y su madre era costurera. Sus dos hermanos habían entrado igual que él en el cuerpo de policía, recién salidos del instituto. Uno era guardia urbano en el Tenderloin y no tenía interés por llegar más allá. El otro estaba en la policía montada. Ted tenía un puesto más importante, y a sus hermanos les encantaba bromear con él por eso. Para él era muy importante ser detective.

La mujer de Ted era una china estadounidense de segunda generación. Su familia era de Hong Kong, y eran los propietarios del restaurante donde había trabajado el padre de Ted hasta su jubilación. Así fue como se conocieron. Se enamoraron a los catorce años, y Ted no había tenido ni siquiera una cita con ninguna otra mujer. No estaba muy seguro de lo que eso significaba. No estaba apasionadamente enamorado de ella; hacía ya tiempo que eso había quedado atrás, pero se sentía a gusto a su lado. Ahora, más que amantes, eran como amigos íntimos. Y era una buena persona. Shirley Lee trabajaba de enfermera en la unidad de cuidados intensivos del Hospital General de San Francisco, y en su trabajo veía a más víctimas de crímenes violentos que él. También veían más a sus respectivos compañeros de trabajo que a su pareja. Estaban acostumbrados a ello. En su día libre, Ted jugaba al golf o llevaba a su madre de compras. A Shirley le gustaba jugar a las cartas, o ir de compras con sus amigas o a la peluquería. Rara vez tenían el mismo día libre, pero ya habían dejado de preocuparse por eso. Ahora que los chicos eran mayores, casi no tenían obligaciones. No lo habían planeado de aquella forma, pero llevaban vidas separadas, y estaban casados desde los diecinueve años. Veintiocho años.

Su hijo mayor se había graduado un año antes y se había ido a vivir a Nueva York. Los otros dos aún estaban en la universidad, uno en San Diego y el otro en la UCLA. Ninguno de los tres quería ser policía, y Ted no se lo reprochaba. Para él aquel trabajo era el adecuado, pero, aunque en el departamento lo trataban bien, quería algo mejor para sus hijos. Cuando se jubilara, tendría su pensión completa. No se imaginaba jubilado, aunque al año siguiente haría treinta que estaba en el cuerpo, y a esas alturas muchos de sus amigos ya se habían retirado. No tenía ni idea de lo que haría cuando se jubilara. Tenía cuarenta y siete años, y no le interesaba hacer carrera en ninguna otra cosa. Ya le gustaba aquella. Le encantaba su trabajo y la gente con la que trabajaba. Ted había visto ir y venir a muchos hombres: algunos se retiraban, lo dejaban, morían asesinados, quedaban heridos... Tenía el mismo compañero desde hacía diez años, y antes que él, durante cuatro años, tuvo a una mujer de compañera. Luego ella se mudó a Chicago con su marido y pasó a formar parte de la policía de allí. Todos los años le mandaba una tarjeta por Navidad. A pesar de sus reservas iniciales, a Ted le había gustado trabajar con ella.

Antes de eso, tuvo como compañero a Rick Holmquist, que dejó la policía por el FBI. Comían juntos una vez a la semana, y Rick siempre se burlaba de sus casos. Decía que su trabajo en el FBI era mucho más importante, o al menos eso es lo que él creía. Ted no estaba tan seguro. Por lo que había visto, el departamento de policía de San Francisco resolvía más casos y ponía a más gente entre rejas. Buena parte del trabajo que hacía el FBI consistía en reunir información y realizar tareas de vigilancia, y entonces alguna de las restantes agencias intervenía y le quitaba los casos de las manos. Los chicos de Alcohol, Tabaco y Armas de Fuego interferían en el trabajo de Rick continuamente, y también la CIA, el Departamento de Justicia, el fiscal general y los US Marshals. En cambio, nadie solía meterse en los casos de Ted, a menos que el sospechoso cruzara la línea de algún otro estado o cometiera un delito federal. Evidentemente, cuando eso sucedía, el caso pasaba al FBI.

De vez en cuando él y Rick tenían que colaborar en algún caso. A Ted eso le gustaba. Habían pasado catorce años desde que Rick dejó el cuerpo de policía, pero seguían siendo muy buenos amigos y sentían un profundo respeto el uno por el otro. Rick Holmquist se había divorciado hacía cinco años, pero el matrimonio de Ted con Shirley nunca se había cuestionado. Fuera lo que fuese su relación, funcionaba. Rick estaba enamorado de una agente del FBI más joven, y hablaba de volver a casarse. A Ted le encantaba tomarle el pelo. Rick siempre se hacía el duro, pero Ted sabía muy bien que era un hombre muy tierno.

Lo que a Ted le gustaba más de trabajar en el turno de tarde era la tranquilidad que encontraba al volver a casa. La casa estaba en silencio y Shirley dormía. Ella trabajaba de día y se iba antes de que él se levantara por la mañana. Cuando los chicos eran pequeños, era como mejor les iba. Ella los dejaba en la escuela de camino al trabajo, mientras Ted seguía durmiendo. Y él los iba a recoger, y hacía deporte con ellos en sus días libres o cuando podía, o al menos asistía a los partidos que jugaban. Shirley llegaba a casa justo cuando él acababa de salir para su trabajo, así que los chicos siempre estaban atendidos. Y cuando Ted volvía de trabajar, todos dormían. Esto significaba que casi no veía a sus hijos ni a su mujer, pero al menos podían pagar las facturas, y muy pocas veces habían tenido que solicitar los servicios de una canguro. Entre los dos habían mantenido cubiertas las necesidades básicas. El precio que habían tenido que pagar era el tiempo que dejaron de pasar juntos. Diez o quince años antes, a Shirley le afectaba mucho no verle. Tuvieron muchas discusiones el respecto, y al final llegaron a un acuerdo. Durante un tiempo trataron de trabajar los dos de día, pero parecía que discutían más, así que Ted empezó a trabajar por las noches y luego volvió al turno de tarde. Era el que más le gustaba.

Aquella noche, cuando Ted volvió a casa, Shirley estaba profundamente dormida y en la casa reinaba el silencio. Las habitaciones de los chicos se hallaban vacías. Había comprado una pequeña casita en el distrito de Sunset hacía unos años y, en sus días libres, le gustaba pasear por la playa y ver cómo la niebla bajaba. Hacía que volviera a sentirse humano y le ayudaba a serenarse después de un caso duro o una mala semana, o cuando algo le preocupaba. Había mucha política en el departamento, y a veces eso le estresaba, pero en general era una persona agradable y tolerante. Seguramente esa era la razón de que siguiera llevándose bien con Shirley. Ella era la temperamental, la que se enfadaba y se ponía furiosa, la que pensaba que su matrimonio y su relación tendrían que haber sido algo más de lo que eran. Ted era fuerte, tranquilo y constante y, en algún punto del camino, Shirley había decidido que eso era suficiente y había dejado de intentar conseguir otra cosa. Sin embargo, Ted era consciente de que, cuando ella dejó de discutir y de quejarse, su matrimonio había perdido vida. Habían renunciado a la pasión a cambio de familiaridad y aceptación. Pero Ted sabía muy bien que en la vida todo se rige por un contrato, y no se quejaba. Shirley era una gran mujer, tenían unos hijos estupendos, su casa era cómoda, le encantaba su trabajo y sus compañeros eran buenas personas. No se podía pedir más, o al menos él no lo hacía, que es lo que siempre había molestado a Shirley. Él se contentaba con aceptar lo que la vida le ofrecía y no pedía más.

En cambio, Shirley esperaba mucho más que Ted de la vida. Lo cierto es que Ted no esperaba nada. La vida le gustaba tal y como era. Había puesto todas sus energías en su trabajo y en sus hijos. Veintiocho años. Demasiado tiempo para que la pasión sobreviva. Y no había sobrevivido. Ted no tenía ninguna duda: amaba a su mujer. Y daba por sentado que ella también le amaba. No era muy expresiva, y rara vez se lo decía. Pero Ted la aceptaba como era, igual que lo aceptaba todo, con sus cosas buenas y sus cosas malas, con su lado decepcionante y su lado reconfortante. Le encantaba la sensación de seguridad que experimentaba todas las noches al volver a casa con ella, aunque estuviera dormida. Hacía meses que no tenían una conversación, puede que años, pero Ted sabía que si pasaba algo malo ella estaría a su lado, igual que él. Y con eso le bastaba. El fuego y el apasionamiento que Rick Holmquist estaba experimentando con su nueva novia no iban con él. Ted no necesitaba emoción en su vida. Quería exactamente lo que tenía: un trabajo que le encantaba, una mujer a la que conocía bien, tres hijos a los que adoraba y paz.

Se sentó a la mesa de la cocina y tomó una taza de té, disfrutando del silencio. Leyó el periódico, repasó el correo y estuvo un rato viendo la televisión. A las dos y media se metió en la cama junto a su mujer y estuvo pensando en la oscuridad. Ella no se movió; no sabía que él estaba allí. De hecho, se apartó y musitó algo en sueños. Él también se tumbó de espaldas a ella y se durmió pensando en los casos que llevaba en ese momento. Tenía un sospechoso y estaba casi seguro de que transportaba heroína de México. Por la mañana llamaría a Rick Holmquist para comentárselo. Mientras pensaba que debía llamar a Rick a la mañana siguiente, suspiró suavemente y se durmió.

3

Fernanda Barnes estaba sentada a la mesa de la cocina, hojeando un montón de facturas. Tenía la sensación de que, en los cuatro meses que habían pasado desde que murió su marido (dos semanas antes de Navidad), no había hecho otra cosa que hojear el mismo montón de facturas. Pero, aunque el montón parecía el mismo, Fernanda sabía perfectamente que cada día era más grande. Cada vez que llegaba el correo, había nuevas facturas. Desde la muerte de Allan su vida había sido un flujo continuo de información atemorizadora y malas noticias. La última de ellas, que la compañía con la que su marido tenía contratado su seguro de vida no pensaba pagar. Fernanda y su abogado ya lo esperaban. Allan había muerto en circunstancias sospechosas cuando estaba de viaje en México, pescando. Había salido con el barco por la noche, mientras sus compañeros de viaje dormían en el hotel y la tripulación bebía en el bar de la localidad. Por lo visto se cayó por la borda. Tardaron cinco días en recuperar el cadáver. Teniendo en cuenta su desastrosa situación económica y el tono desesperado de la carta que había dejado a su mujer, la aseguradora pensaba que podía tratarse de un suicidio. Fernanda también. La aseguradora había visto la carta gracias a la policía.

Fernanda nunca se lo había confesado a nadie, excepto al abogado, Jack Waterman, pero el suicidio fue lo primero que le vino a la cabeza cuando la policía la llamó. Allan llevaba seis meses completamente histérico y no dejaba de decir que las cosas cambiarían. Pero, después de leer aquella carta, era evidente que ni él mismo se lo había creído. Allan Barnes había tenido un golpe de suerte cuando se produjo el auge de los negocios por la red, y vendió una empresa joven a una de las grandes por doscientos millones de dólares. En cambio a Fernanda su vida de antes ya le parecía bien. Para ella era suficiente. Tenían una casa bonita y confortable en un buen vecindario de Palo Alto, cerca del campus de Stanford, donde se habían conocido cuando estudiaban en la universidad. Se casaron en la capilla de Stanford el día después de graduarse. Trece años después, Allan tuvo su golpe de suerte. Aquello era más de lo que Fernanda había soñado nunca, más de lo que esperaba, necesitaba o quería. Al principio ni siquiera lo entendía. De pronto, su marido compraba yates y aviones, un apartamento en Nueva York para cuando tuviera que ir por alguna reunión de trabajo, una casa en Londres, que según él era algo que siempre había deseado, un piso en Hawai y una casa en la ciudad, tan inmensa que Fernanda lloró el día que la vio. La había comprado sin consultárselo. Fernanda no quería vivir en un palacio. Le gustaba la casa de Palo Alto donde habían vivido desde que nació su hijo Will.

A pesar de sus protestas, se habían mudado a la ciudad hacía cuatro años, cuando Will tenía doce, Ashley ocho y Sam apenas dos. Allan había insistido en que contrataran a una niñera para que ella pudiera acompañarlo en sus viajes, cosa que Fernanda tampoco quería. Le encantaba ocuparse de sus hijos. Profesionalmente ella no había hecho carrera, y tenía suerte de que Allan siempre hubiera ganado lo bastante para mantenerlos a todos. Habían pasado por alguna estrechez que otra, pero, cuando eso pasaba, ella se apretaba el cinturón en casa y lograban salir adelante. Le encantaba estar en casa con sus hijos. Will había nacido nueve meses después de la boda. Durante el embarazo, Fernanda había trabajado a media jornada en una librería. Pero desde entonces no había vuelto a hacerlo. Se había especializado en historia en la universidad, una materia relativamente inútil, a menos que realizara un máster o un doctorado y se dedicara a la enseñanza o desarrollara alguna actividad en un museo. Aparte de eso, no tenía nada que pudiera servir en el mercado de trabajo. Lo único que sabía hacer era ser esposa y madre, y lo hacía muy bien. Sus hijos estaban sanos, y eran felices y sensatos. Ni siquiera en aquel momento, que Ashley tenía doce años y Will dieciséis, edades potencialmente conflictivas, tenía problemas con ellos. A sus hijos tampoco les había gustado la idea de mudarse a la ciudad. Dejaron a todos sus amigos en Palo Alto.

La casa que Allan había escogido era enorme. Había sido construida por un famoso empresario que la vendió cuando se retiró para instalarse en Europa. Para Fernanda era como un palacio. Ella se había criado en un barrio residencial de Chicago. Su padre era médico y su madre maestra. Siempre se habían sentido a gusto y, a diferencia de Allan, sus expectativas eran más bien modestas. Lo único que quería era casarse con un hombre que la quisiera y tener unos hijos maravillosos. Pasaba mucho tiempo leyendo sobre teorías educativas experimentales, le fascinaba la psicología en relación con la educación de los hijos y compartía con ellos su pasión por el arte. Los animaba siempre a luchar por sus sueños. Igual que había hecho con Allan. Lo que no esperaba era que los sueños de su marido se materializaran hasta aquel extremo.

Cuando le dijo que había vendido su empresa por doscientos millones de dólares, casi le da un ataque. Pensó que lo decía en broma. Se rió; supuso que, con suerte, quizá la habría vendido por uno, dos o cinco millones, diez como mucho, pero nunca por doscientos millones. Lo único que ella quería era que sus hijos pudieran estudiar en la universidad y vivir el resto de sus días con holgura, la suficiente para que Allan se retirara a una edad decente y pudieran viajar por Europa durante un.año, de museo en museo. Le hubiera encantado pasar uno o dos meses en Florencia. Pero aquel golpe de suerte superaba todas sus expectativas. Y Allan se lanzó de cabeza.

No solo compró casas y apartamentos, yates y un avión, sino que además hizo algunas inversiones muy arriesgadas en el campo de la alta tecnología. Cada vez trataba de tranquilizarla diciendo que sabía lo que hacía. Estaba en la cresta de la ola y se sentía invencible. Confiaba en su capacidad de juicio un mil por ciento, bastante más que ella. Y empezaron las discusiones. Allan se reía de sus miedos. Lo que él hacía era proporcionar dinero a empresas que empezaban, mientras el mercado subía de forma imparable, y durante casi tres años todo lo que tocó se convirtió en oro. Era como si, hiciera lo que hiciese, arriesgara lo que arriesgase, no pudiera perder. Los dos primeros años su fortuna se duplicó sobre el papel. Invirtió en dos empresas en las que confiaba ciegamente, aunque algunas personas le advirtieron que podían hundirse. Pero no hizo caso ni a su mujer ni a los demás. Mientras ella se dedicaba a decorar su nueva casa, la confianza de Allan era cada vez mayor y la reprendió por ser tan pesimista y tan cauta. Para ese entonces, incluso ella había empezado a acostumbrarse a toda aquella riqueza y gastaba más dinero del que hubiera debido, pero Allan no dejaba de decirle que disfrutara y no se preocupara. Un día Fernanda hizo algo impensable: compró dos importantes cuadros impresionistas en una subasta de Christie's, en Nueva York, y cuando los colgó en la sala de estar estaba temblando literalmente. Nunca se le había pasado por la imaginación que algún día podría tener alguno de esos cuadros, ni ninguno que se pareciera. Allan la felicitó por su acierto. Estaba en lo más alto, se divertía y quería que ella se divirtiera también.

Sin embargo, Fernanda no olvidó en ningún momento sus modestos orígenes. En cambio, la familia de Allan, que era del sur de California, siempre había vivido con más opulencia. Su padre era un hombre de negocios, y su madre, un ama de casa que fue modelo en su juventud. Tenían coches caros y una bonita casa, y eran miembros de un club de campo. Fernanda se había quedado impresionada la primera vez que estuvo allí, aunque los dos le parecieron bastante superficiales. Aquella noche, la madre de Allan llevaba un abrigo de piel a pesar del buen tiempo, y a Fernanda se le ocurrió que, a pesar de los gélidos inviernos del Medio Oeste, su madre nunca había tenido un abrigo de aquellos, ni lo hubiera querido. Para Allan era mucho más importante que para ella hacer ostentación de toda aquella riqueza, sobre todo después de su éxito inesperado. Si algo le pesaba era que sus padres no estuvieran vivos para verlo. Hubiera significado mucho para ellos. En cambio, para Fernanda era un alivio que los suyos tampoco estuvieran allí para verlo. Habían muerto en un accidente de coche, en una gélida noche, hacía diez años. Tenía la sensación de que les hubiera horrorizado la forma en que Allan gastaba el dinero, y a ella seguía poniéndola nerviosa, incluso después de haber comprado los dos cuadros. Pero esperaba que al menos fueran una inversión. Y le gustaban de verdad. En cambio, la mayor parte de las cosas que Allan compraba solo eran para alardear y, como no dejaba de recordarle, lo hacía porque se lo podía permitir.

La ola siguió hinchándose durante casi tres años, en los que Allan siguió invirtiendo en otras empresas y adquiriendo gran cantidad de acciones en firmas del ámbito de la alta tecnología. Confiaba totalmente en su intuición, a veces contra toda razón. Sus amigos y colegas del mundo del puntocom lo llamaban el Cowboy Chiflado, y bromeaban con él por su temeridad. La mayor parte del tiempo, Fernanda se sentía culpable por no animarlo. De pequeño había sido un niño muy inseguro y su padre con frecuencia lo descalificaba por su falta de valor. Ahora se había vuelto tan atrevido que Fernanda tenía la sensación de que estaba bailando al borde de un precipicio. Pero su amor por él hizo que olvidara sus recelos y, al final, se limitó a animarlo desde el banquillo. Lo cierto es que no tenía motivos para quejarse. En tres años su valor en la red casi se había triplicado, y Allan tenía una fortuna de quinientos millones de dólares. Era increíble.

Fernanda y Allan siempre habían sido felices juntos, incluso antes de tener dinero. Era un hombre afable y bueno, y quería a su mujer y a sus hijos. El nacimiento de cada uno de sus hijos había sido motivo de una gran alegría para los dos, y Allan los quería realmente, tanto como ella. Estaba especialmente orgulloso de Will, que era un atleta nato. Y la primera vez que vio a Ashley bailando ballet a los cinco años se le saltaron las lágrimas. Era un padre y un marido maravilloso, y su capacidad de convertir una inversión modesta en un tesoro daría a sus hijos la oportunidad de hacer cosas que no se les hubieran pasado por la imaginación. Durante un tiempo, Allan estuvo hablando de pasar un año en Londres para que los chicos pudieran estudiar en Europa. Para Fernanda, la idea de pasar días y días en el Museo Británico y la Tate Gallery resultaba de lo más seductora. Así que no se quejó cuando Allan compró la casa de Belgrave Square por veinte millones de dólares. Era el precio más alto que se había pagado en la zona por una casa en su historia reciente. Pero, desde luego, era espléndida.

Ni ella ni los chicos se quejaron cuando fueron a pasar un mes allí al terminar el curso. Londres les encantó. Luego fueron al sur de Francia y pasaron el resto del verano en su yate con algunos amigos de Silicon Valley. Allan se había convertido en una leyenda. Había otros como él, ganando el dinero a espuertas; pero, igual que ocurre en Las Vegas, los hay que cogen lo que han ganado y desaparecen, mientras que otros vuelven a ponerlo todo sobre la mesa y siguen apostando. Allan no dejaba de hacer nuevos acuerdos e inversiones. Fernanda ya no entendía nada de lo que hacía. Ella se limitaba a llevar las distintas casas y cuidar a sus hijos, y casi había dejado de preocuparse. Se preguntaba si aquello era lo que se sentía al ser rico. Había tardado tres años en hacerse a la idea, en conseguir que el sueño de la riqueza de su marido se convirtiera en algo real.

Pero al final, tres años después del golpe de suerte, la burbuja reventó. Hubo un escándalo relacionado con una de las empresas en las que había invertido más dinero como socio anónimo. Nadie sabía oficialmente que Allan había invertido allí, ni cuánto, pero perdió más de cien millones de dólares. Milagrosamente, en aquellos momentos, esto no supuso un revés importante para su fortuna. Fernanda leyó algo sobre la caída de la empresa en los periódicos; recordaba haber oído a su marido hablar de ello y se lo preguntó. Allan le dijo que no se preocupara. Según él, cien millones de dólares no eran nada. Su fortuna rondaba los mil millones. Lo que no le dijo es que en aquella época pedía dinero prestado a cuenta de sus acciones, que no dejaban de subir, y cuando empezaron a caer en picado no pudo venderlas con la suficiente rapidez para cubrir la deuda. Cubrió sus activos pidiendo préstamos para comprar más activos.

El segundo golpe fue más duro que el primero, y la cantidad casi se duplicó. Después del tercero, cuando el mercado empezó a desmoronarse, hasta Allan empezó a preocuparse. De pronto, los activos que había utilizado para pedir los préstamos no valían nada y lo único que le quedaba eran deudas. Y entonces se produjo una caída tan brutal que arrastró a todos los que se movían en los negocios por la red. En seis meses casi todo lo que Allan había conseguido se había evaporado, y unas acciones que antes se cotizaban a doscientos dólares ya no valían más que unos peniques. Para los Barnes eso era una catástrofe, como poco.

Quejándose amargamente, Allan vendió el yate y el avión, pero le aseguró a Fernanda y se prometió a sí mismo que los recuperarían, o comprarían otros mejores, en un año, cuando el mercado volviera a la normalidad. Pero eso no pasó. No solo estaba perdiendo lo que tenía, sino que las inversiones que había hecho se estaban desinflando y, conforme se desmoronaban como un castillo de naipes, generaban unas deudas colosales. Al final del año, Allan tenía una deuda casi tan inmensa como la fortuna que había amasado. Fernanda, por su parte, no entendía realmente las implicaciones de todo aquello, igual que no había entendido lo que pasaba cuando Allan hizo su fortuna, sobre todo porque él no le explicaba casi nada. Siempre estaba estresado, colgado del teléfono, viajando de una punta del mundo a la otra, y cuando estaba en casa le gritaba. De la noche a la mañana se convirtió en un loco. Estaba histérico, y con razón.

Así que, antes de aquellas Navidades, lo único que Fernanda sabía era que su marido tenía una deuda de varios cientos de millones y que el valor de sus activos era casi nulo. Eso lo sabía, pero no tenía ni idea de lo que pensaba hacer su marido para solucionarlo, ni era consciente de lo desesperada que se estaba volviendo la situación. Lo único positivo es que Allan había hecho muchas de sus inversiones en nombre de socios anónimos o corporaciones domiciliadas en «apartados de correos» que se crearon sin que su nombre apareciera públicamente. Como resultado, en el mundillo en el que se movía nadie sabía todavía cuál era su verdadera situación, y Allan prefería que siguiera siendo así. Lo ocultaba por orgullo, pero también porque así evitaba que la gente se pusiera nerviosa al hacer negocios con él. Empezaba a sentirse como si llevara pegado el olor del fracaso, igual que en otra época había llevado consigo el aroma del vencedor. A su alrededor, el miedo se palpaba en el aire. Fernanda estaba asustada y, aunque trataba de darle apoyo emocional, le aterraba imaginar lo que iba a pasar con ellos y con sus hijos, y no dejaba de decirle que vendiera la casa de Londres, el apartamento de Nueva York y el piso de Hawai. Así estaban las cosas cuando Allan se marchó a México justo después de Navidad. Fue para cerrar un acuerdo con un grupo de hombres. Antes de irse le dijo a Fernanda que, si salía bien, con aquello cubriría casi todo lo que habían perdido. Fernanda sugirió que vendieran la casa de la ciudad y volvieran a Palo Alto, pero él le contestó que era ridículo. Las cosas pronto volverían a ser como antes, no tenía por qué preocuparse. Sin embargo, el acuerdo de México no se materializó.

Allan llevaba fuera dos días cuando inesperadamente se produjo otra catástrofe en sus finanzas. Tres importantes empresas se vinieron abajo como simples chozas de paja en el plazo de una semana, y se llevaron con ellas dos de las inversiones más importantes de Allan. En una palabra, estaban arruinados. Una noche la llamó desde la habitación del hotel, muy tarde. Tenía la voz ronca. Llevaba horas negociando, pero en vano. Ya no tenía con qué negociar. Se le echó a llorar por teléfono, y Fernanda trató de consolarle diciendo que a ella no le importaba, que lo quería de todos modos. A él eso no le consolaba. Para él se trataba de ganar o perder, era como escalar el Everest y caerse, y tener que volver a empezar de cero. Acababa de cumplir los treinta, y el éxito que tanto había significado para él en los cuatro últimos años de pronto se había desvanecido. Era un completo fracaso, o al menos así se veía él. Y nada de lo que Fernanda pudiera decir le consolaba. Le dijo que no importaba, que mientras estuvieran juntos, mientras se tuvieran el uno al otro y tuvieran a sus hijos, sería feliz en una choza. Del otro lado de la línea, Allan sollozaba; la vida no valía la pena. Iba a convertirse en el hazmerreír de todos. El único dinero que realmente tenía era el de su seguro de vida. Ella le recordó que aún poseían varias casas y si las vendían podían sacar cerca de cien millones de dólares.

—¿Tienes idea de la clase de deuda de la que estamos hablando? —le preguntó él, y la voz se le quebró. No, Fernanda no tenía ni idea, porque él nunca se lo había dicho—. Se trata de cientos de millones. Tendríamos que vender todo lo que poseemos, y aun así seguiríamos estando endeudados de aquí a veinte años. Ni siquiera estoy seguro de poder salir de esta situación. Todo está demasiado embrollado, cariño. Esto es el fin. Es el fin.

Fernanda no veía las lágrimas, pero por la voz sabía que Allan estaba llorando. Aunque no acababa de entender todo aquello de las estrategias de inversión, los activos y los préstamos para comprar más, sabía que Allan lo había perdido todo. La deuda a la que se enfrentaba era apabullante.

—No, no es el fin —dijo ella con firmeza—. Puedes declararte en bancarrota. Buscaré trabajo. Lo venderemos todo. ¿Y qué? No me importa todo esto. No me importa si tenemos que plantarnos en una esquina a vender bolígrafos mientras nos tengamos el uno al otro.

Era una idea enternecedora, y la actitud más adecuada en aquellas circunstancias, pero Allan estaba demasiado alterado para escuchar.

Fernanda estaba inquieta y volvió a llamarlo aquella noche para tranquilizarlo. No le había gustado el comentario sobre el seguro de vida, y le preocupaba más él que el dinero. Era consciente de que a veces los hombres pueden cometer disparates cuando pierden dinero o los negocios salen mal. El ego de su marido dependía por completo de su fortuna. Cuando contestó al teléfono, Fernanda supo que había estado bebiendo. Y seguramente mucho. Hablaba arrastrando las palabras y no dejaba de decir que su vida se había acabado. Estaba tan preocupada que decidió tomar un avión a México al día siguiente para estar

a su lado mientras duraran las negociaciones, pero por la mañana, antes de que tuviera tiempo de hacer nada, uno de los hombres que estaba con él la llamó. Tenía la voz tomada y parecía
deshecho. Lo único que sabía es que Allan había salido muy
tarde, cuando los demás se acostaron. Habían alquilado un barco, pero la tripulación no estaba a bordo, y Allan se hizo a la
mar solo. Seguramente se había caído por la borda en algún momento de la madrugada. Cuando el capitán denunció la desaparición del barco, la guardia costera lo localizó, pero no había ni
rastro de Allan. Las intensas labores de búsqueda no dieron ningún resultado.

Lo peor de todo fue que, cuando Fernanda llegó a México
más tarde, aquel mismo día, la policía le entregó la carta que habían encontrado. Habían hecho una copia para sus archivos.
En la carta Allan hablaba de lo desesperado de su situación, que
nunca podría recuperarse, que todo había acabado para él y
que prefería morir a enfrentarse a la vergüenza de que todos supieran que había actuado como un loco y lo había complicado
todo de aquella manera. Era una carta muy catastrofista y, después de leerla, hasta Fernanda estaba convencida de que se había
suicidado o que esa era su intención. O quizá se había emborrachado y se había caído de verdad por la borda. No podían saberlo con seguridad, aunque lo más probable es que se hubiera
suicidado.

La policía cumplió con su deber y entregó la carta a la compañía de seguros. Y, basándose en las palabras de Allan, se negaba a hacer efectiva la póliza. El abogado de Fernanda le dijo que
seguramente nunca pagarían. Las pruebas eran demasiado evi-
dentes.

Finalmente recuperaron el cadáver de Allan, aunque no sirvió de gran cosa. Lo único que estaba claro es que se había ahogado. No había ningún indicio que apuntara al suicidio; no se
había disparado. O bien había saltado o se había caído, pero, en
aquellas circunstancias, teniendo en cuenta lo que le había dicho a su mujer y lo que había escrito en la carta, lo más lógico era
pensar que deseaba poner fin a su vida.

Encontraron el cadáver en una playa cercana, después de una tormenta. Fernanda estaba en México, y fue una experiencia terrible, descorazonadora. Dio gracias por el hecho de que sus hijos no estuvieran allí para verlo. A pesar de sus protestas, los había dejado en California y había viajado sola a México. Una semana más tarde, después del interminable papeleo, volvió con los restos mortales de Allan en la bodega del avión, convertida en viuda.

El entierro fue una pesadilla. Los periódicos publicaron la noticia de que Allan Barnes había muerto en un accidente de barco en México, que fue lo que todos habían acordardo. Ninguna de las personas que estaban con él en México tenía idea de lo desastrosa que era realmente su situación, y la policía ocultó el contenido de la carta a la prensa. Nadie sabía que había tocado fondo en todos los sentidos. Y, excepto ella y su abogado, nadie tenía tampoco una imagen clara de la verdadera magnitud de su descalabro económico.

Decir que estaba arruinado es poco: estaba tan endeudado que habrían hecho falta años para arreglar aquel entuerto. Ya habían pasado cuatro meses desde su muerte, y Fernanda había vendido todas sus propiedades, excepto la casa de la ciudad, que estaba inmovilizada como parte de la herencia. Pero, en cuanto se lo permitieran, tendría que venderla. Por suerte, Allan había puesto el resto de propiedades a nombre de ella, como un regalo, así que pudo venderlas sin problemas. Fernanda aún no había pagado el impuesto sobre sucesiones, y en junio sus dos cuadros impresionistas saldrían a subasta en Nueva York. Tenía que vender todo lo que no estuviera comprometido. Jack Waterman, el abogado, le advirtió que si lo vendía todo, incluida la casa, era posible que acabara sin un solo penique. La mayoría de las deudas de Allan estaban ligadas a corporaciones de empresas, y Jack iba a declararlas en bancarrota, pero por el momento nadie tenía idea del verdadero alcance de todo aquello, y Fernanda quería que siguiera siendo así por respeto a su marido. Ni siquiera sus hijos lo sabían. Así que una soleada tarde de mayo, cuatro meses después de la muerte de Allan, Fernanda seguía tratando de asimilar la situación, sentada a la mesa de la cocina, aturdida y confusa.

En veinte minutos tenía que pasar a recoger a Ashley y Sam por la escuela, como hacía puntualmente todos los días. Will solía volver a casa por su cuenta, al volante del BMW que su padre le había regalado hacía seis meses por su decimosexto cumpleaños. La verdad es que a Fernanda casi no le quedaba dinero ni para alimentarlos, y estaba impaciente por vender la casa para poder pagar más deudas o incluso tener un pequeño rincón. Pronto tendría que empezar a buscar trabajo, en un museo tal vez. Su vida se había trastocado por completo, y no sabía qué decir a sus hijos. Estaban informados de que la aseguradora se negaba a pagar, pero les había dicho que iban un poco apurados económicamente porque aún no habían terminado los trámites para legalizar el testamento. Sin embargo, ninguno de los tres sabía que su padre había perdido su fortuna antes de morir ni que la aseguradora no pagaba porque creían que se había suicidado. Oficialmente había sido un accidente. Incluso las personas que estaban con él cuando pasó, ajenas a sus circunstancias personales o a la existencia de la carta, creían esa versión. De momento, solo ella, los abogados y las autoridades conocían la verdad.

Por la noche, Fernanda se tumbaba en la cama y pensaba en la última conversación que habían mantenido; la repasaba mentalmente una y otra vez. No podía pensar en otra cosa. Nunca se perdonaría no haber ido antes a México. Su vida estaba dominada por la autocrítica y el sentimiento de culpa, agravados por la llegada constante de facturas y por las interminables deudas de su marido, que no sabía cómo pagar. Sí, los cuatro últimos meses habían sido un martirio.

Todo aquello hacía que Fernanda se sintiera totalmente aislada. La única persona que sabía por lo que estaba pasando era el abogado, Jack Waterman. Se había mostrado comprensivo, atento y maravilloso, y aquella misma mañana habían decidido que en agosto pondrían la casa en venta. Llevaban allí cuatro años y medio, y a los niños les encantaba. Pero no podía hacer nada. Tendría que pedir ayuda para que pudieran seguir en sus respectivas escuelas, pero de momento ni siquiera se atrevía a hacer eso. Aún seguía tratando de ocultar la magnitud del descalabro económico de su marido. Lo hacía por él, pero también porque no quería dejarse vencer totalmente por el pánico. Mientras la gente a la que debían dinero siguiera pensando que tenían fondos, le darían tiempo para pagar. Por el momento, achacaba el retraso a los trámites con el testamento y los impuestos. Trataba de ganar tiempo, y nadie sabía nada.

Los periódicos hablaron del hundimiento de algunas de las empresas en las que Allan había invertido, pero, milagrosamente, nadie relacionó las diferentes catástrofes, sobre todo porque en muchos casos nadie sabía que él era el principal inversor. En conjunto, todo era una maraña de mentiras y problemas que acosaban a Fernanda día y noche, mientras trataba de ayudar a sus hijos y superar el dolor de haber perdido al único hombre al que había amado. Estaba tan aterrada y aturdida que le resultaba difícil asimilar lo que le estaba pasando.

La semana anterior había visitado al médico porque hacía meses que apenas dormía. El hombre había propuesto ponerla en tratamiento, pero ella se negó. Quería ver si era capaz de superar la situación sin medicarse. Sin embargo, lo cierto es que, aunque trataba de poner un pie delante del otro y seguir adelante día tras día, aunque solo fuera por sus hijos, se sentía rota y desesperada. Tenía que solucionar aquel embrollo y encontrar la forma de mantenerlos. Pero a veces, sobre todo por la noche, el pánico la dominaba.

Fernanda miró el reloj de la enorme y elegante cocina de granito blanco y vio que disponía solo de cinco minutos para llegar a la escuela. Tendría que darse prisa. Puso una goma alrededor del nuevo montón de facturas y las arrojó en la caja con las restantes. En algún sitio había oído decir que a veces la gente se enfurece con sus seres queridos cuando se mueren, pero a ella no le había pasado. Lo único que hacía era llorar, y lamentar que hubieran sido tan locos para dejarse cegar por el éxito de Allan y permitir que lo destruyera a él y destrozara sus vidas. Pero no estaba furiosa; solo triste y asustada.

Cuando salió por la puerta, con el bolso y las llaves del coche en la mano, vestida con tejanos, camiseta blanca y sandalias, se la veía menuda y ágil. Tenía el pelo largo y rubio, y lo llevaba recogido en una trenza a la espalda. Observada de pasada, presentaba el mismo aire que su hija. Ashley tenía doce años, pero estaba madurando muy deprisa y ya era casi tan alta como su madre.

Cuando Fernanda estaba cerrando de un portazo con gesto pensativo, vio que Will subía los escalones. Era un chico alto, con el pelo oscuro y clavadito a su padre. Grandes ojos azules y complexión atlética. Últimamente parecía un hombre hecho y derecho, y hacía lo que podía por ayudar a su madre. Siempre la encontraba llorando, o inquieta, y le preocupaba mucho más de lo que dejaba ver. Fernanda se detuvo un momento en la escalera y se puso de puntillas para darle un beso. El chico tenía dieciséis años, pero aparentaba dieciocho o veinte.

—¿Estás bien, mamá?

Era una pregunta absurda. No estaba bien desde hacía cuatro meses. Sus ojos siempre parecían asustados, y él no podía hacer nada. Su madre le miró y asintió.

—Sí —dijo evitando sus ojos—. Voy a recoger a Ash y a Sam. Te prepararé un sándwich cuando vuelva —le prometió.

—Puedo hacérmelo yo mismo. —Le sonrió—. Esta noche tengo un partido.

Will jugaba al béisbol y al lacrosse, y a su madre le encantaba verlo en los partidos y en los entrenamientos. Pero últimamente la notaba tan distraída que Will no estaba seguro de que viera gran cosa.

—¿Quieres que vaya yo a recogerlos? —se ofreció.

Ahora él era el hombre de la casa. Había sido un choque muy fuerte para él, para todos, y hacía lo que podía por estar a la altura de su nuevo papel. Le costaba hacerse a la idea de que su padre ya nunca volvería. Aquello había trastocado radicalmente sus vidas. Y su madre ya no era la misma. A Will a veces le preocupaba que condujera el coche. Era un peligro en la carretera.

—Estoy bien —repitió ella tranquilizándolo, aunque no engañaba a nadie.

Fue hacia su monovolumen, abrió la puerta, saludó a su hijo y subió. Un momento después, salió a la carretera; su hijo la siguió con la mirada y vio cómo se saltaba el stop de la esquina. Luego, como si llevara el mundo entero sobre su espalda, abrió la puerta con su llave, entró en la silenciosa casa y cerró. Por culpa de un estúpido viaje a México su padre había cambiado sus vidas para siempre. Antes de morir, siempre estaba viajando, haciendo cosas que él consideraba importantes. En los últimos tiempos no paraba casi nunca en casa; siempre estaba fuera ganando dinero. No había asistido a ninguno de sus partidos en los tres últimos años. Sí, puede que Fernanda no estuviera furiosa con él por lo que les había hecho al morirse, pero desde luego él sí lo estaba. Cada vez que miraba a su madre y veía en qué estado se encontraba, odiaba a su padre por lo que le había hecho. Los había abandonado. Will lo odiaba por aquello, y eso que no sabía de la misa la mitad.

4

Cuando Peter Morgan bajó del autobús en San Francisco, se quedó mirando a su alrededor unos minutos. El autobús le dejó al sur de Market, una zona con la que no estaba familiarizado. Cuando él vivía allí, todas sus actividades se desarrollaban en mejores barrios. Tenía una casa en Pacific Heights, un apartamento en Nob Hill que utilizaba para los chanchullos con la droga y negocios en Silicon Valley. Nunca había frecuentado los barrios pobres. Pero, con aquella ropa que le había proporcionado el Estado, no desentonaba en el lugar.

Durante un rato estuvo paseando por Market Street, tratando de acostumbrarse a la presencia de la gente, y se sintió vulnerable y acosado. Sabía que tendría que acostumbrarse pronto. Pero, después de pasar casi cuatro años y medio en Pelican Bay, se sentía en la calle como un pez fuera del agua. Entró en un bar y pidió una hamburguesa y café y, mientras los saboreaba junto con su libertad recién recuperada, le pareció que era lo mejor que había comido en su vida. Luego se quedó fuera, observando a la gente. Había mujeres y niños, y hombres que parecían dirigirse con gesto decidido a algún sitio. Había personas sin techo tiradas a las puertas de las casas y borrachos dando tumbos. El tiempo era agradable, y Peter se limitó a deambular por las calles sin rumbo fijo. Sabía que en cuanto llegara al albergue tendría que empezar a acatar normas. Así que primero quería saborear un poco su libertad. Dos horas después subió a un autobús y, tras preguntar por la dirección, se dirigió al distrito de Mission.

Cuando Peter bajó del autobús, buscó la calle Dieciséis, que era donde estaba el albergue, y se quedó fuera, mirando su nueva casa. Se alejaba bastante de los lugares donde había vivido antes de entrar en la cárcel. No pudo evitar pensar en Janet y en sus hijas. ¿Dónde estarían? Había añorado terriblemente a sus hijas. En algún sitio había leído que Janet se había vuelto a casar. En alguna revista que hojeó en la cárcel. Él había perdido sus derechos como padre hacía años, así que supuso que el nuevo marido de Janet las habría adoptado. Para Janet, él había dejado de existir hacía mucho tiempo, y para sus hijas también. Subió la escalera de aquel albergue ruinoso, intentando apartar los recuerdos de su cabeza. Allí se alojaban drogadictos que trataban de desintoxicarse y presos con la condicional.

El vestíbulo olía a gato, orina y comida que se estaba quemando, y la pintura se caía de las paredes. Era un sitio espantoso para una persona con un máster en administración de empresas de Harvard, pero también lo era Pelican Bay, y había sobrevivido allí más de cuatro años. Sí, sobreviviría allí también. Porque, por encima de todo, Peter era un superviviente.

Detrás del mostrador de recepción había un negro alto, delgado y sin dientes, y Peter se dio cuenta de que tenía señales de pinchazos en los brazos. Llevaba una camiseta de manga corta y no parecía importarle que se vieran las marcas. Además, a pesar del color de su piel, llevaba unas lágrimas tatuadas en la cara, lo que significaba que había estado en la cárcel. Cuando Peter entró, el hombre levantó la vista y le sonrió. Parecía agradable. En los ojos de Peter reconoció el aire desorientado de un preso recién salido de la cárcel.

—¿Puedo ayudarte, amigo?

Conocía muy bien aquel aspecto, la ropa y el corte de pelo, y a pesar de los orígenes claramente aristocráticos de Peter, supo que también había estado en la cárcel. Había algo en su forma de andar y en la cautela con que lo miraba que lo decía todo. Enseguida se reconocieron como personas que tenían un vínculo co-

46

mún. En aquellos momentos, Peter tenía más en común con el hombre del mostrador que con la gente de su antiguo mundo. Ahora ese era su mundo.

Peter le entregó sus papeles. Dijo que le esperaban. El hombre del mostrador lo miró, asintió con un gesto, cogió una llave del cajón y se levantó.

—Te enseñaré tu habitación —le dijo.

—Gracias —replicó Peter muy escueto.

Sus defensas volvían a estar activas, igual que lo habían estado en los cuatro últimos años. Peter sabía que allí no estaba mucho más seguro que en Pelican Bay. Era más o menos la misma chusma. Y muchos volverían a la cárcel. No quería ser uno de ellos, no quería que le revocaran la condicional por una pelea.

Subieron dos tramos de escaleras envueltos en aquel olor a rancio. Era un edificio victoriano bastante deteriorado, que se había recuperado para aquel uso en concreto. Allí solo vivían hombres. Arriba olía a gato y a cajones de arena que no se cambiaban con frecuencia. El encargado del albergue fue hasta el final del pasillo, se paró ante una puerta y llamó con los nudillos. No hubo respuesta. Metió la llave en la cerradura, abrió la puerta y dejó que Peter pasara. La habitación no era mucho mayor que un trastero. La moqueta del suelo estaba muy sucia; había unas literas, dos baúles, una mesa destartalada y una silla. La única ventana de la habitación daba a la parte trasera de otra casa que necesitaba desesperadamente una buena mano de pintura. Era de lo más deprimente. Al menos las celdas de Pelican Bay eran modernas, y estaban limpias y bien iluminadas. O al menos la suya. Aquello parecía una pensión de mala muerte.

—El cuarto de baño está al fondo del pasillo. Hay otro hombre en esta habitación, creo que está trabajando —le explicó el encargado.

—Gracias.

Peter se dio cuenta de que la cama de arriba no tenía sábanas, y comprendió que tendría que conseguir un juego por su cuenta o dormir sobre el colchón, como hacían otros. La mayoría de las cosas de su compañero de habitación estaban tiradas por el suelo. Aquel sitio parecía una cuadra. Durante un momento, Peter se quedó mirando por la ventana, sintiendo cosas que no había experimentado desde hacía años. Desesperación, tristeza, miedo. No tenía ni idea de adónde ir. Tenía que conseguir trabajo. Necesitaba dinero. Debía mantenerse limpio. Era muy fácil recurrir a las drogas otra vez para salir de aquel embrollo. La perspectiva de trabajar en un McDonald's o de fregaplatos no le entusiasmaba. Cuando el encargado se fue, Peter subió a la cama de arriba y permaneció tumbado, mirando al techo. Finalmente, después de pasar un buen rato tratando de no pensar en todo lo que tenía que hacer, se quedó dormido.

En el momento exacto en que Peter Morgan entraba en su habitación del albergue del distrito de Mission en San Francisco, Carlton Waters entraba en la suya en el albergue de Modesto. En la habitación que le habían asignado dormía también un hombre que había sido compañero suyo en la cárcel de San Quintín durante doce años, Malcolm Stark. Eran viejos amigos, y Waters sonrió en cuanto lo vio. Había asesorado a Stark en cuestiones legales y gracias a eso había conseguido que lo soltaran.

—¿Qué haces aquí?

Waters parecía contento de verle, y Stark sonrió. Aunque trataba de disimularlo, después de veinticuatro años en la cárcel, para él el choque cultural era enorme. Era un alivio encontrar a un amigo.

—Salí el mes pasado. Tuve que cumplir otros cinco en Soledad y me soltaron el año pasado. Hace seis meses me retiraron la condicional por posesión de arma de fuego. No gran cosa. Salí hace un mes. Este sitio no está mal. Creo que por aquí hay un par de tíos a los que conoces.

—¿Por qué te metieron en Soledad? —preguntó Waters, mirándolo.

Stark llevaba el pelo largo y tenía la cara llena de cicatrices. De pequeño había participado en muchas peleas.

—Me pillaron en San Diego. Conseguí un trabajillo de camello en la frontera. —Cuando lo conoció en San Quintín, también estaba allí por tráfico de drogas. Era el único trabajo que Stark conocía. Tenía cuarenta y seis años, se había criado en centros del Estado y traficaba con drogas desde los quince años. Consumía desde los doce. Pero la primera vez que estuvo en la cárcel también tenía cargos por homicidio involuntario. Alguien había resultado muerto en un intercambio que no salió bien—. Esta vez no hubo heridos.

Waters asintió. En realidad, aquel tipo le caía bien, aunque en su opinión era un zoquete por haberse dejado atrapar otra vez. Y el trabajo de camello era de lo más tirado. Significaba que le pagaban por pasar droga por la frontera y, si le habían cogido, evidentemente era porque no había sido lo bastante listo. Pero tarde o temprano a todos los pillaban. O a casi todos.

—Bueno, ¿y quién más hay por aquí? —preguntó Waters.

Para ellos, haber estado en la cárcel era como formar parte de un club o una fraternidad.

—Jim Free y algunos otros conocidos tuyos. —Jim Free. Carlton recordaba que había estado en Pelican Bay por intento de asesinato y secuestro. Un tipo le había pagado para que matara a su mujer y él lo había fastidiado. Tanto él como el marido sacaron una de diez. Diez años. Una de cinco eran cinco años. Pelican Bay y, antes de que existiera, San Quintín eran consideradas las escuelas de graduación del crimen. Algo parecido al máster en administración de empresas en Harvard de Peter Morgan—. ¿Qué vas a hacer ahora, Carl? —preguntó Stark, como si estuvieran charlando de las vacaciones o de un negocio que estaban a punto de iniciar. Como dos empresarios hablando de su futuro.

—Tengo algunas ideas. He de presentarme ante mi agente de la condicional y quiero ver a cierta gente para un trabajo.

Waters tenía familia en la zona y llevaba años haciendo planes.

—Yo trabajo en una granja, empaquetando tomates —le explicó el otro—. Es una mierda, pero la paga está bien. Lo que quiero es conducir un camión. Pero dicen que tengo que seguir con los tomates tres meses, hasta que me conozcan un poco.

Aún me quedan dos. Si te interesa necesitan gente —le sugirió de pasada, tratando de ayudar.

—Quiero ver si puedo encontrar trabajo en una oficina. Estoy algo fofo.

Waters sonrió. Nada más lejos de la realidad; estaba en una excelente forma, pero no le apetecía el trabajo manual. Quería algo mejor. Y, con un poco de suerte, lo encontraría. El oficial de suministros para el que había trabajado los dos últimos años le había dado muy buenas referencias, y había aprendido a utilizar un ordenador. Y haber escrito artículos le había proporcionado cierta soltura con la escritura. Aún quería escribir un libro sobre su vida en la cárcel.

Los dos hombres se sentaron y estuvieron charlando un rato. Luego salieron a comer. Tenían que firmar cuando entraban y salían, y estar de vuelta a las nueve. Cuando se dirigía hacia el restaurante con Malcolm, Carlton Waters solo era capaz de pensar en lo extraño que resultaba caminar por la calle y salir a comer fuera. No había hecho aquello desde hacía veinticuatro años, desde los diecisiete. Había pasado el sesenta por ciento de su vida en la cárcel y ni siquiera había apretado el gatillo. Al menos eso es lo que había dicho al juez, y nadie había sido capaz de demostrar lo contrario. Ahora todo había acabado. En la cárcel había aprendido muchas cosas que de otro modo no sabría. La cuestión era qué hacer con aquella información. De momento, no tenía ni idea.

Fernanda recogió a Ashley y a Sam en el colegio, dejó a Ashley en la clase de ballet y volvió a casa con Sam. Como siempre, encontraron a Will en la cocina. Cuando estaba en casa, pasaba la mayor parte del tiempo comiendo, aunque por su aspecto no lo parecía. Era muy atlético, delgado y fuerte, y medía más de metro ochenta. Allan medía casi metro noventa y, al paso que iba, Fernanda supuso que Will no tardaría en alcanzarle.

—¿A qué hora es el partido? —preguntó mientras le servía a Sam un vaso de leche, añadía una manzana a un plato de galletitas y lo ponía ante él.

Will estaba comiendo un sándwich que rebosaba de pavo, tomate y queso. La mayonesa y la mostaza goteaban. Comía muchísimo.

—A las siete —contestó Will entre bocado y bocado—. ¿Vas a ir?

La miró, como si no le diera importancia, aunque ella sabía que sí la tenía. Fernanda siempre iba a verle jugar. Incluso ahora que tenía tantas cosas en la cabeza... Le encantaba estar allí, y además era su obligación. O lo había sido hasta entonces. Pronto tendría que dedicarse a otras cosas. Pero, por el momento, seguía siendo madre a tiempo completo y disfrutaba de cada minuto que dedicaba a ello. Ahora que Allan no estaba, valoraba mucho más el hecho de poder estar junto a sus hijos.

—¿Me lo iba a perder? —Fernanda le sonrió con aire cansado, tratando de no pensar en el nuevo montón de facturas que había dejado en la caja antes de ir a recoger a los niños. Cada día parecía haber más y más facturas. Antes no tenía ni idea de que su marido gastara tanto. Y no sabía qué hacer para pagar todo aquello. Tenían que vender la casa muy pronto y sacar lo máximo posible. Pero trató de no pensar en eso mientras hablaba con Will—. ¿Contra quién jugáis?

—Contra un equipo de Marin. Dan pena. Seguro que ganamos. —Le sonrió y ella le devolvió la sonrisa, mientras Sam comía las galletas, sin hacer caso de la manzana.

—Eso está bien. Cómete la manzana, Sam —dijo Fernanda sin volver la cabeza, y él gruñó.

—No me gustan las manzanas —refunfuñó él.

Era un adorable niño de seis años, pelirrojo y con ojos castaños.

—Entonces cómete un melocotón. Tienes que comer fruta, no solo galletas.

Incluso en medio del desastre, la vida seguía. Partidos, ballet, meriendas... Fernanda procuraba ceñirse a su rutina de siempre, sobre todo por ellos. Pero también por sí misma. Sus hijos eran lo único que podía ayudarla a superar aquello.

—Will no come fruta —dijo el niño con gesto malhumorado.

Podía decirse que tenía un hijo de cada color. Will tenía el pelo oscuro como su padre, Ashley era rubia como ella y Sam había salido pelirrojo, aunque ignoraban a qué miembro de la familia debían aquel detalle. Que ellos supieran, no había pelirrojos en la familia por ninguno de los dos lados. Con aquellos grandes ojos castaños y las abundantes pecas, parecía el niño de un anuncio o de unos dibujos animados.

—Por lo que he visto, diría que Will está comiendo todo lo que había en la nevera. No le queda sitio para comer también fruta.

Le dio a Sam un melocotón y una mandarina, y consultó su reloj. Eran poco más de las cuatro; si Will tenía partido a las siete, eso significaba que la cena tenía que estar lista a las seis. A las cinco debía recoger a Ashley después de la clase de ballet. Su vida estaba rota en diferentes pedacitos, como siempre, solo que ahora era peor, y ya no tenía quien la ayudara. Poco después de morir Allan, había despedido a la asistenta y a la canguro que la ayudaba a cuidar a Sam. Se había visto obligada a reducir los gastos al mínimo y lo hacía todo ella misma, incluido el trabajo de la casa. Pero a los chicos les gustaba. Les encantaba tenerla siempre con ellos, aunque Fernanda sabía que añoraban a su padre.

Siguieron sentados a la mesa de la cocina, juntos. Sam se quejó porque un chico de cuarto grado se había metido con él en el colegio. Will dijo que esa semana tenía que entregar un trabajo de ciencias, y le pidió que le comprara hilo de cobre. Luego le explicó a su hermano lo que había que hacer con los matones del colegio. Él estudiaba secundaria; los dos pequeños aún estaban en primaria. Will había conseguido mantener el nivel a pesar de la muerte de su padre, pero las notas de Ashley habían caído en picado, y la maestra de primer curso de Sam decía que lloraba mucho. Aún estaban bajo los efectos del choque. Igual que Fernanda. Tenía ganas de llorar todo el tiempo. Los chicos casi se habían acostumbrado. Cada vez que Will o Ashley entraban en su habitación, la encontraban llorando. Delante de Sam trataba de poner buena cara, pero el niño llevaba cuatro meses durmiendo con ella y a veces también la oía llorar. Lloraba incluso en sueños. Unos días antes, hablando con su hermano Will, Ashley se había quejado porque su madre ya nunca reía ni sonreía. Parecía una zombi.

—Volverá a sonreír —dijo él con sensatez—. Dale tiempo.

Will se portaba más como un adulto que como un niño, y hacía lo posible por ocupar el lugar de su padre.

Todos necesitaban tiempo para recuperarse, y él estaba haciendo un gran esfuerzo por ser el hombre de la casa. Más de lo que Fernanda hubiera querido. A veces tenía la sensación de que era una carga para él. Aquel verano el chico iría a un campamento con sus compañeros del equipo de lacrosse, y ella se alegraba. Ashley había hecho planes para ir a Tahoe, a casa de una amiga, y Sam se quedaría con ella y de día iría a un centro de ocio infantil. Era un alivio saber que los chicos iban a estar ocupados. Eso le proporcionaría tiempo para pensar y para hacer las gestiones necesarias con el abogado. Solo esperaba que la casa se vendiera rápido cuando la sacaran al mercado. Aunque eso también sería un golpe para ellos. No tenía ni idea de dónde iban a vivir. En algún lugar pequeño y barato. Fernanda también era consciente de que, tarde o temprano, la verdadera situación de Allan saldría a la luz. Había hecho lo posible por protegerlo, pero la verdad acabaría sabiéndose. No era la clase de secreto que se puede ocultar indefinidamente, aunque estaba casi segura de que, por el momento, nadie sabía nada. La necrológica había sido maravillosa, digna, y no hizo más que cantarle las alabanzas. Era lo que Allan hubiera querido.

Justo antes de las cinco, cuando se disponía a ir a buscar a Ashley, Fernanda le pidió a Will que vigilara a Sam. Entonces fue hasta el San Francisco Ballet, donde Ashley recibía clases tres veces por semana. No podría permitirse pagárselas mucho más tiempo. Cuando todo acabara, lo único que podrían hacer sería ir al colegio, tener un techo sobre sus cabezas y comer. Lo demás sería algo superfluo, a menos que consiguiera un trabajo maravilloso, cosa que no era muy probable que ocurriera. Pero no importaba. Pocas cosas importaban a esas alturas. Estaban vivos y se tenían los unos a los otros. Eso era lo único que le importaba. Pero ¿cómo era posible que Allan no hubiera entendido aquello? ¿Por qué había preferido morir a afrontar sus errores, la mala suerte y la mala opinión de los demás? Se había dejado dominar por la fiebre de los negocios y había permitido que esa fiebre lo arrastrara al precipicio a costa de todos ellos. Ella y los chicos habrían preferido mil veces tenerlo a él que todo su dinero. Y, al final, no había salido nada bueno de aquello. Algunos buenos momentos, algunos buenos juguetes y un montón de casas y propiedades que no necesitaban. Un barco y un avión que a ella le parecieron extravagancias absurdas. Los niños habían perdido a su padre y ella a su marido. Un precio demasiado alto por cuatro años de lujos. Ojalá no hubiera conseguido aquel dinero ni se hubieran ido de Palo Alto. Fernanda seguía dando vueltas a todo esto cuando paró el coche en Franklin Street, delante de la escuela de ballet. Justo en ese momento Ashley salía del edificio, vestida con mallas y zapatos de lona, con las zapatillas de ballet en la mano.

Con solo doce años, Ashley tenía un aspecto espectacular con su larga melena rubia y lisa, como la de Fernanda. Sus rasgos eran exquisitos y empezaba a tener un cuerpo espléndido. Se estaba haciendo mujer, aunque con frecuencia a Fernanda le parecía que el proceso era mucho menos gradual de lo que hubiera querido. La expresión seria de su mirada la hacía parecer mayor. Sí, todos habían madurado mucho en los cuatro últimos meses. Fernanda se sentía como si tuviera cien años, y no los cuarenta que iba a cumplir en verano.

—¿Cómo ha ido la clase? —le preguntó a su hija cuando se instaló en el asiento del acompañante, mientras en Franklin empezaba a formarse una cola de coches detrás del suyo y los cláxones comenzaban a sonar. En cuanto Ashley se puso el cinturón, su madre arrancó.

—Ha ido bien.

Aunque normalmente hablaba de sus clases de ballet con apasionamiento, Ashley parecía cansada y triste. Ahora todo les costaba mucho más trabajo a todos. Fernanda se sentía como si hubiera pasado los cuatro últimos meses nadando contra corriente. Y, por lo visto, Ashley también. Añoraba mucho a su padre. Todos lo añoraban.

—Will tiene un partido esta tarde. ¿Quieres ir? —preguntó Fernanda mientras circulaban en dirección norte por Franklin en plena hora punta.

Ashley meneó la cabeza.

—Tengo deberes.

Por lo menos se esforzaba, aunque no se notara en sus notas. Pero Fernanda procuraba no atosigarla. Seguramente en aquella situación ella tampoco habría sacado buenas notas. Y lo cierto es que se sentía como si estuviera suspendiendo en todo. Hacer un par de llamadas, ocuparse de las facturas, la casa y los niños, y afrontar la realidad un día tras otro casi era demasiado.

—Necesito que cuides de Sam esta tarde mientras estoy fuera. ¿De acuerdo?

Ashley asintió. Antes Fernanda nunca los dejaba solos, pero ahora no tenía con quién dejarlos. La mujer no tenía a quién recurrir. El éxito repentino de Allan los había aislado de todo el mundo. Sus amigas de toda la vida se habían sentido demasiado incómodas cuando aquel golpe de suerte los convirtió de pronto en millonarios. Sí, el dinero les había cambiado demasiado la vida; los había aislado. Y la muerte de Allan y sus problemas financieros los habían aislado aún más. Fernanda no deseaba que nadie supiera lo apurada que estaba. Seleccionaba las llamadas; no quería hablar con nadie. Solo con sus hijos. Y con el abogado. Tenía los síntomas clásicos de la depresión, pero ¿quién no los habría tenido? A los treinta y nueve años, se había quedado de golpe viuda y estaba a punto de perderlo todo, incluso la casa. Lo único que le quedaba eran sus hijos.

Cuando llegaron a casa, preparó la cena. A las seis la mesa estaba puesta. Preparó hamburguesas y ensalada, y una fuente con patatas fritas. No era una comida muy sana, pero al menos los niños se la comían. En cambio ella no se molestó en ponerse la hamburguesa. Estuvo jugando con su comida y la mayor parte acabó en la basura. Casi nunca tenía ganas de comer, ni

Ashley tampoco. En los cuatro últimos meses había crecido y adelgazado y eso hacía que pareciera mayor.

Cuando Fernanda y Will salieron a las siete menos cuarto para ir a Presidio, Ashley se quedó en su habitación haciendo deberes y Sam se puso a ver la tele. Will llevaba su calzado especial y su equipo de béisbol. Por el camino no le dijo gran cosa. Los dos se mantuvieron callados y pensativos y, cuando llegaron, Fernanda fue a sentarse a las gradas con los otros padres. Nadie le habló, y ella tampoco trató de entablar conversación con nadie. La gente no sabía qué decirle. Su pena les hacía sentirse incómodos. Era como si tuvieran miedo de que la pérdida se contagiara. Las mujeres con una vida y un marido agradables y normales no querían acercarse a ella. De pronto, por primera vez en diecisiete años, estaba sola y, mientras seguía el partido en silencio, se sintió como una paria.

Will consiguió hacer dos *home runs*. Su equipo ganó por 6 a 0, y en el coche, cuando volvían a casa, parecía satisfecho. Le encantaba ganar. Odiaba perder.

—¿Quieres que paremos a comprar una pizza? —propuso Fernanda.

El chico vaciló y luego dijo que sí. Cogió el dinero que le dio su madre, entró corriendo en la pizzería y compró una grande que llevaba de todo. Cuando volvió al coche, se sentó con la pizza en el regazo y sonrió a su madre.

—Gracias, mamá...; gracias por venir...

En realidad quería decir otra cosa, pero no sabía cómo. Quería decirle que para él significaba mucho que siempre fuera a verlo jugar. ¿Por qué su padre nunca lo había hecho cuando estaba vivo? No había ido a verle jugar desde que era pequeño. Nunca le había visto jugar al lacrosse. Algunas veces Allan lo llevaba con sus socios a algún partido de las World Series o de la Super Bowl, pero eso era distinto. Nunca iba a verle jugar. Su madre sí. Mientras conducía de camino a casa, Fernanda se giró para mirarle y él le sonrió. Fue uno de esos momentos especiales que a veces se producen entre una madre y sus hijos, y que se recuerdan toda la vida.

Cuando subió con el coche la rampa de su casa, más allá de la bahía el cielo se había teñido de un rosado y un malva suaves. Fernanda se quedó mirándolo un momento, mientras Will bajaba con la pizza en las manos. Por primera vez desde hacía meses, experimentó una sensación de confianza, paz y bienestar, como si se sintiera capaz de aguantar lo que la vida le había echado encima y supiera que iban a superarlo. Después de todo, quizá todas las cosas saldrían bien, se dijo a sí misma mientras cerraba el coche y seguía a Will por los escalones de la entrada. Iba sonriendo y, cuando cerró la puerta con suavidad a su espalda, Will ya estaba en la cocina.

5

Carlton Waters se presentó puntualmente ante su agente de la condicional dos días después de salir. Casualmente, resultó que tenía el mismo agente de la condicional que Malcolm Stark, así que fueron juntos. Ambos tenían que presentarse todas las semanas. Stark estaba decidido a no volver a la cárcel. Desde que salió se había mantenido limpio, y en la granja de tomates ganaba lo bastante para ir tirando, comer en los cafés locales y pagarse algunas cervezas. Waters había ido a pedir trabajo en el despacho de la granja donde trabajaba Stark. Le dijeron que el lunes tendría una respuesta.

Los dos hombres decidieron pasar el fin de semana juntos, aunque el domingo Carl dijo que quería visitar a unos parientes. No podían salir de la zona y necesitaban permiso para abandonar el distrito, pero Waters le dijo a Stark que vivían cerca. No les veía desde que era un crío. El sábado por la noche cenaron en una cafetería cercana y luego vieron un partido de béisbol en un bar. A las nueve en punto estaban de vuelta en el albergue. Ninguno de los dos quería problemas. Habían cumplido su condena y ahora deseaban estar tranquilos; querían ser libres y evitar los problemas.

Waters dijo que esperaba que le dieran aquel trabajo; si no, tendría que empezar a buscar otra cosa. Pero no le preocupaba. A las diez, los dos hombres estaban durmiendo en sus respectivas literas y, al día siguiente, cuando Stark se levantó a las siete,

Carl ya no estaba. Le había dejado una nota. Decía que iba a visitar a sus parientes y que se verían por la noche. Más tarde, Stark observó en el registro que había salido a las seis y media de la mañana. Él pasó el resto del día en el albergue, viendo un partido por la tele y hablando con los demás. No concedió mayor importancia a la salida de Carl. Le había dicho que iba a visitar a unos parientes y, cuando le preguntaban por él, eso decía.

Malcolm Stark estuvo con Jim Free desde alrededor de mediodía. Fueron andando hasta el chiringuito más cercano y compraron unos tacos para comer. Free era el hombre al que habían pagado para asesinar a una esposa, lo fastidió todo y acabó junto con el marido en la cárcel. Pero nunca hablaban de sus crímenes cuando estaban juntos. Ninguno de ellos lo hacía. En la cárcel, a veces sí hablaban del tema, pero en la calle no; todos querían dejar atrás el pasado. No obstante, Free tenía aspecto de haber estado en la cárcel. Tenía tatuajes en los brazos y las habituales lágrimas en la cara. Daba la sensación de que nada ni nadie le asustaban. Podía cuidarse solito.

Aquella noche los dos hombres estuvieron comiendo los tacos y hablando del partido, de otros partidos que habían visto, de sus jugadores favoritos, de los porcentajes de los bateadores y de momentos históricos del béisbol que les habría gustado ver en directo. Era la clase de conversación que hubieran podido mantener dos hombres cualesquiera. Stark sonrió cuando Free le habló de una chica que acababa de conocer. Trabajaba de camarera en la cafetería que había cerca de la gasolinera donde trabajaba. Dijo que era la chica más guapa que había visto y que se parecía mucho a Madonna. Stark lanzó una risotada. Había oído otras veces descripciones como aquella en la trena, y siempre le hacían cuestionarse la agudeza visual del interesado. Al verlas en persona, las mujeres nunca se parecían en nada a las descripciones. Pero, si eso era lo que Jim Free pensaba, no sería él quien dijera lo contrario. Un hombre tiene derecho a tener sueños e ilusiones.

—¿Sabe que has estado en la cárcel? —le preguntó con interés.

—Sí. Se lo he contado. Su hermano también cumplió condena de pequeño por robo de coches. No parece que le preocupe.

La mayoría de la gente parecía medir el tiempo según quién había estado o dejado de estar en la cárcel y durante cuánto tiempo. No les importaba. Era como un club o una sociedad secreta. Y siempre acababan encontrándose.

—¿Has salido ya con ella? —Stark también había puesto los ojos en una mujer, en la planta de envasado de tomates, pero todavía no se había atrevido a acercarse. Sus dotes de conquistador estaban un poco oxidadas.

—He pensado pedírselo el próximo fin de semana —dijo Free algo cortado.

En la cárcel, todos soñaban con aventuras amorosas y momentos de pasión desbordada. Pero, cuando salían, la cosa resultaba más difícil de lo que esperaban. En muchos sentidos, eran neófitos en el mundo real. A veces lo más difícil era buscar una mujer. La mayor parte del tiempo, los hombres del albergue frecuentaban la compañía de los demás, a menos que estuvieran casados. Pero incluso a estos les costaba volver a amoldarse a sus esposas. Estaban tan acostumbrados a un mundo de hombres, sin mujeres, que en cierto modo les resultaba más fácil seguir en ese mundo, como curas u hombres que han pasado demasiado tiempo en el ejército. Las mujeres suponían un añadido incómodo. La compañía de los hombres les era más familiar y sencilla.

Aquella bonita noche de primavera, Stark y Free estaban sentados en los escalones de la entrada, charlando, cuando Carlton Waters llegó. El hombre les sonrió, con expresión relajada, como si hubiera pasado un día agradable. Llevaba una camisa azul de algodón abierta con una camiseta debajo, vaqueros y unas botas de vaquero polvorientas. Había recorrido a pie por una pista de tierra, casi un kilómetro, la distancia que había desde la parada del autobús. Parecía de buen humor. Sonreía y se le veía relajado.

—¿Cómo está tu familia? —preguntó Stark educadamente. Era curioso, pero allá afuera los modales parecían importantes y uno se sentía obligado a preguntar. En la cárcel siempre era mejor no meterse en los asuntos de nadie, no preguntar nada. En lugares como Pelican Bay la gente se ofendía cuando se le hacían preguntas.

—Supongo que bien. Debe de haber pasado algo. He tenido que coger dos autobuses para llegar hasta la granja y que me caiga muerto si no habían salido. Llamé para avisar de que iba, pero a lo mejor se han olvidado. Me quedé por allí, estuve un rato sentado en el porche, bajé al pueblo y comí algo. Y luego cogí el autobús de vuelta.

No parecía molesto. Era agradable volver a viajar en autobús a algún sitio y caminar bajo el sol. No había tenido ocasión de hacer algo así desde que era niño. Y eso es lo que parecía sentado allí con los otros dos en los escalones. Se le veía más contento que el día anterior. La libertad le sentaba bien. Se echó hacia atrás contra los escalones, como si le hubieran quitado un peso de encima, y Malcolm Stark le sonrió. Casi no tenía muelas, solo los dientes frontales.

—Si no te conociera, diría que todo ese rollo de la familia es una trola y que has pasado el día con una mujer —bromeó Stark.

Waters mostraba ese aire satisfecho y alelado que tiene la gente después de una fantástica sesión de sexo.

Carlton Waters se rió, tiró una piedra al camino y no dijo nada más. A las nueve en punto se levantaron, se desperezaron y entraron. Firmaron en el registro y fueron a sus respectivas habitaciones. Waters y Stark estuvieron un rato hablando en las literas, y Jim Free se fue a su cuarto. Ya estaban acostumbrados al ritual pacífico de que los encerraran todas las noches, así que no era ningún trauma tener que seguir unas normas o un toque de queda.

Stark tenía que levantarse a las seis para ir a trabajar. A las diez, él y Waters estaban dormidos, como los restantes habitantes del albergue. Viéndolos dormir tan pacíficamente, nadie habría sospechado lo peligrosos que eran ni el daño que habían hecho antes de llegar allí. Pero, afortunadamente, puede decirse que habían aprendido la lección.

6

Como era habitual, Fernanda pasó el fin de semana con sus hijos. Ashley tenía que ensayar un espectáculo de ballet que estaba preparando para junio; luego Fernanda la llevó con sus amigas, porque habían quedado para ir al cine y comer juntas. Fernanda la llevaba a todas partes, con Sam sentadito en el asiento delantero, a su lado. Había invitado a un amigo del niño a pasar el sábado con ellos para que jugaran y, mientras Ashley estaba en el ensayo, fueron a ver uno de los partidos de Will. Los niños la tenían ocupada, y a ella le encantaba. Eran su salvación.

El domingo estuvo revisando unos papeles mientras Ashley dormía, Sam veía un vídeo y Will estaba en su cuarto preparando el trabajo de ciencias, con el sonido de un partido de los Giants de fondo en el televisor. Era un partido aburrido; los Giants iban perdiendo, así que Will no prestaba mucha atención. Fernanda trataba de concentrarse sin éxito en unos impresos de impuestos que el abogado le había dado para que rellenara. Le hubiera gustado ir a la playa a pasear con los niños. Lo propuso a la hora de comer, pero nadie estaba de humor. Lo único que quería Fernanda era olvidarse de todos aquellos papeles. Acababa de hacer una pausa para tomarse un té en la cocina cuando se oyó una explosión muy cerca. En realidad, por el sonido parecía que había sido justo al lado. Luego silencio. Sam entró corriendo en la cocina y la miró. Los dos parecían muy asustados.

—¿Qué ha pasado? —le preguntó el niño con cara de preocupación.

—No lo sé. Pero ha sonado muy fuerte.

A lo lejos ya se oían las sirenas.

—Más que fuerte —la corrigió Will cuando entró corriendo.

Un minuto más tarde, cuando todos estaban en la cocina preguntándose qué había pasado, Ashley apareció en la escalera, con expresión confusa. Las sirenas parecían estar ya en su calle y cada vez sonaban más cerca. Había muchas, y por la ventana vieron pasar tres coches de policía a toda velocidad, con las luces destellando.

—¿Qué crees que pasa, mamá? —preguntó Sam otra vez, exaltado.

Parecía como si hubiera explotado una bomba en casa de alguno de sus vecinos, aunque no era muy probable.

—Quizá ha habido una explosión de gas —sugirió Fernanda mientras los cuatro miraban por la ventana y veían pasar a toda prisa más luces.

Se acercaron a la puerta y se asomaron. Una docena de coches de policía se había detenido calle abajo, y seguían llegando más, aparte de tres coches de bomberos que pasaron como una exhalación. Fernanda y los niños bajaron hasta la acera y vieron un coche en llamas y a los bomberos que apuntaban las mangueras hacia él. Todos habían salido de sus casas y comentaban lo que había pasado. Unos pocos se acercaron al coche por curiosidad, pero la policía los obligó a retroceder. Llegó el coche de un jefe de policía, pero lo más emocionante ya parecía haber pasado porque las llamas se habían apagado.

—Parece que un coche se ha incendiado. Debe de haber estallado el depósito de gasolina —explicó Fernanda razonablemente.

La parte más emocionante ya había acabado, pero por todas partes había coches de policía y de bomberos. El jefe de policía se bajó de un coche.

—A lo mejor era un coche bomba —dijo Will con curiosidad.

Al final, volvieron a entrar en casa a pesar de las protestas de Sam. Quería ver los camiones de los bomberos, pero la policía no permitía que nadie se acercara. Un montón de policías acordonaba el lugar, y no dejaban de llegar más. Fernanda no entendía que un coche en llamas suscitara tanto interés, pero desde luego la explosión había sido impresionante. Ella había dado un bote del susto.

—No creo que haya sido un coche bomba —comentó Fernanda cuando ya estaban dentro—. Yo diría que cuando un depósito de gasolina explota debe de armar un buen escándalo. Seguramente llevaba rato ardiendo y nadie se ha dado cuenta.

—Y ¿por qué se va a quemar un coche? —preguntó Ashley con expresión desconcertada.

A ella le parecía una tontería, pero se había asustado de todos modos.

—Son cosas que pasan. A lo mejor alguien dejó caer un cigarrillo en el interior sin darse cuenta. Algo así. O a lo mejor ha sido un acto de vandalismo.

No parecía muy probable, sobre todo en aquel barrio. Fernanda no sabía qué otra explicación podía haber.

—Pues yo sigo pensando que era un coche bomba —insistió Will, contento de poder olvidarse un rato de su trabajo de ciencias. Odiaba aquel trabajo, y cualquier excusa era buena para dejarlo, y aún más un coche bomba.

—Juegas demasiado al Nintendo —le dijo Ashley a su hermano con cara de disgusto—. La gente solo hace estallar coches en las películas.

Todos volvieron a sus respectivas actividades. Fernanda siguió con los papeles del abogado Jack Waterman. Cuando salía hacia su habitación, Will dijo que se le había acabado el hilo de cobre y que necesitaba más para terminar el trabajo. Su madre le prometió que compraría más el lunes. Ashley se sentó con Sam y terminó de ver el vídeo con él. Aún tendrían que pasar dos horas antes de que todos los coches de policía hubieran abandonado el lugar. Los camiones de bomberos se fueron mucho antes. Todo volvía a la normalidad, todo estaba tranquilo y Fernanda preparó la cena. Estaba poniendo los platos en el lavavajillas cuando sonó el timbre de la puerta. Al llegar a la entrada, Fernanda vaciló un momento, miró por la mirilla y vio a dos hombres que estaban hablando. No los conocía. Ella iba con unos tejanos y una camiseta, y tenía las manos mojadas. Preguntó quién era antes de abrir. «La policía», dijeron, pero a ella no le parecían policías. Ninguno vestía de uniforme y, mientras Fernanda pensaba si abrir o no, uno de ellos puso su placa ante la mirilla para que pudiera verla. Fernanda abrió con cautela y los miró con expresión confusa. Parecían personas respetables y se disculparon por tener que molestarla.

—¿Hay algún problema?

Al principio no se le ocurrió que la visita pudiera tener nada que ver con el coche que se había quemado aquella tarde. No tenía ni idea de por qué estaban allí. Durante un momento le vinieron a la mente los terribles días que siguieron a la muerte de Allan, cuando tuvo que tratar con las autoridades en México.

—Queríamos saber si puede dedicarnos un minuto. —Eran dos policías de paisano, uno asiático y el otro caucásico. Hombres bien vestidos, de cuarenta y tantos años, con camisa y corbata. Se presentaron como los detectives Lee y Stone, y le entregaron sus respectivas tarjetas mientras charlaban con ella en el vestíbulo. No había nada sospechoso en ellos. El asiático la miró y sonrió—. No queríamos asustarla, señora. Esta tarde ha habido un incidente en esta calle. Si estaba en casa, seguramente lo habrá oído. —Era agradable y educado, y enseguida hizo que se tranquilizara.

—Sí, lo hemos oído. Parece que un coche se ha incendiado. Supongo que el depósito de gasolina ha estallado.

—Es una suposición razonable —comentó el detective Lee.

La observaba como si buscara algo. Había algo en ella que parecía intrigarle. El otro no dijo nada. Dejó que su compañero llevara la conversación.

—¿Quieren pasar? —preguntó Fernanda.

Era evidente que no pensaban irse de momento.

—Si no le importa... Solo será un minuto.

Fernanda les hizo pasar a la cocina y buscó sus sandalias debajo de la mesa. Se les veía tan respetables que la avergonzó un poco haber estado hablando con ellos descalza.

—¿Quieren sentarse? —dijo señalando con el gesto la mesa, que casi estaba recogida. Limpió las migas que quedaban con ayuda de una esponja, la dejó en el fregadero y se sentó junto a ellos—. ¿Qué ha pasado?

—Aún lo estamos investigando y queríamos preguntar a los vecinos. ¿Había alguien con usted en la casa cuando ha oído la explosión?

Fernanda vio que echaba un vistazo a la elegante cocina. Era grande y bonita, con encimeras de granito blanco, modernos electrodomésticos y una enorme araña blanca en el techo. Todo en consonancia con el lujo del resto de la casa. Era una casa imponente, inmensa, muy formal, acorde con el éxito de Allan en el momento en que la adquirió. Pero el detective Lee reparó también en los tejanos, la camiseta y el pelo sujeto con una goma, y le pareció una mujer bastante normal. A primera vista parecía una niña y era evidente que la habían pillado preparando la cena, cosa que le sorprendía. En una casa como aquella hubiera esperado encontrar una cocinera, no una bonita ama de casa preparando la cena descalza y en tejanos.

—Mis hijos estaban conmigo —contestó ella, y el hombre asintió.

—¿Alguien más?

Además de la cocinera, esperaba encontrar criadas y una asistenta. Sí, en casas como aquella siempre tenían servicio. Una o dos canguros, tal vez, e incluso un mayordomo. Le pareció raro que no hubiera nadie. Quizá era el día libre del servicio.

—No, solo nosotros. Los niños y yo —dijo sin más.

—¿Estaba en casa su marido? —preguntó.

Fernanda vaciló y luego apartó la mirada. Aún le resultaba muy duro decirlo. Era todo demasiado reciente y la palabra seguía doliendo cuando la pronunciaba.

—No. Soy viuda. —Lo dijo en voz baja y pareció quedarse sin voz. Odiaba aquella palabra.

—Lo siento. ¿Ha salido alguno de ustedes antes de la explosión?

Parecía un tipo amable y, aunque no habría sabido decir por qué, el caso es que a Fernanda le caía bien. Por el momento, el detective Lee era el único que había hablado. El otro, el detective Stone, seguía sin decir nada. Pero vio que miraba a su alrededor y estudiaba la cocina. Parecían fijarse en todo, también en ella.

—No. Salimos después, pero no antes. ¿Por qué? ¿Ha pasado algo más? ¿Alguien le prendió fuego al coche? —A lo mejor, después de todo, había sido un fuego intencionado, pensó.

—Aún no lo sabemos. —Le dedicó una agradable sonrisa—. ¿Miraron a la calle o vieron a alguien por la zona? ¿Algo fuera de lo normal, alguien sospechoso?

—No, yo estaba arreglando unos papeles, mi hija creo que dormía, uno de mis hijos estaba viendo un vídeo y el otro estaba haciendo un trabajo de ciencias para la escuela.

—¿Le importa que les preguntemos a ellos?

—No, está bien. Seguro que les parecerá muy emocionante. Iré a buscarlos. —Y entonces, cuando ya estaba en la puerta, se dio la vuelta y vio que Ted Lee la miraba—. ¿Les apetece tomar algo? —Los miró a los dos y ellos negaron con la cabeza, pero sonrieron y le dieron las gracias. Eran extraordinariamente educados—. Vuelvo enseguida —dijo, y subió al piso de arriba a buscar a los chicos.

Les explicó que la policía estaba abajo y que querían hacerles unas preguntas. Tal como imaginaba, Ashley pareció molesta. Estaba hablando por teléfono y no quería que la interrumpieran. Sam parecía entusiasmado.

—¿Van a detenernos? —Parecía asustado y esperanzado a la vez.

Will apartó la vista de su Nintendo lo suficiente para arquear una ceja y poner cara de curiosidad.

—Entonces, ¿tenía razón? ¿Era un coche bomba?

—No, no lo creo. Dicen que no saben qué ha sido, pero quieren saber si alguno de vosotros ha visto u oído algo sospechoso. Y no, Sam; no van a detenernos. No creen que hayas sido tú.

Durante un momento Sam pareció decepcionado. Will se levantó y siguió a su madre hacia la escalera. Ashley se quejó.

—¿Por qué tengo que bajar? Estaba durmiendo. ¿No se lo puedes decir? Estoy hablando con Marcy.

Tenían asuntos muy serios que discutir. Como el chico de octavo curso de la escuela que recientemente había manifestado interés por ella. Para Ashley, eso era mucho más importante y más interesante que la policía.

—Dile a Marcy que la llamarás más tarde. Y tú misma puedes explicar a los policías que estabas durmiendo —afirmó Fernanda adelantándose por la escalera y llevándolos a la cocina.

Los niños entraron en la cocina detrás de ella y, al verlos, los dos policías se pusieron en pie y les sonrieron. Un bonito montón de críos y una bonita mujer. De pronto, Ted Lee sintió pena por ella. Por la cara que había puesto cuando le contestó, debía de haber enviudado hacía poco. Después de casi treinta años haciendo preguntas y observando a la gente cuando contestaban, tenía una forma instintiva de saber las cosas. Al contestar, la mujer le había parecido dolida, pero ahora, rodeada de sus hijos, se la veía más cómoda. El pequeño pelirrojo parecía un diablillo y le estaba mirando con curiosidad.

—Mi madre dice que no van a detenernos —soltó, y todos se echaron a reír. Sam le sonrió.

—Eso es, chico. A lo mejor quieres ayudarnos a investigar. ¿Qué te parece? Podemos dejarte parte del trabajo y cuando seas mayor te puedes hacer policía.

—Solo tengo seis años —dijo Sam disculpándose, como si quisiera ayudarles pero no pudiera porque no era mayor.

—Bueno, está bien. ¿Cómo te llamas? —Al detective Lee se le daban bien los niños y Sam se sintió a gusto con él enseguida.

—Sam.

—Yo soy el detective Lee y este es mi compañero, el detective Stone.

—¿Ha sido una bomba? —le interrumpió Will.

Ashley lo miró con cara de exasperación, convencida de que

era una pregunta estúpida. Ella lo que quería era subir y llamar a su amiga.

—Tal vez —dijo Ted Lee con sinceridad—. Podría ser. Todavía no estamos seguros. La policía científica aún tiene que comprobarlo. Van a examinar el coche con mucho cuidado. Te sorprenderían las cosas que pueden llegar a descubrir. —No se lo dijo a los chicos, pero ya sabían con certeza que había sido una bomba. No tenía sentido asustar a los vecinos diciéndoles la verdad. Ahora lo que querían era averiguar quién la había puesto—. ¿Alguno de vosotros ha salido a la calle o ha mirado por la ventana antes de la explosión?

—Yo —contestó Sam enseguida.

—¿Tú? —Su madre lo miró asombrada—. ¿Has salido a la calle?

Le parecía muy poco probable y lo miró con expresión escéptica, igual que sus hermanos. Ashley pensó que estaba mintiendo para darse importancia delante de la policía.

—Miré por la ventana. La película era aburrida.

—¿Y qué viste? —preguntó Ted con interés. Era un crío gracioso y le recordó a uno de sus hijos cuando era pequeño. Tenía la misma forma espontánea y divertida de hablar con los desconocidos y a todo el mundo le caía muy bien—. ¿Qué viste, Sam? —volvió a preguntar, y se sentó en una de las sillas de la cocina para que el niño no se sintiera intimidado. Era un hombre alto y, una vez sentado, Sam lo miró a los ojos sin vacilar.

—Gente que se besaba —dijo muy decidido, con cara de asco.

—¿Al lado de la ventana?

—No, en la película. Por eso me aburría. Besarse es idiota.

Incluso Will tuvo que sonreír con aquello, y Ashley rió nerviosamente. Fernanda, por el contrario, lo miró con una sonrisa triste, preguntándose si alguna vez volvería a ver un beso en la vida real. Puede que no mientras ella viviera. Se obligó a apartar aquel pensamiento de su cabeza. Ted siguió con sus preguntas.

—¿Qué viste en la calle?

—A la señora Farber paseando con su perro. Siempre me quiere morder.

—Eso no es muy agradable. ¿Viste a alguien más?

—Al señor Cooper con su bolsa de golf. Juega todos los domingos. Y había un señor al que no conozco.

—¿Cómo era? —preguntó Ted casi sin darle importancia. Sam frunció el ceño mientras pensaba.

—No lo recuerdo. Solo sé que le vi.

—¿Era raro? ¿Te daba miedo? ¿Recuerdas alguna cosa de él? Sam negó con la cabeza.

—Solo sé que le vi, pero no me fijé. Estaba mirando al señor Cooper. Se chocó con la señora Farber y el perro se puso a ladrar. Quería ver si el perro le mordía.

—¿Y le mordió? —preguntó Ted con interés.

—No. La señora Farber tiró de la correa y le gritó.

—¿Gritó al señor Cooper? —preguntó el policía sonriendo. Sam sonrió también. Le caía bien Ted, y era divertido contestar a sus preguntas.

—No —le explicó pacientemente—. Gritó al perro para que no mordiera al señor Cooper. Después seguí viendo la película. Y luego se oyó una cosa que explotaba.

—¿Eso es todo lo que viste?

Sam se concentró una vez más y luego asintió.

—Oh. Creo que también vi a una señora. Tampoco la conocía. Iba corriendo.

—¿Hacia dónde corría?

Sam señaló en dirección contraria a donde había estallado el coche.

—¿Qué aspecto tenía?

—Normal. Era como Ashley.

—¿Estaba con el hombre al que no conocías?

—No, el señor caminaba en dirección contraria y se chocó con él. El perro de la señora Farber también le ladró, pero la mujer siguió corriendo. Y ya está —dijo a modo de conclusión.

Luego miró a los otros, con expresión incómoda. Tenía miedo de que le dijeran que estaba fardando. A veces lo hacían.

—Eso ha estado muy bien, Sam —dijo Ted elogiándolo, y entonces miró a los otros dos hermanos—. Y vosotros ¿visteis algo?

—Yo estaba durmiendo —contestó Ashley, aunque había perdido el tono resentido. El policía le resultaba simpático. Y las preguntas eran interesantes.

—Yo estaba haciendo mi trabajo de ciencias —añadió Will—. No levanté la cabeza hasta que oí la explosión. Tenía puesto el partido de los Giants, pero la explosión fue bestial.

—Sí, desde luego —dijo Ted asintiendo, y entonces se puso en pie—. Si alguno de vosotros recuerda otra cosa, llamadnos. Vuestra madre tiene nuestro número.

Todos hicieron un gesto afirmativo y, después de pensarlo, Fernanda le hizo una pregunta.

—¿De quién era el coche? ¿Era de algún vecino o solo estaba aparcado en la calle?

Con tanto coche de bomberos no había podido verlo bien. Además, envuelto en llamas era irreconocible.

—Del juez McIntyre, uno de sus vecinos. Seguramente le conoce. Se encuentra fuera de la ciudad, pero su mujer estaba en la casa. Casualmente iba a salir en ese momento. Se ha asustado mucho. Por suerte, aún estaba dentro cuando todo ha ocurrido.

—Yo también me he asustado —dijo Sam muy sincero.

—Todos nos hemos asustado —reconoció Fernanda.

—Sonaba como si hubieran hecho volar toda la manzana —comentó Will—. Apuesto a que ha sido un coche bomba —insistió.

—Te lo diremos cuando lo sepamos —prometió Ted, aunque Fernanda tenía la sensación de que no lo harían.

—Si era una bomba, ¿creen que iría dirigida al juez McIntyre? —preguntó Fernanda con renovado interés.

—Seguramente no. Lo más probable es que eligieran el coche al azar y no sea más que una gamberrada.

Pero esta vez Fernanda no le creyó. Habían acudido demasiados coches de policía a la zona, y el coche del jefe de policía llegó demasiado rápido. Empezaba a pensar que Will tenía razón. Evidentemente, aquellos policías buscaban a alguien y estaban poniendo excesivo interés en sus comprobaciones. Demasiado para un fuego fortuito.

El detective Lee les dio las gracias y él y su compañero les dieron las buenas noches. Fernanda cerró la puerta de la calle con expresión pensativa.

—Ha sido interesante —le dijo a Sam.

El niño se sentía muy importante después de haber contestado todas aquellas preguntas. No dejaron de hablar del asunto mientras subían al piso de arriba y cada uno regresaba a su habitación. Luego Fernanda bajó para terminar de recoger la cocina.

—Qué niño tan simpático —le dijo Ted Lee a Jeff Stone cuando se dirigían a la siguiente casa, donde nadie había visto nada.

Comprobaron todas las casas de la manzana, incluidas las de los Farber y los Cooper, a quienes Sam había mencionado. Nadie había visto nada, o al menos nada que recordaran. Tres horas más tarde, cuando volvieron a la oficina y se puso una taza de café, Ted aún pensaba en aquel adorable crío pelirrojo. Le estaba poniendo crema al café cuando Jeff hizo un comentario.

—Nos han mandado por fax una fotografía de Carlton Waters. ¿Lo recuerdas? El tipo que asesinó a una pareja cuando tenía diecisiete años y fue juzgado como adulto, y que apeló un millón de veces tratando de conseguir el indulto. Nunca lo consiguió. Lo han soltado esta semana. Está con la condicional en Modesto, creo. ¿No fue McIntyre el juez que dictó sentencia en aquel juicio? Recuerdo haberlo leído en algún sitio. Dijo que en ningún momento dudó de la culpabilidad de Waters. Este siempre ha sostenido que fue su compañero quien apretó el gatillo y asesinó a la pareja, que él estaba allí, sí, pero nada más, y que es inocente como un bebé recién nacido. El otro murió ejecutado con la inyección letal en San Quintín hace unos años. Creo que Waters estaba en Pelican Bay.

—¿Qué estás sugiriendo? —preguntó Ted dando un sorbito a su humeante café—. ¿Que Waters lo hizo? No sería muy inteligente por su parte. ¿Tratar de hacer volar por los aires al juez que lo condenó, veinticuatro años después, dos días después de salir de la cárcel? No puede ser tan estúpido. Es un tipo listo. He leído un par de artículos suyos. No es ningún tonto. Sabe que eso le haría volver derecho a Pelican Bay, y que él sería la primera persona en quien iban a pensar. Tiene que haber sido otra persona o una coincidencia. El juez McIntyre debe de haber jodido a base de bien a muchos antes de jubilarse. Waters no es el único al que ha mandado a la cárcel.

—Solo era una idea. No deja de ser una coincidencia interesante. Pero seguramente no es más que eso, una coincidencia. Aun así, vale la pena comprobarlo. ¿Quieres que vayamos mañana a Modesto?

—Claro. ¿Por qué no? Si crees que puede haber algo... Yo no lo creo, pero no me importaría alejarme un poco de la ciudad. Podemos salir en cuanto empecemos el turno y llegar allí hacia las siete. Entretanto, quizá podamos descubrir alguna otra cosa.

Pero nadie había visto nada ni a nadie sospechoso. No sacaron nada de ninguna de las casas.

La única novedad que hubo fue que la policía científica confirmó que se trataba de un coche bomba. Una bonita bomba. El juez y su esposa habrían salido muy mal parados de haber estado en el coche. Pero, por lo visto, estalló antes de tiempo. La bomba estaba conectada a un temporizador, y la mujer del juez no se fue al cielo por muy poco. Cuando llamaron al juez al número que su mujer les dio, dijo que estaba convencido de que alguien trataba de asesinarlo. Pero, al igual que Ted, le parecía muy poco probable que hubiera sido Carlton Waters. Le había costado demasiado conseguir su libertad para arriesgarse de esa forma nada más salir.

—Es demasiado listo para eso —comentó el juez por teléfono—. He leído algunos de los artículos que ha escrito. Sigue defendiendo su inocencia, pero no sería tan tonto para hacerme saltar por los aires la misma semana que lo han soltado.

Sospechaba que por lo menos había una docena de posibles asesinos, personas que podían estar furiosas con él y que no estaban en la cárcel. Hacía cinco años que el juez se había jubilado.

De todos modos, Ted y Jeff fueron a Modesto, y llegaron al albergue cuando Malcolm Stark, Jim Free y Carlton Waters volvían de cenar. Jim Free les había convencido para que fueran a la cafetería de la gasolinera y vieran así a su chica.

—Buenas noches, caballeros —dijo Ted cortésmente.

Al momento, los tres hombres adoptaron una expresión recelosa y hostil. Sabían reconocer a un poli a kilómetros de distancia.

—¿Qué les trae por aquí? —preguntó Waters cuando los otros se identificaron.

—Un pequeño incidente que hubo en nuestra zona ayer —explicó Ted—. Una bomba en el coche del juez McIntyre. Seguro que recuerdas el nombre —dijo mirándolo a los ojos.

—Sí, lo recuerdo. No podían haber elegido mejor a la víctima —contestó Waters sin vacilar—. Me gustaría tener las pelotas para hacerlo yo mismo, pero no pienso volver a la cárcel por ese. ¿La palmó? —preguntó el ex convicto con expresión esperanzada.

—Por suerte no. Estaba fuera de la ciudad. Pero por poco matan a su mujer. Le fue de unos minutos.

—Qué pena... —dijo Waters decepcionado.

Lee lo observaba. Era un tipo muy listo, sí señor; frío como un glaciar en la Antártida, pero Ted estaba de acuerdo con el juez. Waters no se habría arriesgado a volver a la cárcel haciendo algo tan absurdo como poner una bomba en el coche del juez que lo condenó. Aunque siempre cabía la posibilidad de que sí tuviera las pelotas y fuera lo bastante frío para hacerlo. Desde luego, solo tenía que coger un autobús, poner la bomba y volver a Modesto a tiempo para firmar en el registro de entrada del albergue a las nueve, y hasta le hubiera sobrado tiempo. Pero su instinto le decía que no había sido él. Aun así, menudo trío... Ted ya sabía quiénes eran los otros dos y el tiempo que llevaban fuera. Siempre leía los faxes que mandaban y miraba las fotografías. Recordaba los nombres. Eran de lo peorcito. Tampoco se había creído nunca la supuesta inocencia de Waters y no confiaba en él. Todos los convictos decían que les habían acusado in-

74

justamente, que les habían tendido una trampa: la novia, el compañero, el abogado... Había oído aquello demasiadas veces. Waters era un tipo duro y demasiado tranquilo para su gusto. Tenía todos los rasgos de un sociópata sin conciencia y, definitivamente, era muy listo.

—Por cierto, ¿dónde estuviste ayer? —preguntó mientras Waters lo miraba fijamente con expresión glacial.

—Por aquí. Fui a ver a unos parientes en autobús. Habían salido, así que me quedé esperando en el porche un rato, volví aquí y estuve un rato sentado con estos dos.

No había nadie que pudiera confirmar la primera parte de su historia, así que Ted no se molestó en pedir nombres.

—Muy bonito. ¿Puede alguien corroborar lo que dices? —preguntó Ted mirándolo a los ojos.

—Los conductores de los autobuses. Todavía tengo los billetes si los quiere.

—Sí, veamos esos billetes.

Waters parecía furioso, pero fue a su habitación y volvió con los billetes. El destino era algún lugar de la zona de Modesto y era evidente que habían sido utilizados, solo quedaba la mitad. Claro que también podía haberlos partido él mismo, aunque Ted no lo creía. Cuando le devolvió los billetes, Waters parecía totalmente despreocupado.

—Procurad manteneos limpios, chicos. Si sale algo, seguramente vendremos a veros.

Los tres sabían que tenían autoridad para interrogarles o incluso cachearles cuando quisieran. Eran ex convictos con la condicional.

—Sí, y cuidado, no sea que la puerta os dé un buen portazo en el culo cuando salgáis —dijo Jim Free por lo bajo cuando se iban.

Ted y Jeff lo oyeron, pero no dijeron nada. Volvieron al coche y se fueron, bajo la mirada atenta y llena de odio de Waters.

—Cerdos —escupió Malcolm Stark.

Pero Waters no dijo nada. Se limitó a dar media vuelta y volvió adentro. Se preguntó entonces si cada vez que tuvieran algún problema en San Francisco pensaban ir hasta allí para interrogarle. Podían hacer lo que quisieran con él y, mientras estuviera con la condicional, no tenía derecho a protestar. Lo único que quería es que no volvieran a meterlo en la cárcel.

—¿Tú qué crees? —le preguntó Ted a su compañero en el coche—. ¿Crees que está limpio?

Ted estaba dividido; podía ser cualquier cosa. Un sexto sentido seguía haciendo que recelara de Waters, pero su cabeza le decía que tenía que haber sido otra persona. No podía ser tan tonto para hacer una cosa así. Era un tipo listo. Y, sin embargo, no se podía negar que parecía una mala persona. Podía haber puesto aquella bomba como advertencia, ya que para matar al juez o a su mujer tenían que estar en el coche o muy cerca cuando estallara.

—Pues en realidad creo que no —contestó Stone—. Creo que es una mala pieza. Y eso de que es inocente del crimen por el que lo condenaron... ¡Y qué más! Tiene las suficientes pelotas para ir a la ciudad, poner la bomba en el coche del juez y volver sin que se le mueva un pelo. Sí, creo que sería capaz. Pero también creo que es demasiado listo para eso. No, yo diría que esta vez no ha sido él. De todos modos, no me fiaría mucho. Seguro que vuelve a actuar. Tendremos de nuevo noticias suyas.

Los dos habían visto demasiadas veces a hombres como aquel volver a la cárcel.

Ted estaba de acuerdo.

—Quizá tendríamos que hacer circular su fotografía por la calle, por si acaso. A lo mejor el crío de los Barnes lo recuerda si ve una fotografía. Nunca se sabe.

—No perdemos nada —asintió Jeff, pensando en los tres hombres a los que acababan de ver. Un secuestrador, un asesino y un camello. Menudo trío—. Me encargaré de hacer las copias en cuanto lleguemos. Podemos repartirlas mañana y ver si alguien recuerda haberle visto en la calle.

—No lo creo —dijo Ted cuando entraban ya en la autopista.

En Modesto hacía mucho calor y no habían sacado nada en claro del viaje, pero de todos modos se alegraba de haber ido.

No conocía a Carlton Waters, y verlo en carne y hueso era toda una experiencia. Se le había puesto la piel de gallina. Estaba seguro de que volverían a verse. Waters era de los que no se rehabilitan. Había pasado veinticuatro años en la cárcel y seguro que ahora era mucho más peligroso que cuando entró. Había pasado casi dos terceras partes de su vida en la escuela de gladiadores del crimen. Era una idea deprimente, y Ted esperaba que no matara a nadie.

Los dos detectives viajaron en silencio durante un rato y luego volvieron a hablar de la bomba. Con ayuda del ordenador, Jeff iba a hacer una lista con los nombres de las personas a las que el juez McIntyre había condenado en sus veinte últimos años en el tribunal. Seguramente era alguien que llevaba fuera más tiempo que Waters. Lo único que sabían con seguridad es que no había sido un acto aleatorio. El regalito iba dirigido contra el juez McIntyre o, en su defecto, contra su mujer. No era muy alentador, pero Ted estaba convencido de que tarde o temprano darían con él. Carlton Waters no estaba del todo descartado. No tenía quien corroborara su coartada, aunque tampoco había ninguna prueba que lo vinculara al delito, y ni él ni Jeff creían que hubiera sido él. Pero, aunque lo hubiera hecho, era demasiado listo y probablemente nunca lograran demostrarlo. De todos modos, ahora que lo conocía, Ted no quería perderlo de vista. Tarde o temprano volverían a tener noticias suyas. Era inevitable.

7

El martes, a las cinco de la tarde, Fernanda estaba en la cocina, leyendo una carta en la que Jack Waterman enumeraba las cosas que tenía que vender y lo que podía sacar de cada una, cuando sonó el timbre de la calle. Sus estimaciones eran más bien conservadoras, pero los dos tenían la esperanza de que, si lo vendía todo, incluida la gran cantidad de joyas que Allan le había regalado, podría empezar una nueva vida desde cero y no por debajo, como ella temía. En el mejor de los casos, tendrían que volver a empezar sin nada. No tenía ni idea de cómo iba a mantenerse en los próximos años, y menos aún de cómo podría mandar a sus hijos a la universidad cuando llegara el momento. Lo único que podía hacer era rezar para que se le ocurriera algo. Y limitarse a sobrevivir día a día, seguir nadando y hacer lo posible por no ahogarse.

Will estaba en el piso de arriba haciendo deberes o fingiendo que los hacía. Sam jugaba en su habitación y Ashley había ido a un ensayo de ballet y saldría a las siete. Fernanda había decidido que ese día cenarían más tarde, todos juntos, y eso le dio más tiempo para cavilar sentada en la cocina. Por eso se sobresaltó cuando oyó el timbre. No esperaba a nadie, y el coche bomba era lo último en lo que se le hubiera ocurrido pensar cuando fue hasta la entrada y vio a Ted Lee por la mirilla. Estaba solo, y llevaba camisa blanca, corbata y americana. Las dos veces que le había visto le había parecido un hombre muy respetable.

Abrió la puerta con expresión sorprendida y de nuevo reparó en lo alto que era. Llevaba un sobre en las manos y pareció vacilar. Fernanda le invitó a pasar. Ted se fijó en la expresión cansada de sus ojos y en el pelo suelto. ¿Qué le preocuparía? Por su aspecto parecía que llevaba el peso del mundo sobre los hombros. Cuando entró, la mujer sonrió y se esforzó por ser agradable.

—Hola, detective. ¿Cómo está usted? —le preguntó con una sonrisa cansada.

—Bien, gracias. Lamento molestarla otra vez. Solo quería enseñarle una fotografía.

Miró a su alrededor, como había hecho el domingo. Era difícil no sentirse impresionado en aquella casa, rodeado por todas las piezas de valor incalculable que había allí. Casi parecía un museo. La mujer vestía con tejanos y camiseta, igual que el domingo, y se veía un poco fuera de lugar. En aquel entorno, hubiera esperado verla aparecer por la escalera con un traje de noche, arrastrando un abrigo de piel. Pero no parecía de esas. Instintivamente Ted sabía que podía gustarle. Se la veía una persona normal, agradable y triste. Lo llevaba escrito por todas partes y, acertadamente, intuía que se sentía profundamente vinculada a sus hijos y que los quería con locura. Ted tenía intuición con la gente, así que confió en lo que su instinto le decía de Fernanda.

—¿Ya han encontrado a la persona que puso la bomba en el coche del juez? —preguntó ella haciéndolo pasar a la sala de estar.

Le indicó que tomara asiento en uno de los sofás de terciopelo. Eran suaves y cómodos. La habitación estaba decorada con terciopelo y brocados de color beige, y las cortinas parecían salidas de un palacio. En esto no andaba desencaminado. Fernanda y Allan las habían comprado en un antiguo *palazzo* de Venecia.

—Todavía no. Pero estamos siguiendo algunas pistas. Quería enseñarle una fotografía para ver si reconoce a la persona. Si Sam está aquí, me gustaría que él también la viera.

Aún estaba preocupado por el desconocido que Sam decía haber visto y que no recordaba. Hubiera sido demasiado bueno que Sam reconociera la fotografía de Carlton Waters. Cosas más raras pasaban, aunque Ted no se hacía ilusiones. No solía tener tanta suerte. Encontrar a un sospechoso siempre costaba más tiempo, pero de vez en cuando sonaba la flauta. Ojalá.

Ted sacó un gran primer plano del sobre y se lo entregó. Fernanda se quedó mirando la cara, como si estuviera hechizada; luego meneó la cabeza y se la devolvió.

—No recuerdo haberle visto nunca —dijo en voz baja.

—Pero ¿es posible que le haya visto? —insistió Ted, observando cada gesto, cada movimiento.

Había algo a la vez fuerte y frágil en ella. Le resultaba chocante verla tan triste en un entorno tan espléndido, pero, claro, había perdido a su marido hacía solo cuatro meses.

—No, no lo creo —dijo ella sinceramente—. Su cara me resulta familiar. No sé. ¿Lo habré visto en algún sitio? —Tenía el ceño fruncido, como si tratara de forzar su memoria y recordar.

—Es posible que lo haya visto en los periódicos. Acaba de salir de la cárcel. Es un caso muy famoso. Lo metieron en la cárcel a los diecisiete años por asesinato, junto con un amigo. Durante veinticuatro años no ha dejado de defender su inocencia y decir que fue el otro el que apretó el gatillo.

—Qué horrible... sea quien sea el que apretó el gatillo. ¿Cree usted que era inocente?

Con esa cara, a ella le parecía muy capaz de matar.

—No, no lo creo —reconoció él—. Es un tipo listo. Y, quién sabe, a estas alturas quizá ha acabado por creerse su propia historia. Lo veo continuamente. Las cárceles están llenas de hombres que dicen que son inocentes y que están allí por culpa de jueces malos o abogados corruptos. Hay muy pocas personas que admitan lo que han hecho.

—¿A quién mató? —Fernanda casi se estremeció. Era un pensamiento espantoso.

—A unos vecinos. A un matrimonio. Estuvieron a punto de matar también a los dos hijos, pero eran muy pequeños y los dejaron. Eran demasiado pequeños para identificarlos. Mataron a los padres por doscientos dólares y la calderilla que pudieron encontrar en sus monederos. Pasa continuamente. Violencia indiscriminada. Una vida que queda truncada por unos dólares, un poco de droga y una pistola. Por eso he dejado de trabajar en homicidios. Es demasiado deprimente. Uno empieza a cuestionarse cosas sobre la raza humana. La gente que comete estos crímenes constituyen una raza especial. Y a los demás nos resulta muy difícil entenderlo. —Fernanda asintió y pensó que lo que hacía en aquel momento no era mucho mejor que lo otro. Un coche bomba no era algo particularmente agradable, y el juez o su mujer podían haber muerto. Pero, desde luego, era menos brutal que el crimen que Carlton Waters había cometido. Solo de mirar la fotografía se le helaba la sangre. Había algo frío y aterrador en aquel hombre, y se notaba incluso a través de la fotografía. Si lo hubiera visto alguna vez, lo sabría. No, nunca había visto a Carlton Waters.

—¿Cree que encontrarán al responsable? —preguntó con interés.

¿Qué porcentaje de delitos lograrían resolver? ¿Era difícil? El hombre parecía muy concienzudo. Tenía un rostro atractivo, ojos afables y unas maneras inteligentes y agradables. No era lo que hubiera esperado de un policía, no se le veía un hombre duro. Ted Lee parecía demasiado civilizado, demasiado normal.

—Es posible —dijo Ted sinceramente—. Desde luego, lo intentaremos. Si realmente fue un acto perpetrado al azar será mucho más difícil, porque no hay móvil y podría haber sido cualquiera. Pero es sorprendente las cosas que uno descubre cuando se empieza a rascar un poco. Y, dado que la víctima era un juez, evidentemente el móvil sería la venganza, alguien a quien envió a la cárcel y que ahora quiere devolverle la pelota. Si ese es el caso, será más fácil que demos con él. Por eso pensé en Waters..., o, bueno, en realidad fue mi compañero quien lo pensó. Waters salió la semana pasada. El juez McIntyre le condenó.

»Veinticuatro años es mucho tiempo para guardar rencor a una persona, y no sería muy prudente poner una bomba en el coche del juez que lo condenó una semana después de haber salido. Waters es demasiado listo para eso, pero a lo mejor está más a gusto en la cárcel. Tarde o temprano lo averiguaremos. Sea quien sea quien lo hizo, hablará, y un día recibiremos alguna llamada de un informante. La mayoría de las pistas que encontramos nos llegan a través de informantes anónimos o colaboradores. —Era una subcultura de la que Fernanda no sabía ni quería saber nada. Sin embargo, aunque la asustaba un poco, era fascinante oír hablar a Ted de todo aquello—. Muchas de estas personas acaban relacionándose entre sí de una forma u otra, y no se les da muy bien guardar secretos. Casi parece que tienen la necesidad de contarlo, y eso para nosotros es una suerte. Pero mientras, tenemos que comprobar todas las pistas. Waters no es más que una posibilidad, y seguramente sería demasiado evidente, pero vale la pena asegurarse. ¿Le importa si le enseño la foto a Sam?

—No, en absoluto. —Fernanda también sentía curiosidad por saber si Sam reconocería al hombre de la fotografía, aunque no quería que se pusiera en peligro identificando a un criminal que podría tratar de vengarse y hacerle daño. Se volvió hacia Ted con una pregunta—. ¿Y si lo reconoce? ¿Se mantendrá en secreto su identidad?

—Por supuesto. No vamos a poner en peligro a un niño de seis años —dijo él amablemente—. Ni a un adulto tampoco. Siempre protegemos a nuestras fuentes.

Fernanda asintió, aliviada, y Ted la siguió por la escalera de caracol. Había una enorme araña en el techo que le deslumbró cuando levantó la vista para mirarla. Fernanda la había comprado en Viena, en otro palacio ruinoso, y había viajado en pequeñas piezas individuales de cristal hasta San Francisco.

Fernanda llamó con los nudillos a la puerta de la habitación de Sam y abrió. El niño estaba sentado en el suelo, jugando con sus muñecos.

—Hola. —Sam le sonrió—. ¿Vas a detenerme?

Era evidente que no estaba muy preocupado por la visita de Ted, y hasta pareció alegrarse de verle. El domingo, cuando Ted le preguntó lo que había visto y le dejó explayarse a sus anchas, se había sentido muy importante. Y aunque solo le había visto una vez, intuía que era un hombre amable y que le gustaban los niños. Sí, seguro que sí.

—No. No voy a detenerte. Pero te he traído una cosa —dijo Ted metiéndose la mano en el bolsillo de la chaqueta. No le había dicho a Fernanda que llevaba un regalo para su hijo. Se le había olvidado. Estiró el brazo para darle el objeto a Sam y, cuando lo vio, el niño dejó escapar una exclamación. Era una brillante estrella de latón, como la placa de plata que Ted llevaba en su cartera—. Ahora eres inspector de policía en funciones, Sam. Eso significa que tienes que decir la verdad y que si ves a alguien malo o sospechoso has de llamarnos.

La placa llevaba un número, bajo las iniciales SFPD, y era un regalo que daban siempre a los amigos del departamento. Por la cara de Sam parecía como si su nuevo amigo le hubiera dado un diamante. Fernanda sonrió y miró a Ted con gesto agradecido. Había sido un bonito detalle. Y Sam estaba entusiasmado.

—¡Oooh, estoy impresionada! —exclamó Fernanda sonriendo a su hijo, y ella y Ted entraron en la habitación.

Como el resto de la casa, el cuarto tenía una bonita decoración. El tono predominante era el azul oscuro, con toques de rojo y amarillo, y allí había todo lo que un niño podría desear, incluyendo una enorme pantalla de vídeo, un estéreo y una estantería con juegos, muñecos y libros. En medio de la habitación había un montón de piezas de Lego y un coche teledirigido con el que el niño había estado jugando antes de que ellos entraran. También había un asiento junto a la ventana, que era desde donde Ted sospechaba que Sam había visto aquel domingo al hombre al que no recordaba bien. Le entregó la fotografía de Carlton Waters y le preguntó si le había visto.

Sam se puso de pie y estuvo mirando la fotografía un buen rato, como había hecho su madre. Había algo en los ojos de Waters que atrapaba de una forma extraña, incluso en fotografía. Y, después de su visita a Modesto el día anterior, Ted sabía muy bien que, al natural, esos ojos eran aún más fríos. No dijo nada que pudiera distraer al niño, se limitó a esperar y observarlo con interés, como su madre. Obviamente, Sam estaba pensando, tratando de recordar si reconocía algún detalle. Finalmente, le devolvió la fotografía y negó con la cabeza, aunque parecía pensativo. Ted también reparó en ello.

—Da miedo —comentó Sam, al devolverle la fotografía.

—¿Demasiado miedo para decir que le has visto? —preguntó él con tiento, escrutando sus ojos—. Recuerda que ahora eres inspector en funciones. Tienes que decirnos lo que recuerdes. Si le viste, él nunca sabrá que nos lo has dicho tú.

Igual que había hecho con la madre, trataba de tranquilizar al niño, pero Sam volvió a negar con la cabeza.

—Me parece que aquel señor también tenía el pelo rubio, pero no era igual.

—¿Por qué dices eso? ¿Has recordado alguna otra cosa sobre el señor de la calle?

A veces los detalles vuelven poco a poco. Es algo que también les pasa a los adultos.

—No —reconoció el niño sinceramente—. Pero sé que no es el mismo señor que el de la foto. ¿Es un hombre malo? —preguntó con interés.

No parecía asustado. Estaba a salvo en su casa, con su nuevo amigo policía y su madre, y sabía que nadie podía hacerle daño. Nunca le habían pasado cosas malas, aparte de la muerte de su padre, y nunca se le había ocurrido que alguien pudiera querer hacerle daño.

—Un hombre malo —dijo Ted contestando a su pregunta.

—¿Ha matado a alguien?

A Sam le parecía de lo más interesante. Para él aquello no era más que una historia emocionante, completamente al margen de la realidad. Y, por tanto, no percibía en ella ningún peligro.

—Mató a dos personas con un amigo suyo. —Fernanda pareció preocupada por lo que Ted acababa de decir. No quería que le explicara a su hijo lo de los dos niños a los que solo golpearon. No quería que Sam tuviera pesadillas, como le sucedía con frecuencia desde la muerte de su padre. Tenía miedo de que ella también se muriera o incluso de morirse él. Estaba en la edad de pensar esas cosas, aunque no dejaba de ser normal después de lo que le había pasado a su padre. Ted lo supo instintivamente. Él también tenía hijos y no iba a asustar a Sam innecesariamente—. Estuvo en la cárcel mucho tiempo.

Sabía que era importante decirle al niño que el criminal había pagado por su crimen. No se trataba de un asesino que andaba libre por las calles impune a sus actos.

—¿Y ya no está en la cárcel?

Seguro que no. Si Ted pensaba que había estado en su calle el domingo y quería saber si le había visto, seguro que no estaba en la cárcel.

—Salió la semana pasada, pero ha estado en la cárcel veinticuatro años. Creo que aprendió la lección —siguió diciendo el detective para tranquilizarlo.

Estaba pisando un terreno muy delicado para un niño tan pequeño, pero hacía lo que podía. Siempre se le habían dado bien los niños y le encantaban. Fernanda se dio cuenta enseguida e intuyó acertadamente que también tenía hijos. Estaba casado, eso seguro, porque llevaba anillo de casado en la mano izquierda.

—Entonces, ¿por qué cree que puso la bomba en el coche? —preguntó Sam con perspicacia.

Buena pregunta. Sam era un niño muy listo y tenía un fuerte sentido de la lógica.

—Nunca se sabe las cosas que puede hacer la gente. Ahora que eres inspector en funciones, tendrás que aprender eso, Sam. Debes comprobar todas las pistas, aunque no parezcan importantes. A veces uno se lleva una buena sorpresa y encuentra al malo.

—¿Cree que lo hizo él? Lo del coche. —A Sam le fascinaba todo aquello.

—No, no lo creo. Pero valía la pena venir hasta aquí para comprobarlo. Imagínate que en la fotografía estuviera el hombre que viste y yo no hubiera venido a enseñártela. Se habría salido con la suya y nosotros no queremos que eso pase, ¿verdad? —Sam negó con la cabeza, mientras los dos adultos se sonreían. Luego Ted volvió a meter la fotografía en el sobre. Ya suponía que Waters no era tan tonto para hacer algo así, pero nunca se sabe. Y, por lo menos, había conseguido que Sam le diera otro pequeño detalle. El nuevo sospechoso era rubio. Una pequeña pieza del rompecabezas de la explosión había encajado en su sitio. No estaba mal—. Ah, me gusta mucho tu habitación —le dijo al niño—. Tienes cosas muy guays.

—¿Tiene hijos? —preguntó Sam mirándole.

Seguía con la placa de policía en la mano, como si fuera su posesión más preciada, y lo era. Había sido un detalle muy bonito por parte de Ted, y Fernanda se sentía conmovida.

—Sí, los tengo. —Ted le sonrió y le revolvió el pelo—. Ya son mayores. Dos estudian en la universidad y el tercero trabaja en Nueva York.

—¿Es policía?

—No, trabaja en la Bolsa. Mis hijos no quieren ser policías —le explicó. Al principio se había sentido decepcionado, pero con el tiempo había llegado a la conclusión de que estaba bien así. El trabajo de policía era agotador, tedioso y peligroso. A Ted siempre le había gustado. Pero Shirley había insistido mucho en que los chicos tuvieran una buena educación. Uno de ellos quería estudiar derecho y el otro se estaba preparando para entrar en la facultad de medicina. Ted estaba orgulloso—. ¿Tú qué quieres ser de mayor? —preguntó con interés, aunque Sam era demasiado pequeño para saberlo.

Tenía la sensación de que el chico añoraba a su padre y le gustaba poder charlar un poco con un hombre. Ignoraba la situación en que Fernanda había quedado tras la muerte de su marido, pero las dos veces que había estado en la casa tuvo la sensación de que no había ningún hombre, aparte del hijo mayor. Y ella tenía la expresión estresada, nerviosa y vulnerable de una mujer que debe hacer frente a demasiadas cosas.

—Quiero ser jugador de béisbol —anunció Sam— o poli —añadió, mirando con aprecio la estrella de latón que tenía en la mano.

Los adultos volvieron a sonreírse. Fernanda estaba pensando en lo buen chico que era su hijo cuando Will entró en la habitación. Había oído voces y fue a ver quién era. Cuando vio que era Ted sonrió. Sam se apresuró a informarle de que era inspector en funciones.

—Eso es genial —dijo Will sonriendo y entonces miró a Ted—. Era una bomba, ¿no?

Ted asintió lentamente.

—Sí.

Era un chico atractivo y brillante, como su hermano. Fernanda tenía tres hijos estupendos.

—¿Saben quién ha sido? —preguntó Will.

Ted volvió a sacar la fotografía y se la enseñó.

—¿Alguna vez has visto a este hombre por aquí? —preguntó con calma.

—¿Lo hizo él?

Will parecía intrigado y estuvo mirando la fotografía un buen rato. En él, los ojos de Carlton Waters tuvieron el mismo efecto hipnótico que en los demás. Luego le devolvió la fotografía y negó con la cabeza. Ninguno de ellos había visto nunca a Carlton Waters, y eso ya era algo. No confirmaba totalmente la inocencia de Waters, pero hacía que su relación con el caso resultara más improbable.

—Solo estamos tanteando diferentes posibilidades. De momento no hay nada que lo relacione con la bomba. ¿Le has visto alguna vez?

—Jamás. —El chico meneó la cabeza—. ¿Hay alguien más?

Le encantaba conversar con el policía, le parecía un buen hombre. Transmitía una imagen de honestidad e integridad, y se le daban bien los niños.

—Todavía no. Pero si hay alguna novedad os lo diré. —Ted consultó su reloj y dijo que tenía que irse. Fernanda lo acompañó abajo. En la puerta de la calle, Ted se detuvo un momento a mirarla. Era extraño, pero, a pesar de lo bien que vivía aquella mujer, le daba pena—. Tiene una bonita casa y unos objetos adorables —le dijo—. Siento lo de su marido —añadió con tono comprensivo.

Después de veintiocho años de casado, conocía muy bien el valor de tener un compañero. Aunque él y su mujer ya no estaban muy unidos, seguían significando mucho el uno para el otro. E intuía que para Fernanda aquella soledad era como una pesada losa.

—Yo también —dijo ella con tristeza.

—¿Murió en un accidente?

Fernanda vaciló y entonces le miró, y el dolor que Ted vio en sus ojos le dejó sin respiración. Era crudo y descarnado.

—Seguramente... No estamos seguros. —Volvió a dudar. Pero, sorprendentemente, se sentía a gusto con aquel hombre, más de lo que habría sido razonable. No sabía por qué, pero confiaba en él—. Es posible que se suicidara. Cayó por la borda de un barco en México por la noche. Iba solo.

—Lo siento —repitió Ted, y entonces abrió la puerta y se volvió para mirarla otra vez—. Si podemos hacer algo por usted, solo tiene que decirlo.

Haberles conocido a ella y a sus hijos era una de las cosas que le gustaban de su trabajo. Sí, era la gente que conocía la que hacía que valiera la pena. Y aquella familia le había llegado al corazón. No importaba el dinero que tuvieran, y por lo visto nadaban en la abundancia; también tenían sus penas. A veces el dinero no cambia nada. Esté en la posición que esté, a todo el mundo le pasan las mismas cosas y los ricos sufren lo mismo que los pobres. Por muy grande que fuera aquella casa y por muy bonita que fuera la araña del techo, eso no le daba calor a Fernanda por las noches; seguía estando sola con tres hijos que cuidar. No habría sido muy distinto si le hubiera pasado algo a él y Shirley se hubiera quedado sola con los niños. Seguía pensando en ella cuando volvió a su coche y arrancó. Fernanda cerró la puerta.

Cuando el policía se fue, Fernanda volvió a su mesa y leyó una vez más la carta de Jack Waterman. Llamó para concertar una cita y su secretaria le dijo que estaba fuera y que la llamaría al día siguiente. A las siete menos cuarto salió con el coche para ir a recoger a Ashley a la clase de ballet. La niña estaba de buen humor, y por el camino charlaron del espectáculo que preparaban, de la escuela y de las muchas amigas de Ashley. Aún estaba en plena pubertad y no tenía los problemas que la enfrentarían a su madre en uno o dos años. Pero, de momento, se encontraban muy unidas y Fernanda lo agradecía.

Cuando llegaron a casa, Ashley hablaba entusiasmada de sus planes para ir al lago Tahoe en julio. Estaba impaciente por que el curso terminara en junio. Todos lo estaban deseando, aunque Fernanda era plenamente consciente de que aquel verano iba a sentirse aún más sola sin Ashley y Will. Pero al menos tendría a Sam. Era una suerte que todavía fuera pequeño y no tuviera tantas ganas de independencia. Al pequeño le gustaba estar cerca de ella, sobre todo ahora que ya no tenía a su padre. Aunque lo cierto era que, en los últimos años, Allan tampoco le había prestado mucha atención. Siempre estaba demasiado ocupado. Todo le habría ido mejor si hubiera pasado más tiempo con sus hijos en vez de dedicarse a buscarse la ruina y destruir su vida y la de su familia, pensó Fernanda mientras subía los escalones de la entrada.

Más tarde preparó la cena para los niños. Todos estaban cansados, pero de mejor humor que en los últimos tiempos. Sam llevaba su placa, y volvieron a hablar del coche bomba que había estallado en la calle. Fernanda se sentía algo mejor ahora que sabía que probablemente iba dirigida contra el juez y no era un acto aleatorio de violencia que podía haber afectado a cualquiera. Aun así, no dejaba de ser desagradable pensar que fuera había gente que deseaba hacer daño a los demás. Ella y los niños podían haber resultado heridos si hubieran pasado junto al coche en el momento de la explosión, y era un milagro que no le hubiera pasado nada a nadie, que la señora McIntyre estuviera en su casa y que el juez se encontrara fuera de la ciudad. A sus hijos les fascinaba aquella historia. La idea de que algo tan extraordinario pasara en su barrio, a alguien a quien conocían, les parecía increíble, igual que a ella. Pero, increíble o no, había pasado y podía volver a pasar. Aquello hizo que Fernanda se sintiera muy vulnerable y que aquella noche, al acostarse, añorara a Allan más que nunca.

8

Peter Morgan llamó a todos los contactos que tenía en San Francisco antes de que lo detuvieran con la esperanza de encontrar algún trabajo o, al menos, concertar alguna entrevista. Le quedaban poco más de trescientos dólares en la cartera y tenía que demostrar a su agente de la condicional que estaba esforzándose. Y se esforzaba. Pero, en su primera semana en la ciudad, no había conseguido nada. La gente había cambiado; las caras. Los que le recordaban no contestaban a sus llamadas o se mostraban perplejos y se lo quitaban de encima. Cuatro años es mucho tiempo en la vida de cualquiera. Y casi todos los que le conocían sabían que había estado en la cárcel. Nadie parecía querer verle. Al final de aquella primera semana, Peter comprendió que tendría que bajar el listón drásticamente si quería encontrar trabajo. No importaba lo bien que hubiera hecho su trabajo para el alcaide de la prisión; nadie en Silicon Valley ni en el mundo de las finanzas quería tener nada que ver con él. Su historial presentaba demasiados altibajos y, después de cuatro años en la cárcel, seguramente tendría un repertorio mucho más completo de triquiñuelas. Por no hablar de su adicción a las drogas, que fue lo que provocó su caída.

Preguntó en restaurantes, luego en pequeños negocios, en una tienda de discos y, finalmente, en una empresa de transportes. No había trabajo para él; estaba demasiado cualificado y tenía demasiados estudios; en un sitio hasta le llamaron empollón y esnob. Pero, lo peor de todo era su condición de ex convicto. No hubo manera de que encontrara trabajo. Al final de la segunda semana le quedaban cuarenta dólares en la cartera y no tenía nada en perspectiva. Le ofrecieron trabajo de fregaplatos en un puesto de comida mexicana cerca del albergue, cobrando la mitad del salario mínimo en negro, pero no podía vivir solo con eso y ellos no necesitaban pagar más. Tenían a su disposición a todos los extranjeros ilegales que quisieran, dispuestos a trabajar por una miseria. Y Peter necesitaba algo más para sobrevivir. Estaba desesperado, así que volvió a repasar su antigua agenda. Por décima vez volvió a empezar y volvió a detenerse en el mismo sitio que las otras veces. Phillip Addison. Hasta aquel momento estaba decidido a no llamarlo. Era una mala influencia en todos los sentidos, siempre lo había sido, y le había causado muchos problemas en el pasado. En realidad, Peter no estaba seguro de que no fuera él el responsable de que hubiera acabado en la cárcel. En aquel entonces, Peter le debía una fortuna, y utilizaba tanta cocaína para su consumo personal que no tenía forma de pagarle. Por la razón que fuera, Addison había decidido olvidar la deuda durante aquellos cuatro años. Sabía que, mientras estuviera en la cárcel, no podría recuperar su dinero. Pero, acertadamente, Peter seguía recelando de él y no le gustaba la idea de recordarle la deuda pendiente. No tenía forma de pagarle y Addison lo sabía.

Phillip Addison era propietario de una importante empresa dedicada a la alta tecnología que cotizaba en bolsa, y tenía media docena más de empresas menos legales, que mantenía en la sombra, y extensos contactos en el mundo de la delincuencia. Una persona como Addison siempre podía encontrar un sitio para Peter en alguna de sus empresas menos limpias y, al menos, eso suponía trabajo y dinero. Sin embargo, detestaba la idea de llamarlo. Ya había tenido tratos con él anteriormente y sabía que, una vez que atrapaba a alguien, era como si le perteneciera. Peter no tenía nadie más a quien recurrir. Ni siquiera en las gasolineras querían contratarlo. Los clientes se ponían ellos solos la gasolina, y no querían a un delincuente recién salido de la cárcel manoseando su dinero. Su máster en Harvard era prácticamente inútil. Y la mayoría se reían de las referencias del alcaide. Peter estaba realmente desesperado. No tenía amigos, ni familia, nadie a quien recurrir, nadie que le ayudara. Su agente de la condicional le dijo que tenía que encontrar trabajo lo antes posible. Cuanto más tiempo pasara sin trabajar, más de cerca lo vigilarían. Sabían muy bien la presión que supone para los presos con la condicional no tener dinero y las actividades a las que solían recurrir cuando estaban desesperados. Peter empezaba a sentir pánico. Casi se le había acabado el dinero y, como mínimo, necesitaba el suficiente para comer y pagar el alquiler.

Dos semanas después de haber salido de Pelican Bay, Peter estaba mirando el número de Phillip Addison. Lo estuvo mirando media hora. Luego cogió el teléfono y le llamó. La secretaria le dijo que el señor Addison estaba fuera del país y se ofreció a pasarle un mensaje. Peter le dejó su nombre y su número de teléfono. Dos horas después, Peter estaba en su habitación, con expresión sombría, cuando alguien le llamó desde abajo diciendo que tenía una llamada de un tal Addison. Peter bajó corriendo, con un nudo en el estómago. Aquello podía ser el principio del fin. O su salvación. Con Phillip Addison podía ser cualquier cosa.

—Bueno, esto sí que es una sorpresa —dijo Addison con tono desagradable. Siempre hablaba con tono de desprecio. Pero al menos le había llamado. Y deprisa—. ¿Cuándo has desembarcado? ¿Cuánto tiempo has estado en la cárcel?

—Hace unas dos semanas —contestó Peter deseando no haberle llamado.

Pero necesitaba el dinero. Le quedaban quince dólares y su agente de la condicional le estaba presionando. Hasta había pensado acudir a la beneficencia. Pero, para cuando consiguiera alguna ayuda, si es que la conseguía, se estaría muriendo de hambre o se habría quedado tirado en la calle. Se dio cuenta de que así pasan las cosas. Por la desesperación. Porque uno no tiene otra salida. A él también podía pasarle. Phillip Addison. En aquellos momentos Phillip Addison era su única opción. En cuanto consiguiera algo mejor lo dejaría. Por más que tratara de no pensarlo, lo que le preocupaba era que Addison nunca prestaba ayuda a cambio de nada, y tenía unos métodos muy poco escrupulosos para tener a la gente siempre bien cogida. Pero no tenía elección. No tenía a nadie más. Ni siquiera podía encontrar un trabajo de fregaplatos con un sueldo decente.

—¿Qué has probado antes de llamarme? —preguntó Addison riendo. Tenía otros ex convictos trabajando para él. Gente necesitada, desesperada y fiel, como Peter Morgan. A Addison aquello le gustaba—. Ahí fuera no hay mucho trabajo para la gente como tú —dijo sinceramente. El tipo no se mordía la lengua—. Aparte de lavar coches o abrillantar zapatos. No sé, pero no te imagino haciendo eso. ¿Qué puedo hacer por ti? —preguntó, casi con educación.

—Necesito trabajo —contestó Peter sin rodeos.

No tenía sentido andarse por las ramas. Pero tuvo mucho cuidado de decir que necesitaba trabajo, no dinero.

—Debes de estar desesperado si me llamas a mí. ¿Tienes hambre?

—Sí. Pero no la suficiente para hacer ninguna tontería. No pienso volver a la cárcel, ni por ti ni por nadie. He aprendido la lección. Cuatro años es mucho tiempo. Necesito trabajo. Si tienes algo legal para mí, te estaría muy agradecido.

Peter nunca se había sentido tan humilde y Phillip lo sabía. Aquello le encantaba. Peter no mencionó la deuda, pero los dos la tenían presente y sabían el riesgo que había corrido al llamarle. Estaba desesperado.

—Yo solo tengo negocios legales —replicó Addison, haciéndose el ofendido. Nunca se sabe cuándo le van a pinchar a uno el teléfono, aunque sabía que aquella línea era segura. Estaba llamando por un móvil ilocalizable—. Por cierto, aún me debes dinero. Y mucho. Dejaste colgada a mucha gente cuando te hundiste. Y al final tuve que pagarlo yo todo. Si no lo hubiera hecho, te habrían matado en la cárcel.

Peter sabía que seguramente exageraba, aunque algo de verdad había en ello. Le había pedido dinero a Addison para su última compra y no lo devolvió porque le detuvieron, además de confiscar todo el cargamento. En términos realistas, sabía que le debía a Addison un par de cientos de miles de dólares, no lo negaba. Pero, por la razón que fuera, Addison no le había pasado factura. Los dos lo sabían.

—Puedes ir descontándomelo de la nómina si quieres. Si no tengo trabajo, no podré devolverte nada.

Tenía su lógica, y Addison sabía que decía la verdad, aunque no esperaba recuperar su dinero. Ese tipo de pérdidas eran algo normal en aquel negocio. Lo que le gustaba de todo aquello era que Peter estuviera en deuda con él.

—¿Por qué no te pasas por aquí y hablamos? —dijo Addison con tono pensativo.

—¿Cuándo?

Peter esperaba que fuera pronto, pero no quería insistir. La secretaria le había dicho que estaba fuera del país, aunque seguramente era mentira.

—Hoy a las cinco —dijo el otro sin preguntar si le iba bien.

No le importaba si le iba bien o mal. Si Peter quería trabajar para él tendría que aprender a saltar cuando Addison lo dijera. Addison le había adelantado dinero en el pasado, pero nunca le había dado trabajo. Eso era distinto.

—¿Adónde tengo que ir? —preguntó Peter con voz sorda.

Siempre podía decir que no si Addison le ofrecía algo demasiado humillante. Pero estaba dispuesto a dejar que lo insultaran, que lo utilizaran y hasta que lo maltrataran siempre que fuera legal.

Addison le dio la dirección, le dijo que fuera puntual y colgó. San Mateo. Peter sabía que allí estaba la sede de su empresa legal. Una empresa de alta tecnología que tuvo un éxito descomunal al principio y luego empezó a tener problemas. A lo largo de los años había subido y bajado y pasó por su momento álgido durante el auge de los negocios por la red. Después el precio de las acciones bajó drásticamente, como todo lo demás. Producían material quirúrgico de alta tecnología, y Peter sabía que Addison también había hecho importantes inversiones en el campo de la ingeniería genética. El propio Addison era ingeniero y tenía formación como médico. Y, al menos durante un tiempo, todo el mundo lo consideró un genio de las finanzas. Pero al final se demostró que tenía los pies de barro, como la mayoría, y que se había excedido. Había apuntalado sus finanzas transportando droga desde México, y en aquellos momentos el grueso de su fortuna estaba en forma de laboratorios de cristales de metadrina en México y en el sustancioso negocio de venta de heroína en el distrito de Mission. Algunos de sus mejores clientes eran *yuppies*. No sabían que era a él a quien compraban el material; por supuesto, nadie lo sabía. Hasta su familia creía que era un respetable hombre de negocios. Tenía una casa en Ross, sus hijos iban a una escuela privada, formaba parte de todas las asociaciones caritativas y era socio de los mejores clubes de San Francisco. Se le consideraba un pilar de la comunidad. Pero Peter sabía que la realidad era muy distinta. Se habían conocido cuando Peter tuvo problemas y Phillip Addison se ofreció a ayudarle. Al principio hasta le ofreció la droga a un precio rebajado y le enseñó cómo venderla. Si su adicción no le hubiera hecho perder el control, junto con el sentido común, seguramente Peter nunca habría ido a la cárcel.

Addison era demasiado inteligente para caer en ese error. No había tocado nunca la droga que vendía. Era un hombre listo y dirigía su imperio clandestino con ingenio. Normalmente sabía juzgar a las personas. Se había equivocado con Peter, pensó que era más ambicioso y menos limpio. Al final había resultado que no era más que otro buen tipo echado a perder que no tenía ni idea de lo que hacía. Un hombre así era un peligro para Phillip Addison porque se movía por las motivaciones equivocadas. Se había convertido en delincuente obligado por las circunstancias, por su mala cabeza y, con el tiempo, también por su adicción a la droga. En cambio él era un criminal de altos vuelos. Para él aquello era un compromiso vital. Para Peter no era más que un pasatiempo. Pero, a pesar de eso, Addison pensó que podía servirle. Peter era un hombre inteligente y educado, y se había criado con la gente adecuada en los lugares adecuados.

Había estudiado en buenos colegios, era guapo y de aspecto presentable, y su enlace había supuesto una unión provechosa, aunque lo hubiera echado a perder. Y un máster en administración de empresas de Harvard no era cualquier cosa. Cuando lo conoció, Peter hasta tenía buenos contactos. Lo había echado todo a perder, claro, pero si con su ayuda lograba volver a levantar cabeza, tal vez podía serle útil. Y, con lo que habría aprendido durante los cuatro años que había pasado en la cárcel, seguramente más que eso. Antes no era más que un aficionado, un inocente que se había desviado del camino, pero si la cárcel lo había convertido en un profesional, Phillip lo quería con él. Ahora lo que necesitaba era evaluar qué había aprendido, qué estaba dispuesto a hacer y hasta dónde llegaba su desesperación. Su insistencia en que solo quería algo legal no le interesaba. No le importaba lo que Peter dijera, sino solo lo que estaba dispuesto a hacer, y la deuda que tenía con él era un plus en sus tratos. Proporcionaba a Phillip algo con lo que manipularlo, y eso le gustaba mucho más que a Peter, desde luego. Tampoco se le había pasado por alto que Peter jamás mencionó su nombre ni lo puso en peligro cuando lo detuvieron, y eso significaba que podía confiar en él. Sí, eso le gustaba. No había arrastrado a nadie con él cuando cayó. Era la principal razón por la que no había hecho que le mataran. En cierto modo, Peter era un hombre de honor, aunque se tratara del honor de los ladrones.

Peter subió al autobús de San Mateo con la única ropa que tenía. Se le veía limpio y aseado, y se había cortado el pelo. Pero lo único que tenía para vestir eran unos tejanos, un camisa de mahón y unas zapatillas deportivas que le habían dado en la cárcel. Ni siquiera tenía una chaqueta, y no podía permitirse comprarse un traje para la entrevista. Cuando llegó al lugar a pie, estaba muy nervioso.

Phillip Addison estaba sentado ante la mesa de su despacho, estudiando un grueso dossier. Lo había tenido guardado en un cajón cerrado con llave durante más de un año, y era el sueño de su vida. Llevaba casi tres años dándole vueltas a aquello. Era el único proyecto en el que quería que Peter le ayudara. Y le daba igual si no le interesaba. Lo único que quería era saber si sería capaz de hacerlo o no. No podía arriesgarse con algo así. Aquello había que hacerlo con la precisión de una interpretación del ballet Bolshoi, o de los instrumentos quirúrgicos que fabricaba, con la perfección milimétrica de un láser. No había espacio para errores. Peter era perfecto. Esa era la razón por la que le había devuelto la llamada. Se le ocurrió en cuanto recibió su mensaje. Cuando la secretaria le dijo que estaba allí, volvió a guardar el dossier en el cajón y se levantó para recibirlo.

Lo que Peter vio al entrar fue a un hombre alto, vestido impecablemente, de casi sesenta años. Llevaba un traje de corte inglés hecho a medida, una bonita corbata y una camisa confeccionada en París. Hasta los zapatos se veían perfectamente abrillantados cuando rodeó la mesa para estrecharle la mano a Peter. No pareció reparar en su vestimenta, aunque aquella ropa él no la hubiera querido ni como trapos para lavar su coche, Peter lo sabía. Phillip Addison iba como un pincel. Era imposible atraparlo o encontrar pruebas que lo incriminaran. Nadie había logrado hacerlo nunca. Estaba por encima de toda sospecha. A Peter le inquietó que lo recibiera tan amablemente. Las insinuaciones veladas sobre el dinero que le debía parecían haber quedado olvidadas.

Durante un rato, estuvieron charlando de cuestiones insustanciales, y Phillip hasta le preguntó si tenía alguna idea concreta. Peter le habló de los campos que podían interesarle. Marketing, finanzas, nuevas inversiones, nuevas divisiones, nuevos negocios..., cualquier cosa innovadora que Addison considerara adecuada. Y entonces suspiró y miró a Phillip. Había llegado el momento de ser sinceros.

—Mira, necesito el trabajo. Si no consigo un trabajo voy a acabar en la calle con un carro de la compra y una lata, o hasta puede que sin el carro. Haré lo que quieras, siempre que sea razonable, se entiende. No quiero volver a la cárcel. Aparte de eso, me gustaría trabajar para ti. En la parte legal de tu negocio, claro. Lo otro es demasiado arriesgado. No puedo hacerlo. Ni quiero.

—Te has vuelto muy honrado en los cuatro últimos años —replicó Addison—. No tenías tantos miramientos cuando te conocí hace cinco años.

—Era idiota y mucho más joven, y estaba loco. Cincuenta y un meses en Pelican Bay ayudan a uno a poner los pies en el suelo. Ha sido una buena llamada de atención para mí, si lo quieres expresar así. Y no pienso volver. La próxima vez tendrán que matarme. —Y lo decía en serio.

—Tuviste suerte de que la última vez no te mataran —dijo Addison abiertamente—. Dejaste tirada a mucha gente. ¿Qué pasa con lo que me debes? —preguntó, no porque quisiera recuperar el dinero, sino para que Peter no olvidara que estaba en deuda con él. Un principio afortunado. Al menos para Addison.

—Ya te lo he dicho, te lo devolveré con mi trabajo. Puedes ir descontándomelo del sueldo. Por ahora es lo único que puedo ofrecerte. No tengo nada que darte.

Addison sabía que era verdad. Los dos lo sabían, y Peter estaba siendo sincero. Tan sincero como se puede ser con un hombre como Addison. La sinceridad no era algo que él valorara especialmente. A él los chicos buenos no le interesaban. Pero hasta él sabía que no se pueden pedir peras al olmo. Peter no tenía dinero para pagarle. Lo único que tenía era cabeza y motivación, y de momento eso era suficiente.

—Aún podría hacer que te mataran, lo sabes —replicó Addison muy tranquilo—. Algunos de nuestros amigos comunes de México lo harían con mucho gusto. Y, más concretamente, en Colombia había cierta persona que quería que te dejáramos seco en la cárcel. Le pedí que no lo hiciera. Siempre me has caído bien, Morgan —comentó, como si estuvieran hablando de una partida de golf.

Addison jugaba al golf regularmente con directores de empresa y jefes de Estado. Tenía importantes contactos políticos. Su posición era tan perfecta que Peter sabía que sería inútil ir a buscarlo si las cosas salían mal. Era un hombre poderoso, una fuerza del mal, sin ningún tipo de integridad ni moral. Ninguna. Y Peter lo sabía. Le llevaba ventaja en todos los sentidos posibles. Si empezaba a trabajar para él, no sería más que otro peón en alguna de sus partidas de ajedrez. Pero, si no lo hacía, tarde o temprano la desesperación acabaría llevándolo de vuelta a Pelican Bay y terminaría trabajando para el alcaide.

—Si lo del tipo de Colombia que dices es verdad, gracias —dijo Peter educadamente.

No quería mentirle, así que no contestó al comentario de que siempre le había caído bien. A él Addison nunca le había gustado. Sabía demasiadas cosas para que le gustara. Su apariencia era buena, pero por dentro estaba podrido. Tenía una intensa vida social, mujer y cuatro hijos adorables. Los pocos que le conocían bien y conocían sus diferentes máscaras lo comparaban a Satán. A ojos del resto del mundo, era un hombre respetable y de éxito. No para Peter.

—Pensé que, si seguías vivo, algún día podías serme de utilidad —afirmó Addison con expresión reflexiva, como si tuviera algo pensado para él, y lo tenía—. Y es posible que ese día haya llegado. Hubiera sido un derroche dejarte morir en la cárcel. Tengo algo para ti. He estado pensando después de hablar contigo esta mañana. Es una especie de trabajo de precisión. Una colaboración entre expertos altamente tecnológica, sincronizada y organizada.

Por la forma en que lo dijo, casi parecía que estaba hablando de una operación a corazón abierto. Peter no tenía ni idea de qué clase de trabajo podía ser.

—¿En qué campo? —preguntó, aliviado al ver que por fin hablaban de trabajo y no había amenazas ni exigencias con relación al dinero que debía. Iban al grano.

—Aún no estoy preparado para explicártelo. Lo haré, no te preocupes. Pero antes hay que hacer un trabajo previo de investigación. En realidad, lo harás tú. Quiero que planifiques la ejecución del proyecto. Ese es el trabajo. Pero primero quiero saber si aceptas. Quiero contratarte como coordinador del proyecto. No creo que tengas los conocimientos técnicos necesarios para hacer personalmente el trabajo. Yo tampoco los tengo. Pero quiero que elijas a los expertos que necesitamos. E iremos a medias con los beneficios. Deseo que formes parte del proyecto, no que seas un simple empleado. Si lo haces bien, te lo habrás ganado.

Peter estaba intrigado. Sonaba como un reto, interesante y lucrativo. Era justo lo que necesitaba para ponerse en pie y poder hacer algunas inversiones, o hasta puede que poner en marcha una empresa propia. Tenía un sexto sentido para las inversiones, y había aprendido mucho antes de desviarse del buen camino. Aquella era la oportunidad que necesitaba para empezar de nuevo. Casi parecía demasiado bueno. A lo mejor su suerte estaba cambiando. Por lo visto Addison quería hacer algo por él, y Peter le estaba agradecido.

—¿Es un proyecto de investigación a largo plazo, un proyecto de varios años?

Aquello habría significado una estabilidad, aunque le obligaría a permanecer vinculado a Addison más de lo que quería. Pero también le daría tiempo de sobra para recuperarse; algo es algo. Hasta es posible que recobrara el derecho de visitar a sus hijas, cosa con la que aún a veces se permitía soñar. Hacía cinco años que no las veía, y el corazón le dolía cuando lo pensaba. En el pasado lo había fastidiado todo a base de bien, incluso su relación con sus hijas cuando aún eran pequeñas. Esperaba que algún día pudiera llegar a conocerlas bien. Y, si su situación económica se estabilizaba, hasta podía haber un acercamiento entre él y Janet, aunque hubiera vuelto a casarse.

—En realidad —dijo Addison exponiendo su idea—, se trata de un proyecto a un plazo relativamente corto. Creo que podríamos cerrarlo en cuestión de meses, puede que incluso semanas. Habrá cierta labor de investigación y preparación, por supuesto; la ejecución del proyecto en sí podría prolongarse uno o dos meses, y luego recogemos las ganancias. No, no estamos hablando de algo a largo plazo. Y los beneficios serán extraordinarios.

Era difícil adivinar de qué se trataba. Tal vez algún nuevo producto de alta tecnología que quería lanzar al mercado y poner en sus manos en términos de marketing y relaciones públicas. No se le ocurría qué más podía ser. O alguna nueva empresa que deseaba que Peter dirigiera en un primer momento para pasarla a otra gente cuando ya estuviera encauzada. Addison se estaba mostrando muy misterioso, y Peter escuchó y trató de adivinar qué podía ser.

—¿Estás hablando de la presentación o el desarrollo de un nuevo producto, de alguna clase de estudio de mercado? —Peter tanteaba el camino tratando de comprender.

—En cierto modo sí —asintió Addison e hizo una pausa. Tenía que contarle alguna cosa concreta antes de decidir si podía confiar plenamente en él—. Llevo mucho tiempo pensando en este proyecto y creo que ha llegado el momento. Tu llamada de esta mañana ha sido de lo más providencial —añadió con una sonrisa perversa.

Peter nunca había visto unos ojos más fríos y temibles que aquellos.

—¿Cuándo quieres que empiece?

Estaba pensando en los quince dólares que llevaba en la cartera. Con eso tenía para la cena y el desayuno del día siguiente. Eso si comía en McDonald's. Si no, tenía para la cena y nada más. Después debería ponerse a mendigar en la calle y, si le cogían, podían mandarle de vuelta a la cárcel por eso.

Addison lo miró directamente a los ojos.

—Hoy mismo si quieres. Creo que estamos listos para empezar. Debemos llevar el proyecto en diferentes etapas. En las próximas cuatro semanas, quiero que te encargues de la investigación y el desarrollo. Y también de contratar a la gente.

A Peter el corazón le saltó de alegría. Aquello era mucho mejor de lo que esperaba, una respuesta a sus plegarias.

—¿De qué clase de expertos estamos hablando?

Aún no acababa de entender el alcance o incluso el enfoque de aquel proyecto. Pero, evidentemente, era alto secreto y estaba relacionado con la alta tecnología.

—Tú mismo puedes decidirlo. Quiero que me consultes, por supuesto, pero creo que tus contactos en ese campo son mejores que los míos —comentó Addison generosamente.

Y, dicho esto, abrió con la llave el cajón que había cerrado al llegar Peter, sacó el voluminoso dossier que había ido recopilando durante años y se lo pasó. Dentro había recortes e informes de prácticamente todos los proyectos de los que Allan Barnes se había ocupado en los cuatro últimos años. Peter miró a Phillip. Estaba impresionado. Sabía quién era Allan. No había nadie en el mundillo de las finanzas y la alta tecnología que no lo supiera. Era un genio del puntocom, el mejor. Hasta había varias fotografías de él con su familia. Era un dossier extraordinariamente completo.

—¿Estás pensando en un proyecto conjunto con él?

—Lo estaba. Ya no. Veo que has estado un poco desconectado. Allan murió en enero, y dejó viuda y tres hijos.

—¡Oh! —exclamó Peter con expresión compasiva, preguntándose cómo es que no se había enterado. Aunque en la cárcel no siempre leía el periódico. El mundo real le parecía demasiado remoto.

—En realidad el proyecto hubiera sido más interesante de haber estado él vivo. Creo que él hubiera respondido mucho mejor, pero, dadas las circunstancias, no queda más remedio que trabajar con la viuda —dijo Phillip con tono magnánimo.

—¿En qué? —Peter parecía desconcertado—. ¿Es ella quien dirige su imperio ahora? —Realmente, estaba del todo desconectado. No había leído nada sobre aquello.

—Imagino que le dejó toda su fortuna a ella, o al menos la parte que no haya dejado a los niños —explicó Addison—. Por lo que me ha dicho un amigo, creo que ella era la única beneficiaria del testamento. Y sé de buena tinta que, antes de morir, su fortuna estaba valorada en quinientos millones de dólares. Murió cuando estaba de pesca en México. Se cayó por la borda y se ahogó. Hay un gran mutismo sobre los planes que hay para sus empresas, pero imagino que será ella quien tome las decisiones, o al menos algunas.

—¿La has abordado directamente sobre la posibilidad de colaborar en un proyecto?

Peter nunca hubiera pensado que los intereses de Allan Barnes pudieran coincidir con los de Addison, pero era una idea interesante y, si Addison tenía algún problema económico, se resolvería enseguida mediante una alianza con un imperio tan solvente como el que Allan había dejado, o eso creía Peter. A ninguno de los dos se les había pasado por la imaginación que el imperio pudiera haberse desmoronado, y menos aún que esa fuera la razón de que hubiera muerto. Barnes había hecho un trabajo tan excepcional ocultando empresas detrás de otras empresas y disfrazando sus disparatadas inversiones, que, al menos por el momento, ni siquiera un hombre con los contactos de Addison conocía el embrollo que había dejado a sus espaldas. Fernanda, los abogados y los directivos de las empresas desaparecidas de Allan lo habían mantenido oculto, aunque no podrían seguir acallándolo indefinidamente. Pero de momento, en los cuatro meses que habían pasado desde su muerte, no se había filtrado nada y la leyenda de Allan Barnes aún no se había desvanecido. Fernanda quería que las cosas siguieran así el máximo de tiempo posible, por respeto a la memoria de su marido y por los niños. En opinión de Peter, una alianza con Barnes beneficiaría a Addison por la aureola de respetabilidad que envolvía todos los negocios de aquel. En realidad, la idea de realizar un proyecto conjunto era genial, y Peter estaba totalmente de acuerdo. El nombre y la reputación de Allan Barnes despertaban admiración y respeto. Y sin duda un proyecto en el que participaran las dos empresas era justo lo que necesitaba para volver a ponerse en circulación. Era un sueño hecho realidad. Así que, con el dossier aún en las manos, miró fijamente a Phillip Addison con una sonrisa en los labios y con una sensación renovada de respeto.

—No he hablado con la señora Barnes personalmente —siguió explicando Addison—. Aún no estamos preparados para eso. Primero tienes que contratar a tu equipo.

—Creo que primero debería leer el dossier para entender exactamente en qué consiste el proyecto.

—No lo sé —dijo Phillip alargando el brazo y cogiéndole el dossier de las manos—. Lo que hay ahí es el historial y la cronología de sus logros. Es relevante, por supuesto, pero en cualquier caso seguramente ya los conoces —dijo de modo algo impreciso.

Peter se sintió confuso. Todo el proyecto parecía rodeado de misterio. Le estaban pidiendo que contratara gente para un proyecto sin nombre en un área que no se le había concretado y para un trabajo que Addison aún tenía que definir. Era más que confuso, justamente lo que Addison quería. Sonrió a Peter y volvió a guardar el dossier bajo llave en el cajón.

—¿A quién se supone que tengo que contratar si no sé exactamente qué vamos a hacer? —Parecía desconcertado.

—Yo creo que sí lo sabes, Peter, ¿no es verdad? ¿Tengo que decirlo abiertamente? Quiero que contrates a algunos de los amigos que has hecho estos cuatro últimos años.

—¿Qué amigos? —Peter pareció aún más confuso.

—Estoy seguro de que has conocido a gente muy emprendedora, dispuesta a ganar un montón de dinero y después desaparecer discretamente. Quiero que lo pienses bien, y luego los escogeremos uno a uno para que hagan un trabajo muy especial para nosotros. No espero que tú hagas la parte sucia del trabajo, pero sí que la supervises y dirijas el proyecto.

—¿Y en qué consiste el proyecto? —Peter había fruncido el ceño, porque de pronto no le gustaba lo que estaba oyendo. Desde el punto de vista de los negocios, los cuatro últimos años de su vida eran una página en blanco. Lo único que había conocido en la cárcel eran criminales, violadores, asesinos y ladrones. De pronto, mientras miraba a Addison, sintió que se le helaba la sangre—. ¿Dónde encaja aquí la mujer de Allan Barnes?

—Muy sencillo. Cuando hayamos concretado el proyecto o, bueno, cuando tú hayas concretado el proyecto, le hacemos nuestra propuesta. Y la incentivamos un poco para que acepte. Así nos pagará bien. En realidad, estoy dispuesto a ser razonable con ella, dada la inmensidad de su fortuna y los impuestos que tendrá que pagar al Estado. Suponiendo que Allan tuviera una fortuna de quinientos millones de dólares al morir, el gobierno querrá algo más del cincuenta por ciento. Tirando por lo bajo, yo diría que cuando salde todo lo que tiene que pagar, la fortuna que le quedará a la viuda será de doscientos millones. Y nosotros solo vamos a pedirle la mitad. Al menos eso es lo que yo tenía pensado.

—¿Y qué clase de inversión le vas a proponer? —preguntó Peter con voz glacial, aunque ya lo había adivinado.

—La vida y la integridad de sus hijos, que le saldrían muy baratas aunque pidiéramos el doble. Básicamente le estamos pidiendo que reparta su fortuna con nosotros. Yo creo que es lo justo, y estoy seguro de que la mujer lo hará con mucho gusto. ¿No crees?

Peter Morgan se puso en pie, mientras Addison le miraba con una sonrisa perversa.

—¿Me estás diciendo que quieres que secuestre a sus hijos para pedir un rescate de cien millones de dólares?

Por la cara que puso, parecía que acababan de dispararle con un cañón. Phillip Addison estaba loco.

—Por supuesto que no. —Phillip meneó la cabeza tranquilamente y se recostó contra el asiento—. Te estoy pidiendo que elijas a la gente que necesitamos para que lo haga. Necesitamos profesionales, no aficionados como tú y como yo. Cuando entraste en la cárcel no eras más que un delincuente insignificante y un traficante bastante chapucero. No eres ningún secuestrador. Ni yo tampoco. Aunque en realidad yo no llamaría secuestro a lo que queremos hacer. Es un acuerdo comercial. Allan Barnes se encontró un boleto premiado de la lotería. Un boleto muy provechoso, lo reconozco. No hay razón para que su viuda se lo quede todo. Podía habernos pasado a ti o a mí, y no hay motivo para que no lo comparta con nosotros de forma póstuma. No vamos a hacer daño a esos niños. Solo tenemos que retenerlos unos días y luego devolvérselos sanos y salvos, a cambio de un pedazo del pastel que Allan le ha dejado. Sí, no veo por qué no iba a querer compartir el pastel con nosotros. Él ni siquiera tuvo que sudar para ganarlo. Fue cuestión de suerte. Y ahora nos toca tener suerte a nosotros. —Phillip esbozó su sonrisa perversa y lo miró con los ojos brillantes.

—¿Estás loco? —Peter estaba de pie, mirándolo fijamente—. ¿Tienes idea de la condena que puede caernos por secuestro? Si nos cogen podrían condenarnos a muerte, aunque no les hagamos daño. En realidad, solo el hecho de planear un secuestro puede significar la pena de muerte. ¿Y esperas que yo lo organice? De ninguna manera. Búscate a otro —dijo Peter y se dirigió hacia la puerta.

Addison parecía impasible.

—Yo que tú no lo haría, Morgan. Tú también te juegas algo en esto.

Peter se volvió para mirarlo con expresión indiferente. Le importaba un comino si estaba en deuda con Addison. Prefería mil veces que enviara a algún matón a asesinarle que arriesgarse a acabar con una pena de muerte. Además, la idea de aprovecharse de la desgracia ajena y jugar con la supervivencia de los niños le parecía espantosa. Solo de pensarlo se ponía malo.

—No me juego nada —contestó Peter—. ¿Qué interés puedo tener yo en que tú secuestres a unos críos?

Casi escupió las palabras. Addison le desagradaba profundamente. Era mucho peor de lo que se temía. Mucho, mucho peor. Era inhumano, y tenía tanta sed de mal que resultaba demencial. Lo que Peter no sabía era que el imperio de Addison tenía dificultades. Y si no recibía pronto una inyección de dinero, el castillo de naipes se desplomaría. Había estado blanqueando el dinero de sus amigos colombianos e invirtiendo en negocios de alto riesgo de la red que prometían enormes beneficios. Durante un tiempo los resultados habían sido extraordinarios, hasta que las mareas llevaron las cosas en la dirección contraria. Y no solo eso, sino que casi lo ahogan. Addison era consciente de que, si los colombianos se enteraban del dinero que había perdido, no se lo iban a tomar nada bien. Tenía que hacer algo y pronto. La llamada de Peter había sido de lo más providencial.

La respuesta a la pregunta de Peter era muy sencilla.

—Lo que tú te juegas en esto es la vida de tus hijas —dijo Addison con aquella sonrisa maligna.

—¿Cómo que la vida de mis hijas? —De pronto Peter parecía nervioso.

—Creo recordar que tienes dos hijas a las que no ves desde

hace años. En mi juventud conocí a tu suegro. Un buen hombre. Y estoy seguro de que son unas niñas adorables.

Los ojos de Phillip Addison no se apartaron en ningún momento de los suyos. Peter sintió un escalofrío que le subía por la columna.

—¿Y ellas qué tienen que ver con esto? —preguntó sintiendo que el estómago le daba un vuelco.

La bestia que le roía por dentro era el miedo. No por sí mismo, sino por sus hijas. Sin querer las había puesto en peligro al hablar con Addison. La idea lo ponía enfermo.

—No me será difícil dar con ellas. Y si te interesara, estoy seguro de que a ti tampoco. Si te interpones en nuestro camino o tratas de descubrirnos de la forma que sea, iremos a por tus hijas. Y aquí no habrá rescate que valga. Simplemente, un día desaparecerán para siempre.

Peter palideció.

—¿Me estás diciendo que si no secuestro a los hijos de Barnes o preparo el secuestro vas a matar a mis hijas? —La voz le temblaba. Pero ya conocía la respuesta.

—Exactamente. Me parece que no tienes elección. Pero también tendrás tu recompensa. Barnes tenía tres hijos; me conformaré con cualquiera de los tres. Si puedes conseguirlos a todos, estupendo. Si no, cualquiera de los tres me vale. Quiero que contrates a tres hombres capaces de hacer un buen trabajo. Que sean profesionales, no como tú o como yo. Pero de los buenos, no quiero que nada salga mal. Tu trabajo consistirá en buscarlos y contratarlos. A cada uno le pagaré cinco millones de dólares, que ingresaré en una cuenta en Suiza o Sudamérica. Les daré cien mil dólares por adelantado y el resto cuando cobremos el rescate. Tú cobrarás diez millones por dirigir el espectáculo. Doscientos mil por adelantado y el resto a ingresar en una cuenta en Suiza. Y hasta cancelaré la deuda que tienes conmigo. El resto es mío.

Peter hizo un cálculo rápido y se dio cuenta de que, de los cien millones de dólares que pedirían de rescate, Addison pensaba quedarse con setenta y cinco. Él y los tres hombres que tenía que contratar se repartirían el resto. Pero Addison le había dejado muy claras las normas. Si no lo hacía, mataría a sus hijas. Aquello ya no era un simple partido, era una guerra nuclear. Decidiera lo que decidiese, Peter estaba bien jodido. Se preguntó si habría alguna forma de avisar a Janet del peligro antes de que Addison las encontrara, pero no confiaba mucho en eso. Sabía que Addison era capaz de hacer cualquier cosa. Y no quería que nadie saliera perjudicado, ni sus hijas ni los hijos de Barnes. De pronto había cinco vidas en juego, seis contando la suya.

—Estás loco —dijo Peter y volvió a sentarse.

No veía la forma de salir de aquello y seguramente no la había.

—Sí, pero tendrás que reconocer que soy un loco muy listo —replicó Addison con una sonrisa—. Creo que el plan es sólido. Ahora solo tienes que buscar a los hombres. Ofréceles cien mil por adelantado a cada uno. A ti te pagaré tus doscientos mil. Con eso podrás comprarte ropa y buscar un sitio donde vivir hasta que las cosas empiecen a moverse. Por supuesto, también tienes que buscar un lugar donde retener a los niños mientras esperamos el rescate. Teniendo en cuenta que acaba de perder a su marido, dudo que la señora Barnes se lo piense mucho antes de pagarnos. No querrá perderlos también a ellos.

Acertadamente, Addison dedujo que en aquellos momentos la señora Barnes sería especialmente vulnerable, y quería actuar antes de que las cosas se calmaran. Sí, la llamada de Peter había sido de lo más providencial. Aquella era la señal que había estado esperando, y Peter el hombre que necesitaba para su plan. Después de haber pasado tanto tiempo en Pelican Bay, estaba seguro de que conocería a los hombres adecuados. Y los conocía, claro, pero aquel no era el trabajo en el que Peter había pensado. En realidad, lo único que quería era salir de allí y olvidarse de todo. Pero ¿qué pasaría entonces con sus hijas? Addison lo tenía bien cogido por las pelotas. No había nada que hacer. Y si la vida de sus propias hijas estaba en juego, entonces no tenía elección. No podía arriesgarse. Seguramente Janet no querría hablar con él y, de todos modos, cuando encontrara a sus hijas era muy posible que ya estuvieran muertas. No, de ninguna manera; con un hombre tan peligroso no podía arriesgarse. Addison haría que las mataran sin pestañear.

—¿Y si las cosas salen mal con los hijos de Barnes, si algo se tuerce? ¿Y si alguno de ellos muriera?

—Tu trabajo consiste en asegurarte de que eso no pase. Los padres no suelen pagar rescates por hijos muertos. Y eso pone muy nerviosos a los polis.

—La policía... En cuanto esos críos desaparezcan tendremos al FBI pisándonos los talones.

—Sí, tienes razón. Los tendrás pisándote los talones. O ellos —afirmó Addison complacido—. En realidad, este verano yo estaré en Europa. Vamos al sur de Francia, así que tendré que dejar este asunto en tus hábiles manos. —Y de paso evitaría cualquier sospecha, claro—. Por cierto, si atrapan a alguno de tus hombres, estoy dispuesto a pagarles la mitad de la cantidad acordada. Con eso podrán pagarse un abogado y una bonita fuga si hace falta. —Lo tenía todo pensado—. Y tú, amigo mío, puedes aguantar aquí cuando todo termine o marcharte a Sudamérica, donde podrás llevar la vida que te apetezca con tus diez millones de dólares. Hasta podríamos hacer algún negocio juntos. Nunca se sabe.

Y, claro, Addison podría chantajearle el resto de su vida y amenazarlo con denunciarlo al FBI si no hacía lo que él quería. Pero, lo mirara como lo mirase, la vida de sus hijas estaba en juego. Aunque no las hubiera visto desde que eran muy pequeñas, seguía queriéndolas, y prefería morirse antes que ponerlas en peligro. O ir a la cárcel o ser condenado a muerte. Ahora solo podía pensar en su responsabilidad para evitar que los hijos de los Barnes sufrieran algún daño durante el secuestro. Era lo único que quería. Más incluso que aquellos diez millones de dólares.

—¿Cómo sé que pagarás?

Al oír aquella pregunta Addison supo que lo tenía. Le había convencido.

—Te daré doscientos mil por adelantado y el resto lo ingresaré en una cuenta bancaria en Suiza cuando el trabajo esté hecho. Creo que, de momento, con eso tendrás suficiente para moverte. El resto lo recibirás cuando cobremos. No es un mal negocio para un ex convicto que no tiene donde caerse muerto, ¿no crees? —Y ya le había dicho que daría por saldada su deuda con él. Peter no contestó; se limitó a mirar a Addison, profundamente afectado por todo lo que había oído. En las dos últimas horas, su vida había vuelto a irse al traste. No tenía forma de justificar aquel dinero, y debería pasarse el resto de su vida huyendo. Pero Addison también había pensado en aquello—. Puedo decir que te he pagado un dinero para que hicieras un negocio en mi nombre que ha resultado muy provechoso. Nadie sabrá nunca la verdad.

Addison la sabría. Y, aunque manipulara sus libros de contabilidad, siempre existía el riesgo de que alguien cantara. Las prisiones estaban llenas de tipos que pensaban que tenían las espaldas bien cubiertas hasta que alguien los delató. Y Addison lo tendría cogido de por vida. Ya lo tenía cogido. En el momento en que le expuso su plan, se acabó. Estaba cogido, y también sus hijas y los hijos de los Barnes.

—¿Qué pasa si no tiene el dinero, si ha perdido una parte? —preguntó Peter razonablemente.

Habían pasado cosas más raras, sobre todo teniendo en cuenta la marcha de la economía. En los últimos años se habían hecho grandes fortunas que luego se evaporaban, dejando a su paso una cantidad impensable de deudas. Addison se rió.

—No seas ridículo. Hace un año el tipo tenía una fortuna de quinientos millones de dólares. No se podría perder tanto dinero ni queriendo. —Pero otros lo habían perdido. Simplemente, Addison se negaba a creer que eso hubiera podido pasarle a Barnes. Era un hombre demasiado listo para perder su dinero, o eso creía él—. El tío estaba forrado de oro. Confía en mí. El dinero está ahí. Y ella pagará. ¿Quién no pagaría? Ahora lo único que tiene son sus hijos y su dinero. Y nosotros solo queremos la mitad. Así que seguirá teniendo una buena suma con la que vivir, y tendrá a su familia sana y salva.

Si no pasaba nada, claro. Eso dependería sobre todo de los hombres que Peter eligiera. Todo dependía de él. En las dos últimas horas su vida se había convertido en una pesadilla. Peor que antes, peor que nada de lo que hubiera podido imaginar. Se estaba arriesgando a que lo condenaran a muerte, o como mínimo a cadena perpetua.

Addison abrió un cajón de la mesa y sacó un sobre con dinero. Lo había preparado antes de que Peter llegara. Lo arrojó al otro lado de la mesa.

—Ahí tienes cien mil dólares para empezar. Los otros cien mil los tendrás la semana que viene, en efectivo, para que puedas cubrir gastos. Los descontaremos de los diez millones que recibirás al final. Hace dos horas, cuando entraste aquí, no eras más que un vagabundo y un ex convicto, y ahora sales convertido en un hombre rico. No lo olvides. Y si alguna vez se te ocurre implicarme o mencionar mi nombre, en menos de veinticuatro horas serás hombre muerto. ¿Está claro? Si por casualidad te entra el pánico y quieres abandonar, piensa en tus hijas. —Addison lo tenía cogido por las pelotas y el pescuezo. Y él lo sabía. No tenía escapatoria—. Ahora empieza a buscar a esos hombres. Elige bien. Quiero que empecemos a vigilarla la semana que viene. Cuando tengas a tus hombres, que les quede muy claro que, como se les ocurra fugarse con sus cien mil y dejarnos colgados, los pienso liquidar. Eso te lo aseguro.

Por su mirada Peter sabía que lo decía muy en serio. Sí, le creía, y evidentemente aquello también iba por él.

—¿Cuándo quieres hacerlo? —preguntó Peter metiéndose el sobre en el bolsillo y sintiéndose paralizado—. ¿Qué fecha te habías puesto?

—Si encuentras a tus hombres en una o dos semanas, creo que bastará con vigilar a la familia entre cuatro y seis semanas para averiguar todo lo que necesitamos saber. Calculo que podrías mover pieza a principios de julio.

Él salía para Cannes el 1 de julio. Quería estar fuera del país antes del secuestro. Peter ya lo imaginaba.

Peter asintió y lo miró. Su vida había cambiado por completo en aquellas dos horas. Tenía un sobre con cien mil dólares en el bolsillo y en una semana tendría cien mil más. Sin embargo, aquello no le importaba. Lo único que había conseguido con aquella visita a Phillip Addison era vender su alma a cambio de la vida de sus hijas. Con un poco de suerte conseguiría mantener también con vida a los hijos de los Barnes. Lo demás no le importaba. Los diez millones estarían manchados de sangre. Había vendido su alma a Phillip Addison. Ojalá estuviera muerto. En realidad, era como si lo estuviera. Se volvió para salir de la habitación sin mirar a Addison. Cuando llegó a la puerta, Addison le dijo:

—Buena suerte. Estaremos en contacto.

Peter asintió y salió. Bajó en ascensor. Cuando salió del edificio, eran las siete y media. Hacía horas que todos se habían ido. No había nadie por allí cuando Peter se inclinó sobre el contenedor de basura de la esquina y vomitó. Y siguió vomitando durante lo que le pareció una eternidad.

9

Aquella noche, en la cama, Peter estuvo pensando que podía contactar con su ex mujer y advertirle que tuviera cuidado con las niñas. Pero sabía que Janet lo tomaría por loco. No quería que Addison le presionara tomándolas como rehenes para obligarle a cumplir su encargo. Sin embargo, Addison era demasiado listo. Sabía perfectamente que, si ponía en peligro la vida de sus hijas o les hacía daño, Peter ya no tendría nada que perder y lo pondría al descubierto. Mientras hiciera lo que le habían dicho, las niñas estarían a salvo. Era lo primero que hacía por sus hijas en los seis últimos años, o puede que en toda su vida. Comprar su seguridad a costa de la suya propia. Le resultaba difícil creer que aquello pudiera salirle bien, pero, si elegía a las personas adecuadas, quizá... Sí, tenía que buscarlas bien. Si contrataba a unos delincuentes chapuceros siempre cabía la posibilidad de que perdieran los nervios y alguno de los niños acabara muerto. Tenía que encontrar a los mejores. Los más duros, impasibles, fríos y competentes del ramo, si es que eso existía. Los hombres que había conocido en la cárcel ya habían demostrado su ineptitud en el momento en que se dejaron coger, o quizá el problema residía en que no habían sabido planificar las cosas correctamente. Peter tenía que reconocerlo: la estrategia de Addison era buena. Siempre y cuando la viuda de Barnes pudiera disponer de aquel dinero, claro. No era probable que tuviera cien millones de dólares guardados en el tarro de las galletas de la cocina.

Peter estaba tendido en su litera, pensando en todo eso, cuando entró su compañero de cuarto. Al día siguiente se buscaría una habitación en un hotel decente, nada ostentoso ni caro. No quería alardear de pronto de un dinero y una riqueza que no podría explicar, aunque Phillip Addison le había dicho que pensaba incluirlo en su nómina como asesor de una de sus empresas subsidiarias. En teoría, se trataba de una empresa que se dedicaba a los estudios de mercado, aunque en realidad era una tapadera para uno de sus grandes negocios con la droga. Pero llevaba años funcionando sin problemas y era imposible demostrar su relación con Addison.

—¿Cómo te ha ido? —le preguntó su compañero.

Había tenido un día espantoso en el Burger King, y apestaba a hamburguesas y patatas fritas. Aunque al menos no era tan malo como lo de la semana anterior, cuando estuvo trabajando en un quiosco de pescado y patatas fritas. El olor del pescado se pegaba a la habitación. El olor de las hamburguesas era más soportable.

—Bien. He conseguido un trabajo. Mañana me voy —dijo Peter con voz seria.

A su compañero le entristeció que se fuera. Peter era tranquilo, no molestaba y no se metía en los asuntos de los demás.

—¿Qué clase de trabajo?

El aspecto de Peter denotaba que tenía clase, aunque fuera vestido con tejanos y camiseta. Se veía que tenía educación. Pero, incluso siendo educado, iba en el mismo bote que los demás cuando salió de la cárcel.

—Estudios de mercado. No es gran cosa, pero podré pagar un alquiler y la comida.

Peter no parecía muy entusiasmado. Solo de pensarlo se ponía malo. Se sentía como si se le hubiera acabado la vida. Casi habría preferido volver a la cárcel. Al menos allí todo era más sencillo y podía tener la esperanza de llevar una vida como Dios manda en el futuro. Ahora ya no tenía esa esperanza. Había vendido su alma al diablo.

—Eso está muy bien, amigo. Me alegro por ti. ¿Quieres que salgamos a comer algo para celebrarlo?

Era un buen tipo; había cumplido condena en la prisión del condado por traficar con marihuana. A Peter le caía bien, aunque era un poco corto.

—No, gracias. Me duele un poco la cabeza. Y por la mañana tengo que ir a trabajar.

En realidad quería pensar a quién iba a contratar para el proyecto de Addison. Era un asunto delicado: necesitaba hombres que no lo descubrieran si decidían no aceptar el encargo o si él los rechazaba porque no le parecían de fiar. No debía explicarles en qué consistía exactamente el trabajo hasta que los conociera, hubiera comprobado sus credenciales y decidiera si podía confiar en ellos. Pero, aun así, seguía siendo un asunto delicado. Pensar en todo aquello le hizo sentir un nudo en el estómago. Por el momento, solo se le había ocurrido una persona. No lo habían condenado por secuestro, pero tenía la sospecha de que sería la persona ideal. Sabía quién era, y más o menos adónde había ido al salir de la cárcel. Ahora lo único que tenía que hacer era encontrarlo. Se pondría en movimiento por la mañana, después de instalarse en un hotel. Y así pasó la noche, dando vueltas en la cama y pensando.

A la mañana siguiente, cuando se levantó, fue a buscar un hotel. Cogió un autobús para dirigirse al centro de la ciudad y encontró un sitio en la periferia del Tenderloin, en la zona sur de Nob Hill. Era pequeño e impersonal, y lo bastante bullicioso para que nadie se fijara en él. Peter pagó un mes por adelantado, en efectivo, y luego volvió a Mission para recoger sus cosas. Firmó en el registro de salida del albergue, dejó una nota para su compañero de habitación deseándole suerte y volvió al centro en autobús. En Macy's se compró algo de ropa. Era agradable poder volver a hacer aquello. Compró unos pantalones, camisas, un par de corbatas, una chaqueta informal, una chaqueta de béisbol de cuero y algunos jerséis. También se compró ropa interior y unos cuantos pares de zapatos como Dios manda. Luego volvió al hotel donde había alquilado la habitación. Cuando se aseó y salió a la calle para buscar un sitio donde comer, volvía a sentirse como una persona. Había prostitutas por la zona y borrachos en los portales. Alguien estaba comprando droga en un coche aparcado en la calle, pero aparte de eso, había hombres de negocios y turistas. Era la clase de barrio donde nadie se fija mucho en los demás y es fácil pasar inadvertido, que era exactamente lo que él quería.

No tenía ningún deseo de llamar la atención.

Después de comer, pasó media hora al teléfono. Sabía a quién debía buscar, y le sorprendió que fuera tan fácil dar con él. Decidió coger un autobús para ir a Modesto por la mañana. Pero antes se compró un móvil. Una de las condiciones para la libertad condicional era que no tuviera móvil. Era lo habitual para presos condenados por tráfico de drogas. Pero Addison le había dicho que se comprara uno. Y, evidentemente, ahora Addison mandaba. Peter sabía que era imposible que su agente de la condicional se enterara. Aquella misma mañana le había notificado que había encontrado trabajo y el cambio de domicilio, y el hombre pareció encantado.

Peter llamó a Addison a su despacho y le dejó su número de móvil y el número de teléfono del hotel.

Aquella noche, Fernanda estaba preparando la cena para los niños. Cada vez estaban más entusiasmados porque por fin se acababan las clases. Will estaba especialmente emocionado porque iba a irse de acampada con sus compañeros de lacrosse. Lo mismo les pasaba a sus hermanos con sus respectivos planes. Al día siguiente, cuando se fueron al colegio, Fernanda se dirigió al centro para reunirse con Jack Waterman. Tenían mucho de que hablar. Como siempre. A Fernanda le caía bien; siempre le había gustado, aunque últimamente se había convertido en la voz del destino. Era el abogado que llevaba los asuntos de Allan, y hacía años que eran amigos. Waterman se había sorprendido mucho al descubrir los embrollados asuntos de Allan, las malas decisiones que había tomado y la espantosa situación en que había dejado a Fernanda y a sus hijos.

Cuando llegó al despacho, la secretaria de Waterman le sirvió un café. Jack estaba sentado frente a ella, con expresión sombría. A veces detestaba a Allan por haber dejado en aquella situación a una mujer como Fernanda... No se merecía que le pasara aquello. Nadie lo hubiera merecido.

—¿Se lo ha dicho ya a los niños? —preguntó.

Ella dejó su café y meneó la cabeza.

—¿Lo de la casa? No, no se lo he dicho. No creo que deban saberlo todavía. No la pondremos en venta hasta agosto. Ya se lo diré cuando llegue el momento. No serviría de nada que pasaran estos tres meses preocupados. Además, seguramente tardará un tiempo en venderse.

Era una casa muy grande, y mantenerla resultaba muy caro. El mercado inmobiliario no iba muy bien. Jack ya le había advertido que era absolutamente imprescindible que vendiera la casa y tuviera el dinero para final de año. También debía desprenderse de todo lo que iba con la casa. De los muebles, por supuesto. Se habían gastado casi cinco millones de dólares en amueblar la vivienda. Parte de ese dinero era irrecuperable, como el invertido en el mármol que habían instalado en todos los cuartos de baño y el de la cocina ultramoderna. Pero la araña vienesa, por la que habían pagado cuatrocientos mil dólares, podía venderse en una subasta pública en Nueva York, y hasta es posible que sacara más de lo que había pagado. Y había otras cosas. Fernanda sabía que los niños se inquietarían cuando vieran que empezaba a vender objetos, y eso la asustaba. Trató de no pensar en ello mientras sonreía al abogado. Él le devolvió la sonrisa. Aquella mujer se había portado maravillosamente en los cuatro últimos meses, y Jack la admiraba por ello. Fernanda se preguntaba si Allan se habría parado a pensar alguna vez en lo que todo aquello iba a significar para ella. Conociéndolo como lo conocía, Jack tenía la sospecha de que ni se le pasó por la imaginación. Allan solo pensaba en los negocios y en el dinero. Sí, a veces Allan solo pensaba en sí mismo, como hizo durante su ascenso meteórico en el mundo de los negocios por la red y cuando cayó a velocidad supersónica.

Era un hombre guapo, encantador y brillante, pero también

tenía un punto de narcisismo. Tampoco había pensado mucho en su mujer y en sus hijos a la hora de suicidarse. Jack hubiera querido poder hacer más por Fernanda, pero por el momento hacía lo que podía.

—¿Irá a algún sitio este verano? —preguntó el abogado recostándose en la silla.

Era un hombre atractivo. Había estudiado en la escuela de comercio con Allan, y luego hizo la carrera de derecho. Hacía mucho tiempo que los tres se conocían. También él había sufrido lo suyo. Estuvo casado con una abogada que murió de un tumor cerebral a los treinta y cinco años. No habían tenido hijos, y Jack no había vuelto a casarse. El hecho de haber vivido en carne propia la pérdida de su mujer le hacía sentirse más próximo a Fernanda. De cualquier modo, la envidiaba porque al menos tenía a sus hijos. Lo que más le preocupaba era de qué iba a vivir cuando consiguiera saldar todas las deudas de Allan. Sabía que se había planteado buscar trabajo en un museo o en una escuela. Seguramente se imaginaba que si daba clases en la escuela de Sam y Ashley, o incluso en la de Will, quizá le harían una rebaja en las matrículas de sus hijos. Pero necesitarían mucho más que eso para vivir. Habían pasado de ser una familia de posición modesta a ser millonarios, y ahora volvían a la pobreza. A muchos les había pasado lo mismo a causa del auge y la euforia que hubo en el mundo de los negocios por la red, pero quizá el caso de aquella mujer era más extremo gracias a Allan.

—Will se irá de acampada y Ash va a Tahoe —explicó—. Sam y yo nos quedamos aquí. Siempre podemos ir a la playa.

Jack se sintió algo culpable porque en agosto iba a viajar a Italia. Estuvo a punto de invitarlos, a ella y a los niños, pero aquel viaje no lo hacía solo; iba con unos amigos. En aquellos momentos no había ninguna mujer en su vida, y con los años le había cogido cariño a Fernanda, pero sabía por experiencia que era demasiado pronto para intentar esa clase de acercamiento. Hacía cuatro meses que Allan había muerto. Cuando su mujer murió, él estuvo un año entero sin salir con nadie. Pero aquella idea le había pasado por la cabeza varias veces en los últimos meses. Fernanda necesitaba alguien que cuidara de ella y de los niños, y él les tenía mucho afecto. Fernanda ignoraba por completo cuáles eran sus sentimientos.

—Quizá podríamos ir a Napa a pasar un día o hacer alguna salida cuando termine el curso —sugirió Jack con cautela.

Fernanda le sonrió. Hacía tanto tiempo que se conocían que lo veía como un hermano. Jamás se le habría ocurrido que Jack pudiera querer salir con ella y estuviera esperando el momento adecuado. Ella llevaba bastantes años fuera de circulación en ese sentido, y ni se le había pasado por la imaginación volver a estarlo. Tenía cosas más importantes en que pensar, como en su supervivencia y en cómo dar de comer a sus hijos.

—A los chicos les gustará —dijo contestando a su invitación.

—Y un amigo mío tiene un velero, un bonito velero.

Jack trataba de pensar en algo que la animara y le permitiera distraer a los niños sin hacerse pesado ni ofensivo. Fernanda se terminó el café y lo miró con gesto tímido.

—A los chicos les encantaría. Allan los llevó alguna vez en barco. Yo me mareo demasiado.

Fernanda odiaba el yate de Allan, aunque a él siempre le encantó. Se mareaba solo de estar en cubierta. Y ahora el solo hecho de oír hablar de barcos le recordaba su muerte. No quería volver a ver un barco en su vida.

—Ya pensaremos en otra cosa —dijo Jack afablemente.

Durante las dos horas siguientes estuvieron hablando de negocios, y terminaron con el papeleo poco antes de las doce. Fernanda tenía una idea bastante clara de todo, y tomaba decisiones de manera absolutamente responsable. No era una persona atolondrada. Jack hubiera querido poder hacer más por ella.

La invitó a comer, pero Fernanda dijo que debía hacer algunos recados y que por la tarde tenía hora con el dentista. La verdad es que su compañía le resultaba muy estresante porque siempre hablaban de dificultades económicas, así que cuando se veían Fernanda sentía que necesitaba respirar y estar sola. Si iban juntos a comer, invariablemente hablarían de sus problemas y de las deudas de Allan. Sabía que Jack sentía mucho verla en aquella situación, y era un detalle, pero hacía que se sintiera como una niña abandonada y patética. Fue un alivio cuando se despidieron y ella volvió sola a Pacific Heights. Suspiró profundamente y trató de deshacerse de la sensación de pánico que le atenazaba el estómago. Cada vez que salía del despacho de Jack Waterman sentía en el estómago un nudo del tamaño de un puño, razón por la cual había rechazado su invitación. El hombre se había ofrecido a ir a cenar a su casa la semana siguiente, y prometió llamarla. Si estaba con los niños, al menos no tendrían que hablar de sus lúgubres perspectivas. Jack era un hombre pragmático y decía las cosas lo más claramente posible. Fernanda se hubiera sorprendido bastante de haber conocido sus sentimientos por ella. A pesar de la frecuencia con la que se veían, jamás se le había ocurrido. Jack siempre le había parecido un hombre maravilloso, sólido como una roca, y sentía mucho que no se hubiera vuelto a casar. Él siempre decía que no había encontrado a la mujer adecuada. Fernanda sabía que quería mucho a su mujer, y Allan le advirtió muchas veces que no tratara de emparejarlo con ninguna amiga, así que ella no lo hizo. No se le habría ocurrido que algún día podían acabar juntos. Siempre estuvo muy enamorada de Allan, y seguía estándolo. A pesar de todos sus defectos y del embrollo que había dejado a su muerte, seguía considerándolo un marido estupendo. No tenía ganas de sustituirlo; al contrario: se imaginaba sintiéndose su mujer el resto de su vida, sin salir nunca con nadie más, que era justamente lo que había dicho a sus hijos. Y eso los tranquilizó, sobre todo a Sam, aunque también hizo que se sintieran tristes por ella.

Ashley había hablado varias veces del tema con Will cuando estaban solos, o cuando su madre estaba fuera con Sam o haciendo sus cosas.

—No quiero que se quede sola para siempre —le había dicho a su hermano mayor, que siempre se sorprendía cuando ella sacaba el tema.

Él procuraba no imaginarse a su madre con alguien que no fuera su padre. En cambio Ashley era una celestina, como su madre, y mucho más romanticona.

—Papá acaba de morir —decía él siempre con cara de preocupación—. Dale tiempo. ¿Ha dicho algo ella? —preguntaba muy serio.

—Sí, dice que no quiere salir con nadie, que quiere seguir casada con él para siempre. Es muy triste. —Fernanda aún llevaba puesto el anillo de casada. Ya nunca salía de noche, a menos que fuera con ellos al cine o a comer una pizza. Y un par de veces habían ido a Mel's Diner después de alguno de los partidos de Will—. Espero que algún día conozca a alguien y se enamore —añadió Ashley a modo de conclusión, y su hermano levantó los ojos al techo.

—No es asunto nuestro —dijo con voz grave.

—Sí, sí lo es. ¿Qué me dices de Jack Waterman? —había sugerido la hermana, que era mucho más perspicaz que su madre—. Creo que mamá le gusta.

—No seas idiota, Ash. Solo son amigos.

—Bueno, nunca se sabe. Su mujer también murió. Y no ha vuelto a casarse. —De pronto puso cara de preocupación—. ¿Crees que será gay?

—Claro que no. Ha tenido un montón de novias. No digas más burradas —dijo Will.

Se fue a toda prisa de la habitación, como hacía siempre que su hermana sacaba el tema de la inexistente vida amorosa de su madre. No le gustaba pensar en su madre en ese contexto. Era su madre, y Will no veía nada malo en que se quedara sola si era lo que quería, como ella había dicho. Por él perfecto. En cambio su hermana era más lista, a pesar de su corta edad.

Cada uno pasó el fin de semana con sus cosas, como siempre. El sábado, mientras Fernanda estaba sentada en las gradas viendo a Will jugar al lacrosse, Peter Morgan iba en el autobús camino de Modesto. Llevaba alguna de la ropa que se había comprado con el dinero que Addison le dio. Tenía un aire respetable y discreto. La persona que contestó al teléfono cuando llamó al albergue donde estaba Carlton Waters le dijo que sí, que se alojaba allí. Era el segundo al que llamaba. No tenía ni idea de lo que iba a decirle cuando llegara. Primero quería tantearlo y ver cómo le iban las cosas. Aunque no quisiera hacer el trabajo personalmente, después de pasar veinticuatro años en la cárcel por asesinato seguro que sabía quién podía hacerlo. Cómo conseguiría esa información ya era otra historia, sobre todo si no aceptaba hacerlo personalmente o se molestaba ante la propuesta. La parte de «investigación», como la llamaba Addison, no era tan fácil como parecía. Cuando el autobús llegó a Modesto, Peter aún estaba pensando en la manera de enfocar el asunto.

Casualmente resultó que el albergue solo estaba a unas manzanas de la estación de autobuses, y Peter fue caminando bajo el calor de finales de primavera. Se quitó la chaqueta de béisbol y se subió las mangas de la camisa. Cuando llegó a la dirección que le habían dado por teléfono, tenía los zapatos cubiertos de polvo, pero seguía pareciendo un hombre de negocios. Subió los escalones de la entrada y se acercó al mostrador de recepción.

Preguntó por Waters y le dijeron que había salido, así que Peter volvió afuera y esperó. No sabían adónde había ido ni cuándo volvería. El hombre de la recepción le dijo que tenía familia en la zona y que quizá había ido a visitarlos. O quizá había salido con sus amigos. Lo único que podía decirle es que debía estar allí a las nueve de la noche.

Peter permaneció sentado en el porche mucho rato, esperando. A las cinco, cuando estaba pensando en ir a comer algo, vio una figura familiar acercarse tranquilamente por la calle en compañía de otros dos hombres. Físicamente Waters imponía. Parecía un jugador de baloncesto. Era un hombre fornido y alto, y llevaba años haciendo ejercicio en la cárcel con unos resultados impresionantes. Peter era consciente de que, en el lugar y el momento equivocados, podía resultar peligroso, aunque también sabía que en los veinticuatro años que había pasado en la cárcel no le habían abierto ningún expediente por violento, cosa que solo le tranquilizaba un poco. Lo más probable era que la propuesta que quería hacerle le enfureciera y que se llevara una buena tunda de golpes. No le entusiasmaba precisamente la idea de hablar con él.

Waters se acercó despacio por la calle, mirando fijamente a Peter. Se reconocieron enseguida, aunque nunca habían sido amigos. Era exactamente la persona que Addison buscaba, un profesional, no un aficionado como él. Aunque ahora, gracias a Addison, también él había entrado a formar parte de la élite. No era algo que le enorgulleciera; al contrario, detestaba tener que hacerlo, pero no tenía elección.

Los dos hombres se saludaron con un gesto de la cabeza, mientras Peter lo miraba de pie desde el porche y Waters clavaba los ojos en él con expresión hostil mientras subía los escalones. Peter no se sintió muy animado.

—¿Buscas a alguien? —le preguntó Waters.

Peter asintió, aunque no dijo a quién.

—¿Cómo te va?

Se estaban estudiando como pit bulls, y Peter tenía miedo de que Waters atacara. Los otros dos, Malcolm Stark y Jim Free, se mantuvieron ligeramente apartados, esperando a ver qué pasaba.

—A mí bien, ¿y a ti?

Peter asintió a modo de respuesta. Ninguno de los dos apartaba la mirada, como imanes que no pueden separarse del metal. Peter no sabía muy bien qué decir, pero tenía la sensación de que Waters sabía que estaba allí por él. Waters se volvió hacia Malcolm Stark y Jim Free.

—Entro dentro de un momento. —Los dos hombres miraron a Peter al pasar junto a él y dejaron que la puerta mosquitera se cerrara de un golpe. Waters miró de nuevo a Peter, pero esta vez había una expresión inquisitiva en sus ojos—. ¿Querías hablar conmigo?

Peter volvió a asentir y suspiró. Aquello le iba a resultar más difícil de lo que pensaba y daba miedo. Pero había mucho dinero sobre la mesa. Era difícil saber cómo iba a reaccionar Waters o qué diría. Y aquel no era el mejor sitio para hablar del tema. Waters intuyó enseguida que era importante. En los cuatro años que habían coincidido en la cárcel no habrían cruzado más de diez palabras, y ahora aquel tipo viajaba hasta allí desde San

Francisco para hablar con él. Tenía curiosidad por saber qué merecía tanto la pena para que Peter aguantara tres horas en autobús y lo esperara todo el día. Por su cara, parecía que tenía algo importante que decir.

—¿Podemos hablar en otro sitio? —preguntó Peter a secas, y Waters asintió.

—Hay un parque más abajo.

Waters sabía instintivamente que Peter no querría ir a un bar o a un restaurante, ni hablar en la sala de estar del albergue, donde cualquiera podría oírles.

—Servirá —dijo Peter escuetamente, y bajó tras él los escalones del porche.

Tenía hambre y estaba nervioso y, mientras caminaban calle abajo sin decir palabra, sentía un nudo en el estómago. Tardaron diez minutos en llegar al parque. Peter se sentó en un banco; Waters vaciló un momento, pero luego se sentó en el banco junto a él. Sacó del bolsillo un poco de tabaco para mascar. Era un hábito que había adquirido en prisión. No le ofreció a Peter. Se limitó a quedarse sentado, y finalmente le miró con expresión molesta pero también curiosa.

Peter era el tipo de preso por el que Waters no sentía ningún respeto. Un idiota que se había dejado cegar por el dinero y había dejado tontamente que lo metieran en la cárcel. Y encima estuvo haciéndole la pelota al alcaide para poder trabajar con él. Waters, en cambio, lo había pasado mal y lo habían tenido mucho tiempo aislado. Frecuentaba la compañía de asesinos, violadores y secuestradores, y de tipos que habían cumplido largas condenas. Comparados con sus veinticuatro años, los cuatro años de Peter no eran nada. Waters había defendido su inocencia hasta el final y seguía defendiéndola. Fuera cual fuese la verdad, inocente o culpable, lo cierto es que había pasado buena parte de su vida en la cárcel, y Peter Morgan no le interesaba en absoluto. Pero si el hombre había viajado desde San Francisco para hablar con él, le escucharía. Aunque no pasaría de ahí. Lo llevaba escrito en el rostro cuando escupió un poco de tabaco a varios metros y se volvió a mirar a Peter. Peter casi se echa a temblar, igual que le pasaba cuando Waters esperaba para ver al alcaide en la cárcel. Waters estaba esperando; no tenía escapatoria. Tenía que hablar; el problema era que no sabía qué decir. Así que Waters volvió a escupir.

—¿Qué estás pensando? —preguntó Waters mirándolo directamente a los ojos.

La intensidad de aquellos ojos dejó a Peter sin respiración.

—Cierta persona me ha propuesto un negocio —empezó a decir Peter bajo la atenta mirada de Waters. El hombre se dio cuenta de que le temblaban las manos, y se había fijado en sus ropas nuevas. La chaqueta parecía cara, y los zapatos. Era evidente que le iba bien. Él estaba llenando cajas en la fábrica de tomates, cobrando el salario mínimo. Quería un trabajo en las oficinas, pero le habían dicho que era demasiado pronto—. No sé si te interesará, pero quería hablar contigo. Necesito que me asesores.

En cuanto dijo aquello, Waters supo que no se proponía nada bueno. Se echó hacia atrás en el banco y frunció el ceño.

—¿Qué te hace pensar que me interesa o que pueda querer ayudarte? —dijo con cautela.

—No lo pienso. No sé si te interesará o no. —Decidió ser sincero; era la única forma de actuar con alguien tan peligroso como Waters. Supuso que solo así tendría alguna posibilidad—. Me tienen pillado. Cuando me metieron en la cárcel debía dinero, un par de cientos de miles, y he ido derecho a la trampa. Dice que puede hacer que me maten en cualquier momento; seguramente es verdad, aunque por el momento no lo ha hecho. Así que me ha ofrecido un trato. No tengo elección. Me ha dicho que, si no acepto, matará a mis hijas, y estoy seguro de que lo haría.

—Veo que te relacionas con gente muy maja —comentó Waters. Estiró las piernas y se miró sus botas polvorientas de vaquero—. ¿Tiene los huevos para hacerlo? —preguntó con curiosidad. Sintió lástima por Peter.

—Sí. Creo que sí. Así que estoy metido hasta el cuello. Y quiere que haga un trabajillo para él.

—¿Qué clase de trabajillo? —preguntó Waters con voz indiferente mientras seguía mirándose las botas.

—Algo importante. Muy importante. Hay mucho dinero de por medio. Cinco millones de pavos para ti si aceptas. Cien mil por adelantado y el resto al final.

Mientras hablaba, a Peter le pareció que no sonaba tan insultante como pensó en un primer momento. Aunque Waters no aceptara, era una oferta increíblemente buena. Para los dos. Waters asintió. Ya se lo imaginaba, aunque no parecía impresionado. Se mostró muy frío.

—¿Cuánto te llevarás tú?

Peter fue sincero otra vez. Era la única forma de salir bien parado de aquello. Honor entre ladrones.

—Diez cuando todo termine. Doscientos mil en efectivo por adelantado. Quiere que lo organice todo y le busque la gente.

—¿Cuántos?

—Tres, incluido tú. Si aceptas.

—¿Droga?

Waters no podía ni imaginar la de heroína o cocaína que podía representar aquello. Y no se le ocurría ninguna otra cosa que diera tanto dinero. Pero aquello era demasiado, incluso para un negocio relacionado con la droga, a menos que fuera excesivamente arriesgado. Sí, desde luego; si ofrecían tanto dinero, tenía que ser muy arriesgado. Pero cuando miró a Peter, el hombre meneó la cabeza.

—Peor. O mejor. Según como se mire. En teoría, es un asunto limpio. Se trata de secuestrar a ciertas personas, tenerlas escondidas un par de semanas, recoger el rescate, mandarlas a casa y separarnos. Con un poco de suerte nadie saldrá herido.

—¿Y a quién coño queréis secuestrar? ¿Al presidente?

Peter estuvo a punto de sonreír, pero no lo hizo. Aquello era muy serio para los dos.

—A tres niños. O a los que podamos. Con uno servirá.

—¿Está chiflado? ¿Va a pagarnos veinticinco millones de pavos entre los cuatro por llevarnos a tres críos y luego devolverlos a su casa? ¿Qué saca él? ¿De cuánto es el rescate?

A Peter le ponía nervioso tener que dar tantos detalles, pero debía decir lo suficiente para conseguir que aceptara.

—Cien millones. Él se queda setenta y cinco. Esa es la idea.

Waters silbó y se quedó mirando a Peter un buen rato. Entonces, sin previo aviso, lo agarró con tanta fuerza por el cuello que casi lo ahoga. Peter sentía que las venas y las arterias se le hinchaban bajo la presión de la mano de Waters. El hombre acercó su cara a la de él.

—Si estás tratando de joderme te mataré, lo sabes, ¿verdad?

Con su mano libre le abrió de un tirón la camisa para ver si llevaba micrófonos, pero no encontró nada.

—Estoy hablando en serio —consiguió decir Peter con el poco aliento que le quedaba.

Waters lo aguantó así hasta que Peter empezó a ver estrellas y casi pierde la conciencia, y entonces lo soltó y volvió a recostarse contra el banco, con cara despreocupada.

—¿Quién es el tipo?

—No puedo decírtelo —contestó Peter restregándose el cuello. Aún sentía la mano de Waters apretándole—. Forma parte del trato.

Waters asintió. Le parecía bien.

—¿Y los niños?

—Tampoco puedo decírtelo hasta que sepa si aceptas o no. Pero, si estás conmigo, no tardarás en saberlo. Quiere que los vigilemos un mes o seis semanas para conocer sus movimientos y decidir cuándo debemos secuestrarlos. Y tengo que buscar un sitio donde llevarlos.

—Yo no puedo vigilar a nadie. Tengo trabajo —replicó Carl Waters muy pragmático, como si estuvieran organizando un horario de trabajo—. Puedo hacerlo los fines de semana. ¿Dónde es? ¿En Frisco?

Peter asintió.

—Yo podría ocuparme durante la semana. Seguramente llamaremos menos la atención si nos turnamos.

A los dos les pareció razonable.

—¿De verdad tienen todo ese dinero? ¿No estará soñando el tío ese?

—Hace un año tenían una fortuna de quinientos millones de

dólares. No se gasta tanta pasta en un año. El tipo la palmó. Y ahora pediremos el rescate a su mujer. Seguro que paga para salvar a sus hijos.

Waters asintió. Sí, también le parecía razonable.

—Sabes que podrían condenarnos a muerte si nos cogen, ¿verdad? —comentó Waters con expresión realista—. ¿Quién te dice que ese tipo no nos delata cuando lo hayamos hecho? No me fío de la gente a la que no conozco.

No lo dijo, pero se fiaba de Peter, aunque lo consideraba un ingenuo. En la cárcel siempre había oído decir que era un tipo legal; no era ningún chivato. Se limitó a cumplir su condena y se mantuvo limpio. Y para él eso ya decía mucho.

—Creo que todos vamos a tener que pensar dónde iremos después. Lo hacemos y luego estaremos solos. Si alguien habla, estamos todos jodidos —dijo Peter muy sereno.

—Sí, y si tú hablas él está jodido. Debe de confiar mucho en ti.

—Puede. El cabrón avaricioso... no tenía elección. No puedo arriesgarme a que mate a mis hijas.

Waters asintió. Lo comprendía, aunque él no tenía hijos.

—¿Con quién más has hablado?

—Con nadie. He empezado por ti. Supuse que si no lo hacías me darías alguna idea. A menos que me dieras una paliza y me mandaras a tomar viento.

Se miraron y sonrieron, y Waters rió.

—Los tienes bien puestos para venir a proponerme algo así. Podía haberte dado una buena paliza.

—O haberme asfixiado —bromeó Peter, y Waters volvió a reírse. Un profundo estruendo que casaba perfectamente con su aspecto—. ¿Qué te parece?

—Me parece que ese tío es un chiflado o tiene amigos muy ricos. ¿Conoces a las víctimas?

—Sé quiénes son, sí.

—¿Y son así de ricos de verdad?

—Bastante, sí —le aseguró Peter. Waters pareció impresionado. Nunca había oído hablar de tanto dinero si no era en relación con la droga y, Peter tenía razón, parecía un trabajo limpio—. Aún tengo que encontrar un sitio donde llevar a los niños.

—Eso no es problema. Solo necesitas una cabaña en la montaña o una caravana en medio del desierto. Joder, ¿es difícil cuidar de tres críos? ¿Cuántos años tienen?

—Seis, doce y dieciséis.

—Joder, qué fastidio —exclamó Waters—. Pero por cinco millones de pavos creo que me ocuparía de Drácula y sus hijos si hiciera falta.

—El trato es que no les hagamos daño. Tenemos que devolverlos sanos y salvos. Ese es el trato —le recordó Peter.

—Sí, lo entiendo —dijo Waters con gesto irritado—. Nadie pagaría cien millones de pavos por tres críos muertos. Ni por uno.

Lo había entendido.

—Se supone que la mujer pagará el rescate enseguida. Perdió a su marido hace poco y no querrá perder también a sus hijos. Quizá tarde una o dos semanas en reunir el dinero, pero no mucho más. Se juega la vida de sus hijos.

—Me gusta que sea una mujer —comentó Waters, pensativo—. No nos hará pasar seis meses sudando. Querrá recuperar a sus hijos. —Entonces se levantó y miró a Peter, que seguía sentado en el banco. Ya había oído suficiente y quería volver a la pensión. Tenía mucho en que pensar—. Lo pensaré y te diré algo. ¿Cómo te localizo?

Peter le entregó un trozo de papel con su número de móvil. Lo había escrito mientras esperaba en el porche.

—Si aceptas, ¿podrías buscar tú a los otros dos? —preguntó Peter cuando se levantaba.

—Sí, prefiero que sean tipos en quienes confío. Cualquiera puede secuestrar a alguien, pero ¿pueden mantener después la boca cerrada? Después de esto nuestros traseros van a estar muy buscados. Quiero asegurarme de que el mío no se pudre en la cárcel.

No le faltaba razón, y Peter estuvo de acuerdo.

—Quiere que movamos pieza en julio. Él estará fuera del país y desea que todo haya terminado cuando vuelva.

Tenían poco más de un mes para prepararlo todo, buscar a los hombres, vigilar la casa y secuestrar a los críos.

—Eso no es problema —dijo Waters y después caminaron un trecho en silencio, mientras Peter se preguntaba qué estaría pensando el otro y qué habría oído decir de él. Cuando llegaron al albergue, Waters ni siquiera le miró. Empezó a subir los escalones y entonces se volvió hacia él. Moviendo los labios, pero con una voz tan baja que solo Peter pudo oírlo, añadió—: Acepto. —Dicho esto, subió hasta el porche y entró en la casa.

Peter se quedó mirándolo y vio la puerta mosquitera cerrarse de un portazo. Veinte minutos después estaba en el autobús, de regreso a casa.

10

Peter tuvo noticias de Carlton Waters aquella misma semana. Waters lo llamó al móvil y le dijo que tenía a los otros dos hombres que necesitaba. Malcolm Stark y Jim Free. Estaba seguro de que podían hacer el trabajo y que mantendrían la boca cerrada. Los tres habían decidido que, cuando todo acabara, se irían a Sudamérica vía Canadá o México. Querían que les ingresaran sus cinco millones en cuentas bancarias de Sudamérica, donde pudieran acceder fácilmente al dinero. Habían considerado la posibilidad de entrar en el negocio de las drogas, pero aún era pronto para pensar en eso. Waters conocía gente que podía facilitarles pasaportes falsos y ayudarles a pasar a México. Desde allí podían ir a cualquier sitio. Lo único que querían era hacer el trabajo, coger el dinero y largarse. Ninguno de ellos tenía ataduras fuertes ni estaba casado. A Jim Free las cosas no le habían salido bien con la chica de la gasolinera. Al final resultó que tenía novio y que Jim no le interesaba. Solo estaba flirteando.

En cambio, tenían una nueva vida por delante esperándoles en Sudamérica. Ahora lo único que necesitaban era un sitio donde quedarse mientras esperaban el rescate cuando hubieran secuestrado a los niños. Peter dijo que él se encargaba de eso. Waters accedió a empezar la vigilancia aquel mismo fin de semana, aunque necesitaría un coche. Peter dijo que ya había comprado uno, un coche normal y anodino que no llamaría la atención. También iban a necesitar una furgoneta para el secuestro en sí. Quedaron en encontrarse en el hotel de Peter el sábado. Carl podía ocuparse de la vigilancia de las nueve de la mañana a las seis de la tarde los fines de semana. Peter se haría cargo entre semana, y la noche del sábado y el domingo. De todos modos, tenía la sensación de que una mujer sola con tres niños no debía de salir mucho. Solo sería un mes. Por diez millones de dólares bien podía pasarse los días, y hasta las noches, sentado en un coche. Así que avisó a Addison y le comunicó que ya tenía a su gente. Addison pareció complacido, y dijo que pagaría el coche y la furgoneta. Podían dejarlos abandonados cuando terminaran el trabajo.

Aquella misma tarde Peter compró una furgoneta Ford de segunda mano. El vehículo tenía cinco años de antigüedad y un kilometraje bastante alto. Era negra, lo cual resultaba de lo más conveniente. Al día siguiente compró otra furgoneta en un concesionario diferente, y alquiló una plaza de aparcamiento en un garaje público donde poder dejarla. Esa tarde, a las seis, aparcó frente a la casa de Fernanda. Los reconoció, a ella y a los niños, por la fotografía que Phillip le había enseñado; recordaba sus nombres perfectamente. Los llevaba grabados en la cabeza.

Vio que Fernanda entraba en la casa con Ashley y luego salía otra vez. La siguió. La mujer no parecía llevar una dirección concreta y se saltó dos semáforos en rojo. ¿Habría bebido? Peter aparcó tres coches por detrás de ella, cerca del estadio de Presidio, y vio cómo bajaba del coche. Se sentó en las gradas para ver jugar a Will y, cuando volvió con su hijo, Peter vio que se abrazaban antes de subir al coche. Hubo algo en aquel abrazo que a Peter le llegó al alma, aunque no sabía por qué. Era una mujer guapa, rubia y menuda. Cuando llegaron a la casa, Will bajó riendo del coche. Se le veía animado. Habían ganado. Subieron los escalones del porche cogidos del brazo. Mientras los observaba, Peter deseó estar con ellos, y se sintió extrañamente excluido cuando entraron en la casa y cerraron la puerta. Peter podía verla por la ventana. Quería ver si conectaba la alarma. Era un dato importante. No, no lo hizo. Fue derecha a la cocina.

Las luces de la cocina se encendieron, y Peter imaginó que

estaría preparando la cena. Por el momento había visto a Will y a Ashley, pero no a Sam. Por la fotografía, lo recordaba como un niño pelirrojo y sonriente. Aquella noche, más tarde, Peter vio a la mujer de pie junto a la ventana de su habitación. La miró con los prismáticos y vio que estaba llorando. Simplemente, se quedó allí plantada, en camisón, dejando que las lágrimas resbalaran por su rostro. Luego se dio la vuelta y desapareció. Le producía una extraña sensación observarla de aquella forma, captando momentos aislados de su vida. La niña con las mallas de ballet, el chico al que abrazó después de ganar el partido, las lágrimas resbalando por su rostro, seguramente por su marido. Cuando Peter se fue ya eran las dos de la mañana. La casa estaba a oscuras y en silencio desde hacía tres horas. Se dio cuenta de que no hacía falta que se quedara hasta tan tarde, pero eso era algo que tenía que ir descubriendo sobre la marcha.

A la mañana siguiente, a las siete, ya estaba de vuelta. No pasó nada hasta casi las ocho. No sabía si había movimiento en la cocina porque no veía si las luces estaban encendidas. Aquel lado de la casa quedaba iluminado por el sol de la mañana. Cuando faltaban diez minutos para las ocho, la mujer salió a toda prisa. Se dio la vuelta para hablar con alguien que estaba en el recibidor. Era la bailarina, que salió arrastrando una pesada bolsa. El jugador de lacrosse la ayudó, y luego fue al garaje para coger el coche. La puerta de la casa seguía abierta y Fernanda miraba al interior con impaciencia. Finalmente, el pequeño salió. Al verlo, Peter no pudo reprimir una sonrisa. Llevaba puesta una camiseta de tirantes roja con un coche de bomberos en la espalda, pantalones de pana azul marino y zapatos de lona rojos con lengüeta alta. Estaba cantando a voz en cuello, y su madre le indicó entre risas que subiera al coche. El niño subió a la parte de atrás. La hermana iba delante, con su bolsa en la falda. Cuando llegaron a la escuela, Peter vio que la madre la ayudaba a bajar. ¿Qué llevaría en aquella bolsa tan pesada? Sam subió los escalones dando brincos detrás de su hermana, como un cachorro, y se volvió con una sonrisa para decirle adiós a su madre. Ella le sopló un beso, hizo un gesto de despedida con la mano y volvió al coche. Esperó hasta que el niño estuvo dentro y entonces se fue.

Peter la siguió hasta Laurel Village, a un supermercado, donde la mujer se dedicó a empujar un carrito durante un rato, a leer las etiquetas y a comprobar los productos antes de dejar nada en el carro. Compró un montón de cosas para los chicos, cereales, galletas y snacks, y media docena de chuletas. Se detuvo ante el mostrador del puesto de plantas y se quedó mirando, como si sintiera la tentación de comprar, pero al final pasó de largo, con expresión triste. Peter podía haberse quedado en el coche, pero había decidido seguirla para formarse una idea más clara de cómo era la mujer. Se sentía fascinado. En su opinión, Fernanda Barnes era la madre perfecta. Todo lo que hacía, pensaba y compraba giraba en torno a sus hijos. Peter se puso detrás de ella en la cola para pagar. Vio que cogía una revista, la hojeaba y la dejaba de nuevo en su sitio. Estaba impresionado por la sencillez con que vestía. A nadie se le habría pasado por la imaginación que su marido le había dejado quinientos millones de dólares. Llevaba una camiseta rosa, tejanos y zuecos, y parecía una niña. Mientras esperaban su turno en la cola, Fernanda se volvió a mirarle y, sin más ni más, le sonrió. Peter tenía un aspecto inmaculado con su camisa azul nuevecita, sus mocasines y los pantalones caqui. El mismo aspecto que los hombres entre los que Fernanda se había educado o que los amigos de Allan. Él era alto, rubio y atractivo; por lo que había leído, Peter sabía que era seis meses más joven que ella. Tenían prácticamente la misma edad. Los dos habían ido a buenas escuelas. Ella había estudiado en Stanford; él, en Duke. Él había seguido en la escuela de graduados, mientras que ella se casó y tuvo hijos. Los hijos de ambos eran más o menos de la misma edad. Sam tenía seis años; Isabelle y Heather, ocho y nueve respectivamente. Fernanda se parecía un poco a Janet, y él, tan rubio, se parecía a Allan más de lo que se imaginaba. Fernanda se había fijado en el parecido cuando dejó la revista en su sitio y lo miró. Cuando estaba poniendo la compra en la cinta para que le cobraran, se le cayó un rollo de papel de cocina, y él se agachó para recogerlo y se lo dio.

—Gracias —dijo ella educadamente.

Peter se fijó en su anillo de casada. Aún lo llevaba puesto. Era un detalle adorable. Le gustaba todo de aquella mujer, y la escuchó con interés mientras hablaba con el hombre de la caja, que parecía conocerla bien. Dijo que los niños estaban bien y que Will iba a ir de acampada con sus compañeros del equipo de lacrosse. Si el campamento era en julio, tal vez eso significaba que Waters y sus amigos solo podrían secuestrar a dos de los niños. Aquello le ponía malo. Se la veía una mujer tan buena, tan fiel a su marido, tan entregada a sus hijos, que lo que estaban a punto de hacerle le pareció más espantoso que nunca. Iban a hacerle pagar cien millones de dólares para poder conservar lo único que le quedaba y que amaba en su vida.

La idea aún le abrumaba cuando la siguió en el coche y la vio saltarse otros dos semáforos y una señal de stop en California Street de camino a su casa. Conducía fatal. ¿En qué estaría pensando para saltarse de aquella forma los semáforos? Cuando llegó a la casa, a Peter le desconcertó bastante lo que vio. Esperaba que saliera una asistenta, o un ejército de asistentas incluso, para ayudarla a meter la compra. Pero, en vez de eso, la mujer abrió la puerta de la casa, la dejó abierta y metió la compra ella misma, bolsa a bolsa. Quizá era el día libre de la asistenta. No volvió a verla hasta las doce. Salió a buscar algo que al parecer se había dejado en el coche y se le volvió a caer el rollo de papel de cocina, aunque esta vez él no estaba allí para recogérselo como en la tienda. Peter no se movió. No podía dejarse ver. Él solo vigilaba.

A las tres, cuando volvió a salir a toda prisa, se la veía algo despeinada. Subió de un salto a su monovolumen y condujo a toda velocidad hacia la escuela. Casi topa con un autobús. En un solo día, Peter ya sabía que aquella mujer era un peligro al volante. Conducía demasiado deprisa, se saltaba los semáforos, cambiaba de carril sin poner el intermitente y un par de veces casi atropella a los peatones en un cruce. Era evidente que estaba distraída, y frenó bruscamente ante la escuela de sus dos hijos menores. Ashley la estaba esperando fuera, charlando y riendo con sus amigas; Sam salió cinco minutos después, cargado con un enorme avión de papel maché, sonrió y abrazó a su madre. A Peter le entraron ganas de llorar, no solo por lo que él y Waters les iban a hacer, sino por todas las cosas que él no había vivido de pequeño. De pronto se dio cuenta de cómo podía haber sido su vida si no lo hubiera fastidiado todo y aún siguiera con Janet y las niñas. Sus hijas le abrazarían, y tendría una esposa amantísima como aquella bonita rubia. Pensar en las cosas que no tenía y que nunca había tenido le hizo sentirse muy solo.

De camino a su casa, Fernanda paró el coche ante una ferretería, donde compró bombillas, una escoba y un cubo para que Sam lo utilizara en el centro de ocio. Will salió a la puerta de la casa para recoger a su hermano y su madre le dijo algo; luego llevó a Ashley a la clase de ballet. Por la tarde, después de recoger a Ashley, fue a otro de los partidos de Will. Su vida entera parecía girar en torno a sus hijos. Al final de aquella semana, Peter no la había visto hacer otra cosa que llevar a sus hijos a la escuela, recogerlos, llevar a Ashley a ballet y asistir a los partidos de Will. No hacía nada más. Cuando informó a Addison, mencionó que no tenían servicio doméstico, y que le parecía muy raro para una persona con tanto dinero.

—¿Y qué importa? —dijo Addison con aire irritado—. A lo mejor es una roñosa.

—O está arruinada —replicó Peter, sintiendo más curiosidad que nunca por ella.

Fernanda parecía una persona seria y, cuando estaba sola, se la veía muy triste. En cambio, cuando estaba con sus hijos, sonreía y les abrazaba continuamente. Y luego estaba lo del llanto; todas las noches la veía llorar ante la ventana de su dormitorio. Le daban ganas de abrazarla, igual que hacía ella con sus hijos. Necesitaba que alguien la abrazara, pero no tenía a nadie.

—Nadie puede gastarse quinientos millones de dólares en medio año —contestó Phillip totalmente despreocupado.

—No, pero se puede perder eso y mucho más haciendo malas inversiones, sobre todo con las caídas tan fuertes que se han producido en el mercado.

Phillip sabía de primera mano que aquello era cierto, pero suponía que lo que él había perdido no sería más que una insignificancia en la fortuna de Allan Barnes.

—No he leído en ningún sitio que los negocios de Barnes vayan mal. Créeme, Morgan; tiene ese dinero. Lo que pasa es que seguramente no quiere gastarlo. ¿Estás vigilándola? —preguntó, satisfecho por la forma en que estaba saliendo todo.

Peter había reunido enseguida a su equipo, y dijo que el fin de semana iría a Tahoe a buscar una casa o una cabaña en algún lugar aislado donde pudieran tener a los niños mientras la mujer reunía el dinero del rescate. Para Addison, se trataba solo de negocios. No había nada personal en aquello, ni despertaba en él ningún tipo de sentimiento. En cambio, después de haber visto a aquella mujer llevar a sus hijos a la escuela, recogerlos, besarlos y abrazarlos continuamente, los sentimientos de Peter eran cada vez más intensos. Por no hablar de las lágrimas junto a la ventana.

—Sí, la tengo vigilada —contestó Peter sucintamente—. Lo único que hace es llevar a sus hijos a un lado y a otro y saltarse semáforos.

—Estupendo. Esperemos que no los mate antes de que podamos secuestrarlos. ¿Bebe?

—No sé. No lo parece. Creo que está distraída o preocupada.

El día anterior, casi había atropellado a una mujer en un paso de peatones. Todo el mundo se había puesto a pitarle. Ella bajó enseguida del coche y pidió disculpas, y Peter vio que estaba llorando. Aquella mujer le estaba volviendo loco. No hacía más que pensar en ella, no solo por lo que se traían entre manos, sino por las cosas que le habría gustado decirle si las circunstancias hubieran sido diferentes y por lo mucho que habría deseado estar con ella. En otras circunstancias, le habría gustado conocerla mejor. Era perfecta. Su comportamiento con sus hijos había despertado en él una profunda admiración. Le encantaba observarla, y se preguntó cómo sería cuando Barnes se casó con ella. Pensar en cómo era de joven le hacía volverse loco.

¿Por qué no podía haberla conocido entonces? ¿Por qué era

tan cruel la vida? Mientras él estaba ocupado fastidiando su vida y la de su ex mujer, Fernanda había estado casada con un hombre afortunado y formando una familia. Era espectacularmente guapa. Y desde el momento en que lo vio, Sam le había llegado al corazón. Ashley era preciosa. Will parecía la clase de hijo que todo hombre quiere tener. Fuera lo que fuese lo que Allan Barnes había logrado en el mundo de los negocios, para Peter era evidente que había dejado atrás a una familia perfecta. Espiarla de aquella forma le hacía sentirse como un mirón. Aquella noche, en el hotel, invariablemente Peter soñó con ella y por la mañana estaba impaciente por volver a verla. Había empezado a acosarle como un viejo amigo o un antiguo amor. En realidad, para él era como el recordatorio de un mundo perdido. Un mundo del que siempre había querido formar parte y en el que había conseguido permanecer durante un tiempo. Pero había echado a perder su vida y sus oportunidades. Aquella mujer representaba todo lo que siempre había querido y ya nunca podría conseguir.

El sábado cedió el coche a disgusto a Carlton Waters y fue con la furgoneta hasta Tahoe. Tenía una lista de casas que se alquilaban que había sacado de internet. No quería ir a una agencia. Mientras nadie viera a Carlton y a sus chicos, no habría problema. Si pasaba algo, siempre podía decir que aquellos hombres habían entrado en la casa mientras él se encontraba en San Francisco. Estaban haciendo todo lo humanamente posible para mantener los diferentes elementos separados, y de momento no habían tenido ningún problema. Aparte de Stark y Free, en Modesto nadie sabía que Carl estaba en la ciudad. Y a las nueve ya estaría de vuelta en el albergue.

Entre las seis de aquella tarde y aproximadamente las diez de la mañana siguiente, que era cuando Peter regresaría de Tahoe, Fernanda no estaría vigilada. Si seguía su rutina habitual, estaría en casa con sus hijos mucho antes de esa hora. Las únicas veces que salía de noche era para dejar a Will o a Ashley en casa de algún amigo o para recogerlos después de alguna fiesta. No le gustaba que Will condujera de noche, aunque, como le decía su hijo con frecuencia y Peter lo hubiera corroborado, ella conducía bastante peor que él. Por lo que había visto, era un peligro.

—¿Qué tiene que hacer hoy? —le preguntó Carl cuando le dio las llaves del coche.

Waters llevaba una gorra de béisbol que le ocultaba la cara y le daba un aire distinto, y gafas oscuras. Cuando Peter la seguía, vestía normalmente. Si había demasiada gente en la calle, daba unas cuantas vueltas en coche por la manzana y volvía. Por el momento no tenía la sensación de que nadie se hubiera fijado en él, y menos aún Fernanda.

—Seguramente llevará al mayor a algún partido, en Marin tal vez, o a la chica a ballet. Los sábados suele quedarse con el pequeño. No parece que hagan gran cosa, ni siquiera los fines de semana. —Hacía muy buen tiempo, pero aquella mujer no salía mucho. No salía casi nunca—. Verás a los niños. Está casi siempre con ellos, y el pequeño nunca se separa de su lado.

Peter se sentía como si los estuviera traicionando. Waters asintió. No tenía ningún interés por aquella gente. Para él aquello era una misión de reconocimiento; nada más. Negocios. Para Peter se estaba convirtiendo en una obsesión. Pero Carlton Waters no lo sabía. Cogió las llaves, subió al coche y fue a la dirección que Morgan le dio. Cuando Peter salió hacia Tahoe, eran las diez de un soleado sábado de mayo.

Pensó en Fernanda durante todo el camino. ¿Qué pasaría si se echaba atrás? Muy fácil; Addison haría asesinar a sus hijas y después encargaría que le mataran a él. Si acudía a la policía y le retiraban la condicional, Addison haría que le mataran en la cárcel. Era la mar de sencillo. No había vuelta atrás. Cuando estaba llegando por fin a Truckee, Waters seguía a Fernanda a Marin. Ya había visto a los tres niños, y ella tenía más o menos el aspecto que esperaba. Para él no era más que un ama de casa sin ningún interés. Era la víctima, una víctima muy lucrativa por cierto, pero nada más. En cambio, para Peter era como un ángel. En cierto modo, Waters no sabía lo que tenía ante sus ojos. Le atraían las mujeres con un aire mucho más llamativo. Fernanda le parecía guapa pero sencilla, y no se maquillaba, al menos cuando salía con los niños. De hecho, no se maquillaba desde la muerte de Allan. Ya no le interesaban esas cosas. No le interesaba la ropa, ni los zapatos de tacón, ni las joyas que Allan le había regalado. Las había vendido casi todas, y el resto estaban en la caja fuerte desde enero. No necesitaba joyas ni ropa fina para la vida que llevaba.

Peter fue a la primera dirección de la lista y vio que la casa estaba rodeada por otras casas en tres de los lados, lo que la hacía completamente inservible para sus propósitos. Lo mismo pasó con las cuatro siguientes. La sexta era increíblemente cara. Las cuatro que vio a continuación tampoco servían. Para alivio de Peter, la última era perfecta. Tenía un largo y sinuoso camino de acceso cubierto de maleza y lleno de baches. La casa en sí estaba hecha una ruina, y a su alrededor había tanta maleza que ni siquiera se veían las ventanas. Ah, y las ventanas tenían postigos, lo cual era otra ventaja. Había cuatro habitaciones, una cocina que había pasado por tiempos mejores pero que serviría y una amplia sala de estar con una chimenea en la que Peter habría cabido de pie. Detrás de la casa había una pared de piedra que subía casi en vertical. Fue el propietario quien le enseñó la casa. Le dijo que ya no la utilizaba, que antes la tenía para sus hijos, pero que se habían ido hacía años. Y, como su hija tampoco la quería, la tenía como una inversión, para alquilarla. Sus dos hijos vivían en Arizona. Él iba a pasar el verano con su hija en Colorado. Peter la alquiló por seis meses y le preguntó al hombre si le importaba que hiciera algunos arreglos y limpiara la maleza del patio, porque quería llevar allí a unos clientes. El propietario pareció encantado. No podía creerse su buena suerte. Peter ni siquiera se había quejado por el precio. Firmó el contrato, pagó en efectivo tres meses más el mes de depósito y, a las cuatro, volvía a estar en la carretera. Carlton Waters lo llamó al móvil.

—¿Algún problema? —dijo Peter con tono preocupado, preguntándose si habría pasado algo o si habrían descubierto a Waters. O incluso si habría asustado a Fernanda o a los niños.

—No, la mujer está bien. Está viendo un partido de su hijo. No hace gran cosa, ¿verdad? Y siempre tiene con ella a alguno de los chicos. —Eso podría complicar las cosas, aunque en realidad no tenía importancia. Fernanda era demasiado poca cosa para causarles ningún problema—. Es que se me ha ocurrido una cosa. ¿Quién se ocupa de conseguir las armas?

Por un momento Peter pareció desconcertado.

—Me parece que tú. Puedo preguntar, pero no creo que el jefe quiera proporcionarnos nada que pueda conducir hasta él. ¿Podrás ocuparte de ello?

Peter sabía que Addison tenía contactos que podían facilitarle las armas. Pero también sabía que no quería dejar ningún cabo que pudiera vincularlo al secuestro.

—Puede. Quiero armas automáticas. —Waters fue muy claro al respecto.

—¿Como metralletas? —Peter parecía perplejo—. ¿Por qué?

Los críos no estarían armados. Ni ella. Pero, si pasaba algo, la poli acudiría enseguida. A Peter lo de las metralletas le parecía un poco excesivo.

—Así todo irá más suave y será más fácil —dijo el otro bruscamente.

Peter asintió. Sí, aquellos eran los profesionales que Addison buscaba.

—Encárgate de todo —le indicó con voz preocupada.

Entonces le habló de la casa y Waters estuvo totalmente de acuerdo. Parecía perfecta. Ya lo tenían todo a punto. Lo único que faltaba era elegir una fecha en julio. E ir a por todas. Parecía tan fácil... Pero, en cuanto colgó, Peter sintió en el estómago aquel nudo que últimamente siempre le acompañaba. Empezaba a pensar que se trataba de su conciencia. Seguir a aquella mujer de las clases de ballet a los partidos de su hijo era una cosa. Arrebatarle a sus hijos a punta de pistola y pedir un rescate de cien millones de dólares era otra. Y Peter conocía muy bien la diferencia.

11

La primera semana de junio, el último día de colegio, Fernanda estuvo muy ocupada. Sam y Ashley tenían que actuar en la escuela. Luego les ayudó a llevar sus trabajos y sus libros a casa. Will tenía un partido de *play off* con su equipo de béisbol, y después uno de lacrosse, que tuvo que perderse para poder asistir a la representación de ballet de Ashley. Se sentía como una rata de laboratorio, todo el día corriendo de un lado a otro entre sus hijos. Y, como siempre, no tenía quien la ayudara. Y no es que Allan la hubiera ayudado de haber seguido con vida, pero al menos hasta enero tenía una canguro que le echaba una mano. Ya no podía contar con nadie. No tenía familia; por diferentes razones, había perdido el contacto incluso con sus amigas más íntimas, y se daba cuenta de hasta qué punto había acabado por depender de Allan. Ahora que él no estaba, solo tenía a sus hijos. Sus circunstancias eran demasiado delicadas para que quisiera volver a contactar con sus viejos amigos. Era como si ella y los niños estuvieran en una isla desierta. Se sentía completamente aislada.

Para entonces, Peter había hablado dos veces con ella. Una en el supermercado, el primer día, y la otra en una librería, cuando ella levantó la mirada y le sonrió, porque su cara le resultaba familiar. Se le habían caído algunos libros y él se los recogió con una sonrisa espontánea. Después la estuvo observando de lejos. Un día permaneció sentado en las gradas durante uno de los partidos de Will en Presidio, pero estaba detrás, así que Fernanda no le vio. No apartó los ojos de ella ni un momento.

La mujer había dejado de llorar junto a la ventana de su habitación. A veces Peter la veía allí de pie, contemplando la calle con la mirada perdida, como si esperara a alguien. Cuando la veía ante la ventana por las noches era como mirar directamente a su alma. Casi podía adivinar lo que pensaba. Peter estaba casi seguro de que pensaba en Allan. Aquel hombre había tenido mucha suerte de poder tener una mujer como ella. ¿Lo sabría? A veces la gente no era consciente de estas cosas. En cambio Peter valoraba cada gesto de Fernanda, cada vez que iba a recoger a uno de sus hijos, cada vez que los abrazaba. Era exactamente la clase de madre que él hubiera querido tener, en vez de la alcohólica que le tocó, que acabó por dejarlo solo y abandonado. Hasta su padrastro terminó dejándolo a su suerte. En cambio los hijos de Fernanda no estaban descuidados ni faltos de amor en ningún sentido.

Peter casi se sentía celoso. Cuando la veía por la noche, solo era capaz de pensar en lo mucho que le habría gustado rodearla con sus brazos y consolarla. Sabía que eso jamás sería posible. Debía limitarse a vigilarla, y estaba condenado a causarle más dolor por culpa de un hombre que le había amenazado con matar a sus hijas. ¡Qué ironía! Para salvar a sus hijas tenía que poner en peligro a los hijos de Fernanda, torturar a una mujer a la que había acabado por admirar y que despertaba un torbellino de emociones en su interior, algunas de ellas confusas y agridulces. Cada vez que la veía le invadía una fuerte sensación de anhelo.

Aquella noche la siguió a la representación de Ashley y paró el coche detrás del de ella cuando se detuvo a recoger un ramo de rosas rojas de tallo largo que había encargado. Había comprado otro para la profesora de ballet, así que salió con los dos ramos en los brazos. Ashley ya estaba en la escuela. Sam había ido a ver el partido de Will con la madre de uno de los amigos de su hermano, que tenía también un hijo de la edad de Sam y se había ofrecido a llevarlo. Aquella tarde el pequeño había dicho que el ballet era para mariquitas. Cuando los vio marcharse, Peter se dio cuenta de que, si Waters y los otros hubieran planificado dar el golpe aquella noche, podrían haber cogido a los dos chicos.

Waters ya había conseguido las armas a través de un amigo de Jim Free. El hombre al que se las había comprado las había llevado desde Los Ángeles en un autobús de la línea Greyhound, escondidas en bolsas de golf. Llegaron intactas, y era evidente que nadie se había molestado en comprobar lo que había en las bolsas. Cuando fue a recogerlas, Peter temblaba de la cabeza a los pies. Las dejó en el maletero de su coche; no quería arriesgarse a guardarlas en la habitación del hotel. Técnicamente, estaba obligado a permitir que se registrara su alojamiento sin necesidad de una orden y sin previo aviso si su agente de la condicional se presentaba, cosa que por el momento no había pasado. No parecía preocuparle especialmente Peter, sobre todo ahora que tenía trabajo, pero mejor no arriesgarse. Hasta el momento todo había ido como la seda.

Aquella noche Peter esperó a Fernanda y a Ashley en el exterior de la escuela. Vio que la niña salía radiante con el ramo de rosas. La madre parecía orgullosa y, una vez terminada la actuación, se reunieron con Will y Sam para celebrarlo cenando en Mel's Diner, en Lombard. Peter se instaló discretamente en una mesa de un rincón y pidió una taza de café. Estaba tan cerca que casi podía tocarlos. Cuando Fernanda pasó a su lado, Peter pudo oler su perfume. Se había puesto una falda de color caqui, un jersey de cachemira blanco con cuello de pico y, por primera vez desde que la conocía, tacones altos. Llevaba el pelo suelto, se había pintado los labios y se la veía feliz y guapa. Ashley también iba maquillada y aún no se había quitado las mallas de ballet. Will llevaba puesto su equipo de lacrosse. Sam les contó todos los detalles del partido. El equipo de Will había ganado y, antes, su equipo de béisbol también había ganado el partido de *play off*. Aquella noche tenían muchas victorias que celebrar y, viéndolos tan felices, Peter se sintió solo y triste. Sabía lo que se avecinaba y lo sentía por Fernanda. Casi se veía como un fantasma al acecho. Un fantasma que conocía el futuro y las penas que iban a llegar, y sin embargo no podía hacer nada por evitarlas. Si quería salvar a sus hijas, tendría que acallar su voz y su conciencia.

El resto de junio estuvieron en casa. Los amigos iban y venían. Fernanda hacía recados con Sam y fue con Ashley a comprar algunas cosas que la niña necesitaba para el viaje a Tahoe. Un día hasta se fue de compras ella sola, pero cuando volvió a casa solo había comprado un par de sandalias. En enero le había prometido a Jack Waterman que no compraría nada. El hombre les había invitado a ella y a los niños a pasar con él en Napa el fin de semana en la fiesta del Memorial Day, pero no podían ir porque Will tenía partido y quería llevarlo ella. No le gustaba que condujera hasta Marin los fines de semana de las vacaciones. Jack les había dado entradas para el fin de semana del Cuatro de Julio, cuando Will estaría en el campamento y Ashley en Tahoe. Fernanda prometió ir con Sam. Jack había pensado llevarlos al pícnic que un amigo iba a hacer en su casa. Fernanda y Sam estaban deseando que llegara ese día. Y Jack, mucho más de lo que imaginaban. Para ella, su amistad siempre había sido y sería algo totalmente inocente. Pero para él ahora las cosas eran diferentes. Para Jack se había convertido en una mujer libre. Ashley había bromeado sobre el tema cuando su madre le habló del pícnic. Dijo que Jack estaba colado por ella.

—No seas tonta, Ash. Es un viejo amigo. Lo que dices es horrible.

Ashley le había dicho sin pelos en la lengua que Jack Waterman estaba loquito por ella.

—¿Es verdad, mamá? —Sam levantó con interés la vista de un montón de tortitas.

—No, no lo es. Era amigo de papá.

Como si eso lo explicara todo. Pero papá ya no estaba.

—¿Y eso qué quiere decir? —comentó la hija, y dio un bocado a una de las tortitas de Sam.

Él le dio con la servilleta a su hermana.

—¿Te vas a casar con él, mamá? —preguntó Sam mirándola con tristeza.

Le gustaba tener a su madre para él solo. Todavía dormía con ella la mayoría de los días. Echaba de menos a su padre, pero cada vez se sentía más apegado a su madre y le angustiaba la idea de compartirla.

—Por supuesto que no —respondió ella, acalorada—. No voy a casarme con nadie. Sigo queriendo a tu padre.

—Bien —dijo el niño con cara de satisfacción, y al meterse un bocado de tortita en la boca se manchó la camiseta de sirope.

La última semana de junio Fernanda casi no salió de casa. Estaba demasiado ajetreada preparando maletas. Tenía que preparar el equipo de lacrosse de Will y las cosas que Ashley quería llevarse a Tahoe. Aquello no se acababa. Tenía la sensación de que, cada vez que preparaba algo, alguno de ellos volvía a sacarlo de la maleta y se lo ponía. Cuando la semana acabó por fin, todo estaba sucio y tuvo que empezar otra vez. Ashley se había probado toda la ropa que tenía y tomó prestadas la mitad de las cosas de su madre. Y, sin más ni más, Sam anunció que no quería ir al centro de ocio.

—Venga, Sam, pero si te encanta... —dijo ella animándolo mientras cargaba la lavadora, justo en el momento en que Ashley pasaba por la habitación con unos zapatos de tacón de su madre y uno de sus jerséis—. Quítate eso ahora mismo —la reprendió.

Will entró preguntando si había guardado ya sus zapatillas de lacrosse, porque las necesitaba para practicar.

—Os lo advierto; si uno de los dos vuelve a tocar las bolsas de viaje, lo mato.

Ashley la miró como si estuviera loca, y Will subió al piso de arriba para buscar él mismo las zapatillas.

Su madre había estado muy irritable toda la mañana. De hecho, se sentía triste porque se iban; contaba con ellos más que nunca porque necesitaba su compañía y la distraían. La casa se quedaría muy vacía. Tenía la impresión de que Sam se sentía igual que ella, razón por la cual había decidido no ir al centro de ocio. Fernanda le recordó la salida del Cuatro de Julio a Napa.

Estaba convencida de que el niño se divertiría, y hasta parecía entusiasmado. Sí, Sam añoraría mucho a sus hermanos. Will estaría fuera tres semanas; Ashley, dos. A ella y a Sam les parecía una eternidad.

—Antes de que te des cuenta ya estarán de vuelta —dijo Fernanda tranquilizándolo. Pero decía aquellas palabras para consolarse también a sí misma.

En el exterior de la casa, también Peter tenía motivos para lamentarse. Al cabo de seis días darían el golpe, y su papel en la vida de Fernanda se habría acabado para siempre. Quizá volverían a encontrarse algún día y, con suerte, ella no sabría nada de su intervención en la pesadilla que se le echaba encima. No dejaba de fantasear, imaginando que chocaban por la calle, o que la seguía, solo para poder verla. Ya hacía más de un mes que la vigilaba. Y ella no sospechaba absolutamente nada. Ni los niños. Peter había sido cuidadoso y prudente, igual que Carl Waters los fines de semana. Waters estaba mucho menos entusiasmado que Peter con aquella mujer. Su vida le parecía de lo más aburrida. ¿Cómo podía aguantarlo? Prácticamente no iba a ningún sitio y siempre llevaba a los críos con ella. Eso era justamente lo que a Peter le gustaba.

—Tendría que estarnos agradecida por quitarle a los críos de encima un par de semanas —le había comentado Waters un sábado—. Joder, no va a ningún sitio sin ellos.

—Pues es un detalle admirable —dijo Peter muy serio.

Desde luego, él la admiraba, pero Carl Waters no.

—No me extraña que el marido la palmara. El pobre debió de morirse de aburrimiento —musitó Carl.

Para él, seguirla había sido la parte más pesada del trabajo. En cambio a Peter le había encantado.

—A lo mejor antes de enviudar salía más —comentó Peter.

Waters se encogió de hombros. Le dio las llaves del coche y se dirigió a la estación de autobuses para regresar a Modesto. Era un alivio que la parte de vigilancia ya casi hubiera acabado y pudieran pasar a la acción. Estaba deseando poner las manos en la pasta. Addison había demostrado que tenía palabra. Stark, Free y él habían recibido cada uno sus cien mil dólares. Los tenían guardados en unos maletines, en la consigna de la terminal de autobuses de Modesto. Habían guardado allí el dinero para mayor seguridad, y pensaban llevarlo cuando salieran para Tahoe. Todo estaba listo. La cuenta atrás había empezado.

Por el momento todo iba como estaba planeado y Peter le había asegurado a Addison que así seguiría. No podía haber ningún fallo, al menos por parte de ellos. El primer problema que se encontraron inesperadamente no fue responsabilidad de ellos, sino de Addison. El hombre estaba sentado en su despacho, dictándole una carta a su secretaria, cuando dos hombres entraron, le enseñaron sus placas y le informaron de que estaba detenido. La secretaria salió corriendo de la habitación, llorando, y nadie hizo ademán de detenerla. Phillip se quedó mirando a aquellos hombres sin pestañear.

—Es la cosa más absurda que he oído en mi vida —dijo muy tranquilo, con una expresión agria en el rostro.

Seguro que aquella visita tenía algo que ver con sus laboratorios de metadrina. De ser así, era la primera vez que sus negocios sumergidos interferían en su vida normal. Los hombres, que seguían con las placas en la mano, vestían camisas de cuadros y vaqueros. Uno era hispano y el otro afroamericano. Addison no tenía ni idea de lo que podían buscar. Que él supiera, sus negocios con la droga iban bien. Era imposible relacionarlo con ellos, y las personas que los dirigían eran totalmente eficaces.

—Está detenido, Addison —repitió el hispano.

Phillip Addison se echó a reír.

—Supongo que está de broma, ¿no? ¿De qué se me acusa? —Parecía cualquier cosa menos preocupado.

—Al parecer, ha habido un curioso asunto relacionado con unas transferencias. Ha pasado grandes sumas de dinero por las fronteras de otros estados. Da la sensación de que está blanqueándolo —explicó el agente, sintiéndose algo ridículo.

Aquella mañana los dos agentes habían estado haciendo un trabajo de paisano y no habían tenido tiempo de cambiarse antes de ir a la oficina de Addison. El hombre los había recibido con un aire tan informal que se sentían algo estúpidos, como si hubieran tenido que llevar un aspecto más oficioso para intimidarle. Addison se limitó a seguir sentado y les sonrió, como si fueran unos críos traviesos.

—Estoy seguro de que mis abogados podrán ocuparse de esto sin necesidad de que me detengan. ¿Alguno de ustedes quiere tomar un café?

—No, gracias —contestó el agente negro educadamente.

Los dos eran jóvenes. El agente especial encargado de la investigación les había advertido de que no subestimaran a Addison. Había más de lo que parecía a simple vista, cosa que los dos agentes habían interpretado como la posibilidad de que fuera armado y resultara peligroso. Evidentemente, no era así.

El agente hispano le leyó sus derechos, y Phillip se dio cuenta de que no eran policías; eran del FBI. Esto le pareció preocupante, aunque disimuló. En realidad aquella detención era poca cosa, pero sus superiores esperaban que salieran más cuestiones durante la investigación. Llevaban mucho tiempo vigilándolo. Sabían que tenía algo entre manos, pero no estaban seguros de qué, así que trataban de aprovechar lo poco de que disponían.

—Estoy seguro de que tiene que haber un error, oficial..., mmm..., perdón, agente especial. —Incluso ese título le sonaba ridículo, muy de peli de policías y ladrones.

—Es posible, pero aun así tenemos que llevarle a la oficina. Está detenido, señor Addison. ¿Tenemos que esposarle o prefiere acompañarnos voluntariamente?

Phillip no tenía intención de dejar que se lo llevaran esposado de su oficina, así que se puso de pie, con expresión indignada. Ya no le resultaba divertido. Aquellos dos agentes parecían muy jóvenes, pero iban muy en serio.

—¿Tienen idea de lo que están haciendo? ¿Se dan cuenta de que podría demandarlos por detención improcedente y difamación?

Phillip estaba hecho una furia. Que él supiera, no tenían absolutamente ningún motivo para detenerle, al menos ninguno del que ellos estuvieran al corriente.

—Solo hacemos nuestro trabajo, señor —dijo educadamente el negro, el agente especial Price—. ¿Quiere acompañarnos, señor?

—En cuanto haya llamado a mi abogado. —Phillip marcó el número de su abogado, mientras los dos agentes esperaban de pie ante su mesa. Phillip le explicó lo que pasaba. El abogado prometió reunirse con él en media hora en la oficina del FBI, y le aconsejó que acompañara a los agentes. Phillip tardaría al menos media hora en llegar desde San Mateo a la ciudad. La orden de detención había sido cursada por el fiscal general, y se mencionaba la evasión de impuestos por una cantidad ridícula. Aquello era lo último que a Phillip le interesaba en aquellos momentos—. Me voy de viaje a Europa dentro de tres días —dijo con expresión ultrajada cuando salieron del despacho.

La secretaria había desaparecido, pero, por las caras de todos cuando salió, estaba seguro de que la mujer les había contado hasta el último detalle. Estaba furioso.

Cuando llegó a la oficina del FBI y fue recibido por el agente especial Rick Holmquist, el agente que llevaba la investigación, estaba más furioso. Le estaban investigando por evasión de impuestos, delito fiscal y movimiento ilegal de dinero a través de las fronteras de los diferentes estados. No era cualquier cosa, y no estaban dispuestos a pasarlo por alto. Cuando su abogado llegó, le aconsejó que cooperara. El fiscal general del Estado le estaba acusando formalmente y el FBI se encargaría de la investigación. Se le pidió que entrara en una habitación cerrada con su abogado y el agente especial Holmquist, que no parecía ni divertido ni apocado por los aires de Phillip. Tampoco le impresionaban sus protestas defendiendo su inocencia. En realidad, no había absolutamente nada en Phillip Addison que al agente especial Holmquist le gustara, sobre todo el tono condescendiente con que había tratado a sus hombres.

El agente especial Holmquist permitió que abogado y cliente hablaran. Luego pasó tres horas interrogando a Phillip y no quedó nada satisfecho con sus respuestas. Holmquist había conseguido una orden de registro de sus oficinas, registro que se estaba efectuando mientras él se encargaba del interrogatorio. Un juez federal había firmado la orden. Tenían serias dudas sobre la legitimidad de los negocios de Addison y sospechaban que podía estar blanqueando dinero, puede que incluso millones. Como de costumbre, un confidente les había puesto sobre aviso, pero esta vez lo hizo a un alto nivel. A Phillip casi le da un ataque cuando supo que en aquellos momentos media docena de agentes del FBI estaban registrando su oficina.

—¿No puedes hacer nada? ¡Es un ultraje! —le gritó a su abogado, quien meneó la cabeza y le explicó que si la orden de registro era correcta, que al parecer lo era, no había nada que hacer.

—Me voy a Europa el viernes —les dijo, como si esperara que dejaran la investigación en suspenso mientra él estaba de vacaciones.

—Eso ya lo veremos, señor Addison —dijo Holmquist muy educado.

Había tratado con hombres como él otras veces y le parecían muy desagradables. En realidad, le encantaba jugar con ellos siempre que podía. Y tenía intención de atormentarlo un poco; en cuanto lo ficharan, claro. Sabía que, pusieran la fianza que pusieran, con la fortuna que tenía estaría fuera en cuestión de minutos. Pero, hasta entonces, tenía todo el tiempo del mundo para interrogarle.

Holmquist pasó el resto de la tarde interrogándolo, después de lo cual lo ficharon y le informaron de que era demasiado tarde para que un juez federal pudiera fijar una fianza. Tendría que pasar la noche en la cárcel. A las nueve de la mañana se celebrría una audiencia para determinar la fianza. Phillip Addison estaba indignadísimo, pero su abogado no podía hacer nada de nada. Addison seguía sin entender por qué se había iniciado aquella investigación. Por lo visto, se trataba de unos débitos, depósitos y dinero irregular que desaparecían en la frontera con los otros estados, más concretamente en un banco de Nevada en el que tenía una cuenta con un nombre falso. El gobierno quería saber por qué, qué hacía con el dinero y de dónde salía. Por tanto, no tenía nada que ver con sus laboratorios de metadrina. El dinero que utilizaba para financiarlos procedía de otra cuenta que tenía en Ciudad de México con otro nombre falso, y los beneficios iban a parar a varias cuentas suizas numeradas. No; al parecer se trataba realmente de un asunto de evasión de impuestos. El agente Holmquist dijo que en los últimos meses más de once millones de dólares habían entrado en la cuenta de Nevada y salido de ella. Que ellos supieran, no había pagado ningún impuesto ni por el dinero ni por los intereses. Phillip seguía sin parecer preocupado cuando lo llevaron a la celda donde iba a pasar la noche, aunque dedicó una mirada furibunda tanto a Holmquist como a su abogado.

Después de esto, Holmquist se reunió con los agentes que habían realizado el registro en las oficinas de Addison. No habían encontrado gran cosa. Habían revisado ordenadores y archivos. Habían llevado montones y montones a la oficina. También habían abierto los cajones cerrados con llave de su mesa, donde encontraron una pistola cargada, cierto número de archivos personales y cuatrocientos mil dólares en efectivo, lo que a Holmquist le pareció muy interesante. Demasiado dinero para que un hombre de negocios normal lo tuviera en el cajón de su mesa. Y, al parecer, no tenía licencia de armas. Llevaban todo lo que habían encontrado en el despacho de Addison en un par de cajas. Uno de los agentes se las entregó a Holmquist.

—¿Qué queréis que haga con esto?

Rick los miró. El agente que se las acababa de entregar dijo que quizá querría revisar el contenido personalmente. Rick estaba a punto de decir que dejaran las cajas junto al resto de las pruebas, pero lo pensó mejor y al final se las llevó a su despacho.

La pistola estaba metida en una bolsa de plástico de las que se utilizan para guardar pruebas, y había varios sobres también de plástico con pequeños papelitos. Sin ninguna razón en particular, Rick empezó por ahí, leyendo los papelitos. Había notas con nombres y números de teléfono, y se fijó en que, en dos de ellas, aparecía el nombre de Peter Morgan, aunque los teléfonos eran distintos. Ya había revisado la mitad del contenido de la segunda caja cuando encontró el dossier de Allan Barnes, con información de los tres últimos años, grueso como la guía telefónica de San Francisco. A Holmquist le pareció extraño que Addison tuviera un archivo sobre Barnes, así que lo apartó del resto de material. Le preguntaría sobre aquello. Había varias fotografías de Barnes sacadas de viejos artículos, e incluso una de Barnes con su mujer y sus hijos. Era como si Addison estuviera obsesionado o celoso. Aparte de esto, Holmquist no halló nada en las cajas que le pareciera relevante. Pero tal vez en la oficina del fiscal del Estado encontrarían algo. Habían utilizado llaves maestras para abrir los cajones de su mesa, y los agentes especiales le aseguraron que la habían dejado completamente vacía. Habían llevado absolutamente todo, hasta el móvil, que Addison se había olvidado de coger.

—Si tenía agenda en el móvil, acordaos de anotar los números.

—Ya lo hemos hecho. —Uno de los agentes le sonrió.

—¿Algo interesante?

—Más o menos como lo de la mesa. Un tipo llamado Morgan telefoneó cuando estábamos allí, y cuando le dije que éramos del FBI colgó. —El agente rió, y también Holmquist.

—Ya me lo imagino.

Pero el nombre volvió a llamarle la atención. Estaba en dos de las notas de la mesa de Addison, junto con dos números de teléfono, y era evidente que hablaban con frecuencia. Seguramente no sería nada, pero tenía una de esas extrañas corazonadas que sentía a veces. Había algo en aquel nombre... No podía quitárselo de la cabeza.

Aquella tarde ya eran más de las siete cuando Rick Holmquist salió de su oficina. Phillip Addison pasaría la noche bajo custodia. Su abogado por fin había dejado de presionarlos para que hicieran una excepción y lo dejaran salir, y se había ido a su casa. La mayoría de los agentes de la oficina se habían ido también. La novia de Rick estaba fuera de la ciudad y, de camino a su casa, decidió llamar a Ted Lee. Eran muy buenos amigos desde que estudiaron en la academia de policía, y habían sido compañeros de trabajo durante quince años. Rick siempre había querido entrar en el FBI. El límite eran los treinta y cinco años y había entrado a los treinta y tres. Hacía catorce años que era agente especial, y aún le quedaban seis años para poder jubilarse, después de veinte años en el FBI. A Ted le gustaba recordarle que a él solo le faltaba un año, cuando cumpliera los treinta años de servicio, pero lo cierto es que ninguno de los dos tenía intención de retirarse de momento. A los dos les encantaba su trabajo, quizá más a Ted que a Rick. Muchas de las cosas que Rick tenía que hacer para el FBI resultaban bastante tediosas. En ocasiones tanto papeleo le mataba. Había veces, como aquella noche, en que hubiera preferido seguir trabajando con Ted en el departamento de policía. Detestaba a los tipos como Addison. Le hacían perder el tiempo, sus mentiras eran muy poco creíbles y su actitud le repelía.

Ted contestó al móvil al primer tono y sonrió cuando oyó que era Rick. Desde hacía catorce años, una vez a la semana comían o cenaban juntos religiosamente. Era la mejor forma de seguir en contacto.

—¿Qué te pasa? ¿Estás aburrido? —bromeó Holmquist—. Has contestado muy deprisa. Debe de estar todo muy muerto en el centro.

—Todo está muy tranquilo —reconoció Ted. A veces le gustaba que todo estuviera tranquilo. Y Jeff Stone, su compañero, estaba enfermo—. Y tú ¿qué tal?

Ted tenía los pies encima de la mesa. Trabajaba con el papeleo sobre un caso de robo cometido el día anterior. Pero, aparte de eso, Rick tenía razón. Estaba aburrido.

—Hoy es uno de esos días en que me pregunto por qué dejé el cuerpo de policía. Acabo de salir de la oficina, y por mis manos han pasado más papeles que por una imprenta. Hemos pillado a un desgraciado por evasión de impuestos y blanqueo de dinero. Menudo cabrón pretencioso.

—¿Alguien que yo conozca? Nosotros también hemos pillado a alguno de esos.

—Como este lo dudo. A mí dame una buena agresión, un robo o un buen tiroteo. Seguramente su nombre te suena. Phillip Addison. Tiene un montón de empresas y es una figura destacada de la comunidad. Dirige unos doscientos negocios, que seguramente no son más que una tapadera para todos los impuestos que deja de pagar.

—Es un pez gordo —comentó Ted. Siempre se sorprendía cuando detenían a alguien así, pero a veces pasaba—. ¿Qué habéis hecho con él? Supongo que le habéis dejado salir bajo fianza, ¿no? —preguntó Ted bromeando.

Los que eran como aquel tipo siempre tenían un ejército de abogados, o al menos uno, pero muy bueno. No era frecuente que Rick detuviera a alguien que pudiera huir, excepto los que se dedicaban a pasar droga o armas por las fronteras de los diferentes estados. Pero los que evadían impuestos siempre conseguían una fianza.

—Hoy va a pasar la noche entre rejas. Cuando terminé el interrogatorio ya era demasiado tarde para encontrar un juez que estableciera la fianza.

Rick Holmquist se rió y Ted sonrió. La idea de que un hombre como Addison pasara la noche en la cárcel les divertía.

—Peg está en Nueva York con su hermana. ¿No te apetece cenar algo? Estoy demasiado cansado para cocinar —propuso Rick.

Ted consultó su reloj. Aún era pronto, pero aparte de los informes sobre el robo, no tenía nada que hacer. Tenía el busca, la radio y el móvil encendidos. Si lo necesitaban, podrían localizarlo enseguida. No había razón para no salir a cenar algo con Rick.

—Nos vemos en Harry's dentro de diez minutos.

Iban allí con frecuencia desde hacía años. Era una hamburguesería. Les sentarían en una mesa del fondo, como siempre, para que pudieran charlar tranquilos. A aquella hora solo habría algunos rezagados. Por la noche trabajaban sobre todo en la barra.

Cuando Ted llegó, Rick ya estaba allí, relajándose en la barra con una cerveza. No estaba de servicio, así que podía beber. Ted no. Cuando estaba trabajando necesitaba todos sus sentidos.

—Tienes un aspecto horrible —dijo Ted con una sonrisa cuando vio a su amigo.

En realidad, se le veía bien, aunque algo cansado. Había sido un día muy largo; para Ted, en cambio, la jornada acababa de empezar.

—Gracias, tú también —dijo su amigo devolviéndole el cumplido.

Se instalaron en una mesa del rincón y pidieron dos chuletas. Eran casi las ocho. Ted estaría de servicio hasta medianoche. Comieron las chuletas y estuvieron hablando del trabajo hasta las nueve y media. Entonces Rick recordó una cosa.

—Escucha, hazme un favor. Seguramente no es nada. Pero he tenido una corazonada. Normalmente no sale nada, pero de vez en cuando suena la flauta. En la mesa del tipo que hemos detenido había dos notas con un nombre. No sé por qué, pero me ha llamado la atención, como si aquello estuviera allí por algún motivo.

El hecho de que el nombre apareciera dos veces sugería que podía ser importante.

—No te pongas misterioso —dijo Ted, alzando los ojos hacia el techo. Rick confiaba mucho en su intuición y a veces acertaba. Pero no con la suficiente frecuencia para que Ted la apreciara tanto como él. Aun así, no tenía nada mejor que hacer—. ¿Y cuál es el nombre? Lo comprobaré cuando vuelva a la comisaría. Si quieres puedes venir conmigo.

Podían averiguar si la persona en cuestión tenía alguna detención o había estado en alguna cárcel del estado.

—Sí, quizá te acompañe. No me gusta volver a casa cuando Peg no está. No me gusta nada, Ted. Creo que me he acostumbrado a tenerla conmigo —confesó Rick con cara de preocupación.

Desde su divorcio, se las había arreglado para seguir soltero, y le gustaba estar así. Pero, como le había dicho muchas veces a

Ted últimamente, aquella chica era distinta. Hasta habían hablado vagamente de casarse.

—Ya te dije que acabarías casándote con ella. Y lo veo bien. Es una buena mujer. Hay cosas peores.

Sí, había cosas peores. Como que tuviera debilidad por las mujeres alegres. Pero aquella no lo era.

—Eso dice ella también. —Sonrió.

Rick pagó la cuenta, porque aquella vez le tocaba a él, y volvieron andando a la oficina de Ted. Rick había anotado el nombre y los dos números de teléfono, y le pasó la nota a Ted. Había comprobado si existía algún delito federal contra él, pero no encontró nada. No obstante, a veces, aunque no había delitos federales, sí había delitos en algún estado.

Cuando llegaron a la oficina, Ted introdujo el nombre en el ordenador. Sirvió un café para cada uno mientras esperaban, y Rick estuvo hablando de Peg en los términos más elogiosos. Era evidente que estaba loco por ella. A Ted le gustaba ver que se la tomaba en serio. Como él estaba casado, pensaba que los demás también tenían que estarlo. Y Rick había tratado de evitar aquello durante años.

Aún estaban tomando el café cuando el ordenador escupió una respuesta. Ted le echó un vistazo y le pasó la hoja a Rick arqueando una ceja.

—Tu evasor de impuestos tiene amigos interesantes. Morgan salió de Pelican Bay hace seis semanas. Está con la condicional en San Francisco.

—¿Por qué delito lo condenaron? —Rick cogió la hoja y la leyó detenidamente. Todos los delitos de Peter Morgan estaban allí, junto con el nombre de su agente de la condicional y la dirección del albergue de Mission—. ¿Qué crees que estará haciendo el señor líder de la comunidad con un tipo como este? —preguntó en voz alta, aunque la pregunta iba dirigida tanto a Ted como a sí mismo.

Una nueva pieza del rompecabezas.

—Es difícil decirlo. Nunca sabe uno por qué la gente se asocia. Quizá lo conoció antes de que fuera a la cárcel y el tipo lo llamó al salir. Quizá son amigos —sugirió Ted mientras servía más café.

—Puede. —Una lucecita se había encendido en su cabeza, pero no sabía por qué—. Addison tenía un montón de cosas raras en su mesa. Una pistola cargada; cuatrocientos mil pavos en efectivo, como si fuera calderilla, y un archivo con información sobre un tal Allan Barnes de casi diez centímetros de grosor. Hasta tenía una fotografía de la mujer y los hijos de Barnes.

Esta vez Ted le dedicó una extraña mirada. El nombre había despertado su interés.

—Eso es muy raro. Los conocí hace un mes. Unos críos muy majos.

—No hace falta que lo jures. He visto la fotografía. La mujer también parece mona. ¿Y qué tienes tú que ver con ella?

Rick sabía muy bien quiénes eran. Allan Barnes había ocupado muchas primeras planas por sus negocios y su éxito meteórico. No era como Addison, que siempre se exhibía en las páginas de sociedad tras acudir a la inauguración de la temporada de conciertos de la sinfónica. Allan Barnes era muy distinto, y nunca se habían oído rumores sobre la existencia de trampas en sus negocios. Por lo visto había sido limpio hasta el final. Rick nunca había leído nada que indicara lo contrario, ni tampoco Ted. Nunca hubo sospecha de evasión de impuestos. A Rick le sorprendió que Ted conociera a su viuda. Aquella gente pertenecía a un círculo demasiado selecto para que Ted los hubiera conocido en su trabajo.

—Pusieron un coche bomba en su calle —explicó Ted.

—¿Dónde viven? ¿En Hunter's Point? —bromeó Rick.

—No seas idiota. Viven en Pacific Heights. Alguien puso una bomba en el coche del juez McIntyre unos cuatro días después de que Carlton Waters saliera de la cárcel. —Entonces miró a Rick con una extraña expresión. También a él se le había encendido una lucecita en la cabeza—. Déjame ver ese papel otra vez. —Rick le devolvió el papel y Ted volvió a leerlo. Peter Morgan también había estado en Pelican Bay—. Creo que empiezo a ver algo misterioso en todo esto. Waters estaba en Pelican Bay. Me pregunto si estos dos tipos se conocen. ¿Aparecía por algún sitio el nombre de Carlton Waters en el despacho de tu hombre?

—Hubiera sido demasiado pedir. Rick negó con la cabeza. Entonces Ted se fijó en la fecha en que Morgan había salido y tecleó algo en el ordenador. Cuando encontró lo que buscaba, miró a su amigo—. Waters y Morgan salieron el mismo día.

Seguramente no significaba nada, pero, desde luego, era una coincidencia interesante, aunque quizá no encontraran nada por ahí.

—Detesto decirlo, pero no creo que importe gran cosa —dijo Rick muy razonable. Ted sabía que lo más probable era que tuviera razón. Un policía no debía dejarse seducir por las coincidencias. De vez en cuando sí eran importantes, pero eso no solía ocurrir—. Bueno, ¿y qué pasó con ese coche bomba?

—Nada. Todavía no tenemos nada. Fui a Modesto a ver a Waters, solo por puro gusto y para que supiera que le tenemos controlado. No creo que estuviera relacionado con aquello. No es tan tonto.

—Nunca se sabe. Cosas más raras se han visto. ¿Comprobaste en el ordenador si algún otro de los fans del juez había salido de la cárcel? —Sí, conociendo a Ted, Rick sabía que lo habría hecho. Nunca había trabajado con nadie más concienzudo y persistente que Ted Lee. Le hubiera gustado haberle convencido para que se fuera con él al FBI. Algunos de sus compañeros de trabajo le atacaban los nervios. Echaba de menos tener a Ted como compañero. Intercambiaban información y hablaban de sus respectivos casos con bastante frecuencia. De hecho, en más de una ocasión habían resuelto algún caso discutiendo juntos los detalles. Incluso ahora, poder comentar los casos entre sí, como hacían en aquel momento, les era de gran ayuda—. Aún no me has dicho qué tiene que ver la mujer de Barnes con la bomba. No sería sospechosa, ¿verdad?

Rick sonrió y Ted meneó la cabeza con expresión divertida. Les encantaba bromear.

—Vive en la misma calle que el juez. Uno de sus hijos estaba mirando por la ventana cuando pasó y le enseñé la fotografía de

Waters al día siguiente. Pero nada. No lo reconoció. No descubrimos nada. De momento no tenemos ninguna pista.

—Deduzco que la mujer no era ninguna pista —dijo Rick, bromeando de nuevo, con una mirada significativa.

Le encantaba tomarle el pelo a su amigo. Y Ted siempre le devolvía la pelota. Sobre todo con Peg. Era el primer amor serio que Rick tenía desde hacía años. Puede que el más serio que había tenido nunca. Ted, en cambio, no entendía de esas cosas. Él había sido fiel a Shirley desde muy joven, aunque Rick solía decir que era un disparate. Pero lo admiraba por ello, aunque, por las cosas que decía y por las que no decía, hacía años que sabía que su matrimonio ya no era como antes. Al menos aún estaban juntos, y a su manera se querían. Después de veintiocho años no se puede esperar que siga habiendo el mismo entusiasmo.

—Yo no he dicho nada de ella. He dicho que los niños eran majos —señaló Ted.

—O sea que no tenéis ningún sospechoso —comentó Rick, y Ted meneó la cabeza.

—Nada de nada. Pero me alegro de haber visitado a Waters. Es un tipo duro. Parece que de momento se mantiene limpio. Mi visita no le hizo mucha gracia.

—Menudo montón de mierda —dijo Rick sin rodeos.

No le gustaba la gente como Carlton Waters. Sabía muy bien quién era, y nada de lo que había leído sobre él le gustaba.

—Eso es exactamente lo mismo que pensé yo.

Al oír esto, Rick volvió a mirarle. Algo le rondaba en la cabeza. No acababa de encontrar la relación entre Peter Morgan y Phillip Addison, y eso le preocupaba. Y el hecho de que Carlton Waters hubiera salido el mismo día que Morgan... Seguramente no significaba nada, pero valía la pena comprobarlo. Estando con la condicional, Peter Morgan quedaba dentro de su jurisdicción.

—¿Querrías hacerme un favor? No puedo mandar a uno de mis chicos. ¿Enviarás a uno de los tuyos al albergue donde se aloja Peter Morgan? Está con la condicional, así que no necesitas ninguna orden para registrar sus cosas. Ni siquiera tienes que hablar con el agente que lleva su caso. Puedes ir cuando quieras. Solo quiero saber si tiene algo que lo vincule a Addison o cualquier otra cosa interesante. No sé por qué, pero ese hombre me atrae, como la miel a una abeja.

—Oh, por Dios, no me digas que el FBI te ha convertido en un gay —dijo Ted riendo, pero le prometió que iría. Tenía cierto respeto por el instinto de Rick. No sería la primera vez que les ayudaba a resolver algún caso y no podía hacer ningún daño—. Iré mañana, cuando me levante. Te llamaré si encuentro algo.

No tenía ninguna otra cosa que hacer por la mañana y, con un poco de suerte, Morgan estaría fuera y le facilitaría las cosas. Registraría la habitación a ver qué encontraba.

—Muchas gracias —dijo Rick satisfecho; luego cogió la hoja impresa con información sobre Morgan, la dobló y se la guardó en el bolsillo. Quizá le sería de utilidad, sobre todo si Ted encontraba algo en el albergue.

Pero al día siguiente, cuando llegó, lo único que Ted encontró fue la dirección a la que le remitían el correo. El hombre que estaba en la recepción le dijo que Morgan se había mudado. Evidentemente, su agente de la condicional no había actualizado la dirección en su archivo informático. Ted echó un vistazo y comprobó que se trataba de un hotel en el Tenderloin, así que decidió hacer lo que le había prometido a Rick: dar una vuelta por allí. El recepcionista le informó de que Morgan estaba fuera. Ted le enseñó su placa y pidió la llave. El hombre quería saber si se había metido en algún lío y Ted le contestó que era un registro rutinario que suele hacerse a los presos que están en libertad condicional. Al hombre no pareció preocuparle. Había tenido otros huéspedes que estaban con la condicional, así que se encogió de hombros y le dio la llave.

Ted subió a la habitación. Era frugal y estaba limpia. La ropa del armario parecía nueva. Los periódicos de la mesa estaban pulcramente amontonados. No había nada excepcional en la habitación. Morgan no tenía armas, ni drogas, ni objetos de contrabando. Ni siquiera fumaba. Tenía una enorme agenda en la mesa de despacho, sujeta con ayuda de una goma. Ted la hojeó y encontró el nombre y el teléfono de Addison en la A. Luego registró la mesa; dos trozos de papel le llamaron la atención y le dejaron petrificado. En uno estaba el teléfono de Carlton Waters en Modesto; lo que vio en el otro hizo que se le helara la sangre. Era la dirección de Fernanda. No había ningún nombre ni número de teléfono. Solo la dirección, pero la reconoció enseguida, incluso sin el nombre. Cerró la agenda y la aseguró con la goma; luego cerró el cajón y, tras echar un último vistazo, se fue. Llamó a Rick en cuanto llegó al coche.

—Algo me huele muy mal, pero no sé qué es. De hecho, creo que apesta.

Ted estaba preocupado y se le notaba. ¿Por qué un tipo como Morgan iba a tener la dirección de Fernanda? ¿Qué relación tenía con Waters? ¿Se habían conocido en la cárcel y ya está? Pero, incluso así, ¿por qué tenía su teléfono en Modesto? ¿Y qué hacía Addison con el número de Morgan? ¿Por qué tenía Morgan el de él? ¿Por qué tenía Addison un archivo de diez centímetros de grosor sobre Allan Barnes y una fotografía de Fernanda y los niños? Demasiadas preguntas y muy pocas respuestas. Y dos convictos, uno de ellos acusado de asesinato, que habían salido de la cárcel el mismo día. Eran demasiadas coincidencias. En la voz de Ted, Rick advirtió algo que no notaba desde hacía años. Pánico. Y no entendía por qué.

—Acabo de salir de la habitación de Morgan —le explicó—. Ya no vive en el albergue. Se aloja en un hotel del Tenderloin y tiene un armario lleno de ropa nueva. Llamaré a su agente de la condicional para averiguar si tiene trabajo.

—¿De qué crees que conoce a Addison? —preguntó Rick interesado.

Acababa de regresar de la audiencia para fijar una fianza. Addison había salido sin ningún problema. Solo había tenido que depositar una fianza de doscientos cincuenta mil dólares, y para él eso era calderilla. El juez le había autorizado a viajar a Europa con su familia dos días después, como tenía previsto. La investigación federal seguía su curso, pero su abogado dijo que podía realizarse sin su presencia, que era asunto del FBI, y el juez estuvo de acuerdo. Nadie tenía ninguna duda de que Addison volvería a San Francisco al cabo de cuatro semanas. Tenía que dirigir su imperio. Rick lo había visto marcharse con su abogado, y sentía curiosidad por saber lo que Ted había encontrado en la habitación de Morgan.

—Tal vez sean viejos amigos. La tinta de la entrada donde tiene el nombre y el teléfono de Addison parece antigua —explicó Ted.

Pero ¿por qué tenía el teléfono de Carl Waters en Modesto? ¿Y la dirección de Fernanda Barnes en un papel? Sin nombre ni número de teléfono. Solo la dirección.

—¿Por qué? —preguntó Rick haciéndose eco de la pregunta que Ted se estaba formulando en su cabeza.

—Ahí quería ir a parar. Esto no me gusta y no sé muy bien por qué. Sé que va a pasar algo, puedo olerlo, pero no sé qué es. —Entonces se le ocurrió una cosa—. ¿Puedo pasarme y echar un vistazo al archivo que Addison tenía sobre Barnes? —Quizá encontrarían algo—. Y hazme otro favor —añadió Ted al tiempo que giraba la llave en el contacto.

Iría directamente a la oficina de Rick para ver ese archivo y todo lo que Rick tenía sobre el caso. Ahora le interesaba. No sabía qué relación tenía Fernanda con todo aquello, pero algo le decía que era el punto central. Evidentemente, ella era el objetivo. Lo malo es que no sabía de qué objetivo se trataba, ni quién estaba implicado ni por qué. Quizá la respuesta estaba en aquel archivo.

—¿Qué favor?

A Ted se le oía distraído y lo estaba. Trataba de encontrar un sentido a todo aquello, pero de momento no había tenido mucha suerte. Había demasiadas piezas sueltas. Morgan. Waters. Addison. Fernanda. El coche bomba. No acababa de ver la conexión entre ellos. De momento.

—Comprueba las finanzas de Addison. Profundiza todo lo que puedas, a ver qué sale —le pidió.

Sabía que Rick lo hubiera hecho de todos modos, pero ahora necesitaba que lo hiciera lo antes posible.

—Ya las hemos comprobado, al menos por encima. Por eso le detuvimos ayer. Tiene algunos negocios turbios en Nevada y evasión de impuestos. Un montón de dinero que va y viene pasando por las fronteras de los diferentes estados. —No se pagaba IRPF en Nevada; por eso era un paraíso fiscal para tipos como Addison, que movían mucho dinero ilegal—. Por el momento es poca cosa. Lo peor que le puede pasar es que le impongan una buena multa. No creo que vaya a la cárcel. Tiene buenos abogados —explicó Rick con tono decepcionado—. Aún estamos haciendo algunas comprobaciones.

Pero los dos sabían que aquello llevaba tiempo.

—Compruébalo en serio. Mira debajo de la alfombra, de la alfombrilla del coche.

—¿Literalmente?

Rick estaba perplejo. No acertaba a imaginar qué podía andar buscando su amigo. En aquellos momentos, Ted tampoco lo sabía, pero tenía la poderosa sensación de que había algo.

—No; literalmente no. Lo que quiero decir es que comprobéis todo a conciencia. Quiero saber de dónde sale su dinero, y si tiene algún problema. Quiero que enfoquéis las luces hacia él. Y no durante los dos próximos meses. Necesito que averigüéis todo lo que podáis ahora. Y quiero que me informes enseguida si descubres algo. —Sabía muy bien que una investigación podía alargarse mucho, sobre todo cuando se trataba de dinero y no había vidas en juego. Pero puede que en aquel caso sí las hubiera. Quizá estuviera pasando algo que ellos desconocían—. Sáltate todos los stops. Estaré ahí dentro de diez minutos —dijo mientras conducía a toda velocidad por el centro.

—Voy a tardar bastante más de diez minutos —dijo Rick en tono de disculpa.

—¿Cuánto? —Ted parecía impaciente, pero ni él mismo sabía por qué.

—Un par de horas. Un día, dos. Trataré de conseguirte todo lo que pueda hoy.

Haría que sus agentes se pusieran en contacto con el departamento de análisis informático de Washington y con sus contactos en el mundillo de la economía sumergida. Pero eso llevaba tiempo.

—Jesús, pues sí que sois lentos. Haz lo que puedas. Voy para allá. Estaré contigo en cinco minutos.

—Bueno, de momento empiezo. Puedes leer el dossier sobre Barnes mientras busco información. Hasta ahora —dijo y colgó.

Cuando Ted entró en su despacho, Rick tenía el dossier sobre Barnes en la mesa, y tres agentes estaban trabajando en los ordenadores y contactando con otras agencias y con algunos informantes escogidos para ver qué podían descubrir. De todos modos, era lo que tenían pensado hacer en el caso de Addison. Simplemente, habían acelerado un poco el proceso. Un poco bastante. Tres horas más tarde, cuando Ted y Rick estaban charlando y comiéndose unos sándwiches, llegaron los primeros resultados. Los tres agentes entraron juntos en su despacho y le entregaron un montón de papeles.

—¿Qué tenemos? —preguntó Rick mirándoles.

Ted ya había terminado de hojear el dossier sobre Barnes. En él solo había artículos y recortes sobre los logros de Allan Barnes, y la fotografía de Fernanda y los niños.

—Addison tiene una deuda de treinta millones. El *Titanic* se está hundiendo —explicó uno de los agentes.

Uno de sus mejores informantes había resultado ser una mina de oro.

—Mierda —dijo Rick, y miró a Ted—. Eso es mucho dinero.

—Su grupo de empresas tiene problemas —explicó otro—, y hasta el momento ha conseguido mantenerlo en secreto. Pero no podrá seguir así mucho más. Tiene que hacer auténticos malabarismos. Creemos que ha estado haciendo inversiones en nombre de ciertos contactos de Sudamérica. Y las inversiones han ido mal. Ha estado sacando dinero de otras empresas suyas para cubrir las inversiones, y tiene un bonito montón de deudas. Seguramente hay algún fraude de por medio. Está tan enfangado que mi informante no cree que pueda salir. Necesita con urgencia una potente inyección de dinero, y no encontrará a nadie que se lo dé. Otro informante me ha dicho que lleva años blanqueando dinero. El asunto de Nevada va por ahí, aunque no sabemos por qué. Si lo que quería saber es si tiene problemas, los tiene. Y muchos. Muchos problemas. Si quiere saber por qué y cómo, y para quién ha estado haciendo esas inversiones, necesitamos más tiempo. Y más personal. Esto es solo a grandes rasgos. Aún tenemos que realizar numerosas comprobaciones. Pero pinta bastante mal.

—Creo que por el momento bastará —dijo Rick con voz tranquila, y les dio las gracias por su rapidez y eficacia, sobre todo con los informantes. En cuanto salieron, se volvió hacia Ted—. Bueno, ¿tú qué crees?

La mente de Ted no dejaba de barajar las posibilidades.

—Creo que tenemos a un tipo con una deuda de al menos treinta millones de dólares, puede que más. Una mujer cuyo marido le ha dejado aproximadamente quinientos millones de dólares, según la prensa, si es que hay que dar crédito a los periódicos, cosa que yo no hago. Pero, aunque le hubiera dejado la mitad de esa cifra, no deja de ser una presa fácil. Tenemos a dos ex convictos que salieron de la cárcel hace seis semanas y parecen ir por libre. Los dos están vinculados de alguna forma a Addison. Y un coche bomba en la misma calle donde vive la presa fácil. Si quieres mi opinión, es una futura víctima, y los críos también. ¿Sabes qué creo? Que Addison va a por ella, que ese dossier gira en torno a ella. Sería imposible demostrarlo en un juicio, pero algo está pasando; es más, diría que Addison utilizó a Morgan para llegar a Waters. A lo mejor están en esto los tres o a lo mejor no. Creo que Waters la estaba vigilando cuando puso la bomba en el coche del juez McIntyre, si es que lo hizo. Es demasiada coincidencia que vivan en la misma calle. Seguramente, ya que estaba en la zona, decidió matar dos pájaros de un tiro. ¿Por qué no? Ha sido una cochina suerte que el chico de los Barnes no lo reconociera, pero no se puede tener todo. Creo que lo que tenemos aquí es una conspiración contra Fernanda Barnes. Sé que sonaré algo paranoico, y no puedo demostrar nada, pero es lo que pienso, es lo que me dice mi instinto.

Con los años, los dos habían aprendido a confiar en su instinto y rara vez les fallaba. Es más, habían aprendido a confiar en el instinto del otro. Todo lo que Ted había dicho parecía encajar. En el mundo de la delincuencia, las cosas funcionaban así. Pero entre saberlo y poder demostrarlo muchas veces había un profundo abismo que tardaban tiempo en saltar. Y en ocasiones ese tiempo costaba vidas humanas. Si Ted tenía razón, podían encontrarse ante uno de esos casos. Hasta el momento no tenían nada en lo que basarse aparte de su instinto, así que no podían hacer nada por aquella mujer hasta que los otros movieran ficha. Solo tenían una bonita teoría.

—¿Qué clase de conspiración? —le preguntó Ricky muy serio. Estaba convencido de que Ted tenía razón en todo lo que había dicho. Llevaban demasiado tiempo trabajando en aquello para equivocarse—. ¿Extorsión?

Ted negó con la cabeza.

—No con un tipo como Waters de por medio. No creo que nos enfrentemos a esa clase de delito. Creo que pretenden secuestrarla a ella o a los niños. Addison necesita treinta millones de dólares y deprisa. Ella tiene una fortuna de unos quinientos millones. Me asusta que estos dos hechos encajen tan a la perfección. O que Waters esté merodeando. Pero, aunque no fuera así, eso no cambia el hecho de que Addison tiene un dossier sobre ella del tamaño de la guía telefónica de Manhattan. Y una fotografía de ella con los niños.

A Rick no le gustaba la pinta que tenía aquello, pero de pronto recordó otra cosa.

—Dentro de dos días se va de viaje a Europa. ¿Por qué demonios va a hacer algo así si está en la ruina?

—Seguramente su mujer no lo sabe. Y que salga del país no cambia nada. No va a secuestrar a la mujer personalmente. Lo hará otro. Y si está fuera del país cuando suceda, eso significa que tendrá coartada. Al menos eso es lo que cree. Si no me equivoco, la cuestión es quién va a hacerlo y cuándo.

Ni siquiera estaban seguros de lo que iba a pasar. Pero, fuera lo que fuese, en eso estaban de acuerdo, no sería nada bueno.

—¿Piensas localizar a Morgan y hablar con él? —preguntó Rick muy interesado—. ¿Y a Waters?

Ted negó con la cabeza.

—No quiero ponerlos sobre aviso. Prefiero esperar a ver qué hacen. Pero tengo que prevenir a la mujer. Se lo debo.

—¿Crees que te dejarán poner vigilancia?

—Puede. Quiero ver a mi jefe esta noche. Pero primero hablaré con Fernanda Barnes. Puede que haya visto algo o sepa algo que ignoramos y que ni siquiera sabe que sabe.

Los dos habían visto aquello otras veces. Bastaba con girar un poco el anillo de enfoque y la imagen quedaba perfectamente definida. No obstante, Ted tenía la sospecha de que su jefe lo tomaría por loco. Había confiado muchas veces en las intuiciones de Ted y con buenos resultados. Era como si tuviera dinero en el banco, y estaba decidido a utilizarlo. Tenía la completa seguridad de que no se equivocaba. Y Rick también. Le hubiera ofrecido a sus hombres para que le ayudaran, pero no tenían suficientes pruebas para justificarlo. Ahora aquello dependía del departamento de policía. Estaba el dossier, claro..., pero aun así Rick no creía que el fiscal del Estado le autorizara a poner protección policial a la familia Barnes. De todos modos, lo llamaría para que estuviera al corriente de la situación. Todavía no había suficientes pruebas contra Addison para acusarlo de intento de secuestro. Pero Rick estaba convencido de que los tiros iban por ahí. Cuando Ted se levantó, parecía bastante asustado. Detestaba los casos como aquel. Alguien iba a salir mal parado a menos que pudieran evitarlo, pero no estaba muy seguro de eso. Después de hablar con Fernanda quería discutir aquello con el jefe de policía. Miró a Rick.

—¿Quieres venir conmigo? Me gustaría saber qué piensas cuando hablemos con ella. Me iría bien contar con tu opinión en este asunto.

Rick asintió y salieron juntos. Los dos últimos días habían sido una locura en su oficina. Todo había empezado con Addison, un pedazo de papel con un nombre en su despacho y un dossier sobre Allan Barnes que no tenía sentido. Nada de todo aquello lo tenía. Pero empezaba a tenerlo. Rick y Ted llevaban mucho tiempo dedicándose a aquello. Juntos y por separado. Conocían la mentalidad del delincuente. Se trataba de pensar como ellos y ser casi tan retorcidos como ellos. Siempre había que ir un paso por delante. Ted esperaba que así fuera.

Subieron al coche y Ted llamó a Fernanda por el móvil. Rick telefoneó a su oficina para informarles de que estaría fuera un par de horas, cosa que parecía razonable. Echaba de menos poder trabajar con Ted. Aquello casi le resultaba divertido. Pero no se atrevió a decírselo a su amigo. Lo veía demasiado preocupado para divertirse. Fernanda estaba en casa y, cuando contestó al teléfono, parecía sin aliento. Dijo que estaba preparando la maleta de su hijo, que se iba de acampada.

—¿Se trata del coche bomba otra vez? —preguntó distraída.

Ted oía música de fondo, así que supo que al menos alguno de sus hijos estaba en casa con ella. Esperaba que estuvieran todos. No quería asustarlos, pero tenían que saberlo. Quería decirle a Fernanda lo que pensaba. Aunque la asustara, tenía que saberlo.

—No directamente —contestó él con evasivas—. Indirectamente tiene relación con eso, pero en realidad se trata de otra cosa.

Fernanda dijo que les esperaba. Y colgaron.

Ted aparcó en la rampa de acceso y miró alrededor mientras caminaba hacia la puerta, preguntándose si la estaban vigilando, si Waters o Morgan estaban en algún sitio en la calle. A pesar de que existía esa posibilidad, decidió entrar abiertamente por la entrada principal. Peter Morgan no podía saber que era policía, pero aunque él o Waters lo reconocieran, siempre había sido partidario de que la presencia policial fuera visible en circunstancias como aquella para disuadir a los delincuentes. El FBI normalmente prefería ocultarse, pero Ted creía que eso significaba poner a las víctimas como cebos humanos.

Peter Morgan los vio entrar. Por un momento pensó que parecían policías, pero luego decidió que era una tontería. No había ninguna razón para que la policía fuera a casa de los Barnes.

Empezaba a ponerse paranoico porque sabía que el día se acercaba. También sabía que habían detenido a Addison el día anterior con unos cargos ridículos relacionados con los impuestos. Addison no parecía preocupado. Seguía decidido a marcharse a Europa, y los planes para el secuestro no habían cambiado. Todo iba bien. Fueran quienes fuesen los dos hombres que habían entrado en la casa, ella parecía conocerlos. Fernanda le dedicó una amplia sonrisa al asiático que había llamado al timbre. Peter se preguntó si serían agentes de bolsa, abogados o gente encargada de gestionar su dinero. A veces los gestores parecían policías. Ni siquiera se molestó en llamar a Addison para decírselo. No había ninguna razón para hacerlo; además, Addison le había dicho que, a menos que tuviera un problema, no le llamara, aunque fuera imposible rastrear su móvil. El de Peter sí podía localizarse. No había tenido tiempo de comprarse uno de los que Addison le había recomendado, aunque pensaba hacerlo la semana siguiente. Mientras Peter estaba fuera pensando en todo eso, Ted tomaba asiento en la sala de estar de Fernanda. La mujer no tenía ni idea de por qué estaba allí. No sabía que, en menos de cinco minutos, lo que Ted Lee iba a decirle cambiaría su vida para siempre.

12

Cuando Fernanda abrió la puerta y se encontró a Ted y a Rick, les sonrió y se apartó para dejarles pasar. Esta vez Ted iba con un compañero distinto, y entre los dos hombres había cierta complicidad que pareció contagiársele a ella. Enseguida se dio cuenta de que Ted estaba preocupado.

—¿Están en casa sus hijos? —preguntó Ted cuando los hizo pasar a la sala de estar.

Ella rió. La música estaba tan alta en el piso de arriba que la araña del techo temblaba.

—Yo no suelo ponerme este tipo de música. —Sonrió y les ofreció algo de beber, pero ellos rechazaron el ofrecimiento.

Fernanda notó que el segundo hombre tenía un aire un tanto oficioso y se preguntó si no sería el superior de Ted; o quizá no era más que el compañero que había sustituido al hombre que lo acompañó la vez anterior. Ted vio que miraba a Rick y le explicó que era un agente especial del FBI, además de un viejo amigo. Fernanda no entendía qué interés podía tener el FBI en aquello, y se sintió intrigada cuando Ted volvió a preguntar si los chicos estaban en casa. Ella asintió.

—Will se va mañana de acampada, si consigo organizar sus cosas y lograr que se queden en su bolsa de viaje el tiempo suficiente para que salga de casa. —Era como hacer el equipaje de un equipo olímpico; Fernanda no había visto nunca tanto material para jugar al lacrosse en una sola persona—. Ashley se va a

Tahoe pasado mañana. Sam y yo estaremos solos un par de semanas.

Will y Ashley aún no se habían ido y ya los echaba de menos. Sería la primera vez que se separaban desde la muerte de Allan, y precisamente por eso se le iba a hacer mucho más difícil. Fernanda se sentó y miró a los hombres con expresión expectante, preguntándose para qué habrían ido a verla. No tenía ni idea.

—Señora Barnes, lo que voy a decirle es una corazonada —empezó a decir Ted con cautela—. Nada más. La corazonada de un viejo policía. Creo que es importante. Por eso hemos venido. Puede que me equivoque, aunque no lo creo.

—Parece algo grave —dijo ella frunciendo el ceño, mirando a uno y luego al otro.

Fernanda no tenía ni idea de qué podía ser. Y, hasta hacía dos horas, lo cierto es que ellos tampoco la tenían.

—Sí, yo diría que es grave. El trabajo de un policía muchas veces consiste en ir uniendo las diferentes piezas de un rompecabezas, uno de esos de mil piezas, de las que unas ochocientas son cielo y el resto corresponden al mar. Durante mucho tiempo, uno no tiene nada concreto, hasta que, poco a poco, se consigue formar un pedacito de cielo, o de mar, y entonces las piezas empiezan a encajar y uno se hace una idea de lo que está viendo. En estos momentos, lo único que tenemos es un fragmento de cielo, un fragmento muy pequeño, pero no nos gusta lo que vemos.

Durante un momento, Fernanda se preguntó de qué demonios le hablaba aquel hombre, si ella o los niños habían hecho algo malo, aunque sabía que no era así. Sin embargo, mientras lo miraba, notó una sensación desagradable en la boca del estómago. Parecía tan serio y sincero... Rick también la observaba.

—¿Hemos hecho algo? —preguntó abiertamente, mirando a Ted con expresión inquisitiva.

Él negó con la cabeza.

—No, pero me temo que alguien podría hacerles algo a ustedes, por eso hemos venido. Es solo una impresión, pero me preocupa lo suficiente para venir a avisarla. Puede que no sea nada o puede que sí. —Respiró hondo.

Fernanda le escuchaba atentamente, sintiendo que de pronto todo su cuerpo estaba en alerta. Era exactamente como Ted quería que estuviera.

—¿Por qué iba a querer nadie hacernos daño?

Parecía desconcertada y Ted comprendió lo ingenua que era. Había pasado su vida en una burbuja, sobre todo en los últimos años. En su mundo, la gente no hacía cosas malas, al menos la clase de cosas que Ted y Rick veían a diario. Ella no conocía a esa clase de gente. Pero ellos la conocían a ella.

—Su marido era un hombre de éxito. Hay gente muy peligrosa ahí fuera. Gente sin escrúpulos ni moral que acecha a los que son como usted. Son mucho más peligrosos de lo que se imagina. Creo que ciertas personas podrían estar vigilándola o que la tienen en mente. O puede que hagan mucho más que tenerla en mente. No es seguro, pero hace unas horas ciertas cosas empezaron a encajar. Y quería hablarlo con usted. Le diré lo que sé, lo que pienso, y partiremos de ahí.

Rick observaba a su viejo compañero y, como siempre, admiraba su delicadeza y su estilo. Era sincero pero no asustaba a la gente innecesariamente. También sabía que Ted iba a decir la verdad. Siempre lo hacía. Él era de la opinión de que hay que informar a la víctima y hacer todo lo posible por protegerla. Y eso era algo que Rick valoraba mucho. Ted era un hombre entregado, íntegro y de honor.

—Me está asustando usted —confesó Fernanda con voz pausada, tratando de ver en sus ojos hasta qué punto era grave lo que quería decirle. Lo que vio no le gustó.

—Lo sé y lo siento —dijo él con suavidad. Sintió el impulso de tocarla para tranquilizarla, pero no lo hizo—. Ayer el agente especial Holmquist detuvo a un hombre. —Lanzó una mirada a Rick y este asintió—. Dirige un enorme imperio —siguió diciendo—. Aparentemente todo le funciona sobre ruedas, ha hecho algunos juegos de manos con los impuestos y seguramente ha estado blanqueando dinero, que ha sido el desencadenante de sus problemas. No creo que nadie, de momento, esté realmente enterado de la situación. Es un hombre muy activo socialmente y parece respetable. Tiene esposa e hijos y, a los ojos del mundo, en general es un hombre de éxito. —Fernanda escuchaba atentamente y asentía, tratando de asimilarlo todo—. Esta mañana hemos hecho algunas comprobaciones y hemos descubierto que las cosas no son lo que parecen. Tiene una deuda de treinta millones de dólares. Treinta millones que seguramente no eran suyos. Y es más que probable que la gente para la que hacía las inversiones no sea muy legal. No les gusta perder dinero e irán a por él. Las cosas se le están poniendo difíciles. De acuerdo con nuestras fuentes, está desesperado.

—¿Está en la cárcel?

Al principio de su historia, Ted había dicho que lo habían detenido el día anterior.

—Ha salido bajo fianza. Seguramente tardaremos un tiempo en conseguir llevarlo ante un tribunal. Tiene buenos abogados y poderosos contactos, y es muy bueno en lo que hace. Pero bajo la superficie, el embrollo es descomunal. Seguramente más de lo que nosotros pensamos. Necesita dinero para mantenerse a flote, o incluso para seguir con vida, y deprisa. Justo el tipo de situación que mueve a la gente a hacer disparates.

—¿Y qué tiene que ver ese señor conmigo? —No acababa de verle el sentido.

—Todavía no lo sé. Se llama Phillip Addison. ¿Le dice algo ese nombre? —Escrutó el rostro de Fernanda, buscando alguna señal de reconocimiento, pero ella negó con la cabeza.

—Creo que he leído su nombre en los periódicos. Pero nunca le he visto. Quizá Allan le conociera. Él conocía a mucha gente. Pero no, yo no le conocía. No le conozco.

Ted asintió con gesto pensativo y prosiguió.

—En su mesa tenía un dossier. Un dossier muy extenso, de unos diez centímetros de grosor tal vez, con recortes sobre su marido. Parece ser que estaba obsesionado con él y con su éxito. Tal vez le admiraba o lo veía como un héroe. Me da la sensación de que hace tiempo que sigue la trayectoria de su marido.

—Mucha gente lo hacía —dijo Fernanda con una sonrisa triste—. Cualquier hombre sueña con ser como él. La mayoría pensaban que tuvo suerte, nada más. Y la tuvo. Pero debió su éxito sobre todo a su habilidad. La gente no lo entiende. Allan tenía un sexto sentido para los negocios y las inversiones de alto riesgo. Se arriesgaba mucho. Pero la gente solo ve los éxitos.

Fernanda no quería traicionarlo hablándoles de sus fracasos, que habían sido tan grandes como los éxitos; de hecho, al final los superaron con creces. A simple vista, para la gente que había leído cosas sobre él, era la personificación del sueño americano.

—No estoy muy seguro de la razón por la que Addison tenía ese dossier. La información se remonta a varios años. Puede ser algo completamente inocente o puede que no. Es muy concienzudo. Demasiado, creo yo. Hasta tiene fotografías de revistas y diarios de su marido, y una de usted y los niños.

—¿Por eso está preocupado?

—En parte. En estos momentos no es más que una de las piezas del rompecabezas, un trocito del cielo. Puede que dos. En su mesa encontramos un nombre. El agente especial Holmquist lo encontró. Y los viejos policías tienen instinto para estas cosas. A veces vemos algo que aparentemente no tiene importancia y de pronto las alarmas empiezan a sonar en nuestra cabeza. Y ese nombre hizo que las alarmas sonaran. El nombre que aparecía en el papel era Peter Morgan. Hemos comprobado su identidad. Es un ex presidiario. Salió en libertad hace unas semanas. Es un estafador de poca monta, pero interesante. Se graduó en Duke y tiene un máster en administración de empresas en Harvard. Y antes de eso había ido a las escuelas preuniversitarias más selectas. Su madre se casó por dinero o algo así.

—Había leído el informe de la condicional, por eso sabía todo aquello. Se lo había leído todo antes de ir a ver a Fernanda—. Cuando salió de Harvard tuvo problemas en la correduría donde estaba trabajando, se pasó a la banca de inversiones e hizo un buen casamiento. Se casó con la hija del director de la empresa, tuvieron un par de hijas y empezó a buscarse problemas otra vez. Se metió en asuntos de drogas; empezó a traficar o consumía en exceso, que seguramente es lo que hizo que acabara traficando. Malversó dinero, hizo muchas estupideces, su mujer le dejó, perdió la custodia y los derechos de visita de sus hijas y vino a San Francisco. Y la lió a base de bien. Al final lo detuvieron por tráfico de drogas. Era un pequeño estafador que daba la cara por otros peces más importantes y cargó con las culpas de los demás. Pero se lo merecía. Es el típico caso de un hombre brillante echado a perder. Suele pasar. A veces, la gente que lo tiene todo hace lo posible por joderse la vida, que es lo que hizo él. Ha pasado más de cuatro años en la cárcel. Dentro estuvo trabajando para el alcaide, que parece pensar que es un gran hombre. No tengo ni idea de cuál es su relación, pero Addison tenía su nombre anotado en dos sitios diferentes. Y encontramos el teléfono de Addison en la agenda de Morgan. Por la tinta parece que lleva escrito bastante tiempo, no es reciente.

»Hace unas semanas Morgan estaba viviendo en un albergue y no tenía dinero. Ahora vive en un hotel de segunda categoría en el Tenderloin y tiene el armario lleno de ropa nueva. No sé, pero parece que le va bien. Lo hemos comprobado y resulta que también se ha comprado un coche, paga su habitación religiosamente y tiene trabajo. No sabemos cuál es su relación con Addison. Quizá ya se conocían antes de que metieran a Morgan en la cárcel, o a lo mejor se han conocido hace poco. Pero hay algo en esta asociación que me huele mal, y al agente Holmquist también.

»La otra cosa que no me gusta es que Morgan salió de la cárcel el mismo día que un individuo llamado Carlton Waters. No sé si ese nombre le dice algo. Ha estado en la cárcel desde los diecisiete años por asesinato. Ha escrito diversos artículos defendiendo su inocencia y hace unos años trató de conseguir el indulto, pero no le salió bien. Ha perdido varias apelaciones. Finalmente, ha salido después de cumplir veinticuatro años. Él y Morgan estaban en la cárcel de Pelican Bay y salieron el mismo día. No hemos encontrado nada que relacione a Waters con Addison, pero Morgan tenía su número en su habitación. Hay una relación entre estas personas, puede que muy tenue, pero la hay. No podemos pasarla por alto.

—¿No es ese el hombre cuya foto nos enseñó cuando estalló el coche bomba?

El nombre le sonaba. Ted asintió.

—El mismo. Fui a verle a Modesto, donde vive ahora en un albergue. Quizá no signifique nada, pero no me gusta que viva usted en la misma calle donde pusieron la bomba en el coche del juez McIntyre. No tengo ninguna prueba, pero mi instinto me dice que lo hizo él. ¿Por qué vino, por el juez o por usted? Quizá decidió matar dos pájaros de un tiro. ¿Se ha fijado si alguien la sigue o la observa? ¿Hay alguna cara con la que haya topado en más de una ocasión? ¿Se encuentra con alguna persona con cierta frecuencia? —Ella negó con la cabeza y Ted pensó que quizá debiera enseñarle alguna fotografía de Morgan—. No estoy seguro, pero mi instinto me dice que usted encaja en algún sitio en esta historia. Morgan tenía su dirección anotada en un pedazo de papel en su habitación del hotel. Addison se sentía fascinado por su marido y puede que también por usted. Ese dossier me preocupa. Addison está relacionado con Morgan. Morgan está relacionado con Waters. Y Morgan tenía su dirección. Son mala gente. Waters es un hombre terrible. Diga lo que diga, él y su amigo mataron a dos personas por doscientos dólares y algo de calderilla. Es peligroso. Addison necesita dinero desesperadamente y Morgan es un delincuente de poca monta que seguramente ha servido de enlace entre los otros dos. Tenemos un coche bomba y ningún sospechoso. Aunque no puedo demostrarlo, estoy convencido de que fue Waters. —Oyéndose hablar, sus sospechas le parecían muy cogidas por los pelos incluso a él. Temió que Fernanda lo tomara por loco. Pero sabía sin ninguna duda que algo estaba pasando, algo muy malo, y quería que fuera consciente de la gravedad de la situación—. Creo que lo que une los diferentes elementos es que Addison necesita dinero. Mucho dinero. Treinta millones de dólares rápidos para que el barco no se hunda. Y me preocupa lo que él y los otros podrían hacer para conseguir ese dinero. No me gusta ese dossier, ni la fotografía de usted y los niños que hay dentro.

—Pero, si necesita dinero, ¿por qué iba a ir a por mí? —preguntó Fernanda con una mirada de inocencia que hizo sonreír a Rick Holmquist.

Era guapa y le gustaba. Parecía una mujer buena y sincera, y se sentía visiblemente cómoda con Ted. Sin embargo, había vivido siempre tan protegida que no era consciente de la peligrosa situación en la que podía encontrarse. Para ella era algo inimaginable. Nunca había tenido ningún trato con gente como Waters, Addison o Morgan.

—Usted es como un pastel —le explicó Ted—. Y la gente sin escrúpulos se muere por hincarle el diente. Su marido le dejó un montón de dinero y no tiene a nadie que la proteja. Diría que para ellos usted es como una caja registradora que pueden atracar para solucionar sus problemas. Si tienen previsto ponerle las manos encima, a usted o a sus hijos, es porque suponen que treinta millones, o incluso cincuenta, no son nada para usted. Esta gente es muy fantasiosa y acaba por creerse sus fantasías. Intercambian información en la cárcel y sueñan con cosas que creen que podrían hacer. Quién sabe lo que Addison les ha dicho o lo que han hablado entre sí. Solo podemos imaginarlo. Seguramente piensan que para usted será poca cosa, que no hacen nada malo. Ellos solo entienden el lenguaje de la violencia y si tienen que utilizarla para conseguir lo que quieren, lo harán. No razonan como usted o como yo. Es posible que Addison ni siquiera esté al corriente de lo que planean. A veces, los que son como él ponen en marcha operaciones que acaban escapándoseles de las manos y, cuando quieren darse cuenta, alguien ha resultado herido, o peor. No puedo ofrecerle nada concreto para demostrar lo que pienso, pero lo que sí haré es decirle que algo no está bien. Veo demasiado cielo en la mesa y creo que se avecina una tormenta. No me gusta lo que veo. —Más aún, no le gustaba lo que sentía.

—¿Me está diciendo que cree que los niños y yo estamos en peligro?

Fernanda quería aclarar aquello, que Ted se lo dijera directamente. Le parecía tan inconcebible que tuvo que meditar un momento para asimilarlo. Mientras permanecía en su asiento, con expresión pensativa, los dos hombres la observaron.

—Sí, eso es lo que digo —contestó Ted—. Creo que uno de esos tres hombres o los tres, o puede que incluso más, la están siguiendo. Es posible que la estén vigilando, y creo que podría suceder algo terrible. Hay mucho dinero en juego, y seguramente no entienden que usted se quede con todo. Así que lo más probable es que intenten quitárselo.

Fernanda lo había entendido.

Miró a Ted directamente a los ojos y dijo con claridad:

—No hay.

—¿No hay qué? ¿Peligro?

El alma se le cayó a los pies: no le había creído. Evidentemente, debía de haberlo tomado por un loco.

—No hay dinero —dijo ella.

—No entiendo. ¿Cómo que no hay dinero?

Estaba claro que ella tenía montones y montones de dinero, y los otros no. Todos tenían eso muy claro.

—No tengo dinero. Nada. Cero. Hemos conseguido mantener a la prensa al margen de esto por mi marido, pero no podremos seguir ocultándolo mucho más. Mi marido perdió todo lo que tenía. En realidad, tenía una deuda de cientos de millones de dólares. Se suicidó en México, o dejó que le pasara algo, nunca lo sabremos, porque no fue capaz de afrontar su ruina. Su mundo estaba a punto de venirse abajo. Y no queda nada. Desde que Allan murió, he estado vendiendo todo: el avión, el barco, casas, apartamentos, joyas, obras de arte... En agosto pondré esta casa a la venta. No tenemos nada. Con el dinero que me queda en el banco no tengo ni para llegar a final de año. Puede que tenga que sacar a los niños de la escuela.

Lo dijo mirando a Ted con total indiferencia. Llevaba tanto tiempo viviendo en aquella situación tan terrible, que, después de cinco meses de pánico, se había quedado completamente insensibilizada. Estaba en otra etapa, la etapa en la que una se amolda. Tanto si le gustaba como si no, aquella era la situación que le había dejado su marido. A pesar de todo, hubiera preferido tenerle a su lado que recuperar el dinero perdido. No le importaba el dinero; y en cambio a él le echaba mucho de menos. Pero la cuestión es que la había dejado en una situación muy apurada. Ted la miró perplejo.

—¿Me está diciendo que no tiene dinero? ¿Que no hay inversiones, ni un rinconcito en algún sitio, o unos millones en una cuenta suiza? —Le parecía tan imposible como se lo había parecido a ella cuando lo supo.

—Le estoy diciendo que no tengo ni para comprarme unos zapatos. Que en noviembre ya no tendré ni para comer. Cuando arregle todo este embrollo tendré que buscar trabajo. Por el momento, solo decidir lo que tengo que vender y cómo, y pensar en cómo hacer frente a las deudas, a los impuestos y demás, me tiene ocupada día y noche. Lo que le estoy diciendo, detective Lee, es que no tenemos nada. Lo único que nos queda es esta casa y, con un poco de suerte, si consigo un buen precio por ella, y vendo también lo que contiene, podré cubrir las deudas personales de mi marido que todavía quedan pendientes. Sus abogados van a declararlo en bancarrota en la faceta empresarial, así que por ese lado no tendré que preocuparme. Pero, incluso así, necesitaría años, y un montón de buenos abogados que ya no puedo pagar, para salir de este atolladero. Si el señor Addison cree que puede sacarme treinta millones de dólares, ni aunque fueran treinta mil dólares, se va a llevar un buen chasco. Quizá alguien tendría que decírselo —concluyó sentada en el sofá, tan menuda y digna.

No había en ella patetismo ni vergüenza. Era realista. Y Rick Holmquist se sintió tan impresionado como Ted. Hablando del pobre que se hace rico y vuelve a la pobreza en un abrir y cerrar de ojos... Por lo que podían ver, la mujer se lo había tomado muy bien. Su marido la había dejado con la bolsa completamente vacía y no había dicho ni una mala palabra sobre él. En opinión de Ted, aquella mujer era una santa. Sobre todo si lo que decía era cierto y casi no tenía ni para alimentar a sus hijos. Él y Shirley estaban en bastante mejor situación; los dos trabajaban y se tenían el uno al otro. Pero lo que realmente le preocupaba es que aquello hacía que su situación fuera mucho más peligrosa. Todo el mundo estaba convencido de que tenía cientos de millones de dólares y eso la había convertido en un blanco, como una diana pintada en un cobertizo. Y la realidad es que no tenía nada. Si cierta persona los atrapaba a ella o a los niños, y se enteraba, se iba a poner muy nerviosa.

—Si alguien me secuestra a mí o se lleva a los niños, no van a sacarme ni diez centavos —dijo Fernanda sin más—. No tendría con qué pagar. Ni tengo quien pague por mí. Allan y yo no teníamos familia; solo nos teníamos el uno al otro, y no hay dinero. Créame, lo sé de primera mano. Podrían quedarse con la casa, nada más. Pero no tengo dinero en efectivo. —No se hacía ilusiones, ni se lamentaba. Además de la dignidad con la que hablaba, lo que a Ted le parecía más adorable era su serenidad—. Creo que no ha sido buena idea ocultárselo a la prensa. Pero pensé que se lo debía a Allan. En la carta que dejó parecía tan alterado y avergonzado... Quería mantener su leyenda mientras pudiera. Pero tarde o temprano saldrá a la luz. Muy pronto seguramente. No hay forma de seguir ocultándolo. Mi marido lo perdió todo. Lo arriesgó todo en negocios muy malos; hizo hipótesis y cálculos espantosamente erróneos. No sé qué pasó. Quizá perdió la cabeza, o la intuición, o se le subió el éxito a la cabeza y acabó por pensar que era invencible. Y no lo era. Nadie lo es. Cometió algunos errores muy graves.

Era una declaración muy educada, sobre todo teniendo en cuenta que los había dejado, a ella y a los niños, sin un centavo y con una deuda de cientos de millones. Más dura será la caída, como suele decirse... Ella y los niños eran los que estaban pagando las consecuencias. A Ted le costó unos minutos asimilarlo, y las implicaciones que tendría todo aquello para Fernanda, sobre todo dadas las circunstancias.

—¿Qué hay de los niños? —preguntó Ted, tratando de no dejar traslucir el pánico que sentía—. ¿Existe alguna póliza contra secuestro sobre usted y los niños?

Sabía que ese tipo de pólizas existían y que la gente como

Allan las contrataba, por si los secuestraban a ellos o a algún miembro de su familia. Hasta había pólizas para casos de extorsión.

—No hay nada. Todas nuestras pólizas han vencido. En estos momentos ni siquiera tenemos seguro médico, aunque mi abogado está tratando de conseguirnos algo. La aseguradora nos ha comunicado que no piensa hacer efectivo el dinero del seguro de vida de Allan. La carta que dejó es demasiado clara y hace que su muerte parezca un suicidio. Seguramente lo fue. La policía encontró la carta. Y sobre la existencia de una póliza de secuestros, no creo que nunca hayamos tenido nada de eso. No creo que mi marido pensara que estábamos en peligro.

Pues tendría que haberlo hecho, pensó Ted. Rick pensaba exactamente lo mismo. Con una fortuna como aquella y tanta publicidad, estaban expuestos a cualquier cosa. Incluso Fernanda y los chicos. Sobre todo ellos. Su familia era su talón de Aquiles, igual que lo sería para cualquier persona con una posición tan destacada. Pero, por lo visto, el hombre no se dio cuenta, y eso hizo que de pronto Ted se sintiera furioso, aunque no lo demostró. No le gustaba nada de lo que había oído, y a Rick Holmquist tampoco.

—Señora Barnes —dijo Ted muy sereno—. Creo que esto la coloca en una situación muy peligrosa. Esos hombres... todo el mundo cree que está usted podrida de dinero. Cualquiera lo daría por sentado. Pero el caso es que no lo tiene. Creo que, cuanto antes se sepa, más segura estará. Aunque puede que no lo crean. Sí, supongo que la mayoría de la gente no lo creerá. En estos momentos se enfrenta usted al peor panorama posible. A los ojos de todos es un blanco importante, y sin embargo no tiene donde apoyarse. Creo que en este caso el peligro es muy real. Esos hombres están tramando algo. No sé el qué, ni siquiera cuántas personas están implicadas, pero es evidente que preparan algo. Son mala gente, y a saber con quién más han estado maquinando. No quiero asustarla, pero creo que usted y sus hijos corren un grave peligro.

Durante unos momentos, Fernanda se quedó muy callada,

mirándolo, tratando de ser valiente, pero, por primera vez, su máscara de serenidad empezó a agrietarse y los ojos se le llenaron de lágrimas.

—¿Qué voy a hacer? —susurró, mientras en el piso de arriba la música seguía sonando a todo volumen. Los dos hombres la miraron sin saber qué hacer. Estaba en un buen lío gracias a su marido—. ¿Qué puedo hacer para proteger a mis hijos?

Ted respiró hondo. Sabía que no era el momento de decir aquello, aún no había hablado con su jefe, pero le daba mucha pena verla así y decidió confiar en su instinto.

—Ese es nuestro trabajo. Aún no he hablado con mi superior. Rick y yo hemos venido directamente de la oficina del FBI. Pero me gustaría poner a un par de hombres a vigilarla durante una o dos semanas, mientras investigamos todo esto y vemos si dan algún paso. Quizá no son más que fantasías mías, pero creo que vale la pena tenerla vigilada. A ver qué dice mi superior, pero estoy seguro de que podremos asignarle un par de hombres. Tengo la sensación de que podría haber alguien vigilándola. —Rick asintió. Estaba de acuerdo—. ¿Qué opinas tú? —preguntó Ted volviéndose hacia él, y el hombre pareció incómodo—. Addison es tu hombre. —El FBI lo estaba investigando, y ambos sabían que eso confería a Rick la autoridad que necesitaba—. ¿Podrías prestarnos un agente durante una o dos semanas para vigilar la casa y a los chicos?

Rick vaciló, pero finalmente hizo un gesto afirmativo con la cabeza. En este caso, la decisión era suya. Podía prescindir de un hombre, puede que incluso de dos.

—No podré justificarlo más de dos semanas. A ver qué pasa.

Después de todo, aquella mujer era una causa mayor. Su marido había sido un hombre importante. Y, más importante aún, si podían atrapar a Addison planeando algo malo y vincularlo a alguna conspiración, sería un logro para ellos. Cosas más raras habían visto los dos a lo largo de sus respectivas carreras como detectives. Y los dos estaban convencidos de que tenían razón.

—Quiero asegurarme de que nadie los está siguiendo, ni a usted ni a sus hijos.

Fernanda asintió. De pronto la pesadilla que había sido su vida desde la muerte de Allan se estaba convirtiendo en algo mucho peor. Allan ya no estaba. Una gente espantosa iba tras ella. Existía el riesgo de que secuestraran a sus hijos. Nunca se había sentido tan perdida y vulnerable en su vida, ni siquiera cuando Allan murió. Era como si estuviera condenada, como si no hubiera nada humanamente posible que le permitiera proteger a su familia, y le aterraba pensar que alguno de sus hijos pudiera sufrir algún daño, o algo peor. Trató de controlarse valientemente, pero, a pesar de sus esfuerzos, las lágrimas empezaron a caerle por las mejillas. Ted la miró con gesto compasivo.

—¿Qué pasa con el campamento de Will? —preguntó Fernanda entre lágrimas—. ¿Es prudente que se vaya?

—¿Sabe alguien adónde va? —preguntó Ted con voz sobria.

—Solo sus amigos y uno de sus profesores.

—¿Ha salido algún recorte en la prensa?

Ella negó con la cabeza. Ya no había motivo para que escribieran sobre ellos. Ella prácticamente no había salido de casa en cinco meses y la fascinante carrera de Allan se había terminado. Habían dejado de ser noticia, y era un alivio. A Fernanda nunca le había gustado la fama, y en ese momento menos que nunca. Jack Waterman le había advertido que habría muy mala prensa y mucho cotilleo cuando se difundiera la noticia de la caída de Allan, y ella había ido haciéndose a la idea. Jack pensaba que sería en otoño. Y ahora aquello.

—Creo que puede ir —dijo Ted respondiendo a su pregunta—. Pero tanto él como los responsables del campamento deben tener cuidado. Adviértaselo. Si alguien pregunta por él o aparece algún extraño queriendo hacerse pasar por un amigo o un pariente, tienen que decir que no está allí y avisarnos enseguida. Hable con Will antes de que se vaya. —Fernanda asintió, se sacó un pañuelo de papel del bolsillo y se sonó la nariz. Ahora siempre llevaba algún pañuelo encima, porque siempre encontraba en los cajones o en los armarios algo que le recordaba a Allan: sus zapatillas de golf, una libreta, un sombrero, una carta que había escrito hacía años... Encontraba motivos para llorar en todas partes—. ¿Y su hija? ¿Con quién va a ir a Tahoe?

—Con una amiga de la escuela y su familia. Conozco a sus padres. Son buena gente.

—Bien. Que vaya. Asignaremos a algún agente de policía de la zona para que la vigile. Pueden poner un hombre con un coche en el exterior de la casa. Sin duda será más seguro si se va de aquí. Eso nos deja una víctima menos de la que preocuparnos.

—Fernanda se encogió literalmente cuando Ted pronunció la palabra, y el hombre la miró con expresión de disculpa. Para él aquello se había convertido en un caso, o en un caso potencial; ya no se trataba solo de una familia o una persona. Los pensamientos de Rick discurrían más o menos por la misma línea. Para él, aquello era una oportunidad para encerrar a Phillip Addison y cimentar su caso. Para Fernanda, se trataba de sus hijos. Ni siquiera pensaba en sí misma. Estaba más asustada de lo que lo había estado en toda su vida. Ted lo vio claramente al mirarla—. ¿Cuándo se van? —preguntó, y su mente trabajaba a toda velocidad. Quería que dos hombres comprobaran la calle enseguida. Quería saber si había alguien sentado en un coche—. ¿Y qué pasa con usted y con Sam? ¿Van a algún sitio? ¿Tienen algún plan?

—Sam irá al centro de ocio.

No podía permitirse mucho más. Había tenido que hacer un gran sacrificio para que Will pudiera ir de acampada, pero no quería negarle aquello. Ninguno de sus hijos conocía la magnitud de su desastrosa situación económica, aunque sabían que las cosas no iban tan bien como antes. Fernanda aún tenía que explicarles las implicaciones de todo lo que había pasado, pero estaba esperando a poner la casa en venta. Después sería como si el cielo se le cayera encima. De hecho, ya se le había caído. Solo que los niños aún no lo sabían.

—No me entusiasma la idea —dijo Ted con cautela—. A ver qué pasa. ¿Cuándo se van sus hermanos?

—Will se va mañana. Ashley, pasado mañana.

—Bien —dijo Ted sin rodeos. Estaba impaciente por que se fueran y poder reducir así el número de objetivos. La mitad se iba. Entonces miró a Rick—. Voy a poner agentes de paisano, ¿o crees que deberían llevar uniforme?

En cuanto lo dijo, supo que estaba preguntando a la persona equivocada. Él y Rick nunca estaban de acuerdo cuando se trataba de proteger a las víctimas. La policía prefería que la protección fuera visible, para disuadir a los delincuentes; en cambio el FBI prefería seducirlos para que cayeran en la trampa. Pero, en este caso, Ted quería ver qué hacían los sospechosos, así que, hasta cierto punto, estaba de acuerdo con las teorías de Rick. Ya había pensando en todo aquello antes de entrar en la casa.

—¿Es que importa? —preguntó Fernanda, confundida por todo lo que estaba pasando. La cabeza le daba vueltas.

—Sí, y mucho —contestó Ted con voz tranquila—. Puede cambiar mucho las cosas. Es posible que los sospechosos actúen antes si utilizamos agentes de paisano.

Fernanda comprendió.

—¿Para que nadie sepa que son policías?

Ted asintió. Aquello sonaba terrible.

—No quiero que nadie vaya a ningún sitio hasta que haya asignado un par de hombres al caso; seguramente lo haré esta misma noche. ¿Tenían pensado ir a algún sitio?

—Iba a salir con los chicos a comer una pizza, pero podemos quedarnos en casa.

—Eso es justamente lo que quiero —dijo Ted con firmeza—. La llamaré en cuanto hable con mi superior. Con suerte, podré tener dos hombres apostados en la calle a medianoche.

De pronto, todo eran planes y más planes.

—¿Van a dormir aquí? —Parecía asustada. No había pensado en aquello.

Ted y Rick sonrieron.

—Espero que no. Los necesitamos despiertos para que vigilen. No nos gustaría que nadie se colara por alguna ventana cuando todos están durmiendo. ¿Tiene alarma? —preguntó Ted, pero era evidente que sí. Fernanda asintió—. Conéctela hasta que sepa que mis hombres están aquí. —Entonces se volvió hacia Rick—. Y tú ¿qué dices?

—Mandaré dos agentes por la mañana. —No harían falta allí mientras estuvieran los chicos de Ted. Y tenía que sacar a esos dos hombres de otros casos y sustituirlos, y eso requería su tiempo. Se volvió hacia Fernanda con mirada compasiva. Parecía una buena mujer y le daba pena, como a Ted. Sabía lo dura que puede resultar una situación semejante. Como agente de policía y del FBI había presenciado muchos casos. Víctimas potenciales. Protección de testigos. Las cosas podían ponerse muy feas. Ojalá no pasara. Pero siempre existía ese riesgo—. Eso significa que tendrá cuatro hombres a su disposición, dos de la policía y dos del FBI. Creo que estará segura. También creo que el agente Lee tiene razón con relación a sus otros dos hijos. Lo mejor es alejarlos de aquí.

Fernanda asintió e hizo la pregunta que había estado atormentándola en la última media hora.

—¿Qué pasará si intentan secuestrarnos? ¿Cómo lo harán?

Ted suspiró. Detestaba tener que contestar aquella pregunta. Una cosa era segura. Si querían sacarle dinero, a ella no podían matarla, porque entonces no podría pagar el rescate.

—Seguramente tratarán de cogerla por la fuerza, le cerrarán el paso cuando vaya en coche y le quitarán a su hijo si va con usted. O entrarán en la casa. No es probable que pase si tiene a cuatro hombres vigilándola en todo momento.

Pero, si pasaba, Ted sabía por experiencia que lo más probable era que alguien muriera, algún policía o algún secuestrador. Con suerte no serían ni ella ni el niño. Los hombres asignados al caso serían conscientes del peligro. Formaba parte de su trabajo.

Rick miró a Ted.

—Necesitamos las huellas y una muestra de cabello de sus hijos antes de que se vayan. —Lo dijo tan delicadamente como pudo, pero no había nada delicado en sus palabras, y Fernanda pareció asustada.

—¿Para qué? —Pero ya lo sabía. Era evidente.

—Las necesitaremos para identificarlos si los secuestran. También necesitaremos las de usted —dijo Rick con tono de disculpa.

Ted intervino.

—Enviaré a alguien más tarde —dijo con voz tranquila, mientras la mente de Fernanda no dejaba de darle vueltas al asunto. Aquello estaba pasando, les estaba pasando a ella y a sus hijos. Era increíble, no acababa de hacerse a la idea. Quizá todo era producto de la imaginación de aquellos dos hombres. Quizá estaban locos y llevaban demasiado tiempo haciendo aquel trabajo. O, lo peor, quizá estaba sucediendo realmente y tenían razón. No había forma de saberlo—. Pondré a alguien en la calle inmediatamente para que compruebe las matrículas de los coches —dijo, hablando más para Rick que para ella—. Quiero saber quién está ahí fuera.

Rick asintió. Fernanda se preguntó si realmente habría alguien espiándola. No tenía esa sensación.

Poco después, los dos hombres se pusieron de pie. Ted la miró y vio que estaba muy tensa. Parecía muy conmocionada.

—La llamaré dentro de un rato y le diré cómo va todo. Mientras tanto, cierre las puertas con llave, conecte la alarma y no deje que sus hijos salgan. Bajo ningún concepto. —Le entregó su tarjeta. Ya se la había dado anteriormente, pero sospechaba que la habría perdido. Sí, la había perdido. Debía de tenerla en algún cajón, pero no habría sido capaz de encontrarla. No creyó que pudiera necesitarla—. Si ve algo fuera de lo normal, llámeme enseguida. El número de mi móvil está ahí. Y el de mi busca. Me pondré en contacto con usted dentro de unas horas.

Ella asintió, sin poder decir palabra, y los acompañó hasta la puerta. Los dos hombres le estrecharon la mano y, cuando salía, Ted se volvió a mirarla con gesto tranquilizador. No podía dejarla allí sola sin decirle algo.

—Todo irá bien —dijo con suavidad y, mientras bajaba los escalones detrás de Rick, Fernanda cerró la puerta y conectó la alarma.

Peter Morgan los vio salir de la casa y no le dio mayor importancia. Aquella era su primera tarea de vigilancia, lo que fue una suerte para los policías. Waters los habría olido al verlos. Peter no.

Rick subió al coche de su amigo y lo miró con expresión confusa.

—Jesús, ¿cómo es posible perder tantísimo dinero? Los periódicos decían que tenía una fortuna de quinientos millones de dólares, y no hace tanto de eso, un año o dos como mucho. Debía de estar loco.

—Sí —comentó Ted con expresión desdichada—. O era un hijo de puta irresponsable. Si la mujer dice la verdad —y no tenía ninguna razón para pensar que había mentido, ya que no parecía de las que mienten—, se encuentra en una situación fastidiada. No se creerán que no tiene dinero.

—Y entonces, ¿qué? —preguntó Rick pensativo.

—La cosa se pondrá fea. —Los dos sabían que en ese caso tendría que intervenir el SWAT, habría negociaciones con los secuestradores y tácticas de comando. Esperaba que no tuvieran que llegar a eso. Si realmente se estaba tramando algo, Ted Lee haría lo que estuviera en su mano por evitarlo—. Mi jefe va a pensar que hemos estado fumando crack —añadió mirando a Rick y haciéndole una mueca—. Parece que cada vez que nos juntamos nos metemos en algún lío.

—Sí, lo echo de menos —dijo Rick sonriendo.

Ted le dio las gracias por cederle dos agentes para el caso. Sabía que no podría cedérselos durante mucho tiempo si no pasaba nada. Ted no lo sabía, pero Rick intuía que iba a ocurrir algo muy pronto. Quizá la detención de Addison el día anterior les pondría nerviosos. Y tenía la impresión de que el viaje de Addison a Europa estaba relacionado con todo aquello. Si era así, aquellos hombres actuarían en un par de días o poco después. Pero muy pronto.

Ted llevó a Rick a su oficina y, media hora después, entraba en la suya.

—¿Está el jefe en su despacho? —preguntó a la secretaria, una bonita joven vestida de uniforme. Ella asintió.

—Está de un humor de perros —le dijo por lo bajo.

—Estupendo. Yo también —le contestó Ted con una sonrisa, y entró.

Will bajó de su habitación dando brincos y se dirigió hacia la puerta de la calle. Fernanda estaba sentada a la mesa y lo detuvo.

—¡Espera! La alarma está conectada —le gritó más fuerte de lo que debía.

El chico se detuvo en seco y la miró sobresaltado.

—Vaya. Solo es un momento. Tengo que sacar del coche mis protectores para las espinillas.

Fernanda había dejado su monovolumen en el camino de acceso al entrar, y sabía que no podía volver a salir hasta que la policía llegara aquella noche.

—No puedes —dijo muy seria, y Will la miró extrañado.

—¿Pasa algo, mamá?

Sí, seguro que pasaba algo. Su madre asintió y los ojos se le llenaron de lágrimas.

—Sí..., no..., en realidad sí. Tengo que hablar con vosotros.

Había estado sentada a la mesa, tratando de imaginar qué podía decirles y cuándo. Aún estaba tratando de asimilar lo que había pasado, lo que podía pasar, lo que Ted y Rick le habían contado. Eran demasiadas cosas, y también sería demasiado para los niños. Aquello era lo que menos falta les hacía en aquellos momentos. Ya habían pasado bastante en los seis últimos meses, igual que ella. Pero lo único que pudo hacer fue mirar a su hijo. No tenía sentido seguir posponiéndolo. Debía decírselo. Y, puesto que Will se había dado cuenta de que pasaba algo, seguramente era el momento.

—¿Puedes subir a buscar a tus hermanos, cielo? Tenemos que hacer una reunión familiar —dijo con tono sombrío y casi ahogado.

La última reunión familiar que tuvieron fue cuando su padre murió y ella les dio la noticia. A Will no se le escapó aquel detalle. La miró con ojos asustados y, sin decir palabra, se dio la vuelta y subió corriendo a buscar a sus hermanos, mientras Fernanda temblaba en su asiento. Ahora lo único que le importaba es que estuvieran a salvo. Y rezó para que la policía y el FBI los protegieran.

13

La reunión de Fernanda con sus hijos fue todo lo bien que podía esperarse dadas las circunstancias. Cinco minutos después de que Will subiera a buscar a sus hermanos, bajaron todos. Pero antes estuvieron hablando en la habitación del pequeño Sam sobre lo que podía haber pasado. Finalmente, Will dijo que tenían que bajar, y así lo hicieron, en fila, por orden de edad, con Will a la cabeza. Los tres parecían preocupados, igual que su madre.

Fernanda esperó hasta que Sam y Ashley estuvieron instalados en el sofá y Will se sentó en el sillón favorito de su padre. Instintivamente, se había apropiado de él cuando su padre murió. Ahora era el hombre de la familia y hacía lo que podía por llenar el vacío que había dejado su padre.

—¿Qué pasa, mamá? —preguntó Will con voz tranquila mientras su madre los miraba a los tres sin saber muy bien por dónde empezar.

Había tantas cosas que decir... y ninguna era buena.

—No estamos seguros —contestó al final sinceramente. Quería contarles tanto como pudiera. Debían saberlo, o al menos eso decía Ted. Y tenía la sospecha de que no se equivocaba. Si no les avisaba del peligro, era posible que corrieran riesgos que de otra manera evitarían—. A lo mejor no es nada —dijo tratando de tranquilizarlos, pero, al oírla, Ashley puso cara de miedo porque temió que su madre estuviera enferma. Era lo único que tenían. Sin embargo, cuando su madre siguió hablando, supieron que no era eso. En opinión de Fernanda, era mucho peor—. Quizá al final no ocurra nada —repitió y los minutos pasaban con una lentitud desesperante—, pero la policía ha estado aquí. Por lo visto ayer detuvieron a un hombre bastante malo, a un ladrón. Ese hombre tenía un dossier bastante amplio de vuestro padre con fotografías de todos nosotros. Parece que estaba muy interesado en el éxito de vuestro padre... —aquí vaciló— y en su dinero. —No quería decirles que no tenían dinero. Ya tenían bastantes problemas, y aún quedaba tiempo para eso—. En su despacho también encontraron el nombre y el número de teléfono de un hombre que acaba de salir de la cárcel. Ni vuestro padre ni yo conocíamos a ninguno de esos dos señores —les aseguró, pero, incluso mientras lo decía, le sonó de lo más absurdo. Sus hijos la miraban fascinados, sin decir nada. Aquella historia era algo tan ajeno a su vida que no habrían sido capaces de imaginar sus implicaciones—. Registraron la habitación del señor que ha salido de la cárcel y encontraron el nombre y el teléfono de otro señor muy peligroso, que también acaba de salir de la cárcel. No saben qué relación hay entre estas tres personas. Pero, por lo que se ve, el hombre que el FBI detuvo ayer tiene muchos problemas y necesita mucho dinero. Y encontraron nuestra dirección en la habitación del hotel de uno de los hombres. La policía piensa que... —tragó saliva con dificultad, haciendo un esfuerzo considerable por controlar la voz—, temen que el hombre al que detuvieron pueda intentar secuestrarnos para conseguir el dinero que necesita.

Ya estaba, ya lo había dicho. Los chicos se quedaron mirándola durante un momento interminable.

—¿Por eso está conectada la alarma? —Will la miró con expresión de extrañeza. Todo aquello sonaba de lo más increíble.

—Sí. La policía va a enviar a dos hombres para que nos protejan, y el FBI a otros dos. Solo serán unas semanas, hasta que sepan qué está pasando. A lo mejor se equivocan y nadie desea hacernos daño. Pero, por si acaso, quieren que tengamos mucho cuidado, y estarán con nosotros unos días.

—¿En casa? —Ashley puso cara de horror cuando vio que su madre asentía—. ¿No podré ir a Tahoe?

Fernanda sonrió ante la pregunta. Al menos nadie se había echado a llorar. Tenía la acertada sospecha de que no habían entendido realmente lo que aquello significaba. Incluso a ella le parecía el argumento de una mala película. Miró a su hija e hizo un gesto afirmativo con la cabeza.

—Sí, puedes ir. La policía piensa que es mejor que salgáis de la ciudad. Pero tenéis que ir con cuidado y estar atentos si aparece algún extraño.

No obstante, sabía perfectamente que la familia con la que Ashley iba sería muy cuidadosa y cauta, razón por la cual había accedido a que fuera. Tenía que llamarles y avisarles de lo que estaba pasando antes de que Ashley se marchara.

—No pienso ir a ese campamento —dijo Will de pronto con voz decidida, mirando con expresión angustiada a su madre.

Él sí lo había entendido. Más que sus hermanos. Pero era mayor, claro. Y, en ausencia de su padre, representaba el papel de protector. Fernanda no quería que cargara con esa responsabilidad. Tenía dieciséis años, y quería que disfrutara de su adolescencia.

—Por supuesto que irás —replicó ella con idéntica determinación—. Creo que debes ir. Si pasa algo o las cosas se ponen difíciles aquí, te llamaré. Allí estarás más seguro, y si tienes que quedarte encerrado en casa conmigo y con Sam te volverás loco. No creo que podamos hacer gran cosa en las próximas semanas, mientras todo esto se aclara. Estarás mucho mejor en el campamento, jugando al lacrosse.

Will no contestó. Siguió sentado en el sillón, reflexionando. Sam lo observaba.

—¿Tienes miedo, mamá? —preguntó el niño abiertamente, y ella asintió.

—Sí, un poco. —Lo cual no era del todo exacto—. Todo esto asusta un poco. Pero la policía nos protegerá, Sam. Nos protegerá a todos. No pasará nada. —No estaba tan segura como pretendía hacerles creer, pero quería tranquilizarlos.

—¿Llevarán armas cuando estén aquí? —preguntó Sam muy interesado.

—Creo que sí. —No les habló de la teoría sobre los riesgos de tener la protección de policías de uniforme o policías de paisano, ni del hecho de que fueran a utilizarlos como cebos humanos para atrapar antes a los criminales—. A medianoche estarán aquí. Hasta entonces no podemos salir. La alarma está conectada. Tenemos que ir con mucho cuidado.

—¿Tengo que ir al centro de ocio? —preguntó Sam, esperando que le dijera que no, porque de todas formas tampoco le hacía mucha gracia y había cambiado de opinión; ya no quería ir. Le gustaba imaginar a aquellos señores con pistolas cerca de su casa. Sonaba muy divertido.

—No creo que tengas que ir, Sam. Seguro que encontraremos muchas cosas que hacer aquí los dos.

Podían hacer manualidades, ir a museos, al zoo, al Exploratorium del museo de Bellas Artes... lo que fuera, el caso es que estuviera siempre con ella. El niño pareció contento.

—¡Sííí! —exclamó dando brincos por la habitación.

Will lo miró con expresión furibunda y le dijo que se sentara.

—¿No os dais cuenta de lo que pasa? Lo único que os importa es el dichoso viaje a Tahoe y el centro de ocio. Alguien quiere secuestrarnos, a nosotros o a mamá. ¿No veis que es peligroso? —Will estaba realmente preocupado y, cuando sus hermanos volvieron arriba, algo apaciguados por aquel arrebato, volvió a discutir con su madre—. No pienso ir de acampada, mamá. No pienso dejarte aquí sola y pasarme tres semanas jugando tranquilamente con mis amigos.

Casi tenía diecisiete años, así que ya era lo bastante mayor para que su madre fuera sincera con él.

—Allí estarás más seguro, Will —dijo con lágrimas en los ojos—. La policía quiere que vayas. Y que Ash vaya a Tahoe. Sam y yo estaremos bien. Cuatro hombres nos protegerán. Prefiero que te vayas, así no tendré que preocuparme también por ti.

Estaba siendo todo lo sincera que podía, y era cierto. Will podía perderse entre el bullicio anónimo de los otros chicos y estar seguro. Ashley también estaría más segura en Tahoe. Ahora solo tenía que preocuparse por Sam. Un hijo en vez de los tres.

—¿Y tú qué?

Will parecía realmente preocupado y le rodeó los hombros con el brazo, cosa que la hizo llorar otra vez. Subieron a la habitación de Will.

—Estaré bien. A mí nadie me hará daño.

Su madre parecía tan convencida que Will se sorprendió.

—¿Por qué no?

—Querrán un rescate y, si me secuestran a mí, no habrá nadie que pueda pagar.

Era una idea terrible, pero los dos sabían que era verdad.

—¿Sam estará bien?

—Espero que sí, con cuatro policías protegiéndolo... —Trató de sonreír valientemente por Will.

—¿Cómo ha podido pasar algo así, mamá?

—No lo sé. Mala suerte, supongo. Es por el éxito de tu padre. Hace que la gente piense cosas disparatadas.

—¡Qué horror!

Seguía pareciendo aterrorizado. Fernanda detestaba exponerlos a un riesgo tan grande, asustarlos de aquella forma, pero, si estaban en peligro, tenían que saberlo. No había elección. Y estaba orgullosa por la forma en que se lo habían tomado. Sobre todo Will.

—Sí, es terrible —concedió ella—. Hay gente muy loca en el mundo. Y mala. Solo espero que esas personas pierdan el interés o que lleguen a la conclusión de que no vale la pena. Quizá la policía se equivoca. No están del todo seguros. En estos momentos, todo lo que tienen son teorías y sospechas, pero aun así debemos hacerles caso. No te has fijado en si alguien nos vigila, ¿verdad? —dijo, más como un formulismo que porque creyera que pudiera haberse fijado, y se sorprendió cuando Will pensó un momento y luego asintió.

—Creo que sí... No estoy seguro. He visto un par de veces a un hombre en un coche al otro lado de la calle. No tenía pinta rara ni nada de eso. En realidad, parecía agradable. Normal. Y me sonrió. Creo que si me fijé en él... —Will parecía avergonzado—, si me fijé en él fue porque parecía agradable como papá.

Aquellas palabras le recordaron algo a Fernanda, pero no acababa de saber el qué.

—¿Recuerdas qué aspecto tenía? —preguntó su madre con expresión preocupada.

Quizá la policía tenía razón y les estaban vigilando. Seguía teniendo la esperanza de que se equivocaran.

—Más o menos. Era como papá, pero rubio, y también vestía como papá. Una de las veces llevaba una camisa azul, y la otra iba con americana. Pensé que estaría esperando a alguien. Parecía normal.

Fernanda se preguntó si se habría vestido de aquella forma a propósito, para no desentonar en el barrio. Estuvieron hablando de aquello unos minutos y luego Will fue a su habitación a llamar a sus amigos para despedirse antes de que se fueran de acampada. Fernanda ya le había advertido que no hablara con nadie del secuestro. Ted le había dicho que era importante que nadie lo supiera, porque si llegaba a la prensa tendrían imitadores por todas partes. Los tres niños le habían prometido no decir nada. Y, aparte de ellos, solo lo sabría la familia que iba a llevarse a Ashley a Tahoe.

Fernanda llamó a Ted en cuanto pudo. Quería contarle lo que Will le había dicho. La secretaria le dijo que estaba en una reunión con su jefe y que la llamaría después. Entonces, Fernanda se quedó mirando por la ventana, pensando en todo aquello, preguntándose si habría alguien allí fuera observándola aunque ella no pudiera verlo. Mientras miraba por la ventana, Ted y su superior hablaban a gritos en la comisaría. Su jefe decía que aquello era asunto del FBI, que el principal sospechoso había sido detenido por el FBI por cuestiones financieras que no tenían nada que ver con el departamento de policía, y que no pensaba comprometer a sus hombres para que hicieran de niñeras a un ama de casa de Pacific Heights con tres críos.

—Por Dios, deme un respiro —le gritó Ted. Se conocían muy bien y eran viejos amigos. Su superior iba dos años por delante de él cuando estudiaba en la academia, y habían trabajado juntos en muchísimos casos. El hombre respetaba profundamente el trabajo de Ted, pero esta vez creía que estaba viendo visiones—. ¿Y si secuestran a alguno de ellos? ¿De quién será el problema entonces? —Los dos sabían que sería problema de todos, del FBI y del departamento de policía—. Sé que tengo algo. Lo sé. Confíe en mí. Deme unos días, una semana, dos como mucho, a ver qué puedo sacar. Si no hay nada, le juro que le limpiaré los zapatos durante un año.

—No quiero que me limpies los zapatos, ni quiero que tires el dinero de los contribuyentes por la ventana con un trabajo de canguro. ¿Qué demonios te ha hecho pensar que Carl Waters está metido en esto? No hay nada que lo demuestre, y tú lo sabes.

Ted lo miró directamente a los ojos, sin miedo.

—Las pruebas que necesito las tengo aquí —dijo señalándose el corazón.

Ya había mandado a una policía vestida de guardia de tráfico a comprobar las matrículas de los coches que hubiera en la calle de Fernanda. No había parquímetros, pero para estar aparcados allí más de dos horas los coches necesitaban una pegatina especial, así que la presencia de una agente parecería perfectamente razonable. Ted estaba impaciente por saber qué había encontrado, si había alguien sentado en alguno de los coches aparcados, y qué aspecto tenía. Le había dicho que comprobara todas las matrículas. La agente llamó mientras Ted y su superior aún estaban discutiendo. La secretaria entró y le dijo que la detective Jamison tenía algo para él, y que decía que era urgente. El comisario jefe pareció molesto cuando Ted cogió la llamada. Durante un largo momento, Ted estuvo escuchando por el auricular. Hizo algunos comentarios ininteligibles y le dio las gracias. Luego colgó y miró a su superior.

—Bueno, supongo que ahora me dirás que Carlton Waters y el tipo que el FBI detuvo estaban ante su puerta con unas metralletas. —Alzó los ojos hacia el techo; ya se sabía aquello de memoria. Pero Ted parecía muy serio.

—No. Le diré que Peter Morgan, el preso que ha salido con la condicional y que tenía el número de Waters en su habitación, está sentado en un coche aparcado delante de la casa de los Barnes. Yo diría que es él. El coche está registrado a su nombre. Un vecino dice que lleva semanas por la zona, que parece un buen hombre y que por eso no le han dado importancia. No parecían preocupados.

—Mierda. —El jefe de policía se pasó una mano por el pelo y miró a Ted—. Lo que faltaba. Si secuestran a la mujer, en todos los periódicos van a decir que no hicimos nada. Muy bien, muy bien. ¿A quién tienes allí?

—De momento a nadie.

Ted le sonrió. Hubiera preferido equivocarse, pero sabía que no era así. Había sido una suerte que Jamison viera a Morgan sentado allí. Daría instrucciones a sus hombres para que no le molestaran. No quería que lo ahuyentaran. Ted quería atraparlos a todos, fueran quienes fuesen, tanto si Carlton Waters estaba implicado como si no. No sabía exactamente qué tramaban, pero quería reventarles el plan, detener a todos los implicados y proteger a Fernanda y a sus hijos. No era poca cosa.

—¿Cuántos son? La mujer y los críos —preguntó su jefe con tono arisco, pero Ted lo conocía demasiado bien.

—Tiene tres hijos. Uno se va mañana de acampada. La chica se marcha a Tahoe al día siguiente. A esta podemos tenerla controlada con ayuda del sheriff del lago Tahoe. En la casa solo estarán la madre y un niño de seis años.

El jefe asintió.

—Que haya dos hombres haciendo guardia las veinticuatro horas. Con eso creo que bastará. ¿Tu amigo Holmquist va a mandarnos a alguien?

—Creo que sí —respondió Ted con cautela.

Le ponía en una situación un tanto comprometida habérselo dicho a Rick antes de hablar con su superior, pero a veces las cosas iban así. Cuando intercambiaban información, los casos se resolvían mucho más deprisa.

—Dile lo que acabas de averiguar sobre Morgan y que ponga a dos de sus hombres, porque, si no lo hace, la próxima vez que le vea le voy a dar una buena patada en el culo.

—Gracias, jefe.

Ted le sonrió y salió de su despacho. Tenía que hacer algunas llamadas para asignar la protección de Fernanda y Sam. Llamó a Rick y le explicó lo de Morgan. También hizo que un agente novato imprimiera una fotografía de Morgan para enseñársela a Fernanda y a los chicos. Luego cogió una carpeta de su mesa y escribió encima un número de caso para hacerlo oficial. «Conspiración para secuestro», escribió en letras negritas. Añadió el nombre de Fernanda y el de los niños. Y, en el espacio para los sospechosos, el de Morgan. De momento los otros no estaban muy claros, aunque garabateó el nombre de Phillip Addison e hizo una breve descripción del dossier que tenía sobre Allan Barnes. Aquello solo era el principio. Sabía que lo demás iría saliendo. Las pequeñas piezas del cielo empezaban a encajar. Ahora era solo un poco más grande. Únicamente tenía a Peter Morgan, pero intuía que los otros encajarían en el rompecabezas muy pronto.

A las seis de aquella tarde, Ted se dirigió de nuevo a la casa de Fernanda. Y, como había hecho por la mañana, decidió entrar ostensiblemente, como si fuera un invitado. Se había quitado la corbata y llevaba una cazadora de béisbol. El policía que le acompañaba llevaba gorra de béisbol, sudadera y tejanos. Habría podido ser uno de los amigos de Will, y Ted, el padre. Fernanda y los niños estaban comiendo una pizza en la cocina cuando llegaron. Le abrieron en cuanto vieron por la mirilla que era él. El policía que le acompañaba llevaba algunas cosas en una bolsa de deporte que le colgaba del hombro y que encajaba perfectamente con su aire juvenil y deportista. Ted le dijo a su compañero que se instalara en la cocina y, tras pedir permiso a Fernanda, él se sentó a la mesa con ella y con los niños. Sacó un sobre.

—¿Nos ha traído más fotos? —preguntó Sam con entusiasmo cuando Ted le sonrió.

—Sí.

—¿De quién?

Sam se comportaba como un inspector en funciones. Trataba de hablar como un experto. Su madre lo miraba sonriendo. En aquellos momentos no tenía muchos motivos para sonreír. Ted había llamado y le había explicado lo de Morgan. Por lo visto, llevaba semanas vigilando y ella ni siquiera se había fijado. No decía mucho de sus dotes de observación, y eso la preocupaba. Ted le había dicho que después de medianoche tendría a cuatro hombres en la casa: dos del departamento de policía y dos del FBI. Sam estaba entusiasmado y quería saber si llevarían pistolas. Se lo había preguntado a su madre, pero quería que Ted se lo confirmara.

—Sí, llevarán armas —respondió Ted, y dicho esto sacó la fotografía del sobre y se la pasó a Will—. ¿Es este el hombre que viste al otro lado de la calle?

Will miró la fotografía un momento, asintió y se la devolvió a Ted.

—Sí, es el mismo.

Se sintió un poco cohibido. No se le había ocurrido que tuviera que decirle a su madre que había visto a un hombre en un coche aparcado frente a su casa y que le había sonreído. Simplemente, pensó que era una coincidencia que lo hubiera visto dos veces. Parecía un buen tipo y le recordaba a su padre.

Ted pasó la fotografía a los otros. Ni Ashley ni Sam lo reconocieron pero, cuando la fotografía llegó a Fernanda, se quedó mirándola un buen rato. Sabía que había visto esa cara en algún sitio, pero no conseguía recordar dónde. Entonces, de pronto, recordó. O fue en el supermercado o en la librería. A ella se le había caído algo y él se agachó a recogerlo y, como había dicho Will, en aquel momento pensó que se parecía a Allan. Le explicó a Ted lo que recordaba.

—¿Recuerda cuándo fue eso? —preguntó él. Fernanda no estaba segura, pero había sido en las pasadas semanas, lo que confirmaba la teoría de que llevaban ya un tiempo vigilándoles—. Ahora mismo está ahí fuera —les dijo a los niños, y Ashley contuvo el aliento—. De momento no vamos a hacer nada. Queremos comprobar si viene alguien a hablar con él, quién lo sustituye y qué planean exactamente. Cuando salgáis de casa, no quiero que miréis hacia allí ni que le saludéis. Actuad como si no supierais nada.

—¿Estaba ahí cuando han llegado? —preguntó Ashley.

Ted asintió. Por la descripción de la detective Jamison, Ted conocía el coche y sabía dónde estaba. Pero, a todos los efectos, ni siquiera lo había visto. Había llegado al volante de su coche, charlando amigablemente con el joven policía que le acompañaba, como si fuera un amigo de la familia que iba de visita con su hijo. De hecho, resultaban de lo más convincentes. El policía más joven aparentaba la misma edad que Will y, en realidad, no era mucho mayor.

—¿Cree que sabe que es usted policía? —preguntó Will.

—Espero que no, aunque nunca se sabe. Puede que sí. Pero confío en que pensará que soy amigo de tu madre.

De lo que no cabía duda era de que, cuando pusieran a los cuatro hombres a vigilar, eso llamaría la atención e inevitablemente pondría sobre aviso a Morgan y a sus compinches. Sería una espada de doble filo. La policía perdería la ventaja del anonimato y los secuestradores sabrían que debían ser más cautos, o desistirían de sus planes, aunque Ted no creía que eso pasara. No tenían elección. Fernanda y su familia necesitaban protección. Y si ahuyentaban a aquellos villanos, pues también estaba bien. Por encima de todo, la presencia policial era imprescindible para proteger a aquella familia. Seguramente alguno de los agentes asignados al caso sería mujer, y es probable que eso los despistara un poco al principio. Pero, tarde o temprano, el hecho de que cuatro adultos llegaran dos veces al día y siguieran a Fernanda y a sus hijos a todas partes acabaría por llamar su atención y les asustaría. Ted sabía que por el momento no podían hacer nada más. Su jefe también había considerado la posibilidad de poner frente a la casa lo que él llamaba un 10B, que no era otra cosa que un coche de policía sin identificar con un agente de paisano. Pero a él no le parecía una buena idea, y tener a un agente y a Morgan mirándose cada uno desde su coche sería absurdo. La comisaría de la zona mandaría un coche patrulla de vez en cuando para echar un vistazo, y de momento con eso sería suficiente.

Cuando terminaron de comentar todos los detalles, el joven oficial que Ted había llevado con él ya estaba listo. Había puesto su equipo encima de unas servilletas de papel. Su maletín estaba abierto, y junto al fregadero había dos kits para tomar huellas, uno con tinta negra y el otro con tinta roja. Ted les pidió que se acercaran. Llamó a Will en primer lugar.

—¿Por qué necesita nuestras huellas? —preguntó Sam con curiosidad.

Su altura le daba justo para ver lo que estaban haciendo Will y el agente. Era todo un arte. El agente hizo girar cada dedo de Will de lado a lado sobre la almohadilla, y luego repitió la operación sobre una cartulina, donde aparecían los cinco dedos. El dedo debía ir de un lado al otro para que las huellas quedaran bien definidas. A Will le sorprendió comprobar que la tinta no manchaba. Primero hicieron las rojas y luego las negras. Will sabía para qué les tomaban las huellas, y Ashley y Fernanda también, pero nadie quiso explicárselo a Sam. Era por si alguno de ellos era secuestrado o asesinado: con ayuda de las huellas podrían identificar el cadáver. No era una perspectiva muy halagüeña.

—La policía solo quiere saber quién eres, Sam —explicó Ted—. Hay muchas formas de hacerlo, pero esta está bien. Tus huellas dactilares serán iguales durante toda tu vida.

Era una información que a Sam no le hacía ninguna falta, pero ayudó. Ashley era la siguiente, luego Fernanda y finalmente Sam. Sobre las cartulinas sus huellas se veían muy pequeñas.

—¿Por qué se ponen en rojo y en negro? —preguntó el niño mientras el agente le tomaba las huellas por segunda vez.

—Las negras son para el departamento de policía y las rojas para el FBI —le explicó Ted—. A ellos les gusta tener las cosas más bonitas que a nosotros.

Le sonrió, mientras los demás se limitaban a observar. Estaban los tres muy juntos, como si aquella proximidad les diera fuerzas. Fernanda parecía una gallina protegiendo a sus polluelos.

—¿Por qué al FBI le gustan rojas? —preguntó Fernanda.

—Yo diría que por ser diferentes —contestó el agente que las estaba tomando.

Aparte de aquello, no había ninguna razón. Pero las huellas que se tomaban en rojo siempre eran para el FBI.

En cuanto terminó de tomarles las huellas, cogió unas tijeras pequeñas y se volvió hacia Sam con una sonrisa cauta.

—¿Te puedo cortar un trocito de pelo? —le preguntó educadamente, mientras el niño le miraba con los ojos muy abiertos.

—¿Para qué?

—Se pueden saber muchas cosas de la gente solo mirando su pelo. Se llama correspondencia del ADN.

Otra lección que no interesaba a ninguno de ellos, pero, al igual que con las huellas, no tenían elección.

—¿Es por si me secuestran? —Sam parecía asustado y el hombre vaciló.

Fernanda intervino en ese momento.

—Solo quieren un poco de pelo, Sam. A mí también me van a cortar un poquito.

Le cogió las tijeras al hombre, cortó un mechón de pelo a su hijo, luego se cortó uno suyo e hizo lo propio con sus otros dos hijos. Actuó con tanta normalidad como pudo, pero pensó que sería menos violento si lo hacía ella en vez de un extraño. Poco después, tras hablar un momento, los niños subieron al piso superior. Sam quería quedarse con su madre, pero Will lo cogió de la mano y le dijo que tenía que contarle una cosa. Supuso que su madre quería hablar con Ted y, acertadamente, también supuso que Sam se habría asustado. Estaban pasando tantas cosas... y en muy poco tiempo. Fernanda sabía que, a partir de medianoche, la presencia de cuatro policías armados en la casa, día y noche, les iba a cambiar la vida drásticamente.

—Necesitaremos fotografías de los chicos —le dijo Ted con tono sereno a Fernanda cuando los niños se fueron—. Y una descripción: altura, peso, cicatrices, cualquier cosa. El pelo y las huellas ayudarán.

—¿De verdad va a cambiar eso algo si los secuestran?

Detestaba preguntar aquello, pero tenía que saberlo. Ahora solo podía pensar en cómo sería si le quitaban a uno de sus hijos. La idea la asustaba tanto que tuvo que apartársela de la cabeza.

—Podría cambiar mucho las cosas, sobre todo con un niño pequeño como Sam.

No quiso decirle que a veces secuestraban a niños de la edad de Sam y años después reaparecían, viviendo con otra gente, después de haber estado prisioneros en otro país o en otro estado. Las huellas y el pelo ayudaban a las autoridades a identificarlos, tanto si estaban vivos como si estaban muertos. En el caso de Will o de Ashley, las huellas y el pelo seguramente se utilizarían en circunstancias menos halagüeñas. Y en este caso, dado que había un rescate de por medio, ninguno de los tres iba a entrar en la vida de otras personas. Los secuestrarían, los retendrían y, con un poco de suerte, los devolverían cuando se pagara el rescate. Ted solo esperaba que nadie sufriera ningún daño y que los secuestradores mantuvieran a los chicos con vida. Haría cuanto estuviera en su mano para que así fuera. Pero debían prepararse para cualquier contingencia, y era importante que tuvieran el pelo y las huellas. Pidió a Fernanda que le proporcionara aquella información lo antes posible. Poco después se fueron.

Fernanda se quedó sentada en la cocina con la caja vacía de la pizza y la mirada perdida, preguntándose cómo podía estar pasando todo aquello y si terminaría pronto. Lo único que quería era que atraparan lo antes posible a los hombres que estaban maquinando aquello, si es que era cierto. Seguía aferrándose a sus dudas, esperando que no fuera más que una fantasía y no algo que pudiera suceder realmente. La perspectiva le resultaba tan aterradora que, si se hubiera parado a pensar, se habría puesto histérica y no habría dejado salir a ninguno de sus hijos de casa. Trató de mantener la calma para no asustarlos más de lo necesario. Pensó que lo estaba haciendo relativamente bien hasta que metió la caja vacía de la pizza en la nevera, se sirvió un zumo en una taza de té y tiró las servilletas limpias a la basura.

—Muy bien, tranquilízate —se dijo a sí misma en voz alta—, todo irá bien.

Sin embargo, cuando cogió las servilletas para ponerlas en su sitio, vio que le temblaban las manos. Todo aquello era terrible y no pudo evitar pensar en Allan. Ojalá hubiera estado allí. ¿Qué habría hecho él si aún viviera? Fernanda tenía la sensación de que se hubiera enfrentado a la situación de forma más competente y serena que ella.

—¿Estás bien, mamá? —preguntó Will, que había bajado a la cocina a buscar helado justo en el momento en que ella salía para subir a su habitación.

—Creo que sí —contestó sinceramente y con expresión cansada. Los acontecimientos de la jornada la habían agotado—. No me gusta esto.

Fernanda se sentó junto a su hijo en la cocina, mientras él se comía el helado.

—¿De verdad quieres que vaya de acampada? —preguntó Will con cara de preocupación, y ella asintió.

—Sí, cielo, quiero que vayas.

Deseó que Sam pudiera ir con él. No quería que ninguno de sus hijos se quedara en casa esperando que algo malo pasara. Pero Sam era demasiado pequeño y quería tenerlo a su lado. Ted había sugerido que salieran lo menos posible. No le entusiasmaba la idea de que fuera por ahí con el coche, arriesgándose a que la asaltaran en cualquier sitio. Ya habían hablado de si los agentes debían llevarla o seguirla. Ted prefería que fueran con ella en el coche. Rick y su jefe, que la siguieran. De nuevo se trataba de convertirlos en cebos humanos. Así que, finalmente, Ted le aconsejó que saliera lo menos posible.

Aquella noche Fernanda llamó a la familia con la que Ashley iba a viajar a Tahoe y les explicó la situación en la más estricta confidencialidad. Ellos dijeron que lo sentían mucho y que vigilarían a Ashley. Fernanda les dio las gracias. También dijeron que comprendían que los ayudantes del sheriff los tuvieran vigilados, y que se sentirían más tranquilos sabiendo que había alguien para proteger a Ashley. Ni Ted ni Rick creían que nadie fuera a molestarla en Tahoe, pero nunca estaba de más ser precavido. Y a Fernanda la tranquilizaba saber que alguien velaría por su seguridad.

Más tarde, cuando estaba tendida en la cama, llamaron al timbre y llegaron los cuatro agentes. Peter Morgan ya se había ido a su casa y no los vio. Sabía que Fernanda siempre pasaba la noche en casa. Normalmente se iba a las nueve y media o las diez, rara vez más tarde, excepto cuando iba al cine con los niños. Pero aquella noche se había ido pronto. La mujer había estado en casa toda la tarde, y los niños también, así que Morgan volvió a su hotel. Casi le daba pena que aquello estuviera a punto de acabar. Le gustaba estar cerca de ella y de los niños, e imaginar lo que hacían cuando alguna vez entreveía a alguno de ellos por una ventana.

Fernanda pensó en llamar a Jack Waterman para contarle lo que pasaba, pero estaba demasiado cansada y todo aquello parecía absurdo. ¿Qué le iba a decir? ¿Que un puñado de villanos tenían un dossier con información sobre ellos y que alguien llevaba semanas vigilándolos desde un coche aparcado frente a su casa? ¿Y luego qué? Seguía sin haber ninguna prueba de que quisieran secuestrarlos; no había más que sospechas. Era una locura. Y, de todos modos, Jack no podría hacer nada. Mejor esperar unos días. El pobre hombre ya había tenido bastantes problemas con ella por culpa del dinero. Además, se suponía que aquel fin de semana ella y Sam iban a verle. Jack quería llevarles a Napa un día después de que Ashley se fuera a Tahoe. Tendría tiempo de sobras para contárselo todo, así que no le llamó.

Los agentes que llegaron a medianoche se mostraron muy educados y, después de echar un vistazo por la casa, decidieron instalarse en la cocina. Había comida y café. Fernanda se ofreció a prepararles unos sándwiches, pero dijeron que no hacía falta. Le dieron las gracias y se acomodaron.

Eran cuatro hombres, dos del departamento de policía de San Francisco y dos del FBI, como Ted le había dicho. Se sentaron y empezaron a bromear mientras ella les preparaba café. Sabían que la alarma estaba conectada y Fernanda les enseñó cómo funcionaba. Dos de ellos se quitaron la chaqueta, y Fernanda vio las armas que llevaban en la pistolera y las que llevaban metidas en el cinturón. De pronto se sintió como si formara parte de algún movimiento de resistencia, o clandestino, y estuvieran rodeados de soldados. Ver aquellas armas le hizo sentirse a la vez protegida y vulnerable. Por muy amables que fueran, el solo hecho de que estuvieran en la casa resultaba inquietante. Cuando estaba a punto de volver a su habitación, el timbre de la calle volvió a sonar. Dos de los agentes salieron enseguida de la cocina y fueron a echar un vistazo. Fernanda se llevó una sorpresa cuando un momento después apareció Ted en el vestíbulo.

—¿Hay algún problema? —le preguntó sintiendo que su corazón se desbocaba por el miedo.

O, quién sabe, a lo mejor por una vez llevaba buenas noticias. No, si hubieran sido buenas noticias, seguramente la habría llamado por teléfono.

—No, todo va bien. Solo he pasado para ver cómo va todo. —Los hombres habían vuelto a la cocina. Fernanda sabía que iban a quedarse hasta las doce del día siguiente, cuando los sustituirían otros cuatro agentes. Eso significaba que al día siguiente sus hijos desayunarían en compañía de unos hombres que llevaban pistolera. Le recordó *El padrino*. El único problema era que ahora se trataba de su vida, no de una película. O sí, una película muy, muy mala—. ¿Se portan bien mis chicos? —preguntó Ted mirándola. Se la veía tan cansada que hubiera querido abrazarla.

—Han sido muy amables —contestó ella con un hilo de voz.

Ted se preguntó si habría estado llorando. Parecía agotada y asustada, aunque antes le había sorprendido lo serena que se mostraba delante de los niños.

—Eso espero. —El detective le sonrió—. No quiero molestarla. Debe de estar muy cansada. Solo quería hacer acto de presencia y ver cómo se estaban comportando. Nunca está de más. Si tiene algún problema con ellos, llámeme. —Hablaba como si fueran unos críos, aunque en más de un sentido lo eran. Muchos de los hombres y mujeres que trabajaban para él eran jóvenes, y a él le parecían casi unos críos. Había pedido que asignaran alguna mujer al caso. Pensó que sería más fácil y menos violento para Fernanda y los niños. Pero en aquel primer turno todo eran hombres, y todos estaban charlando en voz baja en la cocina, mientras él y Fernanda hablaban en el vestíbulo—. ¿Lo lleva bien?

—Más o menos. —Estar esperando a que pasara algo suponía una presión enorme.

—Espero que esto acabe pronto. Los atraparemos haciendo alguna tontería. Siempre pasa. Atracan una tienda de licores justo antes de un golpe mucho más importante. Piense que esos hombres han estado en la cárcel, lo que indica que no tuvieron mucho éxito en sus fechorías. Contamos con ello. Algunos hasta quieren que se los atrape. Estar fuera y tener que ganarse la vida es muy duro. Prefieren volver a la cárcel y tener tres comidas gratis al día y un techo sobre su cabeza por cortesía de los contribuyentes. No dejaremos que les pase nada, ni a usted ni a sus hijos, Fernanda.

Era la primera vez que la llamaba por su nombre y ella le sonrió. Solo de escucharle se sentía más segura. Era un hombre tranquilo y la reconfortaba.

—Da tanto miedo... Es terrible pensar que hay gente como esa que quiere hacernos daño. Le agradezco lo que está haciendo —dijo sinceramente.

—Es terrible y da miedo. Y no tiene que darme las gracias. Solo hago mi trabajo.

Se le notaba que era muy bueno en lo suyo. También la habían impresionado Rick Holmquist, el hombre que les tomó las huellas y hasta los cuatro hombres armados de la cocina. Todos tenían un aire sereno y competente.

—Es como una película —dijo Fernanda con una sonrisa apagada, y se sentó en la escalera, bajo la araña vienesa. Él se sentó junto a ella y estuvieron hablando entre murmullos como dos chiquillos—. Me alegro de que Will se vaya mañana. Ojalá pudieran irse los tres, no solo Will y Ash. Tengo miedo por Sam.

Ella también estaba asustada. Y Ted lo sabía.

—He estado pensando una cosa. ¿Dispone de alguna casa más segura, de algún lugar donde usted y Sam puedan esconderse unos días? No digo que tenga que irse. De momento estamos satisfechos con los arreglos que se han hecho para protegerla en su casa. Solo es por si, por ejemplo, nos enteramos de que hay más hombres implicados o pensamos que las cosas podrían escapársenos de las manos. Tendría que ser un sitio donde a nadie se le ocurriera buscarla, donde pudiéramos esconderla.

En cierto modo, sería mucho más fácil que protegerla en su casa, aunque la ciudad también tenía sus ventajas, como el hecho de que en cuestión de minutos podían tener refuerzos si se producía un ataque o un secuestro. Por muchos hombres que trataran de secuestrarla, en unos minutos todas las comisarías de la zona habrían enviado refuerzos. Un detalle importante, aunque a Ted siempre le gustaba tener un plan alternativo. Fernanda negó con la cabeza a modo de respuesta.

—He vendido todas nuestras casas.

Aquello volvió a recordarle la increíble historia que le había contado aquella tarde sobre Allan y su dinero. Le resultaba difícil creer que alguien pudiera ser tan estúpido para perder quinientos millones de dólares. Pero, por lo visto, Allan Barnes lo era. Había dejado a su mujer y a sus hijos literalmente sin nada.

—¿Y algún amigo o familiar con quien puedan quedarse?

Ella volvió a negar con la cabeza. No se le ocurría nadie. No había ni una sola amiga a la que siguiera lo bastante unida para pedirle algo así. Tampoco tenía familia.

—No me gustaría poner en peligro a otras personas —contestó Fernanda pensativa.

Además, no se le ocurría nadie, y desde luego nadie a quien deseara hablarle de sus circunstancias, de su situación económica y del posible secuestro. En cierto modo, Allan había conseguido que todos sus amigos se distanciaran. Con su increíble éxito y su continua ostentación, sus mejores amigos acabaron por sentirse incómodos y por evitarlos. Cuando se dio cuenta de que se caía del pedestal, Allan no quiso que nadie se enterara.

Ahora, después de su muerte, lo único que quedaba eran conocidos en los que Fernanda no confiaba. Y Jack Waterman, su viejo amigo y abogado. Aquel fin de semana le contaría lo que estaba pasando, pero tampoco él disponía de un lugar seguro. Como mucho, algún fin de semana se iba a Napa, pero siempre se alojaba en un hotel, y tenía un minúsculo apartamento en la ciudad.

—Le sentaría bien poder salir de aquí —dijo Ted pensativo.

—Se suponía que Sam y yo íbamos a salir este fin de semana. Pero empiezo a pensar que sería demasiado complicado, a menos que la policía nos acompañe.

Y no resultaría muy divertido ni para ella, ni para Jack ni para el niño tener que ir embutidos en el coche con cuatro policías.

—Ya veremos qué pasa —dijo Ted, y ella asintió.

Ted se encaminó a la cocina para ver a sus hombres, bromeó unos minutos con ellos y se fue de la casa a la una. Fernanda subió lentamente a su habitación. Había sido un día interminable. Se dio un baño caliente y, acababa de meterse en la cama con Sam, cuando vio pasar a un hombre ante la puerta de su habitación. Dio un brinco del susto y se quedó temblando al lado de la cama. El hombre apareció en el umbral. Era uno de los policías. Fernanda se quedó mirándolo, en camisón.

—Solo estaba haciendo la ronda —le explicó—. ¿Está usted bien?

—Estoy bien. Gracias —contestó ella muy educada.

Él asintió y volvió abajo, y Fernanda se metió de nuevo en la cama, todavía temblando. Le resultaba muy extraño tenerlos allí. Finalmente, se durmió abrazada a Sam y soñó con unos hombres que corrían alrededor de la casa con las pistolas en la mano. Estaba en una película. Era *El padrino*. Salía Marlon Brando. Y Al Pacino. Y Ted. Y sus tres hijos. Y, mientras se sumía más y más en el sueño, vio a Allan avanzar hacia ella. Fue una de las pocas veces que soñó con él desde su muerte, y por la mañana lo recordaba vívidamente.

14

Cuando Will y Sam bajaron a desayunar al día siguiente, Fernanda estaba preparando huevos con beicon para los dos federales y los dos policías que tenía sentados a la mesa de la cocina. Les puso los platos delante, y sus hijos se colocaron entre ellos. Vio que Sam miraba las pistolas con curiosidad.

—¿Llevan balas? —le preguntó a uno de los hombres, y el policía le sonrió y asintió.

Fernanda se puso a preparar el desayuno de sus hijos. Ver a sus hijos desayunando con cuatro hombres armados le parecía de lo más surrealista. Se sentía como la novia de un criminal.

Sam quería tortitas y Will, beicon con huevos, como los policías, así que hizo las dos cosas. Ashley aún no se había levantado; seguía durmiendo en su habitación. Todavía era pronto. Will tenía que coger el autobús a las diez, y Fernanda ya había discutido con los agentes si debía ir a despedirle o no. Los hombres pensaban que era mala idea y que llamaría demasiado la atención sobre su partida. Si había alguien vigilándola, lo mejor era que se quedara en casa con sus otros hijos. Uno de los agentes acompañaría a Will al autobús. La idea era que el chico se metiera en el coche en el garaje y se agachara en el asiento de atrás para que no vieran que se iba. Era un poco extremado, pero a Fernanda le pareció bien. Así que, a las nueve y media, dio un beso de despedida a su hijo en el garaje. Él se tumbó en el asiento de atrás y el agente salió al volante del vehículo, aparentemente solo. No dejó que Will se incorporara hasta que se alejaron unas cuantas manzanas. Luego hicieron el resto del trayecto charlando. El hombre dejó a Will en el autobús, con su bolsa y el bate de lacrosse, esperó a que saliera y le hizo un gesto de despedida con la mano, como si fuera su hijo. Una hora después estaba de vuelta en la casa.

Para entonces Peter ya estaba en su sitio en la calle y vio al hombre que entraba en el garaje con el coche de Fernanda. Le había visto salir aquella mañana, pero no le había visto entrar, porque cuando los cuatro hombres llegaron él ya se había ido. Por el momento, aquel era el único al que había visto. A Peter le chocó ver salir un hombre de la casa tan temprano. Era la primera vez que sucedía. Ni se le pasó por la imaginación que pudiera ser policía. Nada parecía haber cambiado. Peter se sorprendió al darse cuenta de que le molestaba que hubiera llevado a otro hombre a la casa estando los niños con ella. Era absurdo, pero esperaba que no fuera más que un amigo que había ido a ayudarla. El hombre salió de la casa a mediodía, con aire despreocupado, y Sam le dijo adiós con la mano, como si fuera un amigo.

El nuevo turno lo formaban dos agentes masculinos del FBI y dos mujeres policías, así que aparentemente eran dos parejas que iban de visita. Peter no vio a los tres hombres que salían por la parte de atrás de la casa y cruzaban el jardín de los vecinos para que nadie los viera.

Aquella tarde, cuando se fue, los invitados de Fernanda seguían en la casa. No parecían tener intención de marcharse, y Peter no encontró razón alguna para quedarse más tiempo. Ya sabía todo lo que necesitaba sobre aquella mujer. Además, estaba casi seguro de que nunca conectaba la alarma. Y, si lo hacía, tampoco importaba, porque Waters cortaría los cables antes de entrar. En aquel momento, si seguía vigilándola era más por costumbre que porque esperara descubrir algo nuevo sobre sus hábitos. Conocía todos los lugares que frecuentaba, lo que hacía, con quién iba y cuánto tardaba. Si acaso, ahora la vigilaba por placer y porque le había dicho a Addison que lo haría. Para él no era un problema. Le encantaba estar cerca de Fernanda y verla con los niños. Sin embargo, era una tontería quedarse allí sentado mientras ella estaba con sus invitados en la casa. Las dos parejas le habían parecido agradables cuando llegaron en el coche, hablando y riendo. Ted los había elegido personalmente y les había dicho la ropa que debían ponerse para parecer amigos. Aunque Peter no la había visto nunca recibir a ningún amigo, Fernanda pareció tan feliz cuando los vio llegar que no se le ocurrió ni por un momento que pudieran ser agentes del FBI o policías. No había nada que hiciera pensar que algo había cambiado. De hecho, se sentía tan relajado que aquella noche se fue antes que la pareja de amigos de Fernanda. Estaba cansado y no había nada que ver. Aparte de recibir a sus invitados, ni Fernanda ni los niños se movieron de casa en todo el día. Había visto a Sam jugando delante de la ventana de su cuarto, y a Fernanda en la cocina, preparando la comida para sus amigos.

El día siguiente sería su última jornada de vigilancia. Carlton Waters, Malcolm Stark y Jim Free pasarían la noche con él. Aún tenía que conseguirles algunas cosas, así que por la mañana llegó algo tarde a casa de Fernanda. Ashley ya se había ido con sus amigos a Tahoe, y había cambiado el turno de vigilancia en la casa. Fue pura casualidad que no viera salir a los policías del turno anterior a las doce, ni llegar a los otros por la puerta trasera. Y, cuando aquella noche se fue por última vez a las diez, apesadumbrado, no tenía ni idea de que hubiera nadie en la casa con Fernanda. No estaba allí cuando los agentes se fueron a medianoche y llegaron los otros. De hecho, no vio a Fernanda ni a los niños en todo el día. Se preguntó si estaría cansada por las visitas que había recibido el día anterior, o tal vez solo estaba ocupada. Como los chicos ya estaban de vacaciones, no tenían por qué ir a ningún sitio, así que supuso que estaban disfrutando del tiempo de ocio y haciendo el vago. Durante el día había visto a la madre por las ventanas, y se fijó en que por la noche bajaba las persianas. Peter se sentía solo cuando no podía verla y aquel día, cuando se alejó por última vez en el coche, supo que la iba a echar mucho de menos. Ya la añoraba. Esperaba volver a verla algún día. Ahora que la conocía, no se imaginaba su vida sin ella. Aquello le hacía sentirse muy triste, casi tanto como lo que estaban a punto de hacerle. Se ponía malo de pensarlo. Y aquella preocupación le impidió intuir que ella y los niños estaban bajo protección policial. No se lo contó a Addison porque no tenía ni la más remota idea. La tarea de vigilar a alguien era algo nuevo para él.

Estaba tan preocupado por ella que, finalmente, se obligó a dejar de pensar en cómo la afectaría que sus socios secuestraran a sus hijos. No podía permitirse seguir pensando en eso y desvió su mente a temas más agradables mientras conducía de vuelta al hotel. Cuando llegó, Stark, Waters y Free le esperaban. Estaban hambrientos y querían salir a cenar. Peter no quiso decirles lo difícil que le había resultado marcharse, aunque eso solo significara dejar una plaza de aparcamiento en la calle donde vivía Fernanda. No les había dicho lo mucho que había llegado a respetarla, lo mucho que le gustaba y el afecto que sentía por sus hijos.

En cuanto Peter llegó al hotel, los cuatro salieron a cenar. Fueron a un chiringuito de comida mexicana que Peter conocía en Mission. El día anterior todos se habían presentado a sus respectivos agentes de la condicional y, dado que ahora solo tenían que hacerlo cada dos semanas, cuando alguien se diera cuenta de que se habían ido ya estarían fuera del país. Igual que había hecho Addison con él, Peter les aseguró a los otros que Fernanda pagaría el rescate enseguida. Presumiblemente, en cuestión de días. Los tres hombres que debían ejecutar el plan no tenían ningún motivo para no creerle. Lo único que les interesaba de aquello era su dinero. No les importaban la mujer y los niños. No les importaba a quién se llevaban o por qué, siempre y cuando consiguieran su dinero. Ya les habían pagado cien mil a cada uno en efectivo. El resto se pagaría cuando Addison cobrara el rescate. Peter tenía instrucciones detalladas sobre el lugar a donde debía transferirse el dinero. Se enviaría a cinco cuentas bancarias que no pudieran ser rastreadas en las islas Caimán, y de ahí el dinero de Addison y Peter pasaría a dos cuentas en Suiza, y el de los otros, a tres cuentas en Costa Rica. Retendrían a los niños hasta que se hicieran las transferencias. Waters tenía que advertir a la madre desde el principio de que si llamaba a la policía matarían a los niños, aunque Peter no tenía intención de dejar que eso pasara. Pediría el rescate de acuerdo con las instrucciones recibidas.

No había necesidad de respetar ningún código de honor entre ellos. Los otros tres todavía no conocían la identidad de Phillip Addison y, si alguno delataba a sus compañeros, no solo perderían su parte, sino que morirían. Todos lo sabían. El plan parecía perfecto. A la mañana siguiente, Peter debía abandonar el hotel mientras los otros llevaban a los niños que hubieran secuestrado a la casa que había alquilado en Tahoe. Ya había reservado otra habitación con nombre falso en un motel de Lombard. El único contacto entre Peter y los otros tres sería esa noche, la víspera del secuestro, durante la cena. Dormirían en su habitación. Habían llevado sacos de dormir y los pusieron en el suelo. Por la mañana, Peter se levantó temprano, se vistió y se marchó cuando se fueron los otros, aunque salieron por separado. La furgoneta ya tenía gasolina y estaba preparada. La recogieron en el garaje. Aún no estaban seguros de cuándo actuar. Vigilarían la casa un rato y buscarían un momento antes de que se levantaran, cuando todo estuviera tranquilo. No había ningún horario; no había prisa. Peter llegó al motel de Lombard en el mismo momento en que los tres hombres llegaban al garaje para recoger la furgoneta. Había conservado la otra habitación para no despertar sospechas. Todo estaba preparado. Habían pasado las bolsas de golf con las metralletas del coche a la furgoneta. También había cuerda, un montón de esparadrapo y una cantidad sorprendente de munición. De camino al garaje pararon a comprar comida, la suficiente para varios días. No esperaban que el secuestro durara mucho. Tampoco les preocupaba la alimentación de los niños. No los retendrían el tiempo suficiente para tener que preocuparse por eso. Así que para los niños solo compraron mantequilla de cacahuete, gelatina, pan y algo de leche. Lo demás era todo para ellos, incluyendo ron, tequila, un montón de cerveza y comida enlatada y congelada porque a ninguno le gustaba cocinar. Nunca habían tenido que prepararse la comida en la cárcel.

Aquella mañana, el tercer día que tenía a los agentes de policía y a los federales en casa, Fernanda llamó muy temprano a Jack Waterman para avisarle de que ella y Sam tenían la gripe y no podrían ir con él a Napa. Quería contarle lo que estaba pasando, pero todo aquello era una locura y seguía pareciendo muy irreal. ¿Cómo explicar la presencia de aquellos hombres que tenía acampados en la sala de estar y que se sentaban a la mesa de su cocina con pistoleras? Se hubiera sentido de lo más estúpida, sobre todo si al final resultaba una falsa alarma. Esperaba no tener que explicarle nada. Jack dijo que sentía que estuvieran con gripe y se ofreció a pasarse a verlos de camino a Napa, pero Fernanda contestó que aún se encontraban bastante mal y no querían contagiarle.

Después se metió con Sam en la cama y puso una película. Ya había preparado el desayuno a los cuatro hombres, y ella y Sam estaban amodorrados cuando oyó un sonido extraño abajo. La alarma no estaba conectada, pero con dos agentes de policía y dos federales protegiéndola no era necesario. Con tantas armas y tantos agentes, la alarma parecía superflua, así que la noche anterior no la había conectado; de hecho, no la conectaba desde que los agentes estaban en la casa. Ted le había dicho que podía dispararse accidentalmente con tanto entrar y salir por la puerta de atrás para comprobar diferentes cosas. Por el sonido parecía como si algo se hubiera caído en la cocina, una silla tal vez. No le dio importancia. Abajo había cuatro hombres, así que siguió tumbada con Sam amodorrado contra su hombro. No dormían bien por la noche y a veces les resultaba más fácil dormitar durante el día, como hacía Sam en aquellos momentos.

Entonces oyó voces apagadas y pasos en la escalera. Empezaba a preguntarse qué estaría pasando. Supuso que eran los agentes, que subían para comprobar si estaban bien, pero no quiso levantarse para no molestar a Sam. De pronto, tres hombres con pasamontañas entraron en la habitación y se plantaron a los pies de la cama, apuntándoles con sus M16 con silenciador. Cuando Sam los vio, sus ojos se abrieron como platos y se puso rígido en los brazos de su madre. Sus ojos estaban llenos de terror, igual que los de Fernanda, que rezaba para que no les dispararan. Incluso ella, que no entendía de esas cosas, sabía que aquello eran metralletas.

—No pasa nada, Sam... No pasa nada —dijo con voz temblorosa, sin saber ni lo que estaba diciendo.

No tenía ni idea de dónde podían estar los hombres que les protegían, pero no había señal de ellos, y abajo no se oía nada. Apretó a Sam contra su cuerpo y se replegó contra la cama, como si eso pudiera salvarles. Uno de los hombres le arrancó a Sam de los brazos sin decir palabra y ella gritó.

—No se lo lleven —suplicó con voz lastimera. El momento que tanto temían había llegado y lo único que podía hacer era suplicar. Fernanda sollozaba incontrolablemente, mientras uno de los hombres la apuntaba con una metralleta y otro ataba las manos de su hijo y le tapaba la boca con esparadrapo. El niño la miraba con los ojos muy abiertos, aterrado—. ¡Oh, Dios mío! —gritó cuando dos de los hombres obligaron a Sam a meterse en un saco de lona, atado de pies y manos, como si fuera la ropa sucia.

Sam gemía muy asustado y la madre gritaba, y entonces el hombre que estaba más cerca la cogió del pelo y tiró hacia atrás con tanta fuerza que Fernanda sintió como si se lo hubieran arrancado.

—Si vuelvo a oírte gritar nos cargamos al crío, y no queremos que eso pase, ¿verdad?

El hombre era corpulento, e iba vestido con una cazadora, vaqueros y botas de trabajo. Por debajo del pasamontañas sobresalía un pequeño mechón rubio. Otro de los hombres era algo más recio, pero también fuerte, y se echó el saco de lona al hombro. Fernanda no se atrevía a moverse por temor a que mataran a Sam.

—Llévenme con él —dijo con voz temblorosa, pero los dos

hombres no dijeron nada. Seguían instrucciones y se les había dejado muy claro que no debían llevársela. Tenía que quedarse para pagar el rescate. No había nadie más para hacerlo—. Por favor, por favor, no le hagan daño —les suplicó dejándose caer de rodillas.

Los hombres salieron a toda prisa y bajaron la escalera, y entonces Fernanda se puso de pie y corrió tras ellos. Al llegar a la escalera, vio por todas partes pisadas marcadas con sangre.

—Si le habla a la poli o a nadie de esto, le mataremos.

Fernanda miró al hombre que le había hablado y asintió.

—¿Dónde está la puerta que da al garaje? —preguntó uno de los secuestradores.

Fernanda vio que tenía las manos y los pantalones manchados de sangre. No había oído ni un solo disparo. Ahora solo podía pensar en su hijo, así que señaló la puerta. Uno de los hombres la estaba apuntando con la metralleta y el otro le pasó el fardo de Sam al tercer compañero. Este se echó el saco al hombro y, aunque del interior no salió ningún sonido, Fernanda sabía que no habían hecho nada lo suficiente grave para matarlo. El hombre corpulento volvió a hablarle. Antes de ir a su habitación, habían pasado por las habitaciones de Will y Ashley y no los habían encontrado.

—¿Dónde están los otros?

—Fuera —respondió ella.

Los hombres asintieron y acabaron de bajar la escalera, mientras Fernanda se preguntaba dónde estarían los policías.

Los secuestradores habían aparcado la furgoneta marcha atrás ante la puerta del garaje. Nadie les había visto. Cuando llegaron, parecían gente completamente inofensiva, trabajadores. Luego rodearon la casa, rompieron una ventana utilizando una toalla, la abrieron y entraron. Antes de esto, habían inutilizado la alarma cortando los cables. Era una labor que habían aprendido con años de experiencia y sabían hacerla muy bien. Nadie había visto nada. Y nadie vio nada cuando abrieron la puerta del garaje para acceder a su furgoneta y arrojar a Sam al interior, bajo la mirada atenta de Fernanda. De haber tenido una pistola, les habría disparado, pero, tal como estaban las cosas, no podía hacer nada por detenerles, y lo sabía. Hasta tenía miedo de gritar tratando de alertar a sus protectores por miedo a que mataran a su hijo.

El hombre que llevaba a cuestas a Sam subió por la parte de atrás y arrastró el saco hacia dentro, golpeándolo contra el parachoques trasero. Los otros arrojaron sus armas al interior y corrieron a la parte delantera al tiempo que las puertas traseras se cerraban. Unos segundos después se marcharon, mientras Fernanda sollozaba desconsoladamente en la acera. Para su disgusto, nadie la vio ni la oyó. Las ventanillas de la furgoneta eran de cristal tintado y, cuando los hombres se quitaron los pasamontañas, ya habían doblado la esquina, así que Fernanda no pudo verles la cara. Ni siquiera se había fijado en la matrícula. Se limitó a ver con impotencia cómo se llevaban a su hijo y a rezar para que no lo mataran.

Volvió corriendo hacia la casa, todavía sollozando, subió a toda prisa la escalera de la parte de atrás y entró en la cocina, pasando sobre la moqueta ensangrentada. Encontró a los policías, sí; se encontró con una auténtica carnicería. Uno de los agentes tenía la cabeza destrozada y a otro le habían disparado en la nuca con una M16; sus sesos estaban salpicados por la pared. Fernanda nunca había visto nada tan horrible, y estaba tan aterrada que ni siquiera fue capaz de gritar. Podían haberles hecho aquello a ella o a Sam, y aún podían hacerlo. Los dos agentes del FBI habían recibido disparos en el pecho y en el corazón, y uno de ellos estaba tirado sobre la mesa de la cocina con un agujero en la espalda del tamaño de un plato. Los dos federales tenían en la mano sus Sig Sauer de calibre 40, y los dos policías, sus Glock semiautomáticas de calibre 40, pero ninguno había tenido tiempo de disparar. Se habían distraído un momento, mientras charlaban y tomaban café, y los habían cogido totalmente por sorpresa. Todos estaban muertos. Fernanda salió corriendo de la cocina. Buscó la tarjeta con el teléfono de Ted y marcó el número de su móvil. Estaba tan asustada que no se le ocurrió llamar al 911. Recordó que los secuestradores le habían advertido que no avisara a nadie. Un poco difícil, teniendo en cuenta que había cuatro agentes muertos en su casa.

Ted contestó al primer tono. Estaba en casa, ordenando algunos papeles y limpiando su Glock 40, cosa que quería hacer desde hacía una semana. Cuando contestó, solo oyó una serie de gemidos guturales, como los de un animal herido. Fernanda no encontraba las palabras para hablar y se limitó a llorar lastimeramente.

—¿Quién es? —preguntó él bruscamente. Pero tenía la terrible sensación de que ya lo sabía. Algo en su interior le dijo al instante que se trataba de Fernanda—. Hábleme —le dijo con voz enérgica, mientras ella apretaba los dientes y trataba de respirar—. Hábleme. ¿Dónde está?

—Se... se... se lo han llevadoooo... —consiguió decir ella finalmente, sacudiéndose de la cabeza a los pies, casi sin poder hablar ni respirar.

—Fernanda... —Ted lo sabía. Incluso en aquella situación, reconocía su voz—. ¿Dónde están los otros?

Fernanda supo que se refería a sus hombres. No sabía cómo decírselo.

Se puso a sollozar descontroladamente otra vez. Lo único que quería era que le devolvieran a su hijo. Y aquello era solo el principio.

—Muertos..., todos muertos —consiguió decir. Ted no se atrevió a preguntar si Sam también estaba muerto, pero supuso que no. Hubiera sido absurdo que lo mataran delante de su madre—. Dijeron que lo matarían si avisaba a...

Ella y Ted sabían que lo harían.

—Voy enseguida —dijo Ted interrumpiéndola y no le hizo más preguntas.

El detective llamó a la central y dio la dirección, pero pidió que no hablaran por radio para evitar que la prensa se enterara. Dieron el aviso en código. A continuación Ted llamó a Rick y le indicó que enviaran enseguida a casa de Fernanda al encargado de las relaciones con la prensa. Tenían que controlar lo que se decía, si es que se decía algo, para no poner en peligro la vida de Sam. Cuando Rick habló parecía tan preocupado como Ted, y salió corriendo por la puerta, con el móvil aún pegado a la oreja. La conversación duró unos pocos segundos.

Ted también salió corriendo de su casa, después de montar a toda prisa su pistola y guardarla en la pistolera. Ni siquiera se molestó en apagar las luces. Colocó la sirena en el techo del coche, la conectó y condujo tan deprisa como pudo hacia la casa de Fernanda. Antes de que él llegara, la calle se había llenado de coches policiales, de luces y de sirenas. Habían enviado tres ambulancias. Y había nueve coches patrulla repartidos por la calle, y otro que cerraba el acceso a la manzana. Ted llegó solo unos minutos después que los otros. Cuando estaba bajando del coche, llegaron dos ambulancias más. Rick iba detrás.

—¿Qué demonios ha pasado?

Rick y él corrían juntos hacia los escalones de la entrada. Ya había policías en el interior de la casa y Ted no veía por ningún lado a Fernanda, ni a los policías y los federales que se encargaban de su protección.

—Todavía no lo sé... Sé que tienen a Sam, nada más... Fernanda dijo que estaban «todos muertos», pero yo la interrumpí, di aviso y te llamé.

Cuando entraron en la casa, Ted vio la sangre en la escalera y la moqueta y, como si algo los arrastrara hacia allí, fueron derechos a la cocina y vieron lo mismo que había contemplado Fernanda. A pesar de las cosas tan terribles que los dos habían presenciado en su trabajo, aquello les impresionó.

—Dios —dijo Rick en un susurro, mientras Ted contemplaba la escena en silencio.

Sus hombres estaban muertos. Habían sido asesinados de forma brutal. Los que habían hecho aquello eran unos animales. Sí, eso eran exactamente. Ted sintió que la ira lo dominaba, se dio la vuelta y volvió al vestíbulo para buscar a Fernanda. En aquellos momentos había veinte policías en la casa, todos corriendo, gritando y buscando pistas. Ted tuvo que abrirse paso entre ellos, mientras el encargado de las relaciones con la prensa del FBI daba instrucciones para mantener a los periodistas lejos de la casa. Ted estaba a punto de subir corriendo al primer piso cuando vio a Fernanda de rodillas en la sala de estar, sollozando, con la frente apoyada en la moqueta. Estaba histérica. Ted se arrodilló a su lado, la abrazó y le acarició el pelo; se limitó a mecerla en sus brazos, sin decir nada. Ella lo miró con ojos aterrados y salvajes, y luego volvió a apoyar la cabeza en su hombro.

—Se han llevado a mi niño... Oh, Dios mío... Se han llevado a mi niño...

En ningún momento se había acabado de creer que pasaría. Ni él. Era demasiado atrevido, demasiado terrible y disparatado. Pero lo habían hecho. Habían matado a cuatro hombres para lograrlo.

—Lo recuperaremos. Se lo prometo.

No tenía ni idea de si podría cumplir su promesa, pero habría dicho lo que fuera para tranquilizarla. Dos sanitarios entraron en aquel momento y le miraron. Ted no creía que estuviera herida, pero se encontraba muy alterada, y uno de ellos se arrodilló a su lado y le habló. Estaba bajo los efectos de un fuerte choque.

Ted les ayudó a tumbarla en el sofá y le quitó los zapatos. Estaban manchados de sangre, y Fernanda había ido dejando huellas por toda la habitación. No tenía sentido ensuciar también el sofá. Por todas partes había policías con cámaras fotográficas, haciendo fotos y grabando la escena del crimen. Había muchísimos policías; algunos gritaban, todos hablaban, y empezaron a llegar coches y más coches de federales. En media hora se habían congregado allí agentes de la policía científica, que recogían fibras, cristales, tejidos, huellas y muestras de ADN para los laboratorios del FBI y el departamento de policía. Ya había dos negociadores expertos en secuestros junto a los teléfonos, esperando la llamada. El ánimo general era de indignación.

Hacia media tarde la casa empezó a vaciarse por fin. Fernanda estaba en su habitación. Habían puesto cinta policial a la entrada de la cocina, indicando que era la escena del crimen, y no se podía pasar para no «contaminarla». La mayor parte de los vehículos policiales se habían ido. Le asignaron otros cuatro hombres. El jefe de policía había acudido para ver personalmente los daños, y se marchó con expresión alterada y sombría. No habían explicado nada a los vecinos, y cerraron el paso a la prensa. Oficialmente, se había producido un accidente. Los cuerpos fueron retirados por la puerta de atrás, cuando la prensa ya se había ido. La policía sabía que no podían hacer ningún tipo de declaración hasta que recuperaran al niño, para no poner su vida en peligro. No podían decir nada.

—Por un momento pensé que estabas loco —le dijo el jefe de policía a Ted antes de irse—. Pero resulta que los locos son ellos.

No había visto algo tan macabro desde hacía años. Le preguntó a Ted si Fernanda había visto algo que pudiera ayudar, como el número de matrícula o la dirección que siguieron. Pero no. Todos llevaban pasamontañas y hablaron poco. Y ella estaba demasiado histérica para fijarse ni siquiera en la furgoneta, o sea que sabían lo mismo que antes del secuestro. Quién podía ser y quién podía estar detrás. No había nada nuevo, excepto que dos policías y dos federales habían muerto y habían secuestrado a un crío de seis años. Pocos minutos después de que Fernanda llamara a Ted, unos agentes se presentaron en el hotel de Peter en el Tenderloin, pero el recepcionista dijo que había salido aquella mañana y aún no había vuelto. Los invitados que Peter había tenido la noche anterior salieron por la puerta de servicio, así que nadie los vio y nadie podía relacionarlos con él. Registraron la habitación, pero no había ni rastro de Peter y Ted sabía que ya no encontrarían nada. Aunque sus cosas seguían allí, se había ido. Enviaron órdenes de busca y captura cifradas de Peter y Carlton Waters, y del coche de Peter. Todos sabían que debían actuar con extrema cautela para no alertar a los secuestradores ni poner en peligro al niño.

Carlton Waters y sus dos amigos llamaron a Peter en cuanto cruzaron Bay Bridge y se adentraron en Berkeley. Utilizaron el número que les había dado, el de su nuevo y flamante móvil.

—Tuvimos un pequeño problema —le informó Waters, con voz serena pero furiosa.

—¿Qué pequeño problema? —Durante un terrible momento, Peter temió que hubieran matado a Fernanda o al niño.

—Olvidaste mencionar que había cuatro polis con ella en la cocina.

A Waters se le notaba furioso. No esperaban tener que matar a cuatro policías para secuestrar al crío. Aquello no formaba parte del trato. Y Peter no les había avisado.

—¿Que qué? Eso es ridículo. No he visto entrar a ningún policía. El otro día recibió la visita de unos amigos, pero nada más. No había nadie con ella.

Hablaba con seguridad, pero la última noche se había ido antes de las diez y quizá habían entrado en la casa después. Se preguntó si sería esa la razón de que la hubiera visto tan poco en los últimos días. Sin embargo, ¿quién podía haberla alertado? No, era imposible. Aparte de la detención de Addison por un asunto de impuestos, no había pasado nada que pudiera poner sobre aviso a la policía o al FBI, a menos que Addison hubiera dicho algo sin darse cuenta. Peter sabía que era demasiado listo para eso. No acertaba a imaginar qué podía haber pasado, qué había salido mal.

—Bueno, fueran quienes fuesen no serán ningún problema. No sé si me entiendes —dijo Waters escupiendo tabaco por la ventanilla de la furgoneta.

Stark conducía y Free iba en el asiento de atrás. El niño iba metido en el saco, en la parte de atrás, con las armas y las provisiones. Free tenía una M16 a los pies, y un arsenal de pistolas, sobre todo Rugers calibre 45 y Berettas, las dos semiautomáticas. Carl se había llevado su favorita, una Uzi MAC-10, una metralleta pequeña y automática a la que se había aficionado antes de ir a la cárcel.

—¿Los has matado? —preguntó Peter perplejo.

Aquello complicaría las cosas y sabía que a Addison no le iba a gustar. Se suponía que aquello no tenía que pasar. Había estado vigilando a la mujer durante un mes. ¿Cómo demonios habían ido a parar a su casa cuatro polis? ¿A quién espiaban? De pronto Peter sintió un escalofrío. Como había dicho Addison, «quien algo quiere algo le cuesta». Peter supo que estaba a punto de ganarse sus diez millones.

Carlton Waters no contestó.

—Será mejor que adviertas a la poli que no deben decir nada sobre la forma en que han muerto sus compañeros. Si sale algo en los periódicos, mataremos al crío. Se lo dije a la madre, pero será mejor que se lo recuerdes tú también. Queremos que todo vaya lo más suave y tranquilo posible hasta que tengamos nuestro dinero. Si sale por televisión, todos los gilipollas del estado se pondrán a buscarnos. Y no nos haría ninguna gracia.

—Eso tendrías que haberlo pensado antes de matar a esos polis. Por Dios, ¿qué se supone que debo hacer ahora? ¿Cómo voy a conseguir que tengan la boca cerrada?

—Yo que tú haría algo rápido. Salimos de allí hace media hora. Si los polis hablan, en cuestión de minutos podremos oírlo todo en las noticias.

Peter sabía que era imposible rastrear las llamadas de aquel teléfono, pero detestaba llevar las cosas al límite. De cualquier modo, no tenía elección. Waters tenía razón. Si la noticia del secuestro llegaba a la prensa junto con la del asesinato de los cuatro policías, se harían controles en todas las autopistas y carreteras, en cada rincón del estado y en cada frontera, más incluso que si solo fuera por Sam, y eso de por sí ya sería muy malo. Matar a cuatro polis daba una nueva dimensión al secuestro. Sam seguía con vida, pero ya habían muerto cuatro hombres y eso cambiaba todo. Su sentido común le decía que no debía hacerlo, pero aun así Peter llamó a un número de la policía y pidió que le pasaran con el sargento. Sabía que no importaba a dónde llamara. Quien recibiera el mensaje lo haría llegar a la persona adecuada en cuestión de segundos. Así que repitió lo que Carl le había dicho.

—Si llega a la prensa alguna información sobre la muerte de los policías o el secuestro, el niño morirá —dijo y colgó.

Ted y su superior recibieron el mensaje en menos de dos minutos. Tenían un serio problema, porque habían muerto dos agentes de policía y dos federales, pero estaba en juego la vida de un niño.

Su superior llamó al jefe de policía, y decidieron que ante la prensa dirían que cuatro agentes habían muerto en acto de servicio, que se había producido un accidente en una persecución a gran velocidad. Los detalles se darían en su momento para que las familias tuvieran tiempo de notificarlo a sus seres queridos. Era lo único que podían hacer, y la forma más sencilla y clara de explicar la muerte de cuatro oficiales de las fuerzas de la ley, de dos agencias diferentes, una ciudadana y otra federal. Iba a ser muy duro tener que ocultar la verdad, pero todos sabían que debían hacerlo hasta que atraparan a los secuestradores o recuperaran al niño. Cuando eso pasara, podían hacer lo que quisieran porque el niño ya no correría peligro. El superior de Ted escribió personalmente el comunicado con el encargado de las relaciones con la prensa del FBI. Dos horas más tarde, Carl Waters lo oyó por la radio, cuando aún estaban en la carretera, de camino a Tahoe. Llamó a Peter y le dijo que había hecho un buen trabajo. Pero Peter, que estaba sentado en su habitación del motel de Lombard, se enfrentaba a un serio dilema. Las cosas no habían salido según lo planeado y sintió que tenía la obligación de avisar a Addison. No le dijo a Carl lo que iba a hacer, aunque, después de lo sucedido, este ya imaginaba que Peter se pondría en contacto con sus jefes. Waters aún estaba furioso con Morgan por su chapucera labor de vigilancia, que era la causante del problema. Porque, definitivamente, la muerte de cuatro polis era un problema.

Peter tenía el número de Addison en el sur de Francia y lo llamó desde su móvil. En ningún momento se había planificado que Peter se reuniera con los otros en Tahoe. De hecho, tenía que mantenerse tan alejado de ellos como fuera posible para que no se le pudiera relacionar con ellos ni con Addison. La idea era decir, mucho después de que cobraran el rescate, que alguien había entrado en la casa que había alquilado.

Addison había llegado a Cannes el día anterior y acababa de empezar a disfrutar de sus vacaciones. Sabía muy bien lo que estaba pasando y cuál era el plan. Deseaba oír hablar de resultados, no de problemas. Les había dicho que esperaran un par de días antes de pedir el rescate. Quería que Fernanda tuviera tiempo para ponerse histérica. Sabía que de aquella forma pagaría antes. Daba por supuesto que pagaría enseguida.

Cuando Peter llamó, Phillip estaba en la habitación del hotel.

—¿Qué me estás contando? —dijo Phillip, mientras Peter daba rodeos y más rodeos.

Peter detestaba tener que decirle que Waters y los otros habían matado a cuatro polis. Tampoco sabría cómo explicar que no se había dado cuenta de que los policías estaban allí. Para empezar, dijo que solo habían cogido a Sam porque los otros estaban fuera.

—Lo que te estoy diciendo es que ha habido un problema —dijo Peter, y contuvo la respiración.

—¿Han herido a la madre o al chico? —La voz de Addison era glacial. Si habían matado al niño, no habría rescate. Solo quebraderos de cabeza, y de los grandes.

—No —contestó Peter, tratando de parecer tranquilo—. No es eso. Al parecer, cuatro policías entraron en la casa anoche después de que yo me fuera. Hasta ahora no había visto a ninguno, lo juro. No había nadie en la casa, excepto ella y los niños. Ni siquiera tienen asistenta. No sé qué pintaban allí los policías. Pero Waters dice que estaban allí cuando entraron.

—¿Qué pasó? —preguntó Addison lentamente.

—Pues parece ser que los mataron.

—Oh, por el amor de Dios... Dios santo... ¿Ha salido ya en las noticias?

—No. Waters me llamó desde el coche. Así que llamé a la policía y dejé un mensaje. Dije que si llegaba a la prensa alguna información sobre la muerte de los policías o el secuestro, mataríamos al niño. Acaban de emitir un comunicado por radio diciendo que cuatro agentes han muerto en una persecución. No han dado más detalles ni han mencionado el secuestro. Los chicos advirtieron a la madre que matarían al crío si ella o la poli hablaban.

—Menos mal... De todos modos, buscarán al niño por todas partes, pero, si la noticia se divulga, será mucho peor. Aparecerá gente que creerá haber visto a los secuestradores de aquí a Nueva Jersey. Lo que menos necesitamos es un montón de polis peinando el estado para encontrar a los asesinos. Seguro que eso les preocupa más que el secuestro. Saben que mantendréis al niño con vida para cobrar el rescate. Pero cuatro polis muertos son otra historia. —No estaba precisamente contento. Los dos sabían que la policía mantendría la boca cerrada para no poner en peligro la vida de Sam—. Parece que has sabido manejar la situación. Pero qué estúpidos... Aunque supongo que no tenían elección. No podían llevarse a los polis con ellos.

Durante un largo momento, Addison permaneció sentado en el balcón de su suite del Carlton, en Cannes, contemplando la puesta de sol y pensando qué había que hacer.

—Será mejor que te reúnas con ellos.

Cambio de planes, pero podía ser importante.

—¿En Tahoe? Es un disparate. No quiero que puedan relacionarme con ellos.

O peor, que lo cogieran con ellos si hacían alguna otra estupidez, como atracar un 7-Eleven para conseguir un sándwich, pensó Peter, pero no se lo dijo a su jefe. Addison ya estaba bastante preocupado por los policías muertos, y él también.

—Lo último que necesita ninguno de nosotros es perder cien millones de dólares. Considéralo una forma de proteger nuestra inversión. Creo que vale la pena.

—¿Y para qué demonios quieres que vaya allí? —Peter parecía asustado.

—Cuanto más lo pienso, menos me fío de que aquellos tres se queden solos con el crío. Si le hacen daño o le matan accidentalmente, estamos jodidos. No estoy muy seguro de que sus dotes de canguro sean las más adecuadas. Confío en ti para que protejas a nuestra principal baza. —Aquellos hombres estaban resultando más violentos de lo que había pensado. Bastaba con que uno perdiera el control. No era difícil matar a un niño, y seguro que eran lo bastante estúpidos para hacerlo. Solo tenían un niño para negociar, así que no quería arriesgarse—. Quiero que vayas allí —dijo con decisión.

Era lo último que Peter habría querido, pero comprendía la posición de Addison. Y sabía que si estaba allí podría vigilar a Sam.

—¿Cuándo?

—Esta noche como muy tarde. En realidad, ¿por qué no te vas ahora? Puedes tenerlos controlados. Y al niño. ¿Cuándo vas a llamar a la madre?

Addison solo lo estaba probando. Habían repasado todos los detalles la víspera de su partida. Aunque, desde luego, no esperaba que mataran a cuatro policías.

—Dentro de uno o dos días —contestó Peter.

Era lo que habían acordado.

—Llámame desde allí. Buena suerte —dijo y colgó, mientras Peter se quedaba sentado, mirando la pared de su habitación.

Las cosas no estaban saliendo como habían planeado. No quería estar ni remotamente cerca de Tahoe mientras durara todo aquello. Solo quería sus diez millones de dólares y marcharse. Ni siquiera estaba seguro de querer eso. Si hacía aquello era solo para proteger a sus hijas. Si se reunía en Tahoe con los otros, el riesgo de que lo atraparan era mucho mayor, pero no tenía escapatoria, lo sabía desde que aquello había empezado. Trató de no pensar en lo mucho que estaría sufriendo Fernanda, y cogió su neceser, sus utensilios para afeitarse, dos camisetas limpias y la ropa interior. Diez minutos más tarde salió del motel. Fuera lo que fuese lo que sintiera en aquellos momentos la mujer, de una cosa estaba seguro: habiendo cien millones en juego, le devolverían a su hijo. Así que no importaba lo mucho que estuviera sufriendo; todo acabaría bien. Peter trató de tranquilizarse con ese pensamiento, salió del motel y paró un taxi. Se apeó en Fisherman's Wharf, donde cogió otro taxi que lo llevó a un solar de coches de segunda mano en Oakland. El coche que había utilizado durante aquel mes estaba abandonado en un callejón en la Marina. Peter había quitado las matrículas y las había tirado a un contenedor de basura antes de caminar una docena de manzanas hasta el motel, donde pagó la habitación en efectivo.

En Oakland compró un viejo Honda y pagó en efectivo y, una hora después de llamar a Phillip Addison, estaba en la carretera camino de Tahoe. Parecía mucho más seguro utilizar un coche diferente por si alguien del vecindario se había fijado en él. Ahora que Waters y los otros habían matado a cuatro policías, el riesgo era mucho mayor, y el hecho de que él también fuera a Tahoe empeoraría las cosas. Pero sabía que no había elección. Addison tenía razón. Peter no se fiaba de dejarlos solos con Sam, y no quería que le pasara nada malo.

Mucho antes de que llegara a Vallejo, las fotografías de Peter y Carlton Waters estaban ya en los ordenadores de todas las comisarías de policía del estado. También se envió el número de matrícula y la descripción del coche que había usado, así como advertencias estrictas para que no se difundiera ningún tipo de información sobre el caso porque había un secuestro. Peter no se paró por el camino y condujo dentro de los límites de velocidad para evitar incidentes. Para entonces, el FBI ya tenía a Addison vigilado en Francia. Ahora lo único que Fernanda necesitaba era una llamada de los secuestradores para que la policía y el FBI pudieran encontrar a Sam.

15

Por la noche, la policía ya había tomado todas las fotografías que necesitaba. Se había notificado el suceso a las familias de los fallecidos, y los cuerpos, o lo que quedaba de ellos, se encontraban en las funerarias. Las esposas y los familiares estaban al tanto de lo sucedido; sabían que la vida de un niño pendía de un hilo y nadie debía hablar o contar la verdad hasta que el chico estuviera libre. Todos lo entendieron y estuvieron de acuerdo. Eran buenas personas y, como esposas de policías y de agentes federales, conocían la dificultad de ese tipo de situaciones. Para afrontar su dolor y el de sus familias, contaban con la ayuda de psicólogos expertos de ambos departamentos.

Había especialistas en perfiles psicológicos trabajando sobre Peter Morgan y Carl Waters. Sus respectivas habitaciones habían sido registradas a conciencia, se había entrevistado a sus amigos, y el director del albergue de Modesto había informado de que Malcolm Stark y Jim Free, ambos en libertad condicional, se habían ido con Waters, lo cual abrió una nueva línea de investigación e hizo que se enviaran nuevas fotografías y descripciones por internet a las comisarías de todo el estado. Los miembros del FBI de Quantico sumaron sus esfuerzos a los del departamento de policía de San Francisco. Habían hablado con los agentes de la condicional y los jefes de Waters, Stark y Free; con el agente de la condicional de Peter, que dijo que apenas le conocía, y con el supuesto jefe de Peter, que por lo visto no le conocía de nada. Tres horas después, los expertos del FBI ya habían descubierto que la empresa que supuestamente había contratado a Peter era en realidad subsidiaria indirecta de una empresa que pertenecía a Phillip Addison. Rick Holmquist supuso acertadamente que el trabajo de Peter no era más que una tapadera, algo con lo que Ted estaba de acuerdo.

Ted se había puesto en contacto con la empresa de limpieza que colaboraba con ellos en casos de homicidio. Esa noche tendrían que desmontar la cocina de Fernanda. Las armas que habían utilizado los secuestradores eran tan potentes, y el destrozo provocado tan grande, que iban a tener que arrancar hasta las superficies de granito y retirarlo todo. Ted sabía que por la mañana la cocina estaría completamente vacía, que ya no sería elegante, pero al menos estaría limpia y no habría nada que indicara la carnicería producida con el asesinato de los agentes durante el secuestro de Sam.

Cuatro nuevos agentes fueron asignados para la protección de Fernanda, aunque esta vez todos eran policías. Fernanda estaba en su habitación, tumbada en la cama. Ted pasó todo el día allí. No salió en ningún momento. Hizo todas las llamadas por el móvil, desde la sala de estar. Junto a él había un negociador que esperaba la llamada de los secuestradores. Nadie dudaba de que esa llamada se produciría. Lo que no sabían era cuándo.

Casi eran las nueve de la noche cuando Fernanda bajó con aire lúgubre. No había comido ni bebido nada en todo el día. Ted le había preguntado en varias ocasiones si necesitaba algo, pero al final decidió dejarla tranquila. Necesitaba estar sola. Si le necesitaba, él estaba allí. No quería inmiscuirse. Unos minutos antes había llamado a Shirley para explicarle lo que había ocurrido y avisarla de que pasaría la noche allí con sus hombres. Quería ver cómo iban las cosas. Shirley dijo que lo entendía. En los viejos tiempos, cuando participaba en una misión de vigilancia o trabajaba infiltrado, a veces pasaba semanas enteras fuera. Estaba acostumbrada. Su diferente modo de vida y sus horarios dispares los habían mantenido alejados durante años, y eso se notaba. A veces tenía la sensación de que hacía años que no estaban casados, desde que sus hijos eran pequeños, o puede que incluso antes. Ella hacía lo que quería; tenía sus amigos y su vida. Y lo mismo pasaba con Ted. Era algo frecuente entre los policías y sus mujeres. Tarde o temprano el trabajo acababa con la relación. Ellos habían tenido más suerte que la mayoría; al menos seguían casados. Muchos de sus viejos amigos ya no lo estaban. Como Rick.

Fernanda entró en la sala de estar como un fantasma. Se quedó de pie y lo miró un momento; luego se sentó.

—¿Han llamado?

Ted negó con la cabeza. Si hubieran llamado, se lo habría dicho. Fernanda lo sabía, pero tenía que preguntarlo. Era lo único en lo que podía pensar, en lo que había estado pensando todo el día.

—Es demasiado pronto. Quieren darle tiempo para pensar y que pierda los nervios.

El negociador también se lo había dicho. Estaba arriba, esperando en la habitación de Ashley, con un teléfono especial conectado a la línea principal.

—¿Qué están haciendo en la cocina? —preguntó Fernanda sin demasiado interés.

No quería volver a ver aquella habitación. Nunca olvidaría lo que había visto allí dentro. Ted también lo sabía. Le alivió saber que Fernanda iba a vender la casa. Después de aquello, tenían que salir de allí.

—La están limpiando. —Fernanda oía la máquina que estaba arrancando las superficies de granito. Sonaba como si estuvieran derribando la casa y deseó que fuera así—. Espero que los compradores pongan otra cocina —dijo Ted tratando de distraerla e, involuntariamente, Fernanda sonrió.

—Lo metieron en un saco —explicó Fernanda mirándole. No dejaba de ver aquella escena en su cabeza una y otra vez, más incluso que la de la cocina, que también era terrible—. Y le taparon la boca con esparadrapo.

—Lo sé. No le pasará nada —repitió Ted, rezando para que

fuera verdad—. Tendremos noticias de los secuestradores en un par de días. Es posible que la dejen hablar con él.

El negociador ya le había dicho que pidiera que los dejaran hablar cuando llamaran, para asegurarse de que estaba vivo. No tenía sentido pagar un rescate por un niño muerto. Ted no le dijo eso. Se limitó a quedarse sentado, mirándola, igual que ella le miraba a él. Por dentro Fernanda se sentía completamente muerta. Y lo parecía. Su rostro tenía un color que oscilaba entre el gris y el verdoso, y parecía enferma. Varios vecinos habían pasado para preguntar qué sucedía. Alguien dijo que la había oído gritar, pero, cuando la policía sondeó a los vecinos, nadie había visto nada. La policía no facilitó detalles.

—Las familias de esos pobres hombres... Todo esto debe de haber sido terrible para ellas. Deben de odiarme.

Miró a Ted inquisitivamente, sintiéndose culpable. Habían ido a la casa para protegerlos, a ella y a sus hijos. Indirectamente, tenía la sensación de que ella era tan culpable como los secuestradores.

—Es nuestro trabajo. Estas cosas pasan. Asumimos ese riesgo. La mayoría de las veces todo sale bien. Pero, cuando no es así, somos conscientes de que podía pasar, y nuestras familias también.

—¿Cómo pueden vivir así?

—Lo hacen. Muchos matrimonios no sobreviven.

Fernanda asintió. En cierto modo, el suyo tampoco había sobrevivido. Allan había preferido huir en lugar de afrontar su responsabilidad y tratar de arreglar las cosas. Había dejado que ella se las arreglara sola con aquel embrollo. Y ahora aquello... Ted lo sentía por ella. Lo único que podía hacer era esforzarse en lo posible para que recuperara a su hijo. Su superior estuvo de acuerdo en que se quedara en la casa mientras durara aquello. Cuando los secuestradores llamaran, las cosas podían ponerse difíciles.

—¿Qué voy a hacer cuando me pidan dinero?

Fernanda llevaba todo el día dándole vueltas. No tenía nada, aunque quizá Jack podría conseguir algo. Según lo que pidieran,

234

iba a hacer falta un milagro. Y seguramente pedirían mucho, Fernanda lo sabía.

—Con un poco de suerte lograremos rastrear la llamada y los encontraremos enseguida.

Con suerte, sí. Ted sabía que tenían que encontrarlos cuanto antes y liberar al niño.

—¿Y si no pueden rastrear la llamada? —preguntó ella casi en un susurro.

—Podremos.

Su voz parecía segura, pero Ted sabía que no iba a ser tan fácil como quería dar a entender. De momento tenían que esperar y ver qué pasaba cuando recibieran la llamada. Los negociadores estaban allí.

Fernanda no se había peinado en todo el día, pero de todos modos estaba guapa. Para Ted siempre estaba guapa.

—Si le traigo algo de comer, ¿hará un esfuerzo? Necesitará tener fuerzas cuando llamen.

Pero sabía que aún era pronto. La mujer todavía estaba bajo los efectos del trauma causado por lo que había visto. Ella negó con la cabeza.

—No tengo hambre.

No habría podido comer nada. Solo era capaz de pensar en su hijo. ¿Dónde estaba? ¿Qué le habían hecho? ¿Estaría herido, muerto, asustado? No dejaban de pasarle por la cabeza cosas terribles.

Media hora más tarde, Ted le llevó una taza de café y ella lo tomó, sentada en el suelo de la sala de estar, abrazándose las rodillas. Sabía que tampoco podría dormir. La espera se le iba a hacer eterna. Iba a ser eterna para todos, pero sobre todo para ella. Y aún no había dicho nada a sus otros hijos. La policía había decidido que era mejor esperar hasta que supieran algo. No tenía sentido asustarlos, porque eso era lo único que conseguiría diciéndoselo. Se había informado a la policía local de ambas zonas y ya estaban atentos. Pero, ahora que tenían a Sam, Ted y sus superiores intuían que los otros dos estaban fuera de peligro. No intentarían nada más. Ya tenían lo que necesitaban con Sam.

Fernanda seguía sentada sobre la moqueta, en la sala de estar, sin decir nada. Ted estaba sentado junto a ella, redactando informes, mirándola de vez en cuando. Fue a ver cómo seguían sus hombres y, al cabo de un rato, Fernanda se durmió. Cuando Ted volvió, la encontró dormida en el suelo. No la molestó. Necesitaba dormir. Pensó en llevarla a su habitación, pero no quería despertarla. Hacia medianoche, él se tumbó en el sofá y dormitó unas horas. Aún estaba oscuro cuando se despertó y la oyó llorar en el suelo, demasiado afectada para moverse. Ted no dijo nada; se limitó a sentarse en el suelo junto a ella y la abrazó. Fernanda pasó horas en sus brazos, llorando. Cuando por fin dejó de llorar, ya estaba amaneciendo; le dio las gracias a Ted y subió a su habitación. Habían limpiado la sangre de la moqueta del vestíbulo. Ted no volvió a verla hasta casi mediodía. Seguían sin tener noticias de los secuestradores. Y Fernanda tenía peor aspecto a cada hora que pasaba.

Jack Waterman la llamó aquella tarde, un día después del secuestro. Cuando el teléfono sonó todos se sobresaltaron. Ya le habían dicho que tenía que contestar personalmente, para que los secuestradores no se asustaran por la presencia policial, aunque seguramente ya sabían que estaban allí, puesto que cuando se llevaron al niño ya había policías en la casa. Fernanda contestó, y casi se echa a llorar cuando oyó que era Jack. Había rezado para que fueran ellos.

—¿Cómo estás de la gripe? —preguntó él con tono informal y relajado.

—No muy bien.

—Se te oye fatal. Lamento oír eso. Y Sam, ¿cómo está? —Fernanda vaciló durante un interminable momento y, a pesar de sus esfuerzos por controlarse, se echó a llorar—. ¿Fernanda? ¿Estás bien? ¿Qué ha pasado? —Fernanda no sabía qué decir. Se limitó a llorar y llorar, mientras Jack se sentía cada vez más inquieto—. ¿Puedo ir a verte? —le preguntó.

Ella negó con la cabeza, pero finalmente accedió. De todos modos, al final necesitaría su ayuda. Iba a ser un caos cuando le pidieran el dinero.

Diez minutos después, Jack Waterman estaba ante su puerta y, cuando entró, se quedó de piedra. Media docena de agentes de policía de paisano y de federales visiblemente armados andaban arriba y abajo por la casa. Uno de los negociadores había bajado para cambiar de aires. Ted estaba en la cocina, hablando con algunos de sus hombres, que se veían sorprendentemente aseados. Fernanda estaba en medio de todo aquello, con aire sombrío. Cuando le vio, volvió a echarse a llorar. No sabía qué decir. Ted hizo pasar a la cocina al resto de policías y federales y cerró la puerta.

—¿Qué está pasando aquí? —preguntó Jack horrorizado.

Era evidente que algo terrible había pasado. Fernanda tardó otros cinco minutos en conseguir pronunciar las palabras, mientras estaban sentados el uno frente al otro en el sofá.

—Han secuestrado a Sam.

—¿Quién ha secuestrado a Sam?

—No lo sabemos.

Le contó toda la historia desde el principio, incluyendo la escena en la que se llevaban a Sam en un saco de lona y el asesinato de los cuatro policías en la cocina.

—Dios. ¿Por qué no me llamaste? ¿Por qué no me lo dijiste el otro día?

El abogado se dio cuenta de que todo aquello ya había empezado cuando anuló la salida a Napa. Jack había creído realmente que estaban con gripe. Pero lo que tenían era infinitamente peor. La historia que le estaba explicando casi resultaba increíble; era demasiado terrible.

—¿Qué voy a hacer cuando me pidan el rescate? No tengo nada que ofrecerles a cambio de Sam. —Él lo sabía mejor que nadie. Era una pregunta difícil—. La policía y el FBI piensan que los secuestradores creen que aún tengo el dinero de Allan.

—No sé —contestó Jack sintiéndose impotente—. Esperemos que los atrapen antes de que tengas que entregar el rescate.

—Sería imposible encontrar dinero en efectivo para Fernanda, ni en cantidades grandes ni en cantidades pequeñas—. ¿Tiene la policía alguna pista de dónde pueden estar?

No, por el momento no había pistas.

Jack estuvo con Fernanda dos horas, rodeándola con el brazo, y le hizo prometer que le llamaría a cualquier hora si había alguna novedad o necesitaba compañía. Antes de marcharse, hizo una sugerencia desoladora. Le dijo que lo mejor sería que le firmara unos poderes para que pudiera tomar decisiones o utilizar fondos si a ella le pasaba algo. Aquello le pareció tan deprimente como ver a la policía cortando mechones de pelo a sus hijos para analizar el ADN si los encontraban muertos. Básicamente, Jack estaba insinuando lo mismo. Le dijo que le enviaría los documentos al día siguiente para que los firmara. Y, unos minutos después, se fue.

Fernanda se dirigió a la cocina y encontró a los hombres tomando café. Se había jurado a sí misma que no volvería a entrar allí, pero acababa de hacerlo. Casi no la reconocía. Todas las superficies de granito habían desaparecido, y habían tenido que sustituir la mesa por otra más sencilla y funcional, porque la sangre de los policías había calado en la madera de la suya. Fernanda ni siquiera reconoció las sillas. Era como si hubiera caído una bomba, pero al menos no quedaba ni rastro de la terrible escena que había presenciado el día anterior.

Cuando entró, los cuatro hombres encargados de protegerla se pusieron de pie. Ted estaba apoyado contra la pared, hablando con ellos, y cuando la vio le sonrió. Ella le devolvió la sonrisa, recordando lo mucho que la había reconfortado la noche anterior. Incluso en aquellos momentos de angustia, había algo en aquel hombre que la reconfortaba y la tranquilizaba.

Uno de los hombres le dio una taza de café y le tendió una caja de donuts. Ella cogió uno, se comió la mitad y tiró el resto. Era lo primero que comía en dos días. Se mantenía con té y café, y estaba al límite. Todos sabían que no había noticias. Nadie preguntó. Charlaron de cosas irrelevantes en la cocina y, al cabo de un rato, ella subió a echarse en la cama. Vio pasar al negociador ante su puerta camino de la habitación de Ashley. Ya no se desvestía, excepto para ducharse. Era como vivir en un campamento militar, y a su alrededor no veía más que hombres armados. Ya se había acostumbrado. No le importaban las pistolas. Solo le importaba su hijo. Era lo único que le preocupaba, su única razón para vivir, lo único que quería y conocía. Estuvo tendida en la cama toda la noche, despierta, a causa del azúcar y la cafeína, esperando noticias de Sam. Lo único que podía hacer era rezar para que siguiera con vida.

16

A la mañana siguiente, Fernanda se despertó cuando el sol empezaba a asomar por encima de la ciudad en una bruma dorada. Cuando bajó, vio un periódico que uno de los hombres había dejado en la mesa y se dio cuenta de que era el Cuatro de Julio. No era domingo, pero, cuando se sentó y se quedó contemplando la salida del sol, sintió la necesidad de ir a la iglesia, aunque sabía que no podía. No podía salir de casa por si llamaban. Poco después, cuando estaban los dos en la cocina, se lo comentó a Ted. Después de pensarlo un rato, Ted le preguntó si quería ver a un sacerdote. A Fernanda la idea hasta le sonó extraña. Le gustaba llevar a los niños a la iglesia los domingos, pero no habían querido ir desde la muerte de su padre. Y ella se sentía tan desanimada que últimamente tampoco iba mucho. Pero en aquellos momentos necesitaba ver a un sacerdote. Necesitaba hablar con alguien que rezara con ella, porque tenía la sensación de que ya no sabía hacerlo.

—¿Le parece extraño? —le preguntó a Ted con expresión abochornada, pero él negó con la cabeza.

Ya llevaba días con ella sin salir de la casa. Se había llevado alguna ropa. Sabía que algunos de sus hombres estaban descansando en la habitación de Will. Se turnaban para dormir, mientras los demás seguían vigilando y estaban pendientes del teléfono y de la mujer. Cuatro o cinco hombres utilizaban la cama por turnos las veinticuatro horas.

—No hay nada extraño si le ayuda a pasar por esto. ¿Quiere que busque a alguien? ¿Quiere ver a alguien en particular?

—No importa —dijo ella con expresión cohibida.

Era curioso, pero, después de pasar tantos días juntos, parecían viejos amigos. Podía decirle cualquier cosa. En una situación como aquella, no hay orgullo, ni vergüenza, ni artificio; solo sinceridad y dolor.

—Haré unas llamadas —fue la respuesta de Ted.

Dos horas después, un joven llamaba a la puerta. Parecía conocer a Ted y entró discretamente. Habló con él unos minutos y luego lo siguió al piso de arriba. Fernanda estaba echada en la cama, así que Ted llamó con los nudillos. Ella se incorporó y miró a Ted, preguntándose quién sería el hombre que le acompañaba. Iba vestido con sandalias, una sudadera y vaqueros. Cuando llegaron, Fernanda estaba rezando para que los secuestradores llamaran.

—Hola —dijo Ted desde la entrada, algo incómodo, porque ella estaba en la cama—. Es un amigo mío. Se llama Dick Wallis y es sacerdote.

Fernanda se levantó, se acercó a ellos y le dio las gracias al sacerdote por ir. Por su aspecto parecía más un jugador de béisbol que un cura. Era joven, de treinta y tantos años quizá. Sin embargo, cuando le habló, vio que su mirada era bondadosa. Le invitó a pasar a su habitación y Ted se retiró discretamente.

Fernanda acompañó al joven sacerdote a una pequeña salita contigua a su habitación y le invitó a tomar asiento. No sabía muy bien qué decirle, y le preguntó si estaba enterado de lo que había pasado. Sí, estaba informado. El joven le explicó que, después de terminar sus estudios en la universidad, había jugado durante dos años en la liga profesional de fútbol americano y luego decidió hacerse cura. Fernanda escuchaba embobada. Tenía treinta y nueve años y hacía quince que era sacerdote. Había conocido a Ted hacía años, cuando colaboraba como capellán con la policía y el mejor amigo de Ted fue asesinado. Eso le hizo cuestionarse muchas cosas sobre el sentido de la vida o su falta de sentido.

—Hay momentos en la vida en que todos nos hacemos esas preguntas. Seguramente usted se las está haciendo ahora. ¿Cree en Dios? —le preguntó y Fernanda se sorprendió.

—Creo que sí. Siempre he creído. —Entonces lo miró con extrañeza—. Estos últimos meses no lo he tenido tan claro. Mi marido murió hace seis meses. Creo que se suicidó.

—Debía de estar muy asustado para hacer algo así.

Una forma curiosa de enfocarlo, pensó Fernanda asintiendo. No se le había ocurrido. Allan estaba asustado y había optado por no colaborar.

—Sí, creo que lo estaba, sí. Y ahora soy yo quien está asustada —dijo de corazón y se echó a llorar—. Me da tanto miedo que maten a mi hijo... —No podía dejar de llorar.

—¿Cree que puede confiar en Dios? —le preguntó el cura con delicadeza y ella lo miró durante un largo momento sin contestar.

—No estoy segura. ¿Cómo ha podido permitir que pase esto, que mi marido muriera? ¿Y si mi hijo muere? —dijo conteniendo un sollozo.

—Quizá debería confiar en Dios y en las personas que están aquí para ayudarle a recuperar a su hijo. Se encuentre donde se encuentre, está en manos de Dios. Dios sabe dónde está. Es lo único que tiene que pensar. Lo único que puede hacer es dejarlo en sus manos. —Entonces le dijo algo tan extraño que Fernanda no supo qué contestar—. A veces hemos de pasar por duras pruebas, situaciones que pensamos que nos destruirán y que sin embargo acaban haciéndonos más fuertes. Parecen un duro golpe, pero en cierto modo son como un regalo de Dios. Sé que debe de sonarle absurdo, pero es la verdad. Si Dios no la quisiera y creyera en usted, no la habría puesto ante un desafío tan grande. Es una oportunidad que se le presenta para lograr la gracia. Esto la hará ser más fuerte. Lo sé. Es la forma que tiene Dios de decirle que la quiere y que cree en usted. Es un cumplido. ¿Lo entiende?

Fernanda miró al sacerdote con expresión triste y meneó la cabeza.

—No. —No quería que aquello tuviera sentido—. No quiero esa clase de cumplidos. No quería la muerte de mi marido. Le necesitaba. Y sigo necesitándole.

—Nadie quiere ese tipo de desafíos, Fernanda. Nadie. Piense en el sufrimiento de Cristo en la cruz, en lo duro que debió de ser para él. En la angustia de ser traicionado por personas en las que confiaba, y en su muerte. Pero después llegó la resurrección. Jesús demostró que ningún reto, por duro que fuera, superaría su amor por nosotros. De hecho, Él nos ama. La ama.

—Durante un largo momento, ninguno de los dos habló y, a pesar de que a Fernanda le parecía un disparate que le dijeran que el secuestro de su hijo era un cumplido de Dios, se sentía mejor. Ni siquiera sabía por qué. Por alguna razón, la presencia del jóven cura la había tranquilizado. Al rato se puso de pie y le dio las gracias. Antes de irse, el hombre le tocó con suavidad la cabeza y la bendijo, y eso la reconfortó—. Rezaré por usted y por Sam. Espero poder conocerle algún día. —Y le sonrió.

—Yo también lo espero —dijo.

El cura asintió y se fue. Aunque no tenía aspecto de sacerdote, a Fernanda le gustaba lo que había dicho. Permaneció sentada en su habitación un rato y luego bajó para reunirse con Ted. Lo encontró en la sala de estar, hablando por el móvil. Cuando la vio entrar, el policía dio por terminada la llamada. Estaba hablando con Rick para pasar el rato.

—¿Cómo ha ido?

—No estoy segura. O es estupendo o está totalmente loco. No sabría escoger —dijo y sonrió.

—Seguramente es las dos cosas. Pero me ayudó mucho cuando un amigo murió. Yo estaba hecho un lío. Mi amigo tenía seis hijos y su mujer estaba esperando otro. Lo mató un vagabundo que lo apuñaló sin ningún motivo y lo dejó morir en el suelo. No fue una muerte heroica. Solo un chiflado con un cuchillo. Aquel vagabundo estaba loco. Lo habían dejado salir del hospital psiquiátrico del estado el día anterior. No tenía ningún sentido, nunca lo tiene.

La muerte de los cuatro hombres en su cocina y el secuestro

de su hijo tampoco tenían sentido. Hay cosas que no pueden tenerlo.

—Me dijo que esto es un cumplido de Dios —le confesó.

—No sé si yo diría tanto. Qué disparate. Quizá tendría que haber llamado a otra persona. —Ted la miró con expresión cohibida.

—No. Me cae bien. Me gustaría volver a verlo. Quizá cuando todo esto haya acabado. No sé. Creo que me ha servido de gran ayuda.

—Yo también me sentí así cuando murió mi amigo. Es una persona muy religiosa. Su fe nunca se tambalea. Me gustaría poder decir lo mismo de mí —confesó Ted con voz tranquila.

Fernanda sonrió. Se la veía más sosegada. Por extrañas que hubieran sido las palabras del sacerdote, hablar con él le había hecho mucho bien.

—No he ido a la iglesia desde que Allan murió. Quizá estaba enfadada con Dios.

—Tiene todo el derecho a estarlo.

—O no. El cura me ha dicho que esto es una oportunidad para encontrar la gracia de Dios.

—Creo que todas las situaciones difíciles lo son, pero me gustaría que no tuviéramos tantas oportunidades para encontrar esa gracia —dijo Ted honestamente.

Él también había pasado lo suyo, aunque nada tan duro como aquello.

—Sí —asintió ella con voz queda—. Opino lo mismo.

Se dirigieron a la cocina para reunirse con los demás. Los hombres estaban jugando a las cartas en la mesa y acababa de llegar una caja de sándwiches. Sin pensarlo, Fernanda cogió uno y se lo comió, y luego se bebió dos vasos de leche. Mientras lo hacía, no dirigió ni una palabra a Ted. Estaba pensando en lo que el padre Wallis le había dicho sobre el cumplido de Dios. Era una idea curiosa, pero tenía su lógica. Y, por primera vez desde que se habían llevado a su hijo, tuvo la abrumadora sensación de que seguía con vida.

Peter Morgan llegó al lago Tahoe en el Honda solo dos horas después de que Carl y los suyos llevaran a Sam. Cuando llegó, el niño seguía en el saco de lona.

—No es muy inteligente tenerlo ahí metido —le dijo Peter a Malcolm Stark, que había dejado el saco en una de las habitaciones de atrás, sobre una cama—. Supongo que el crío tendrá la boca tapada con esparadrapo... ¿Y si no puede respirar?

Stark lo miró desconcertado y Peter se alegró de haber ido. Addison tenía razón. No podían confiarles al niño. Eran unos monstruos. Pero solo unos monstruos habrían hecho el trabajo.

Carl quiso saber por qué estaba allí y Peter le dijo que, al enterarse de los asesinatos, su jefe había preferido que fuera.

—¿Estaba enfadado? —Carl parecía preocupado.

Peter vaciló antes de contestar.

—Sorprendido. La muerte de los polis ha complicado las cosas. Van a poner mucho más empeño en encontrarnos que si solo se tratara del crío.

Carl estuvo de acuerdo. Había sido mala suerte.

—No entiendo cómo no te diste cuenta —le dijo a Peter, todavía con expresión molesta.

—Yo tampoco. —Peter no dejaba de preguntarse si Addison habría dicho algo que los delatara en su interrogatorio. No podía tratarse de otra cosa. Había sido muy minucioso mientras estuvo vigilando a Fernanda. Y, que él supiera, hasta el momento Waters, Stark y Free no habían cometido ningún error. Y, claro, cuando se encontraron a los policías en la cocina, no tenían elección; tuvieron que matarlos. Hasta Peter lo entendía. Pero seguía siendo mala suerte. Para todos—. ¿Cómo está el niño? —volvió a preguntar; no quería que pensaran que estaba preocupado. Pero Stark aún no había ido a buscarlo.

—Creo que alguien debería ir a ver —comentó Carl vagamente.

Jim Free estaba llevando las provisiones a la cocina, y todos estaban hambrientos. Había sido un largo día y un largo viaje.

—Yo lo haré —dijo Peter ofreciéndose sin darle importancia.

Se dirigió a la habitación de atrás y deshizo el nudo de la cuerda con que habían atado el saco. Abrió con cautela, temiendo que el niño se hubiera asfixiado, y se encontró con dos grandes ojos marrones que le miraban. Peter se llevó un dedo a los labios. Ya no tenía muy claro de qué lado estaba, si del de la madre o del de los secuestradores. O quizá solo del lado del niño. Retiró buena parte del saco y le quitó el esparadrapo con suavidad, pero le dejó las manos atadas.

—¿Estás bien? —le preguntó sin alzar la voz. Sam asintió. Tenía la cara sucia y parecía asustado, pero al menos estaba vivo.

—¿Quién eres? —susurró Sam.

—Eso no importa —susurró Peter a su vez.

—¿Eres poli? —Peter negó con la cabeza—. Oh.

Sam no dijo nada más; se limitó a observar. Unos minutos más tarde, Peter volvió a la cocina y encontró a los otros comiendo. Alguien había puesto una olla de cerdo con judías al fuego. También había guindillas.

—Será mejor que le demos algo de comer a ese crío —le dijo a Waters y el hombre asintió.

Tampoco habían pensado en aquello. Ni siquiera le habían dado de beber. Se habían olvidado. Tenían cosas más importantes en la cabeza que dar de comer a Sam.

—Por el amor de Dios —se quejó Malcolm Stark—, esto no es ninguna guardería. Déjalo en el saco.

—Si le matáis no cobraremos —señaló Peter con expresión pragmática.

Carl Waters se rió.

—Tiene razón. Cuando llamemos, la madre seguramente querrá hablar con él. Joder, por cien millones de pavos ya podemos darle algo de vez en cuando. Dale de comer. —Lo dijo mirando a Peter, asignándole a él el trabajo.

Peter se encogió de hombros, puso un trozo de jamón entre el pan y volvió a la habitación de atrás. Una vez allí, se sentó en la cama, junto a Sam, y le puso el sándwich delante de la boca. El niño negó con la cabeza.

—Vamos, Sam, tienes que comer —dijo Peter con tono realista, casi como si le conociera.

Después de observarlo durante un mes, la verdad es que tenía la sensación de conocerle. Peter le habló con la misma delicadeza con que habría hablado a sus hijas para tratar de convencerlas de algo.

—¿Cómo sabes mi nombre? —Sam parecía desconcertado.

Peter había oído a la madre decirlo cientos de veces.

No pudo evitar preguntarse cómo estaría Fernanda, si se sentiría muy alterada. Sabía que estaba muy unida a sus hijos y, por tanto, aquello debía de haberla destrozado. Pero el niño estaba bastante bien, sobre todo después de una experiencia tan traumática y de haber hecho un trayecto de cuatro horas en coche metido en un saco. El crío tenía valor y Peter lo admiraba. Volvió a ofrecerle el sándwich, y esta vez Sam dio un bocado. Al final se comió la mitad y, cuando Peter se volvió a mirarle desde la puerta, Sam dijo:

—Gracias.

Entonces Peter pensó otra cosa y volvió para preguntarle si tenía que ir al lavabo. Sam puso cara abochornada y Peter supuso acertadamente que se había mojado los pantalones hacía bastante rato. ¡Y quién no! Entonces lo sacó completamente del saco. Sam no sabía dónde estaba y tenía miedo de los hombres que le habían secuestrado, incluso de Peter. Este lo llevó al cuarto de baño y esperó; luego volvió a llevarlo a la habitación y lo dejó en la cama. No podía hacer más. Pero, antes de salir, lo tapó con una manta.

Aquella noche Peter volvió a la habitación de Sam antes de irse a dormir y lo llevó al lavabo. Lo despertó para que no tuviera ningún percance. Luego le dio un vaso de leche y una galleta. Sam los devoró y volvió a darle las gracias. Cuando lo vio aparecer de nuevo por la mañana, sonrió.

—¿Cómo te llamas? —preguntó el niño con cautela.

Peter vaciló, pero decidió que no tenía nada que perder. De todos modos, el niño ya le había visto.

—Peter.

Sam asintió. Peter regresó poco después con su desayuno: un huevo frito con beicon. Se había convertido en el canguro oficial. Los otros se alegraron de no tener que hacerlo. Querían su dinero, no tener que cuidar a un mocoso de seis años. En cierto modo, Peter hacía aquello por Fernanda.

Aquella tarde estuvo un rato sentado con Sam y por la noche volvió a verlo. Se sentó en la cama junto a él y le acarició el pelo.

—¿Me vais a matar? —le preguntó el niño con un hilo de voz.

Parecía asustado y triste, pero Peter no le había visto llorar en ningún momento. Sabía lo terrible que debía de ser todo aquello para él, pero era muy valiente; sí, se había mostrado muy valiente desde el principio.

—No, no voy a matarte. Te mandaremos a casa con tu madre dentro de unos días.

Aunque Peter lo dijo completamente convencido, por la cara que puso era evidente que Sam no le creía. Confiaba en él, pero no estaba tan seguro con los otros. Los oía hablar en la otra habitación, pero no habían entrado a verle ni una vez. Preferían dejar que lo hiciera Peter. Este les dijo que estaba protegiendo su inversión y a ellos les pareció divertido.

—¿Van a llamar a mi mamá para pedirle dinero? —preguntó Sam en voz baja y Peter asintió.

El crío le gustaba más que sus compañeros. Con diferencia. Menuda pandilla... Habían estado hablando de lo bien que se lo habían pasado matando a los policías. Peter se ponía malo escuchándolos. Era mucho más agradable hablar con Sam.

—Sí —dijo Peter respondiendo a su pregunta.

No le dijo cuándo porque ni siquiera estaba seguro. Un par de días, pensó, ese era el plan.

—No tiene —dijo el niño mirando a Peter como si tratara de adivinar lo que pensaba.

Aquel hombre casi le gustaba, pero no mucho. Después de todo, era uno de los secuestradores. Pero al menos se portaba bien con él.

—¿No tiene qué? —preguntó Peter distraído.

Estaba pensando en otras cosas, como la huida. Los otros

tres irían a México y de allí pasarían a Sudamérica con pasaportes falsos. Peter iría a Nueva York y trataría de ver a sus hijas. Luego se dirigiría a Brasil. Tenía algunos amigos de sus tiempos de traficante.

—Mi mamá no tiene dinero —contestó el niño en voz muy baja, como si fuera un secreto.

—Claro que tiene dinero. —Peter sonrió.

—No, no tiene. Por eso se mató mi papá. Lo perdió todo.

Peter se sentó en la cama y se lo quedó mirando, preguntándose si sabría de lo que hablaba. Tenía esa sinceridad tan dolorosa de los niños.

—Pensaba que tu padre se había muerto en un accidente, que se cayó de un barco.

—Le dejó una carta a mamá. Y mamá le dijo al abogado de papá que se había suicidado.

—¿Cómo lo sabes?

Por un momento el niño pareció abochornado, y luego confesó:

—Estaba escuchando al otro lado de la puerta.

—¿Le habló al abogado del dinero? —Peter parecía preocupado.

—Muchas veces. Hablan de eso casi todos los días. Mamá dice que todo ha volado. Que tienen un montón de «dudas» o algo así. —Peter lo entendió enseguida. Evidentemente, la madre hablaba de «deudas», no de «dudas»—. Va a vender nuestra casa. Aún no nos lo ha dicho.

Peter asintió y miró al niño muy serio.

—No quiero que le digas esto a nadie más. ¿Me lo prometes?

Sam asintió, con aire muy grave.

—Si mi mamá no les paga me matarán, ¿verdad? —dijo con ojos tristes.

Peter negó con la cabeza.

—No les dejaré que hagan eso —susurró—. Te lo prometo —dijo y volvió con los otros.

—Oye, pasas mucho tiempo con ese crío —se quejó Stark, y Waters lo miró con desagrado.

—Ya puedes estar contento de no tener que hacerlo tú. A mí tampoco me haría ninguna gracia.

—Pues a mí me gustan los niños —comentó Free—. Una vez me comí uno.

Y se echó a reír a carcajadas. Llevaba toda la noche bebiendo cerveza. No había estado en la cárcel por hacer daño a ningún niño y Peter supuso que eran fanfarronadas, pero de todos modos no le hizo gracia. Ninguno de ellos le gustaba.

Peter no le comentó nada a Waters hasta la mañana siguiente, y entonces le miró como si algo le preocupara.

—¿Y si la madre no paga? —le preguntó directamente.

—Pagará. Tiene que recuperar a su hijo. Pagará lo que le pidamos.

De hecho, la noche anterior habían estado hablando de pedir más y quedarse una mayor tajada.

—¿Y si no paga?

—¿Tú qué crees? —dijo Carl con frialdad—. Si no paga, el niño no nos sirve de nada. Nos deshacemos de él y nos largamos.

Aquello era justo lo que él y Sam se temían.

Pero la confesión que Sam le había hecho la noche anterior sobre las finanzas de su madre lo cambiaba todo. A Peter no se le había ocurrido en ningún momento que estuviera arruinada. Aunque se lo había planteado en alguna ocasión, nunca pensó que no tuviera dinero. Ahora lo veía de otra forma. Algo en la forma en que Sam repitió lo que había oído le decía que era verdad. Eso explicaba por qué la mujer nunca iba a ningún sitio, ni hacía nada ni tenía una asistenta que la ayudara en la casa. Él hubiera esperado que llevara una vida bastante más fastuosa. Simplemente pensó que, si se quedaba en casa, era porque quería mucho a sus hijos. Pero quizá había algo más. Tenía la sensación de que la conversación que Sam había oído entre su madre y el abogado era demasiado real. De todos modos, lo de «no tener dinero» era muy relativo. Quizá aún le quedaba algo. Pero, claro, también estaba la nota de suicidio. Si el hombre se había suicidado, era posible que realmente no quedara nada de la fortuna de Allan Barnes. Peter estaba muy preocupado y pensó en aquello todo el día, en lo que podía significar para él y para los otros. Y, peor aún, en lo que podía significar para Sam.

Dejaron pasar dos días y finalmente decidieron llamar. Los cuatro estuvieron de acuerdo en que había llegado el momento. Utilizaron el móvil de Peter, que marcó el número personalmente. Fernanda contestó al primer tono con voz ronca. Se le quebró en cuanto él habló. Peter habló con calma, sufriendo en silencio por ella, y se identificó diciendo que tenía noticias de su hijo. Los negociadores escuchaban la conversación y trataban desesperadamente de localizar la llamada.

—Tengo un amigo que quiere hablar con usted —dijo Peter, y fue a la habitación de atrás mientras Fernanda contenía la respiración y gesticulaba exageradamente tratando de avisar a Ted.

Él ya lo sabía. El negociador escuchaba por la misma línea que ella y estaban grabando la llamada.

—Hola, mamá —dijo Sam, y a Fernanda se le llenaron los ojos de lágrimas.

—¿Estás bien? —Casi no podía hablar y temblaba de forma incontrolable.

—Sí. Estoy bien.

Antes de que Sam pudiera decir nada más, Peter se llevó el teléfono bajo la mirada de Waters. Tenía miedo de que, para tranquilizarla, el niño dijera que se estaba portando bien con él, y no quería que los otros lo supieran. Así que se llevó el teléfono y le habló a Fernanda con claridad. Parecía una persona bien hablada y fría, y a Fernanda le sorprendió. Después de lo que había visto en su casa hacía cuatro días, esperaba a unos palurdos. Evidentemente, aquel no lo era. Parecía educado y agradable, y su tono era extrañamente afable.

—El billete de vuelta para su hijo le va a costar exactamente cien millones de dólares —dijo Peter sin pestañear, mientras los otros escuchaban y asentían en señal de aprobación. Les gustaba su estilo. Sonaba profesional, educado y frío—. Ya puede empezar a contar, señora. La llamaremos dentro de poco para decirle cómo debe hacerse la entrega —añadió, y cortó antes de que ella pudiera contestar. Se volvió hacia los otros, que lo vitorearon—. ¿Cuánto tiempo le damos? —preguntó.

Él y Addison habían hablado de una semana, dos a lo sumo, para completar la transacción. En aquel momento habían estado de acuerdo en que más tiempo habría sido innecesario, pero, después de lo que Sam le había dicho, no estaba seguro de que el tiempo importara o pudiera cambiar las cosas. Si la mujer no tenía dinero, no podría reunir aquella cantidad de ninguna forma. Ni aunque Allan Barnes aún tuviera alguna que otra inversión. Con un poco de suerte, quizá lograría reunir uno o dos millones. Pero por lo que Sam le había dicho de las deudas y el suicidio de su padre, seguramente no tendría ni eso. De todos modos, dos millones divididos entre cinco tampoco daban para mucho.

Aquella noche los otros tres se emborracharon y Peter estuvo hablando con Sam un buen rato. Era un buen crío y estaba triste después de haber hablado con su madre.

Fernanda, por su parte, estaba sentada en la sala de estar, en estado de choque, mirando a Ted.

—¿Qué voy a hacer?

Estaba desesperada. No se le había ocurrido que pudieran pedir tantísimo dinero. ¡Cien millones! ¡Qué disparate! Era evidente que estaban locos.

—Le encontraremos —prometió Ted con voz serena.

Era la única posibilidad, pero no habían conseguido localizar la llamada. Había cortado demasiado pronto, aunque, con el aparato que tenían, de haberse tratado de un teléfono normal habrían podido localizarlo. Pero el hombre había llamado desde un móvil especial, uno de los pocos que no se pueden rastrear. Evidentemente, aquella gente sabía lo que hacía. Bueno, al menos Fernanda había hablado con Sam.

Fernanda llamó a Jack Waterman mientras Ted hablaba con su superior. Le dijo la cantidad que pedían los secuestradores y, al oírlo, el abogado guardó silencio, perplejo. Podía haberla ayudado a reunir medio millón de dólares mientras vendía la casa, pero, aparte de eso, prácticamente no tenía nada en el banco. Cincuenta mil dólares eran todo su haber. Su única esperanza era encontrar al niño antes de que lo mataran. Jack rezó para que ocurriera eso. Fernanda le dijo que la policía y el FBI hacían todo lo posible por localizarle, pero que los secuestradores estaban bien escondidos. Los cuatro sospechosos habían desaparecido y los informantes de confianza no sabían nada.

Dos días después, Will llamó a casa y en cuanto oyó a su madre supo que pasaba algo. Ella lo negó, pero Will la conocía demasiado bien. Finalmente, su madre se echó a llorar y le dijo que habían secuestrado a Sam. Will le suplicó que le dejara volver a casa.

—No tienes por qué hacerlo. La policía está haciendo lo que puede. Estarás mejor allí.

A Fernanda le pareció que sería demasiado deprimente e inquietante para él estar en casa en aquella situación.

—Mamá —dijo su hijo llorando al teléfono—. Quiero estar contigo.

Fernanda llamó a Jack y le pidió que fuera a buscarlo. A la tarde siguiente, Will llegó a casa y al entrar se echó a llorar en brazos de su madre. Estuvieron abrazados un buen rato y aquella noche pasaron horas hablando en la cocina. Jack se quedó por allí un rato, pero al final se fue para no estorbar. Habló con Ted y con los otros hombres unos minutos, y le dijeron que no había ninguna novedad. Había agentes peinando todo el estado, pero por el momento nadie había visto nada sospechoso; la policía buscaba a los hombres de las fotografías, pero nadie les había visto, y no había rastro de Sam, ni de nada que fuera suyo o de la ropa que llevaba puesta cuando se lo llevaron. El niño y los secuestradores habían desaparecido. Podían estar en cualquier parte, en alguno de los otros estados o incluso en México. Ted sabía que podían permanecer ocultos mucho tiempo, demasiado para el bien de Sam.

Aquella noche Will durmió en su habitación y los hombres se trasladaron al dormitorio de Ashley. Podrían haber dormido en el cuarto de Sam, pero habría sido casi un sacrilegio. A las cuatro de la mañana Fernanda seguía sin poder dormir y bajó a ver si Ted estaba despierto. Lo encontró tumbado en el sofá, con los ojos abiertos, pensando. Los otros estaban en la cocina hablando, con las pistolas a la vista, como siempre. Era como una sala de urgencias o de cuidados intensivos, donde la gente siempre pasaba la noche en vela, con las pistolas a mano, esperando para ayudarla. Ya no había una distinción clara entre la noche y el día. Siempre había gente hablando por teléfonos móviles, despierta.

Fernanda se sentó en una silla junto a Ted y lo miró con expresión desolada. Empezaba a perder la esperanza. No tenía el dinero y la policía no había encontrado a su hijo. Ni siquiera tenían una pista sobre el lugar donde podían estar. La policía y el FBI se mostraban inflexibles: no podían hacerlo público porque eso solo habría servido para complicar las cosas. Si contrariaban a los secuestradores, era casi seguro que matarían a Sam. Nadie quería correr ese riesgo. Fernanda tampoco.

Aquella noche Ted había estado fuera unas horas. Fue a cenar con Shirley. Estuvieron hablando del caso y Shirley dijo que lo sentía por Fernanda. Se dio cuenta enseguida de que Ted también lo sentía. Le preguntó si creía que encontrarían al niño a tiempo y él fue sincero. No lo sabía.

—¿Cuándo cree que volveremos a tener noticias de los secuestradores? —le preguntó Fernanda cuando el detective regresó a su casa.

La sala de estar estaba a oscuras, y la única luz que se veía era la que llegaba del vestíbulo.

—Llamarán dentro de poco para decir cómo quieren que se haga la entrega —le dijo para tranquilizarla, pero Fernanda no veía en qué podía cambiar aquello las cosas.

Habían acordado que Fernanda trataría de darles largas, pero tarde o temprano se darían cuenta de que no iba a pagar. Ted sabía que tenía que encontrar a Sam antes de que eso pasara. Aquella tarde había llamado otra vez al padre Wallis, por sí mismo. De momento poco podían hacer aparte de rezar. Necesitaban desesperadamente algo que les permitiera avanzar. La policía y los federales estaban presionando a sus informantes, pero nadie había oído una palabra sobre los secuestradores.

Finalmente, los secuestradores llamaron a la mañana siguiente. Dejaron que Fernanda volviera a hablar con Sam. El niño parecía nervioso. Carl Waters estaba ante él y Peter le sujetaba el teléfono contra la oreja. Fernanda apenas tuvo tiempo de oírle decir «Hola, mamá», porque enseguida le quitaron el teléfono. La voz que habló después le dijo que si quería volver a hablar con su hijo tendría que pagar el rescate. Tenía cinco días para reunirlo. Volverían a llamar para darle las instrucciones para la entrega. Y colgaron. Esta vez, solo de escucharlos, Fernanda se puso histérica. No podía pagar. Y, de nuevo, no pudieron localizar la llamada. Lo único que la policía sabía era que ninguno se había presentado ante su agente de la condicional aquella semana, pero eso no era ninguna novedad. Ya sabían quién lo había hecho. Lo que no sabían era adónde habían ido y qué habían hecho con Sam. Mientras tanto, Phillip Addison tenía la coartada perfecta porque estaba en el sur de Francia. El FBI había comprobado las llamadas del hotel. No había hecho llamadas a larga distancia y el hotel no guardaba registro de las llamadas que recibían los clientes. El FBI empezó a controlar todas sus llamadas pocas horas después del secuestro, pero de momento no había señal de los secuestradores. Ya tenían sus instrucciones y las seguían a su manera. Peter hacía lo que podía por proteger a Sam. Carl y los otros estaban cada vez más impacientes por conseguir el dinero. Ted, Rick, las agencias gubernamentales y los informantes no tenían nada. Y Fernanda se estaba volviendo loca.

17

En su última llamada los secuestradores le dijeron a Fernanda que tenía dos días para entregar el dinero. Esta vez parecían impacientes. No la dejaron hablar con Sam y, en su lado de la línea, todos supieron que el tiempo se les acababa. O quizá ya se había acabado. Tenían que hacer algún movimiento, pero no había nada. Sin ninguna pista sobre el posible paradero del niño, no podían hacer nada. Estaban recurriendo a todas sus fuentes, pero sin pistas, sin algún indicio, sin alguien que hubiera visto algo, era una pérdida de tiempo.

Cuando le dieron el ultimátum a Fernanda, Peter le explicó lo que tenía que hacer. Debía enviar la cantidad de cien millones por transferencia a la cuenta de una compañía de las Bahamas, en lugar de a la de las islas Caimán. El banco de las Bahamas ya había recibido las pertinentes instrucciones para que lo depositara a nombre de varias empresas ficticias y, desde allí, el dinero de Peter y Phillip se enviaría a Ginebra. La parte de los otros tres se mandaría a Costa Rica. Una vez que Waters, Stark y Free llegaran a Colombia y Brasil, podían hacer que se lo enviaran allí.

Fernanda no conocía todos estos detalles. Lo único que sabía era el nombre del banco de las Bahamas al que supuestamente tenía que transferir cien millones de dólares en un plazo de dos días, y que no tenía nada que enviar. Esperaba que la policía y el FBI encontraran a su hijo antes de que se agotara el plazo, pero cada vez tenía más miedo de que no ocurriera a tiempo. La esperanza menguaba por momentos.

—Necesito más tiempo para reunir todo ese dinero —le dijo Fernanda a Peter intentando que el pánico no se le notara en la voz, aunque estaba ahí.

Estaba luchando por la vida de su hijo. Y a pesar de sus esfuerzos, su tecnología y su personal, por el momento ni el FBI ni la policía le habían sido de ninguna ayuda. O, por lo menos, no habían obtenido resultados.

—El tiempo se acaba —dijo Peter con decisión—. Mis compañeros no tienen muchas ganas de esperar —dijo, tratando de disimular su desesperación.

Aquella mujer tenía que hacer algo. Waters y los otros no hacían más que hablar de matar a Sam. No les importaba nada. De hecho, si no conseguían el dinero, les parecía una bonita venganza. Para ellos, el niño era menos importante que una botella de tequila o un par de zapatos.

Ni siquiera les preocupaba que Sam les hubiera visto y pudiera identificarlos. Aquel horrible trío tenía pensado perderse en Sudamérica para siempre. Tenían pasaportes falsos esperándoles en la frontera norte de México. Lo único que debían hacer era llegar hasta allí, cogerlos y desaparecer. Vivirían como reyes el resto de su vida. Pero primero la mujer tenía que pagar. Y hora a hora, día a día, Peter empezaba a comprender que el niño había dicho la verdad. Su madre no tenía ningún dinero que transferir a la cuenta de las Bahamas. ¿Qué podía hacer? Peter no tenía ni idea. Ni Fernanda. Le hubiera gustado preguntárselo, pero tuvo que conformarse con suponer que había alguien detrás dándole instrucciones.

Jack ya le había dicho que la cantidad más alta que podía conseguir contra la casa era una hipoteca adicional de setecientos mil dólares, cuyos pagos no podría afrontar. El banco, que no conocía las circunstancias, aunque las cosas no habrían cambiado mucho si las hubieran conocido, dijo que no podían concedérsela ni hacerle entrega del dinero antes de treinta días. Waters y sus amigos lo querían en dos.

Fernanda no tenía nada con lo que trabajar, y tampoco Ted, Rick y el ejército de agentes del FBI, que juraban y perjuraban que no estaban dejando ni una piedra sin levantar. Sin embargo, a Fernanda no le parecía que estuvieran más cerca de Sam que el día que lo secuestraron. Y a Peter tampoco.

—Está jugando con nosotros —dijo Waters furioso cuando la llamada terminó.

En su casa, Fernanda estaba hecha un mar de lágrimas.

—No es fácil reunir cien millones de dólares —replicó Peter, preocupado por Fernanda. Solo podía imaginar el grado de presión que todo aquello suponía para ella—. La herencia de su marido está inmovilizada, tiene que pagar el impuesto de sucesión y es posible que sus albaceas no puedan entregarle el dinero tan rápido como nosotros queremos.

Peter trataba de ganar tiempo, pero tenía miedo de decirles que creía que Fernanda no tenía dinero. Eso les hubiera puesto furiosos y habrían asesinado al niño en aquel mismo momento. Peter estaba en la cuerda floja. Y Fernanda.

—No vamos a esperar —dijo Waters muy sombrío—. Si no transfiere el dinero en dos días, el crío morirá y nosotros nos largamos. No podemos quedarnos aquí sentados eternamente, esperando a que la poli nos encuentre.

La llamada le había puesto de muy mal humor; repitió que la mujer estaba jugando con ellos y se puso hecho una furia cuando descubrió que no quedaba tequila ni cerveza. Dijo que estaba harto de aquella comida. En eso todos estaban de acuerdo.

En San Francisco, Fernanda había pasado el día en su habitación, como siempre, llorando, temiendo que mataran a Sam o que ya le hubieran matado. Will deambulaba por la casa como un alma en pena. Buscaba la compañía de los hombres de la cocina, pero fuera a donde fuera, preguntara a quien preguntara, la tensión era intolerable. Cada vez que Ashley llamaba, Fernanda mantenía la farsa de que todo iba bien. Aún no sabía que Sam no estaba, y Fernanda no quería que lo supiera. Que Ashley se pusiera histérica solo hubiera servido para empeorar las cosas.

—Me van a matar, ¿verdad? —le preguntó Sam a Peter con

mirada triste después de que llamaran a su madre. Les había oído hablar y sabía que estaban furiosos por el retraso.

—Te prometí que no dejaría que pasara —le susurró Peter cuando pasó por la habitación de atrás para ver cómo estaba después de la llamada.

Incluso Sam sabía que no podría mantener su promesa. Si intentaba mantenerla, le matarían a él también.

Cuando Peter volvió a la sala de estar, todos estaban particularmente molestos por la falta de cerveza y por el retraso en el pago del rescate. Finalmente, Peter se ofreció a bajar a la ciudad a comprar. Era justo el tipo de persona que nunca llama la atención. Solo era un hombre agradable que estaba de visita en el lago por sus vacaciones, seguramente con sus hijos. Lo eligieron para ir a buscar cerveza y le dijeron que llevara tequila y comida china. Estaban hartos de la comida que cocinaban, y Peter también.

Peter bajó al pueblo y pasó de largo. Pasó por otros tres pueblos, pensando qué debía hacer. No había duda. Sam tenía razón. Se les agotaba el tiempo y ahora sabía que el rescate nunca llegaría. Lo único que le quedaba por decidir era si dejaba que mataran a Sam o no. Y, del mismo modo que había decidido arriesgar su vida para salvar la de sus hijas, supo lo que tenía que hacer.

Aparcó la furgoneta cerca de un cámping y sacó su móvil. Lo que tenía muy claro era que no pensaba volver a Pelican Bay. Por un momento sintió la tentación de seguir conduciendo, pero, si hacía eso, cuando vieran que no volvía matarían a Sam.

Marcó el número y esperó. Y, como siempre hacía, Fernanda contestó al primer tono. Peter habló con voz educada y le dijo que Sam estaba bien. Entonces le pidió que le pasara con los policías. Fernanda vaciló un momento, miró a Ted y dijo que no había ningún policía con ella.

—Muy bien —dijo Peter con voz cansada. Para él todo se había acabado, pero tampoco le importaba. Ahora lo único que importaba era Sam. Mientras hablaba, se dio cuenta de que lo hacía por ella—. Supongo que hay alguien más escuchando —dijo muy tranquilo—. Señora Barnes, déjeme hablar con alguno de los hombres.

Fernanda miró a Ted con ojos angustiados y le pasó el teléfono. No tenía ni idea de lo que podía significar aquello.

—Detective Lee —dijo Ted muy seco.

—Tienen menos de cuarenta y ocho horas para sacarlo de aquí. Son cuatro, incluido yo —expuso Peter, ofreciéndoles no solo información, sino también su colaboración.

Sabía que tenía que hacerlo. Tanto por sí mismo como por ella y por el niño. Era lo único que podía hacer por ellos.

—Morgan, ¿es usted? —Solo podía ser él. Ted sabía que era con él con quien hablaba.

Peter ni lo confirmó ni lo negó. Tenía cosas más importantes que hacer. Le dio a Ted la dirección en Tahoe y describió la disposición de la casa.

—Por el momento tienen al niño en la habitación de atrás. Haré lo que pueda por ayudarles, pero es posible que me maten a mí también.

Entonces Ted le hizo una pregunta, deseando con toda su alma que le contestara. Estaban grabando la llamada, como todas las demás.

—¿Phillip Addison está detrás de esto?

Peter vaciló y luego contestó.

—Sí, lo está.

Todo había terminado para él. Sabía que, fuera a donde fuese, Addison le encontraría y le mataría. Pero seguramente Waters y los otros acabarían con él mucho antes.

—No olvidaré esto —dijo Ted, y hablaba en serio.

Fernanda no le quitaba los ojos de encima. Sabía que algo pasaba, pero no estaba muy segura de si era bueno o malo.

—No lo hago por eso —dijo Peter con pesar—. Lo hago por Sam... y por ella... Dígale que lo siento.

Y con esto cortó, tiró el móvil en el asiento del acompañante y se dirigió hacia la tienda, donde compró suficiente cerveza y tequila para que estuvieran borrachos eternamente. Cuando volvió a la casa, llevaba cuatro bolsas de comida china y sonreía. De pronto se sentía liberado. Y, por una vez en su vida, había hecho lo correcto.

—¿Por qué coño has tardado tanto? —preguntó Stark, pero se suavizó en cuanto vio la comida, la cerveza y las tres botellas de buen tequila.

—Han tardado una hora en preparar la comida —se quejó Peter.

Acto seguido, fue a ver cómo estaba Sam. Lo encontró dormido. Peter se quedó mirándolo un momento y luego salió de la habitación. No tenía ni idea de cuándo llegarían, pero esperaba que fuera pronto.

18

—¿Qué ha pasado? —preguntó Fernanda con expresión asustada cuando Peter Morgan finalizó la llamada.

Ted la miró y casi se echa a llorar.

—Están en Tahoe. Morgan nos lo ha dicho.

Era el respiro que necesitaban. Su única esperanza.

—Oh, Dios mío —susurró ella—. ¿Por qué ha hecho eso?

—Dijo que lo hacía por Sam y por usted. Me pidió que le dijera que lo siente.

Fernanda asintió, preguntándose qué le habría hecho cambiar de opinión. Pero fuera lo que fuese, se sentía agradecida. Había salvado la vida de su hijo. O al menos lo había intentado.

A partir de ese momento, las cosas empezaron a acelerarse. Ted hizo lo que parecieron un millar de llamadas. Llamó a su superior, a Rick Holmquist y a los jefes de tres equipos del SWAT. Llamó al jefe de policía y al sheriff de Tahoe, y les pidió que no intervinieran. Ellos estuvieron de acuerdo en dejar que fueran el FBI, el departamento de policía de San Francisco y los SWAT quienes actuaran. Aquello tenía que hacerse con la precisión de una operación a corazón abierto. Ted le dijo a Fernanda que estarían preparados para la tarde siguiente. Ella le dio las gracias y fue a contárselo todo a Will, que se echó a llorar.

A la mañana siguiente, cuando Fernanda se levantó, Ted estuvo hablando por teléfono con otra docena de personas. Cuando Will terminó su desayuno, Ted ya estaba listo para salir. Le dijo que ya había veinticinco hombres de camino a Tahoe. El FBI enviaría un comando de ocho personas, ocho más para el puesto de mando y otros ocho del equipo de los SWAT, además de Rick y él. También habría unos veinte agentes de las fuerzas de policía locales que se incorporarían a su grupo cuando llegaran. Rick llevaba a sus mejores hombres y tiradores, y enviaría un avión con dos pilotos. Ted había elegido a su mejor equipo del SWAT y mandaría a su negociador con ellos. Había pensado dejar cuatro hombres con ella y con Will.

—Lléveme con usted —le suplicó Fernanda—. Yo también quiero estar allí. —Ted vaciló, no muy seguro de que fuera una buena idea. Podían pasar muchas cosas y, con tantos hombres de por medio, era posible que todo acabara mal. Sacar al niño de la casa iba a ser complicado, incluso con la ayuda de Morgan. Hasta era posible que la policía matara sin querer a Sam al irrumpir en la casa. Las posibilidades de que Sam no saliera con vida eran altas. Y, si pasaba lo peor, no quería que la madre estuviera allí para verlo—. Por favor —pidió ella con lágrimas en los ojos.

Aunque Ted sabía que no debía hacerlo, no pudo resistirse.

Fernanda no le dijo a Will adónde iban. Subió corriendo al piso superior y cogió un par de botas de montaña y un jersey. Le dijo a Will que iba a salir con Ted y que se quedara en la casa con los agentes. Antes de que el chico tuviera ocasión de decir nada, su madre ya había salido por la puerta y ella y Ted se alejaron en el coche. Ted había llamado a Rick Holmquist, que se dirigía al lugar con cuatro agentes especiales y un comando. En Tahoe habría hombres suficientes para crear un nuevo cuerpo policial. Su superior pidió a Ted que le mantuviera informado.

Ted y Fernanda cruzaron el Bay Bridge en silencio. Pasó casi otra media hora antes de que Ted hablara. Aún tenía sus dudas sobre lo apropiado de haberla dejado acompañarle, pero ya era tarde para cambiar de opinión. Mientras seguían su camino en dirección norte, ella empezó a relajarse, y también él. Hablaron de algunas de las cosas que había dicho el padre Wallis. Fernanda estaba tratando de hacer lo que aquel hombre le había sugerido y pensar que Sam estaba en manos de Dios. Ted comentó que la llamada de Morgan había dado un giro definitivo a los acontecimientos.

—¿Por qué cree que lo ha hecho? —preguntó Fernanda con expresión confusa. No entendía que hubiera dicho que lo hacía por ella, y Ted tampoco.

—A veces la gente hace cosas extrañas —contestó Ted con voz sobria— y cuando menos se espera. —Lo había visto otras veces—. A lo mejor después de todo no le interesa el dinero. Si se enteran, seguramente lo matarán.

Y si no lo hacían, tendrían que incluirlo en el programa de protección de testigos cuando saliera. Si lo mandaban a la cárcel estaba muerto. Pero si los otros se enteraban era posible que acabara muerto de todos modos.

—No ha ido a su casa en toda la semana —comentó Fernanda cuando pasaban de largo por Sacramento.

Ted la miró y sonrió.

—Habla usted como mi esposa.

—Debe de ser muy duro para ella —dijo Fernanda con tono comprensivo y, durante un buen rato, Ted no dijo nada—. Perdone, no quería ser entrometida. Solo estaba pensando que debe de ser duro para un matrimonio.

Ted asintió.

—Lo es. O lo era. Ahora estamos acostumbrados. Llevamos casados desde que éramos unos críos. Conozco a Shirley desde que teníamos catorce años.

—Eso es mucho tiempo —dijo Fernanda con una sonrisa—. Yo tenía veintidós cuando me casé con Allan. Estuvimos casados diecisiete años.

Él asintió. Hablar de su vida y de sus respectivos cónyuges les ayudaba a pasar el rato. Casi se sentían como si fueran viejos amigos. Aquella última semana habían pasado mucho tiempo juntos en las circunstancias más terribles. Había sido muy duro para ella.

—Debió de ser muy duro para usted que... que su marido muriera —dijo Ted con tono comprensivo.

—Lo fue. Y ha sido duro para los chicos, sobre todo para Will. Creo que siente que su padre nos ha fallado.

Y, cuando vendiera la casa, se llevaría otro disgusto.

—Los chicos de esa edad necesitan tener un hombre que les guíe. —Cuando lo dijo, Ted pensaba en sí mismo. Él casi nunca estaba cuando sus hijos tenían la edad de Ted. Era una de las cosas de las que más se arrepentía en su vida—. Yo nunca estaba en casa cuando mis hijos eran adolescentes. Es el precio que hay que pagar cuando tienes un trabajo como este.

—Tenían a su madre —dijo ella con dulzura, tratando de hacer que se sintiera mejor, aunque Fernanda intuía que aquello le pesaba en el corazón.

—Eso no es suficiente —replicó Ted con firmeza, y entonces la miró con expresión de disculpa—. Lo siento. No quería decir eso.

—Sí, sí quería decirlo. Quizá tiene razón. Lo hago lo mejor que puedo, pero la mayor parte del tiempo siento que no es suficiente. Allan no me dio muchas opciones en ese aspecto. Decidió por su cuenta.

Era fácil hablar con aquella mujer. Más de lo que Ted habría querido.

—Shirley y yo estuvimos a punto de separarnos cuando los chicos eran pequeños. Lo hablamos durante un tiempo y al final decidimos que no era buena idea. —Le resultaba extrañamente fácil abrirse a ella.

—Seguramente no lo era. Es bonito que siguieran juntos.

Fernanda lo admiraba por ello, y también a su mujer.

—Puede. Somos buenos amigos.

—Eso espero, después de veintiocho años.

Ted se lo había dicho hacía días. Tenía cuarenta y siete años y estaba casado con la misma mujer desde los diecinueve. Aquello la impresionó. A ella le parecía mucho tiempo; el vínculo que los unía debía de ser muy fuerte.

Entonces Ted le contó algo que Fernanda no esperaba.

—Superamos lo nuestro hace mucho tiempo. No me di cuenta hasta hace unos pocos años. Un día me levanté y comprendí que, fuera lo que fuese lo que habíamos sentido el uno por el otro, ya no existía. Creo que lo que tenemos ahora está bien. Somos amigos.

—¿Y es suficiente? —le preguntó Fernanda con una expresión extraña.

Aquella era del tipo de confesiones que se hacen en el lecho de muerte. Solo esperaba que quien estuviera en ese lecho no fuera su hijo. No soportaba pensar en eso. Pensar hacia dónde iban o por qué. En aquellos momentos era más fácil hablar de Ted que de su hijo.

—A veces —contestó Ted sinceramente, pensando en Shirley, en lo que compartían y en lo que nunca habían compartido—. A veces es bonito llegar a casa y encontrar una amiga, pero otras veces no. Ya no hablamos mucho. Ella tiene su vida y yo la mía.

—Entonces, ¿por qué siguen juntos?

Rick Holmquist llevaba años haciéndole la misma pregunta.

—Pereza, cansancio, soledad. Estoy demasiado asustado para moverme. Soy demasiado viejo.

—Viejo no. ¿Y por qué no decir que le es fiel? ¿Que es decente? Quizá está más enamorado de ella de lo que cree. No parece que se atribuya ningún mérito por haber permanecido al lado de su mujer. Ni ella tampoco. Seguramente ella le quiere más de lo que piensa —dijo Fernanda generosamente.

—No lo creo. —Ted meneó la cabeza mientras pensaba en lo que le había dicho—. Creo que hemos seguido juntos porque es lo que todos esperaban. Sus padres, los míos y los chicos, aunque no estoy seguro de que a los chicos les importe mucho a estas alturas. Ya son adultos y tienen su propia vida. Quizá parezca gracioso, pero ahora ella es mi familia. A veces tengo la sensación de que vivo con mi hermana. Supongo que es cómodo. —Fernanda asintió. A ella no le parecía tan malo. En aquellos momentos, ni se le habría pasado por la imaginación buscar otro marido. Después de diecisiete años, estaba tan acostumbrada a Allan que no se imaginaba acostándose con otro, aunque sabía que quizá algún día lo haría. Pero todavía no—. ¿Y qué me dice de usted? ¿Qué piensa hacer ahora?

Estaba pisando un terreno peligroso, pero Fernanda sabía que Ted no diría nada que no debiera. No era de esa clase de hombres. En todos los días que había pasado en su casa, se había mostrado respetuoso y amable.

—No lo sé. Tengo la sensación de que seguiré casada con Allan toda mi vida, tanto si está como si no.

—Pues la última vez que miré no estaba —comentó Ted amablemente.

—Sí, lo sé. Es lo mismo que me dice mi hija. No deja de recordarme que tendría que salir más. Pero, la verdad, en estos momentos no tengo la cabeza para esas cosas. He estado demasiado ocupada pagando las deudas de Allan. Y me va a llevar un tiempo, a menos que consiga un precio extraordinario por la casa. Mi abogado va a declararme en bancarrota para quitarme de encima las deudas de sus negocios. Cuando descubrí lo que mi marido había hecho casi me muero.

—Es una pena que no fuera capaz de conservar nada del dinero que había ganado —comentó Ted, y ella asintió, aunque parecía tomárselo con filosofía.

—Nunca me sentí realmente a gusto con tanto dinero. —Al decirlo, Fernanda sonrió—. Sé que parece una locura, pero siempre pensé que era demasiado. No me encontraba bien. —Se encogió de hombros—. Durante un tiempo fue divertido.

Entonces le habló de los dos cuadros impresionistas que había comprado, y Ted se sintió gratamente sorprendido.

—Debe de ser increíble poseer algo así.

—Lo fue durante un par de años. Me los compró un museo de Bélgica. Quizá los vaya a ver algún día.

No parecía apenarla haber tenido que separarse de los cuadros, y a Ted eso le pareció un detalle muy noble. Por lo visto, lo único en lo que se volcaba con verdadero apasionamiento eran sus hijos. Ante todo, a Ted le impresionaba lo buena madre que era. Seguramente también había sido una buena esposa, en su opinión más de lo que el tal Allan merecía. Pero no se lo dijo; no le pareció muy apropiado.

Durante un rato siguieron su camino en silencio y, cuando

pasaron ante el restaurante y el supermercado de Ikeda, Ted le preguntó si quería parar a comer algo. No, Fernanda no quería. Apenas había comido en toda la semana.

—¿Dónde piensa instalarse cuando venda la casa?

Ted se preguntó si, después de todo aquello, no querría abandonar la ciudad. Nadie podría reprochárselo.

—En Marin tal vez. No me iré muy lejos. Los chicos no querrán perder a sus amigos.

Era ridículo, pero, cuando oyó aquello, Ted se sintió aliviado.

—Me alegro —dijo lanzándole una mirada.

A Fernanda pareció sorprenderle el comentario.

—Espero que algún día venga a cenar conmigo y con los chicos.

Le estaba agradecida por todo lo que había hecho, aunque de momento Ted no creía haber hecho nada de nada. Sabía que si las cosas salían mal en Tahoe y el niño moría, lo más probable era que Fernanda no quisiera volver a verle nunca. Él formaría parte de un recuerdo horripilante. O quizá ya lo era. Sin embargo, sabía también que si no volvía a verla se sentiría muy triste. Le gustaba hablar con ella, la forma serena y sencilla con que afrontaba las cosas, la bondad con la que trataba a sus hombres. Incluso en medio de un secuestro, se había mostrado considerada y amable con ellos. Estaba claro que la fortuna de su marido no se le había subido a la cabeza, no como a él. Ted intuía que estaba impaciente por salir de aquella casa. Ya iba siendo hora.

Poco después pasaron por Auburn y, durante el resto del trayecto, Fernanda apenas habló. No podía quitarse a su hijo de la cabeza.

—Todo irá bien —le dijo él cuando cruzaron el Donner Pass, y ella se volvió a mirarle con expresión preocupada.

—¿Cómo puede estar seguro?

Lo cierto es que no podía, y los dos lo sabían.

—No puedo, pero haré todo lo que esté en mis manos por que sea así —le prometió.

Eso Fernanda lo sabía. Desde que todo aquello empezó, el hombre se había dedicado en cuerpo y alma a protegerlos.

En Tahoe, los secuestradores empezaban a inquietarse. Habían estado discutiendo todo el día. Stark quería que volvieran a llamar a Fernanda aquella tarde para amenazarla. Waters decía que lo mejor era esperar a la noche. Peter propuso con tiento que le dieran un día más para conseguir el dinero y esperaran al día siguiente. A Jim Free no parecía importarle; lo único que quería era conseguir su dinero y largarse. Era un día muy caluroso y todos bebieron mucha cerveza, excepto Peter, que intentaba mantener la cabeza despejada y de vez en cuando iba a ver cómo estaba Sam.

Peter no tenía forma de salir a ver si había algo nuevo sin que los otros le vieran, y no dejaba de preguntarse cuándo entrarían en acción los hombres de Ted. Sabía que cuando pasara sería algo rápido y violento, y que él debía hacer lo imposible para proteger al niño.

Hacia media tarde los otros estaban borrachos. Incluso Waters. A las seis todos estaban dormidos en la sala de estar. Peter permaneció sentado, observándolos, y luego fue a la parte de atrás, a la habitación de Sam. No le dijo nada, se limitó a tumbarse a su lado y se durmió abrazado a él. Soñó con sus hijas.

19

Cuando Ted y Fernanda llegaron a Tahoe, la policía local se había instalado en un pequeño motel. Estaba en bastante mal estado y casi vacío, a pesar de estar en plena temporada alta. Los pocos clientes que había no tuvieron inconveniente en marcharse con el pequeño incentivo económico que se les ofreció. Dos de los policías habían llevado carretadas de comida de un local de comida rápida cercano. Todo estaba preparado. El FBI había enviado ocho comandos especializados en rescate de rehenes, y también había un equipo de los SWAT de características similares. La policía local había acudido en manada, aunque aún no se les había dicho exactamente qué pasaba. Había más de cincuenta agentes esperando cuando Ted bajó del coche y miró a su alrededor. Tendría que decidir quién iba a entrar y cómo. Un comisario local se ocupaba del material, los controles policiales y la policía local. Rick estaba al mando de todo y se había instalado en una habitación junto a la recepción del motel, que había cedido al comisario de la policía local. Había un ejército de furgonetas con equipos de comunicaciones y Ted vio que Rick descendía de una de ellas. Fernanda bajó del coche tras él. Aquel caos organizado que los rodeaba asustaba y tranquilizaba a la vez.

—¿Cómo va todo? —preguntó Ted a Rick.

Los dos parecían cansados. Ted no había dormido más de dos horas seguidas desde hacía días y Rick estaba en pie desde la noche anterior. Sam se estaba convirtiendo en una causa santa para quienes lo conocían, y eso reconfortaba a su madre. Ted pidió a uno de los policías que le asignaran una habitación a Fernanda.

—Ya casi estamos —dijo Rick echando una mirada a Fernanda.

Ella asintió con una sonrisa cansada. Por su aspecto se veía que resistía, pero a duras penas. Aquello era demasiado estresante para ella, aunque poder hablar de otras cosas con Ted por el camino la había ayudado a distraerse momentáneamente.

Ted la acompañó a su habitación para ayudarla a instalarse. Allí había un psicólogo del SWAT y una agente. Cuando se separó de ella, volvió con Rick a la habitación que utilizaba como puesto de mando. Tenían una montaña de sándwiches y ensaladas envasadas en una mesa junto a la pared, además de un plano de la casa y un mapa de la zona pegados en la pared. La comida que les habían llevado era inusualmente sana, ya que ni los comandos del FBI ni los SWAT consumían alimentos grasos, ni azúcares ni cafeína por sus efectos en el organismo después del subidón inicial. Eran muy meticulosos con lo que comían. El jefe de la policía local estaba con ellos, y el jefe del equipo de los SWAT acababa de salir para ver a sus hombres. Ted cogió un sándwich y se sentó junto a Rick, que estaba de pie; se sintió como si estuvieran preparando la invasión de Normandía o planificando una guerra. Tenían entre manos una importante misión de rescate, y la combinación de cerebro y efectivos era impresionante. La casa que tenían en el punto de mira estaba a unos tres kilómetros siguiendo el camino. No hablaban por radio, por si los secuestradores tenían algún sistema de intercepción, y para que la prensa no se enterara y divulgara la noticia. Estaban tomando las máximas precauciones para que la operación resultara inocua: aun así, Rick estudió el plano de la casa con expresión preocupada. Habían acudido a las oficinas de urbanismo de la localidad para conseguir el plano y lo habían ampliado a una escala enorme.

—Tu informante dice que el niño está en la parte de atrás —comenzó Rick señalando una habitación del plano, no lejos del límite de la propiedad—. Podemos sacarlo, pero hay un barranco justo detrás que sube en vertical. Puedo poner a cuatro hombres que bajen por la pared de piedra, pero no lograré que suban de nuevo lo bastante deprisa, y si llevan al crío con ellos quedarán demasiado expuestos. —Entonces señaló la parte frontal de la casa—. Por delante tenemos un camino de acceso tan largo como un campo de rugby. No puedo entrar con un helicóptero porque nos oirían. Y si entramos en la casa, podríamos matar al niño.

El jefe del equipo de los SWAT y el de los comandos del FBI habían estado hablando durante las dos últimas horas y aún no habían logrado resolver el problema, pero Ted sabía que lo conseguirían. No tenían forma de ponerse en contacto con Peter Morgan para establecer un plan con él. Para bien o para mal, deberían tomar las decisiones ellos solos. Ted se alegró de que Fernanda no estuviera en la habitación con ellos oyendo hablar de todos aquellos peligros. Hubiera sido excesivo. Hablaban de las diferentes posibilidades en voz alta y, por el momento, todo lo que se les ocurría implicaba un alto riesgo de que el niño resultara muerto.

Ted estaba convencido de que eso es lo que hubiera acabado pasando de todos modos. Si no había rescate, era casi seguro que querrían matar al niño. Incluso con el rescate, esa posibilidad siempre estaba latente. Sam era lo bastante mayor para identificarlos, y eso significaba que dejarlo marchar suponía un riesgo para ellos. Addison también lo sabía, razón por la cual había enviado a Peter a Tahoe a vigilar a los otros. Se mirara como se mirase, siempre les habría resultado más fácil matarlo que devolverlo a su madre con vida. Pero lo cierto era que, si no había rescate, tenían todas las razones del mundo para asesinarlo antes de irse. Rick y las otras personas que había en la habitación expresaban su miedo en voz alta. Al cabo de una hora, Rick se volvió hacia Ted.

—Te das cuenta de las posibilidades que tenemos de sacar a ese crío de ahí con vida, ¿verdad? Prácticamente ninguna. Ninguna.

Estaba siendo sincero con su amigo. Lo más probable era que el crío acabara muerto, si es que no lo estaba ya.

—Pues consigue más hombres —contestó Ted muy escueto, mirando furioso a su amigo.

No habían llegado hasta allí para perder al crío, aunque todos sabían que podía pasar. Sin embargo, Ted tenía la misión de salvarlo, y Rick, y todos los que estaban en la habitación y fuera de ella. Sam era su misión.

—Tenemos un pequeño ejército ahí fuera. Por el amor de Dios, ¿no te has fijado en la cantidad de hombres que hay? No necesitamos más hombres, necesitamos un jodido milagro —dijo Rick apretando los dientes.

A veces, cuando se enfadaban el uno con el otro, era cuando mejor hacían su trabajo.

—Pues entonces consíguelo, haz que pase. Busca hombres más listos. No puedes levantar las manos al cielo y dejar que maten a ese crío —dijo Ted nervioso.

—¿Y tú qué, eh, pedazo de asno? —le gritó Rick, pero había tantas personas hablando allí dentro que era difícil oírle gritar u oír a Ted gritarle a él.

Así estaban, enzarzados como dos sargentos del ejército furiosos, cuando el jefe de los SWAT propuso otro plan, aunque todos estuvieron de acuerdo en que no funcionaría. Dejaría a sus hombres demasiado expuestos al fuego de los secuestradores. Peter había elegido un lugar perfecto. Era casi imposible sacar al niño de allí. Y una cosa estaba clara, para salvar a aquel niño, aquella noche seguramente morirían muchos hombres. Rick lo sabía, y Ted. Todos lo sabían.

—No puedo mandar a mis hombres como si fueran al matadero —le dijo el jefe de los SWAT a Ted con aire desdichado—. Necesito darles al menos una oportunidad de sacar al niño y salir con vida.

—Lo sé.

Ted parecía muy desgraciado. Aquello no iba bien. Menos mal que Fernanda no estaba allí. A las nueve de la noche, Ted y Rick salieron. Seguían sin tener un plan, y Ted empezaba a temer que no lo tuvieran nunca, o al menos no a tiempo. Hacía ya horas que todos estaban de acuerdo: tenían que sacar a Sam al alba. Una vez que los secuestradores despertaran, el riesgo sería demasiado grande; sabían que no disponían de otro día. Tenían que llamar a Fernanda en algún momento del día siguiente para acabar de zanjar aquello. Y se acabó. Al cabo de nueve horas amanecería. El tiempo se agotaba.

—Mierda, odio todo esto —dijo Ted mirando a su amigo y apoyándose contra un árbol.

A nadie se le había ocurrido nada que pudiera funcionar. Una hora más tarde iban a mandar un avión de reconocimiento con infrarrojos y aparatos de detección de calor que no servirían de nada dentro de la casa. Una de las furgonetas de telecomunicaciones estaba dedicada enteramente a ellos.

—Yo también —dijo Rick muy serio.

Los dos empezaban a desinflarse. Iba a ser una noche muy larga.

—¿Qué demonios le voy a decir? —preguntó Ted con aire angustiado—. ¿Que nuestros mejores equipos de rescate no pueden salvar a su hijo?

No quería ni pensar en lo que sería tener que decirle a Fernanda que su hijo había muerto. Quizá ya lo estaba. Como poco, aquello pintaba muy mal.

—Te estás enamorando de ella, ¿verdad? —dijo Rick de pronto.

Ted le miró como si estuviera loco. No era la clase de comentarios que los hombres hacían entre sí, pero a veces pasaba. Como ahora.

—¿Estás loco? Soy policía, por Dios. Ella es una víctima, y su hijo también.

Parecía ofendido, furioso con Rick por haberlo sugerido, pero no podía engañar a su amigo aunque se estuviera engañando a sí mismo. Rick lo sabía.

—Sí, y también es una mujer, y tú un hombre. Ella es guapa y vulnerable, y llevas una semana en su casa. No tenías por qué hacerlo, pero lo has hecho. Y, si la memoria no me falla, hace unos cinco años que no te acuestas con tu mujer. Eres humano, por el amor de Dios. Pero no debes dejar que tus sentimientos interfieran en tu trabajo. Muchos hombres van a arriesgar su vida con esto. No los mandes a una muerte segura si no sabemos que al menos hay una posibilidad de que ellos o el niño se salven.

Ted dejó caer la cabeza y la levantó un minuto después para volver a mirar a su amigo. Tenía lágrimas en los ojos. No admitió ni negó lo que Rick había dicho sobre Fernanda. Ni él mismo estaba seguro. Pero se le había ocurrido aquella noche. Estaba tan preocupado por ella como por el niño.

—Tiene que haber una forma de sacarlo de ahí con vida —fue lo único que dijo.

—En parte eso dependerá del niño y del tipo que tienes dentro. No podemos controlarlo todo. —Por no hablar de la suerte, el destino, los secuestradores y la habilidad de los hombres que entraran en la casa. Había demasiados elementos que no podían controlar. A veces uno lo tenía todo en contra y sin embargo había suerte. Otras veces todo estaba perfectamente calculado y salía mal. Era la suerte—. ¿Qué me dices de ella? —volvió a preguntarle Rick con voz serena—. ¿Qué siente ella?

Le preguntaba por lo que sentía respecto a él, no respecto a su hijo. Llevaban tantos años juntos que se entendían sin necesidad de palabras.

—No lo sé. —Ted parecía completamente derrotado—. Soy un hombre casado.

—Tú y Shirley os divorciasteis hace muchos años —dijo Rick sinceramente—. Los dos merecéis algo mejor.

—Es mi mejor amiga.

—No estás enamorado de ella. Ni siquiera estoy seguro de que alguna vez lo hayas estado. Os criasteis juntos. Cuando os conocí erais como hermanos. Lo vuestro fue como uno de esos matrimonios concertados que se estilaban hace cientos de años. Todo el mundo esperaba que os casarais y les pareció perfecto. Así que os casasteis.

Ted sabía que no se equivocaba. El padre de Shirley había

sido el jefe del suyo la mayor parte de su vida, y se sintieron muy orgullosos de él cuando se prometieron. Nunca había salido con otras chicas. Nunca se le pasó por la cabeza. Hasta que fue demasiado tarde. Y entonces, por decencia, había seguido siendo fiel a Shirley y continuaba siéndolo, algo muy poco frecuente en un policía. Aquel ritmo de vida estresante, los horarios disparatados, el hecho de no ver casi nunca a su familia y a su mujer..., todo eso hacía que los policías tuvieran muchos problemas, y casi habían arrastrado a Ted en un par de ocasiones. Cuando trabajaban juntos, Rick casi lo admiraba por su voluntad de hierro, o sus «pantalones de hierro», como decía. Él no podía decir otro tanto de sí mismo. Pero, en su caso, el divorcio había sido un alivio. Y ahora había encontrado a una mujer a la que quería de verdad. Y deseaba lo mismo para Ted. Si la mujer a la que quería era Fernanda, o se estaba enamorando de ella, perfecto. Solo esperaba que el niño no muriera. Por ella y por Ted. Sería una tragedia que nunca podría superar, ni olvidar, y Ted tampoco. Probablemente Ted se culparía. Sin embargo, el empeño de Rick y de Ted en sacar al niño con vida no tenía nada que ver con el amor. Era su trabajo. Lo demás era accesorio.

—Ella vive en un mundo distinto —replicó Ted con expresión preocupada, no muy seguro de lo que sentía por ella, aunque temía que pudiera haber algo de verdad en lo que su amigo había dicho. En realidad, lo había pensado en más de una ocasión, pero no le había dicho nada a Fernanda—. Ha llevado una existencia muy distinta. Su marido hizo una fortuna, por el amor de Dios. Era un tipo listo —dijo mirando a su amigo con expresión modesta en la oscuridad.

Había otras personas por allí, pero no lo bastante cerca para oírles.

—Tú también eres un tipo listo. De todos modos, ¿de verdad era tan listo ese Barnes? Perdió el dinero con la misma facilidad con que lo ganó, se suicidó y dejó a su mujer con tres hijos en la ruina.

En eso tenía razón. En aquellos momentos, Ted tenía en el banco mucho más dinero que Fernanda. Tenía su futuro asegurado, y el de sus hijos. Llevaba treinta años trabajando intensamente para eso.

—Ella estudió en Stanford. Yo solo llegué a secundaria. Soy un poli.

—Eres un buen tipo. Sería muy afortunada. —Los dos sabían que Ted era como un mirlo blanco en el mundo moderno. Era un hombre bueno y decente. Rick sabía, y a veces lo reconocía por el aprecio que sentía por su viejo amigo, que Ted era mejor que él. Ted nunca lo vio de esa forma, y siempre había defendido a Rick contra viento y marea. Había tenido que hacerlo en más de una ocasión. Rick había hecho enfadar a mucha gente antes de dejar el departamento. Él era así, y había hecho lo mismo en el FBI. Era demasiado bocazas y nunca vacilaba en decir lo que pensaba. Era lo que estaba haciendo en aquel momento, tanto si Ted quería oírle como si no. Estaba convencido de que Ted debía escucharle, aunque aquello le preocupara o le pusiera furioso—. Quiero que te vaya bien en la vida —añadió—. Lo mereces.

No quería que algún día su amigo muriera solo como un perro. Y los dos sabían que eso era lo que le esperaba si seguía por aquel camino.

—No puedo dejar a Shirley sin más —dijo Ted con expresión desdichada.

Se sentía culpable, pero también terriblemente atraído por Fernanda.

—No corras tanto, hombre. Espera a ver qué pasa cuando todo este embrollo termine. Es posible que Shirley te deje a ti un día. Es más lista que tú. Siempre he pensado que, si conociera al hombre adecuado, no se lo pensaría dos veces y te dejaría. —Ted asintió; él también lo había pensado. En cierto modo, ella estaba menos aferrada a su matrimonio que él. Sencillamente, era demasiado vaga, como decía ella. Le quería, desde luego, pero recientemente había dicho en varias ocasiones que no le importaría vivir sola, que lo preferiría, y que, de todos modos, para lo que se veían, casi era como si lo estuviera. Ted sentía lo mismo. Su vida en común con ella era muy solitaria. Ya no les gustaban las mismas cosas ni la misma gente. Lo único que les había mantenido unidos aquellos veintiocho años eran sus hijos. Y ya hacía años que no estaban—. No tienes por qué decidir nada esta noche. ¿Le has dicho algo a Fernanda?

Rick tenía curiosidad por saberlo, la tenía desde el día en que la vio. Había una intimidad espontánea entre ella y Ted, una sensación de inocencia que los unía de una forma de la que ninguno de los dos era consciente. Rick se había dado cuenta enseguida. Era para él. Eso era justamente lo que Ted había sentido, aunque no le había dicho nada a Fernanda. No se hubiera atrevido, ni hubiera querido hacerlo en aquellas circunstancias. Tampoco sabía si ella sentía algo por él al margen de su trabajo. De todos modos, el hecho de que Sam hubiera sido secuestrado no debía de haberle dado precisamente muchos puntos a los ojos de Fernanda.

—No le he dicho nada —confesó Ted—. No es un buen momento.

Los dos estaban de acuerdo, sí. Ted ni siquiera sabía si tendría el valor de decirle algo cuando todo acabara. No le parecía bien. Sería como aprovecharse de ella.

—Creo que le gustas —opinó Rick.

Ted sonrió. Parecían dos críos hablando de sus cosas en la escuela. Jugando a las canicas en algún rincón apartado del patio, hablando de una chica de sexto curso. Pero era un alivio hablar de los sentimientos de Ted por Fernanda en lugar de comentar la situación apurada de Sam. Rick y Ted necesitaban un respiro.

—Y a mí me gusta ella —confesó Ted en voz baja, pensando en su aspecto cuando hablaban durante horas en la oscuridad, o cuando se quedaba dormida en el suelo junto a él, esperando noticias de Sam. Le había llegado al corazón.

—Pues a por ella —susurró Rick—. La vida es muy corta.

Los dos lo sabían, lo habían comprobado sobradamente con su trabajo.

—Eso seguro —dijo Ted suspirando y se apartó del árbol. Una conversación interesante, pero tenían cosas más importantes que hacer. Aquel descanso les había ido muy bien a los dos. Sobre todo a Ted. Siempre era bueno conocer la opinión de Rick. Sentía un respeto ilimitado por él.

Rick siguió a su amigo al interior pensando en lo que le había dicho y, en cuanto cruzaron la puerta del puesto de mando, volvieron a enzarzarse en el mismo sinfín de discusiones y argumentos. Cuando finalmente se pusieron de acuerdo ya era medianoche. No tenían ninguna garantía, pero era lo máximo que podían hacer. El jefe del equipo de los SWAT dijo que empezarían a avanzar hacia la casa justo antes del amanecer y propuso que todos trataran de dormir un poco. Ted salió de allí a la una y fue a ver a Fernanda.

Pasó por delante de la habitación y vio que estaba allí. La puerta estaba cerrada, pero por las ventanas vio luces encendidas. Estaba tendida en la cama, con los ojos abiertos y la mirada perdida. Ted la saludó con la mano. Ella se levantó inmediatamente y abrió la puerta, temiendo que los secuestradores hubieran llamado. Todo estaba preparado para que sus llamadas se desviaran a una furgoneta de telecomunicaciones que había fuera.

—¿Qué pasa? —preguntó nerviosa.

Él se apresuró a tranquilizarla. En aquel lugar las horas se le hacían eternas, como a todos. Los hombres estaban impacientes por entrar en acción y hacer su trabajo. Muchos deambulaban por allí, con los arneses puestos, su ropa de asalto y el camuflaje.

—Pronto pasaremos a la acción.

—¿Cuándo?

—Justo antes del amanecer.

—¿Han sabido algo de la casa? —preguntó.

Aún había policías con Will, controlando sus llamadas, pero Ted sabía que, al menos en la pasada hora, no había llegado ninguna llamada ni de Peter ni de sus compinches. Ted estaba convencido de que Morgan no podría llamar. El hombre había hecho lo que había podido. Si finalmente conseguían salvar a Sam, sería gracias a él. Sin su ayuda, el niño habría muerto con total seguridad. Ahora les tocaba a ellos tomar el relevo y correr como locos. Lo harían. Y pronto.

279

—No, no ha vuelto a llamar —le contestó Ted, y ella asintió. Era demasiado esperar que pudieran tener noticias de Sam en aquellos momentos—. Todo está en calma. —Tenían una furgoneta equipada con aparatos de telecomunicaciones y vigilancia cerca del camino de acceso a la casa. Allí tampoco había habido movimiento. De hecho, uno de los hombres que tenían apostados en lo alto de una colina con binoculares telescópicos de infrarrojos decía que la casa estaba a oscuras desde hacía horas. Esperaban que todos siguieran durmiendo cuando entraran. El elemento sorpresa era fundamental, aunque eso significara no contar con la ayuda de Peter. Eso ya hubiera sido demasiado pedir—. ¿Se encuentra bien? —le preguntó en voz baja, tratando de no pensar en la conversación que había mantenido con Rick aquella tarde.

No quería hacer ni decir ninguna estupidez ahora que había reconocido sus sentimientos por Fernanda ante su amigo, lo que hacía que fueran mucho más reales. Ella asintió y pareció vacilar un momento.

—Tengo ganas de que esto acabe —dijo con aire asustado—, pero me da miedo que pase algo.

En aquellos momentos suponían que Sam seguía con vida, o eso esperaban. Aquella noche, poco antes, Fernanda había llamado al padre Wallis y encontró un gran consuelo en sus palabras.

—Pronto acabará —le prometió Ted, pero no quiso asegurarle que todo iría bien.

En aquel punto no eran más que palabras vacías, y ella lo sabía. Para bien o para mal, pronto entrarían en acción.

—¿Irá usted con ellos? —Sus ojos escrutaron los de Ted.

Él asintió.

—Solo hasta el inicio del camino.

El resto dependía de los SWAT y los comandos del FBI. Uno de los equipos de apoyo les había acondicionado un lugar donde apostarse entre los arbustos. Había mucho follaje, pero al menos estarían cerca cuando la acción empezara.

—¿Puedo ir con usted?

Él meneó la cabeza con decisión, aunque los ojos de Fernanda le suplicaban. No, no podía permitirlo de ninguna manera. Era demasiado peligroso. Si algo salía mal, podía quedar atrapada entre dos fuegos o resultar herida. Nunca se sabía.

—¿Por qué no trata de dormir? —propuso Ted, aunque sospechaba que no podría.

—¿Me avisará cuando se vayan? —Quería saber lo que estaba pasando y cuándo, cosa que era comprensible. Era por su hijo por quien iban a arriesgar su vida. Y Fernanda quería estar conectada psíquicamente con él cuando se fueran, animándolo a vivir. Ted asintió y prometió avisarla cuando se pusieran en marcha, y entonces Fernanda pareció asustada. Confiaba en él. Era su única guía en medio de aquella jungla desconocida de miedo—. Y mientras, ¿dónde estará usted?

Él señaló.

—Mi habitación está dos puertas más allá.

La compartía con otros tres hombres de la ciudad. Rick estaba en la siguiente.

Durante un momento, Fernanda le dedicó una mirada curiosa, como si quisiera que entrara en su habitación. Los dos se quedaron así un largo momento, mirándose. Ted sintió que podía leer su pensamiento.

—¿Quiere que pase unos minutos?

Ella asintió. No había nada subrepticio ni clandestino en aquello. Las cortinas estaban abiertas y las luces encendidas, y todos podían ver lo que pasaba dentro.

Ted entró y se sentó en la única silla que había, mientras que Fernanda se sentó en la cama y lo miró con nerviosismo. Iba a ser una noche muy larga para los dos y obviamente ella no pensaba dormir. La vida de su hijo estaba en suspenso y, si pasaba lo peor, al menos quería pasar la noche pensando en él. Ni siquiera sabía lo que diría a sus otros hijos si algo malo pasaba. Ashley todavía no sabía que Sam había sido secuestrado. Después de haber perdido a su padre hacía seis meses, no quería ni pensar en el golpe que supondría para ella si Sam moría. Había hablado con Will hacía unas horas. El chico trató de hacerse el fuerte, pero al final de la conversación los dos acabaron llorando. A pesar de todo, en opinión de Ted Fernanda estaba aguantando muy bien. Ni él mismo habría sido capaz de mostrarse tan inquebrantable si el secuestrado hubiera sido uno de sus hijos.

—No va a dormir usted nada de nada, ¿verdad? —Ted le sonrió. Estaba tan cansado como ella, pero era diferente. Aquello era su trabajo.

—No, creo que no —contestó ella sinceramente. Solo faltaban unas horas para que los hombres asaltaran la casa—. Me gustaría tener alguna noticia de él.

—A mí también. —Ted era sincero—. Pero quizá sea buena señal que no hayamos sabido nada. Seguramente tenían pensado llamarla mañana para saber si ha conseguido el dinero.

—Cien millones de dólares. Aún le parecía increíble. Y lo más increíble era que, hasta hacía pocos años, el marido de aquella mujer los habría podido pagar sin problemas. Era un milagro que aquello no le hubiera pasado antes. De haber ocurrido, la víctima seguramente habría sido Fernanda, no los niños—. ¿Ha comido algo?

Durante horas, hubo cajas llenas de sándwiches, montones de pizzas y donuts para alimentar a un regimiento. Aquella tarde, el café había sido el tentempié de todos, excepto de los SWAT, y también litros y litros de Coca-Cola. Todos necesitaban la cafeína cuando estaban preparando la estrategia y seguramente ahora les costaba dormir. Todos funcionaban a base de adrenalina. En cambio, a Fernanda, que estaba sentada en la cama mirando a Ted con los ojos muy abiertos y preguntándose si su vida volvería algún día a la normalidad, la movía el miedo y la ansiedad.

—¿Le importa sentarse aquí conmigo? —preguntó con aire de niña.

Unas semanas después sería su cumpleaños. Solo esperaba que Sam estuviera vivo para celebrarlo.

—No, lo haré encantado. —Ted le sonrió—. Es usted una buena compañía.

—Últimamente no mucho —dijo ella dando un suspiro, aunque ni siquiera se dio cuenta—. Tengo la sensación de que no soy una buena compañía desde hace años, o al menos meses.

Hacía tanto tiempo que no tenía una conversación adulta... En los últimos tiempos tampoco había salido a cenar con su marido para reír y hablar de cosas simples. Ted era la persona con la que más se había acercado a aquello en mucho tiempo. Y no había nada simple en sus circunstancias. Siempre parecía engullida por las tragedias y los traumas. Primero Allan y todo lo que había dejado detrás. Y ahora Sam.

—Este año ha pasado por situaciones muy duras —dijo Ted con gesto admirativo—. Si me hubiera pasado a mí, creo que ya me habrían tenido que poner respiración artificial.

Aunque todo acabara bien para el niño, y Ted esperaba que así fuera, sabía que Fernanda aún tenía grandes desafíos que afrontar. Y después de lo que Rick le había dicho aquella noche, se preguntó si no le pasaría lo mismo a él. Lo que su amigo le había comentado sobre su matrimonio con Shirley no había caído en saco roto. Sobre todo lo de que ella podría dejarle algún día. Aunque él nunca lo habría hecho, a Ted esa idea también se le había pasado por la cabeza. Ella estaba mucho menos apegada a la tradición que él y, en los últimos años, había ido bastante por libre.

—A veces siento que mi vida nunca volverá a ser normal.
—Pero ¿lo había sido alguna vez? El ascenso meteórico de Allan no había sido normal. Los últimos años habían sido de locura para todos. Y ahora aquello—. Este verano quería empezar a buscar casa en Marin.

Pero ahora, si Sam se iba, Dios no lo quisiera, no sabía qué hacer. Quizá se iría lejos para escapar de los recuerdos.

—Será un gran cambio para usted y para los niños —dijo Ted refiriéndose al traslado a una casa más pequeña—. ¿Cómo cree que les afectará?

—Se sentirán asustados, furiosos, desgraciados, entusiasmados. Las cosas que suelen sentir los chicos cuando se trasladan. Será extraño para todos. Pero quizá sea bueno.

Siempre que tuviera tres hijos y no dos. Era lo único que

podía pensar en aquellos momentos. Al cabo de un rato, los dos se quedaron callados. Él salió de la habitación de puntillas hacia las tres, cuando Fernanda se quedó dormida. Consiguió dormir un par de horas, tumbado en el suelo de su habitación. Las dos camas ya estaban ocupadas, pero la verdad era que le daba igual. Hubiera podido dormir de pie, como decía siempre Rick. Y de vez en cuando lo hacía, vaya que sí.

El jefe de los SWAT fue a despertarlo a las cinco. Ted se despertó sobresaltado y se puso en guardia enseguida. Los otros dos ya se habían levantado y salían en aquel momento. Ted se lavó la cara, se cepilló los dientes y se pasó las manos por el pelo mientras el jefe de los SWAT le preguntaba si quería ir con ellos. Ted dijo que prefería seguirlos para no interferir en su trabajo.

Al salir, Ted pasó por la habitación de Fernanda y vio que se había levantado y estaba dando vueltas por la habitación. En cuanto lo vio salió a la puerta y se lo quedó mirando. Sus ojos le suplicaban que la llevara con él. Ted le oprimió el hombro con una mano mientras se miraban a los ojos. Tenía la impresión de saber exactamente lo que Fernanda sentía. Quería tranquilizarla, pero no podía prometerle nada. Harían todo lo posible por ella y por Sam. Odiaba tener que marcharse, pero debía hacerlo. Pronto amanecería.

—Buena suerte.

No podía apartar sus ojos de los de Ted, necesitaba irse con él. Quería estar lo más cerca posible de su hijo.

—Todo irá bien, Fernanda. La avisaré por radio en cuanto lo tengamos.

Fernanda asintió, incapaz de pronunciar palabra, y vio cómo se subía al coche y se alejaba por la carretera en dirección a su hijo.

En aquel momento exacto, tres hombres de un comando estaban descolgándose lentamente por la pared de piedra, en la parte posterior de la casa, con cuerdas, vestidos de negro como ladrones, con las caras pintadas de negro y las armas sujetas.

Ted detuvo el coche cerca de medio kilómetro antes de llegar al camino y se ocultó entre un grupo de árboles. Avanzó en silencio en la oscuridad, más allá de los arbustos donde estaba el equipo de reconocimiento, hasta el escondite que los miembros del SWAT le habían preparado. Ted echó un vistazo a los hombres que le rodeaban, todos con sus Heckler & Koch MP5, metralletas automáticas de 223 milímetros, utilizadas tanto por los SWAT como por los comandos del FBI. Había cinco hombres con él en el escondite. Ted se puso un chaleco antibalas y unos auriculares para poder escuchar las conversaciones con los diferentes agentes. De pronto, mientras escuchaba lo que decían con la vista clavada en la oscuridad oyó movimiento detrás de él y uno de los exploradores entró en el escondite, con el arnés y el camuflaje puestos. Ted se dio la vuelta para ver si era uno de sus agentes o de los agentes de Rick y se dio cuenta de que era una mujer. Al principio no la reconoció, pero enseguida supo quién era. Fernanda. O sea, había llegado hasta allí y había convencido a alguien de que era un miembro de la policía local para que le dieran el equipo. Se lo había puesto a toda prisa. Y allí estaba, a su lado, en un lugar donde no debía estar, arriesgando su vida en la línea de frente, o muy cerca. Estuvo a punto de enfadarse y hacerla volver atrás. Pero era demasiado tarde; la operación había empezado y Ted sabía cuánto deseaba aquella mujer estar allí cuando liberaran a Sam, si es que lo lograban. Le dedicó una severa mirada de desaprobación, meneó la cabeza y entonces cedió sin decir palabra porque no podía culparla. Ella se acuclilló a su lado y Ted le oprimió la mano con fuerza. Y en silencio esperaron a que los agentes rescataran a Sam.

20

A las cinco de aquella mañana, Peter dormía junto a Sam y, como si un instinto primario le dijera que tenía que despertar, abrió los ojos y se movió lentamente. Sam aún dormía con la cabeza en su hombro. La misma intuición que le había hecho despertar le impulsó a desatar las manos y los pies del niño. Lo tenían siempre atado para que no pudiera huir, y Sam había acabado por aceptarlo y se había acostumbrado. Sabía que podía confiar en Peter más que en los demás. Cuando Peter estaba desatando los nudos, el niño se volvió y musitó:

—Mamá.

Peter le sonrió y se levantó, y se puso a mirar por la ventana. Fuera aún estaba oscuro, pero el negro del cielo empezaba a aclararse. Pronto aparecería el sol en lo alto de la colina. Otro día más. Interminables horas de espera. Llamarían a Fernanda, y si no tenía el dinero el niño moriría. Los otros seguían pensando que la mujer quería jugar con ellos y escatimarles el dinero. Para ellos matar al crío no significaba nada. Y, por la misma razón, si se enteraban de lo que había hecho, a él también lo matarían sin vacilar. Pero eso ya no le importaba. Había cambiado su vida por la de Sam. Si conseguía escapar con él, sería un regalo, pero no era muy probable. Tratar de huir con el niño solo serviría para complicar las cosas y ponerlo en peligro.

Aún estaba junto a la ventana cuando oyó el sonido de lo que parecía un pájaro; luego cayó una piedrecita y aterrizó con un suave sonido a los pies de la ventana. Peter miró hacia arriba y, casi fuera de la vista, notó que algo se movía. Al fijarse, distinguió tres figuras oscuras que estaban descolgándose por la roca con ayuda de unas cuerdas. Nada hacía pensar que se acercaban, y sin embargo Peter sabía que estaban allí y sintió que su corazón se aceleraba. Abrió la ventana sin hacer ruido y trató de seguir su descenso en la oscuridad, hasta que desaparecieron. Luego volvió adentro, le puso una mano en la boca a Sam para que no gritara y lo movió ligeramente para despertarlo. En cuanto Sam abrió los ojos y lo miró, Peter se llevó un dedo a los labios. Señaló la ventana. El niño no sabía lo que pasaba, pero sí sabía que, fuera lo que fuese, Peter iba a ayudarle. Se quedó completamente inmóvil en la cama y se dio cuenta de que Peter le había desatado y podía mover las manos y los pies libremente por primera vez desde hacía días. Ninguno de los dos se movió. Luego Peter volvió a la ventana. Al principio no vio nada, pero luego los localizó, agazapados en la oscuridad, a unos trescientos metros de la casa. Una mano cubierta por un guante negro le hizo una señal y Peter volvió junto a Sam y lo cogió en brazos. Tenía miedo de hacer ruido si trataba de abrir más la ventana, así que lo hizo pasar por el espacio que había. La altura no era excesiva, pero Peter sabía que el niño tendría los brazos y las piernas entumecidos. Aún lo estaba sujetando cuando lo miró por última vez. Sus ojos se encontraron y se miraron durante un interminable momento. Era el acto de amor más grande que Peter había realizado en su vida. Luego lo soltó y señaló, y Sam se alejó arrastrándose a cuatro patas como un bebé en dirección a los arbustos. Cuando desapareció de su vista, otra mano negra le hizo una seña. Peter se la quedó mirando y entonces oyó un sonido en el interior de la casa. Meneó la cabeza, cerró la ventana y volvió a tumbarse en la cama. No quería hacer nada que pusiera en peligro la vida de Sam.

Entretanto, Sam había llegado arrastrándose hasta los arbustos, sin saber muy bien adónde iba. Se limitó a ir en la dirección que Peter le había indicado. Dos manos salieron de pronto, lo agarraron y lo arrastraron a la maleza con tanta prisa y tanta fuerza que se quedó sin respiración. Miró a sus nuevos captores y le susurró al hombre con la cara pintada de negro y la gorra negra que lo tenía cogido:

—¿Vosotros sois de los malos o de los buenos?

El hombre lo sujetaba con fuerza contra su pecho, y estaba tan aliviado por verlo allí que casi se echa a llorar. De momento todo había ido como una seda, pero aún les quedaba mucho por hacer.

—De los buenos —le susurró.

Sam asintió y se preguntó dónde estaría su madre mientras aquellos hombres hablaban mediante señas y le obligaban a tumbarse en el suelo. Se llenó la cara de tierra, mientras unos largos dedos rosa y amarillo empezaban a pintar el cielo. El sol no había salido todavía, pero sabían que no tardaría mucho.

Ya habían descartado la posibilidad de subirlo por la pared de roca con las cuerdas. Eso lo habría dejado completamente expuesto al fuego si descubrían su ausencia. Se había convertido en un peligro para los secuestradores, excepto para Peter, porque era lo bastante mayor para identificarlos y explicar a la policía lo que había visto y oído.

La única esperanza de los SWAT era poder sacarlo por el camino de acceso, pero eso también lo dejaba demasiado expuesto. Tendrían que abrirse paso entre la tupida maleza que bordeaba la casa, y en algunos puntos era tan espesa que sería imposible pasar. Uno de los hombres lo sujetó con fuerza en sus poderosos brazos, y empezaron a avanzar, acuclillándose, corriendo y arrastrándose por el suelo. No pronunciaron ni una sola palabra. El sol asomó desde lo alto de la colina y empezó a desplazarse por el cielo, mientras aquellos hombres se movían con una especie de danza muy precisa, tan deprisa como podían.

El sonido que Peter había oído era de uno de los hombres, que se levantó para ir al lavabo. Lo oyó tirar de la cadena, y luego quien fuera dijo unas palabrotas porque se había golpeado un dedo del pie cuando volvía a la cama. Unos minutos después oyó a otro. Peter se había quedado muy quieto en la cama vacía y entonces decidió levantarse. No quería que alguno de ellos entrara de repente en la habitación y descubriera que Sam se había ido.

Salió descalzo a la sala de estar y miró por la ventana con cautela, pero no vio nada. Se sentó.

—Te levantas temprano —dijo una voz detrás de él. Peter se sobresaltó y se dio la vuelta. Era Carlton Waters. Después de los excesos de la noche anterior, tenía la mirada turbia—. ¿Cómo está el crío?

—Está bien —dijo Peter aparentemente sin mucho interés.

Estaba más que harto de aquellos hombres. Waters solo llevaba puestos los vaqueros con los que había dormido y abrió la nevera buscando algo que comer. Volvió con una cerveza.

—Cuando los otros se levanten voy a llamar a la madre —dijo Waters sentándose en el sofá frente a Peter—. Será mejor que tenga la pasta, porque si no esto se acabó —añadió con tono práctico—. No pienso quedarme aquí sentado como un jodido blanco esperando a que la policía aparezca. Será mejor que se meta eso en la cabeza si está jugando con nosotros.

—A lo mejor no tiene el dinero —replicó Peter y se encogió de hombros—. Y, de ser así, habremos perdido mucho tiempo.

Peter era consciente del peligro; Waters no.

—Tu amigo no se habría metido en todo esto si la mujer no tuviera pasta —comentó Waters, y se levantó para ir a mirar por la ventana. El cielo se había vestido con tonos rosados y dorados y la primera curva del camino de acceso se veía con total claridad. Mientras miraba, Waters se puso rígido y salió corriendo al porche. Había visto moverse algo—. ¡Joder! —exclamó. Waters entró corriendo para coger su pistola y gritó para despertar a los otros.

—¿Qué pasa? —preguntó Peter poniéndose de pie con expresión preocupada.

—No estoy seguro.

Los otros dos aparecieron con cara de sueño y cogieron sus metralletas. A Peter se le cayó el alma a los pies. No tenía forma de avisar a los hombres que avanzaban arrastrándose por el camino de acceso con Sam. Aún no se habían alejado lo bastante para estar a salvo y Peter lo sabía.

Waters indicó a Stark y Free que salieran y entonces los vieron, como fantasmas. Peter, detrás de los otros, veía a un hombre vestido de negro que corría y se agazapaba, y llevaba algo en los brazos. Ese algo era Sam. Sin previo aviso, Waters disparó, y Stark también disparó una ráfaga de metralleta.

Fernanda y Ted oyeron los disparos desde su escondite. No tenían contacto por radio con los comandos. Fernanda cerró los ojos con fuerza y apretó la mano de Ted. No tenían forma de saber lo que había pasado; lo único que podían hacer era esperar. Tenían hombres apostados en lugares estratégicos, pero aún no habían visto nada. Pero, por la ráfaga de metralleta, Ted supo que los hombres ya volvían con Sam. Ignoraba si Peter estaría con ellos. Si era así, sería más arriesgado para el niño.

—Oh, Dios... Oh, Dios... —susurró Fernanda cuando volvieron a oírse disparos—. Por favor, Dios...

Ted no era capaz de mirarla. Se limitó a contemplar el cielo del amanecer y a sujetarle la mano con fuerza.

Rick Holmquist había salido del escondite y estaba de pie. Ted se volvió hacia él.

—¿Alguna señal de ellos?

Rick negó con la cabeza y se oyeron disparos otra vez. Los dos sabían que había otra docena de hombres apostados en el camino, además de los tres que habían bajado por la roca. Y detrás había un auténtico ejército esperando para entrar en cuanto Sam estuviera fuera.

El fuego se interrumpió. No se oía nada. Waters se había vuelto para mirar a Peter.

—¿Dónde está el niño?

Algo le había hecho sospechar, y Peter no sabía el qué.

—En la habitación de atrás. Atado.

—¿Está allí? —Peter asintió—. Entonces, ¿por qué cojones me parece que acabo de ver a un tipo corriendo por el camino con él en brazos? Venga, dime...

Empujó a Peter contra la pared y le apretó la pistola contra el cuello con fuerza mientras Stark y Free miraban. Waters se volvió hacia Jim Free y le dijo que fuera a comprobarlo. Volvió enseguida.

—¡Se ha ido! —Parecía asustado.

—Lo sabía..., hijo de puta... —Waters miró a Peter a los ojos mientras le apretaba la garganta y Malcolm Stark lo apuntaba con su metralleta—. Tú los llamaste, ¿verdad, cabrón? ¿Qué pasó? ¿Te entró miedo? ¿Te dio pena el crío? Pues será mejor que yo empiece a darte pena también. Nos has hecho perder quince millones de dólares y tú has perdido diez.

Waters estaba cegado por la rabia y el miedo. Pasara lo que pasase, no pensaba volver a la cárcel. Prefería que le mataran.

—Si la mujer tuviera el dinero ya nos lo habría entregado. A lo mejor Addison se equivocaba —dijo Peter con voz ronca.

Era la primera vez que los otros oían su nombre.

—¿Y tú qué coño sabrás?

Waters se dio la vuelta para mirar el camino y se alejó unos pasos de la casa. Stark corrió tras él, pero no había nada que ver. Los hombres que llevaban a Sam se habían alejado. Rick acababa de verlos corriendo y se dio la vuelta para hacer una señal a Ted. En ese mismo momento vio aparecer a Carlton Waters y a Malcolm Stark, que empezaron a dispararles. Sam salió volando de los brazos del hombre que le llevaba y aterrizó en los brazos de otro. Lo fueron pasando como un testigo en una carrera de relevos, mientras Stark y Waters disparaban a todo lo que veían.

Fernanda había vuelto a abrir los ojos, y ella y Ted miraban el camino. Miró justo a tiempo para ver a uno de los hombres de Rick apuntar cuidadosamente a Waters y derribarlo como un árbol cortado. Waters quedó tumbado boca abajo, y Stark retrocedió corriendo mientras las balas silbaban a su alrededor. Peter y Jim Free habían vuelto a entrar en la casa, y Stark entró gritando.

—¡Le han dado a Carl! —gritó, y se volvió hacia Peter con la ametralladora en la mano—. Hijo de puta, tú le has matado —dijo y le disparó una ráfaga.

Peter tuvo tiempo de mirarlo solo una fracción de segundo

porque las balas partieron su cuerpo por la mitad. Cayó a los pies de Jim Free.

—¿Qué vamos a hacer? —le preguntó Free.

—Largarnos de aquí si podemos.

Ya sabían que a los lados la maleza era demasiado espesa y que detrás de la casa había una pared de roca. No tenían material para escalarla, así que la única posibilidad era escapar por el camino de acceso, que ahora estaba salpicado de cadáveres: el de Carl, sí, y también los de los agentes a los que él y Waters habían disparado. Había tres cuerpos en el camino, entre la casa y la carretera, y Sam podía verlos mientras el hombre que lo llevaba en brazos corría. Se sentía como una pelota de rugby cuando el jugador corre hacia la línea para marcar. Solo que corría más. Ya casi estaba junto a Ted y Fernanda. El sol apareció en el cielo y lo vieron. Fernanda sollozaba, y de pronto Sam estaba en sus brazos y todo el mundo lloraba. El niño tenía los ojos muy abiertos y se le veía conmocionado y sucio, pero llamaba a su madre, y en cambio ella no era capaz de hablar.

—¡Mamá! ¡Mamá! ¡Mamá!

Fernanda lloraba con tanta fuerza que no fue capaz de decir nada; se limitó a abrazarlo con fuerza. Cayó con él al suelo y se quedó así, abrazando a su hijo, queriéndolo con locura como había hecho hasta el último segundo que había estado lejos de ella. Estuvieron tirados en el suelo un buen rato, y entonces Ted les ayudó a levantarse con delicadeza e indicó a uno de los hombres que se los llevara de allí. Él y Rick habían estado mirando con lágrimas en los ojos, como el resto de los agentes. Un sanitario acudió para ayudarlos. Llevó a Sam a una ambulancia que estaba esperando, mientras Fernanda corría junto a él sujetando la mano de su hijo. Lo iban a llevar al hospital local para hacerle un reconocimiento.

—¿Quién queda allí dentro? —le preguntó Ted a Rick limpiándose las lágrimas con el dorso de la mano.

—Creo que tres hombres. Waters ha caído. Eso nos deja a Morgan y a otros dos. Aunque no creo que Morgan siga vivo..., lo que nos deja a dos...

Inevitablemente, le habrían matado cuando descubrieron que Sam no estaba, sobre todo después de la muerte de Waters. Stark había vuelto a la casa, pero sabían que no podían ir a ningún sitio. Sus hombres tenían órdenes de disparar a matar, excepto a Morgan, si es que seguía con vida.

Había llegado el momento de que entraran en acción los tiradores y francotiradores, y un hombre del equipo de los SWAT se dirigió a los secuestradores con un megáfono. Les dijo que salieran con las manos en alto, que iban a entrar. No hubo respuesta, nadie salió al camino. Un par de minutos más tarde, cuarenta hombres avanzaron con bombas de gases lacrimógenos, rifles de alta potencia, ametralladoras y bombas de luz, que al estallar deslumbran y desorientan a causa de las bolitas que salen disparadas en todas direcciones y que duelen como aguijones. La ambulancia se alejó, llevándose a Fernanda y a Sam, en medio del sonido ensordecedor de la munición descargada contra la casa. Cuando se iban, Fernanda vio a Ted de pie en el camino con Rick, con su chaleco antibalas, hablando por la radio. Él no la vio.

Fernanda oyó decir a uno de los agentes federales que estaban en el hotel que el asedio a la casa había durado menos de media hora. Stark apareció primero, asfixiándose por el gas, con heridas de bala en una pierna y un brazo, y Jim Free salió detrás. Más tarde uno de los agentes le dijo que salió temblando de la cabeza a los pies, chillando como un cerdito. Los detuvieron allí mismo y los iban a enviar a la cárcel por violación de la condicional, a la espera del juicio. En el transcurso del siguiente año los juzgarían por el secuestro de Sam, así como por el asesinato de dos policías y un agente del FBI, y de los cuatro hombres que mataron en la casa del niño.

Cuando entraron en la casa encontraron el cadáver de Peter Morgan. Rick y Ted vieron cómo se lo llevaban. Examinaron la habitación en la que Sam había estado preso y la ventana por la que Peter le ayudó a escabullirse. Allí tenían todo lo que necesitaban. La furgoneta, las armas y la munición. La casa estaba alquilada a nombre de Peter, aunque Ted conocía el nombre de los otros. La muerte de Carlton Waters no supondría ninguna pérdida para nadie. Solo llevaba poco más de dos meses en la calle. Como Peter. Dos vidas echadas a perder casi desde el principio.

Ted y Rick, y el SWAT, habían perdido a tres buenos hombres ese día, además de los cuatro que murieron en San Francisco cuando secuestraron a Sam. Free y Stark no volverían a poner los pies en la calle. Ted esperaba que los condenaran a muerte. Para ellos todo había acabado. El juicio solo sería un formulismo, si es que llegaba a celebrarse. Todo sería más fácil si se declaraban culpables, aunque Ted sabía que no era muy probable que lo hicieran. Alargarían la situación lo máximo posible, presentarían apelaciones y más apelaciones, y todo por vivir un día más en la cárcel.

Ted y Rick permanecieron en la escena del crimen hasta primera hora de la tarde. Las ambulancias ya se habían ido. Los cuerpos de los agentes muertos habían sido retirados, se hicieron fotografías y se atendió a los heridos. Parecía una zona en guerra. Los asustados vecinos, que se habían despertado al amanecer oyendo metralletas, se habían congregado en la carretera, intentando ver qué pasaba, preguntando. La policía trataba de tranquilizar a todo el mundo y hacer circular los coches. Cuando volvió al motel, Ted parecía agotado, pero fue a ver a Fernanda y a Sam. Acababan de volver del hospital y el niño estaba bastante bien. Ted aún tenía que hacerle muchas preguntas, pero primero quería ver cómo estaba. Lo encontró abrazado a su madre, sonriéndole, con una enorme hamburguesa en un plato, viendo la tele. Todos los federales y los policías habían pasado por allí para verle y hablar con él, y para revolverle el pelo. Habían arriesgado su vida por él y habían perdido a algunos compañeros. Pero el niño lo valía. Aquel día habían muerto hombres por él, pero, de otro modo, el muerto habría sido él. También había muerto el hombre que había dado un giro decisivo a los acontecimientos y permitió que pudieran salvarlo.

Fernanda no podía apartarse de él. Cuando vio entrar a Ted le sonrió. El detective estaba sucio y cansado, y tenía una barba incipiente en las mejillas y el mentón. Rick le había asegurado que parecía un vagabundo cuando lo dejó para ir a comer algo. Le dijo que tenía que hacer algunas llamadas a Europa.

—Bueno, hombrecito —le sonrió Ted y sus ojos buscaron los de Fernanda—, me alegro de verte. Yo diría que has sido todo un héroe. Eres un inspector en funciones estupendo. —No quería interrogarle todavía. Quería darle tiempo para descansar, aunque tenía que hacerle bastantes preguntas. En los próximos días iba a ver mucho a la policía—. Sé que tu mamá es muy feliz porque estás con ella. —Entonces se le enronqueció otra vez la voz y añadió con suavidad—: Yo también lo soy.

Como la mayoría de las personas que habían estado trabajando noche y día para encontrarle, Ted había llorado varias veces aquel día. Sam se dio la vuelta y le sonrió, pero no se apartó ni un centímetro de su madre.

—Me dijo que lo sentía —explicó Sam, con mirada grave.

Ted asintió. Sabía que se refería a Peter Morgan.

—Lo sé. A mí también me lo dijo.

—¿Cómo me han encontrado?

Sam miró a Ted con curiosidad, mientras este se sentaba en una silla a su lado y le pasaba la mano por la cabeza con suavidad. Nunca se había sentido tan aliviado, salvo con su hijo, una vez que se perdió y pensaron que se había ahogado en el lago. Por suerte no fue así.

—Él nos llamó.

—Era bueno conmigo. Los otros me daban miedo.

—Me lo imagino. Eran gente muy mala. Nunca volverán a salir de la cárcel, Sam. —No le dijo que hasta era posible que los condenaran a muerte por el secuestro. No le pareció una buena idea que conociera aquel tipo de detalles—. La policía mató a uno, a Carlton Waters.

Sam asintió y miró a su madre.

—Pensaba que no te vería nunca más —le dijo.

—Pues yo sí —le dijo ella valientemente, aunque hubo momentos en que no fue así.

Habían llamado a Will cuando llegaron al motel, y el chico

se había echado a llorar cuando su madre le contó la noticia y le dejó hablar con Sam. Fernanda llamó también al padre Wallis. Ashley ni siquiera sabía que Sam había sido secuestrado. Solo estaba a unos kilómetros de allí, pero Fernanda prefería dejar que disfrutara unos días con sus amigos hasta que las cosas se calmaran. Fernanda había decidido que no se enterara de que su hermano no estaba. Cuando volviera a casa se lo contaría todo. Era lo mejor. Y no podía evitar pensar en lo que el padre Wallis le había dicho la primera vez que hablaron, aquello de que el secuestro de Sam era un regalo de Dios. No quería más regalos de aquellos. El sacerdote se lo había recordado cuando habló con él aquella mañana.

—¿Qué os parece si os llevo a casa dentro de un rato?

Ted los miró a los dos. Sam asintió. Ted se preguntó si el niño tendría miedo en la casa después del secuestro, aunque sabía que no iban a estar allí mucho tiempo.

—Querían mucho dinero, ¿verdad, mamá? —preguntó Sam mirándola, y ella asintió—. Le dije que no teníamos, que papá lo perdió. Pero él no se lo contó a los otros. O a lo mejor sí, pero no le creyeron.

Un bonito resumen de la situación.

—¿Cómo sabías eso? —Fernanda lo miraba con cara seria. Sabía más de lo que ella pensaba—. Lo del dinero, ¿cómo lo sabías?

Sam pareció algo avergonzado y sonrió tímidamente.

—Te oí hablar por teléfono —confesó, y Fernanda miró a Ted con una sonrisa pesarosa.

—Cuando era pequeña, mi padre solía decir que el cántaro pequeño tiene asas grandes.

—¿Y eso qué quiere decir?

Sam pareció confundido, pero Ted se rió. Él también conocía aquel viejo dicho.

—Quiere decir que no tendrías que escuchar a escondidas a tu madre —le reprendió, aunque no con mucho empeño.

Ahora le daba igual lo que hubiera hecho. Iba a tener carta blanca durante mucho tiempo. Fernanda se sentía muy feliz por tenerlo con ella.

Después, Ted le hizo algunas preguntas y un poco más tarde Rick llegó y le hizo más. Ninguna de las respuestas del niño les sorprendió. Habían ido encajando las piezas por sí mismos sorprendentemente bien.

A las seis, cuando Fernanda y Sam subieron al coche de Ted, la policía ya había abandonado el motel. Cuando se iba con algunos de sus agentes, Rick le guiñó un ojo a Ted.

—Déjate de tonterías —le dijo a Rick por lo bajo.

Rick le sonrió. Se alegraba de que todo hubiera acabado bien. Podía haber sido peor. Nunca se sabe. Aquel día habían perdido algunos hombres valientes, que habían dado su vida por Sam.

—Es un trabajo duro, pero alguien tiene que hacerlo —le susurró Rick a Ted en broma, refiriéndose a Fernanda.

Realmente era una buena mujer; le gustaba. Pero Ted no tenía intención de hacer nada. Lo peor había pasado y él seguía siendo fiel a Shirley. Fernanda tenía su propia vida y sus problemas.

El trayecto en coche transcurrió sin contratiempos. Increíblemente, los sanitarios y los médicos del hospital encontraron a Sam en muy buena forma, teniendo en cuenta la pesadilla por la que había pasado. Había perdido algo de peso y estaba muerto de hambre. Ted paró en Ikeda y le compró una hamburguesa con queso, patatas fritas, un batido y cuatro paquetes de galletitas. Cuando finalmente se detuvieron frente a su casa, estaba profundamente dormido. Fernanda iba sentada delante, con Ted, y estaba tan cansada que casi no tenía fuerzas para bajar.

—No lo despierte, lo llevaré en brazos —dijo Ted parando el motor.

Había sido un viaje muy distinto del viaje de ida, dominado por la tensión y el miedo a perder al niño. Las pasadas semanas habían estado dominadas por el miedo.

—¿Qué puedo decir para darle las gracias? —preguntó Fernanda mirándole.

Se habían convertido en buenos amigos y nunca lo olvidaría.

—No tiene que decir nada. Me pagan por hacer esto —contestó él mirándola, pero los dos sabían que había sido más que eso. Mucho más. Ted había pasado hasta el último minuto de aquella pesadilla junto a ella y habría sacrificado su vida por la de Sam si hubiera sido necesario. Él era así; siempre lo había sido. Entonces Fernanda se inclinó y le dio un beso en la mejilla. El momento quedó suspendido entre los dos—. Tendré que venir varias veces a ver a Sam para hacerle algunas preguntas relacionadas con la investigación. Llamaré para avisar.

Sabía que Rick también querría interrogarle. Fernanda asintió.

—Venga cuando quiera —contestó ella con voz serena.

Dicho esto, Ted bajó del coche, abrió la puerta de atrás, cogió al niño en brazos y siguió a Fernanda hasta la puerta. Dos policías con pistolera les abrieron. Will estaba detrás y de pronto pareció muy asustado.

—Oh, Dios mío, ¿está herido? —Miró a Ted y luego a su madre—. No me lo habías dicho.

—No pasa nada, cielo. —Lo abrazó con dulzura. Aunque tenía dieciséis años, seguía siendo un crío—. Está dormido.

Will se echó a llorar en sus brazos. Tendría que pasar mucho tiempo para que dejaran de preocuparse. La desgracia se había convertido en algo cotidiano para ellos. Hacía tanto tiempo que no llevaban una vida normal que ya habían olvidado lo que era.

Ted llevó a Sam a su habitación y lo dejó con suavidad en la cama, mientras Fernanda le quitaba las bambas. El niño soltó un bufido y se volvió de costado, sin despertarse, y Ted y Fernanda se quedaron mirándolo. Era una imagen adorable, en su casa, con la cabeza en la almohada.

—La llamaré por la mañana —le dijo Ted ya en la puerta de la calle.

Los dos policías acababan de irse después de que Fernanda les diera las gracias.

—No vamos a ir a ningún sitio —le prometió ella.

Ni siquiera sabía si se sentiría lo bastante segura para salir de casa. Le iba a resultar muy raro saber que estaban solos otra vez, pensando si habría alguien fuera conspirando contra ellos. Con un poco de suerte, no pasaría nada más. Desde Tahoe había llamado a Jack Waterman. Los dos estuvieron de acuerdo en hacer una declaración para comunicar la desaparición de la fortuna de Allan. De lo contrario, ella y los niños seguirían siendo un posible objetivo para cualquier malhechor. Había aprendido bien la lección.

—Descanse un poco —le aconsejó Ted, y ella asintió. Era una tontería, lo sabía, pero Fernanda detestaba que se fuera. Se había acostumbrado a hablar con él por las noches, a saber que lo encontraría a cualquier hora, a dormir en el suelo a su lado cuando no podía conciliar el sueño en ningún otro sitio. Se sentía segura a su lado. Sí, ahora se daba cuenta—. La llamaré —volvió a prometerle.

Fernanda cerró la puerta, preguntándose cómo podría agradecerle todo lo que había hecho.

Cuando Fernanda subió al piso de arriba, la casa parecía vacía. No había sonidos, ni hombres, ni pistolas, ni teléfonos móviles sonando en todos los rincones, ni ningún negociador escuchando sus llamadas. Gracias a Dios. Will la estaba esperando en su habitación. Parecía que se había hecho un hombre de la noche a la mañana.

—¿Estás bien, mamá?

—Sí —dijo ella con prudencia—. Lo estoy. —Se sentía como si se hubiera caído desde lo alto de un edificio y estuviera comprobando los moratones que le habían salido en el alma. Había muchos, pero ahora podrían curarse. Sam estaba en casa—. ¿Y tú?

—No lo sé. Todo esto da miedo. Es difícil no pensar en ello.

Su madre asintió. Sí, Will tenía razón. Todos pensarían en aquello y lo recordarían durante mucho, mucho tiempo.

Fernanda se metió en la ducha y Will se acostó. Entretanto, Ted volvió a su casa en el distrito de Sunset. No había nadie cuando llegó. Ya nunca había nadie. Shirley nunca estaba. O estaba en el trabajo o con sus amigas, a la mayoría de las cuales no conocía. En la casa se respiraba un silencio ensordecedor y, por primera vez desde hacía mucho tiempo, Ted se sintió terriblemente solo. Añoraba a Ashley y a Will, que Fernanda fuera a hablar con él, la comodidad de estar rodeado de sus hombres en una misión. Le había recordado sus tiempos de joven en el departamento. Pero no añoraba a sus hombres; añoraba a Fernanda.

Se sentó en una silla y se quedó mirando el vacío, pensando en llamarla. Quería hacerlo. Había oído lo que su amigo Rick le había dicho. Pero Rick era Rick, y él era él. Simplemente, no podía hacerlo.

21

Al día siguiente Ted habló con Rick y le preguntó qué había hecho en relación con Addison. El Estado también iba a presentar cargos contra él y lo detendrían por conspiración para un secuestro en cuanto volviera a la ciudad. Ted suponía que volvería. El juez le había asegurado a Rick que no había peligro de que huyera. Ted esperaba que tuviera razón.

—Ya viene para acá —le comunicó Rick por teléfono con una risita.

—Vaya, eso sí que es ir deprisa. Pensaba que iba a estar fuera todo el mes.

—Sí, era su idea. Ayer me puse en contacto con la Interpol y la oficina del FBI en París. Mandaron a sus hombres a buscarlo. Le hemos acusado de conspiración para perpetrar un secuestro. Uno de mis informantes favoritos me ha llamado hoy. Por lo visto nuestro amigo ha estado dedicándose a cuestiones científicas, por así decirlo, y ya lleva un tiempo al frente de un provechoso negocio con cristales de metadrina. Creo que vamos a pasárnoslo muy bien con este, Ted.

—Seguro que casi le ha dado un ataque cuando ha visto llegar a tus chicos.

Ted se rió solo de pensarlo, aunque lo que había hecho no tenía ninguna gracia. Pero, por lo que Ted había oído, se había mostrado tan pretencioso por su importante «labor social», que le estaba bien empleado.

—Por lo visto a quien casi le ha dado un ataque ha sido a su mujer. Le dio una bofetada a él y otra al agente.

—Eso debe de haber estado muy bien. —Ted sonrió. Seguía sintiéndose cansado.

—Lo dudo.

—Ah, por cierto; tenías razón con el asunto de la bomba. Jim Free nos dijo que fue Waters. Ellos no tuvieron nada que ver, pero, cuando estaban en Tahoe, una noche se emborracharon y Waters se lo contó. He pensado que te gustaría saberlo.

—Al menos ahora mi jefe verá que no estoy loco.

Ted le dijo que habían recuperado buena parte del dinero que Addison había pagado a los secuestradores por adelantado: estaba en unas maletas guardadas en una consigna en la estación de autobús de Modesto. Sería una bonita prueba en contra de Addison. Jim Free les había dicho dónde encontrarlo.

Entonces, como hacía con frecuencia, Rick cambió radicalmente de tema y fue directo al grano.

—Bueno, ¿y qué? ¿Le dijiste algo cuando la llevaste a casa?

Los dos sabían que se refería a Fernanda.

—¿Sobre qué? —Ted se hacía el tonto.

—No te hagas el inocente. Sabes perfectamente a qué me refiero.

Ted suspiró.

—No, no le dije nada. Anoche pensé en llamarla, pero no tendría sentido, Rick. No puedo hacerle eso a Shirley.

—Ella te lo haría. Te estás perjudicando a ti mismo. Y a Fernanda. Ella te necesita, Ted.

—Quizá yo también la necesito. Pero ya tengo mujer.

—La que tienes es una sosa —dijo el otro sin rodeos, cosa que no era cierta, y Ted lo sabía. Shirley era una buena mujer; simplemente, no era la mujer que necesitaba desde hacía muchos años. Ella también lo sabía. Estaba tan decepcionada como él—. Espero que entres en razón uno de estos días, antes de que sea demasiado tarde —añadió Rick con fervor—. Lo que me recuerda... Hay una cosa que quería comentar contigo. ¿Por qué no cenamos juntos un día de la semana que viene?

—¿De qué se trata?

Ted estaba intrigado y, aunque no era ninguna autoridad en el tema, se preguntó si no sería que su amigo iba a casarse. Sí, él no entendía mucho de esas cosas, pero eran buenos amigos y siempre lo serían.

—Lo creas o no, necesito tu consejo.

—Te lo daré encantado. Por cierto, ¿cuándo irás a ver a Sam?

—Dejaré que vayas tú primero. Tú le conoces mejor. No quiero asustarlo, y seguramente tú conseguirás toda la información que necesito.

—Ya te avisaré.

Quedaron de acuerdo en hablar al cabo de unos días. Al día siguiente, Ted fue a ver a Sam. Jack Waterman estaba en la casa. Él y Fernanda tenían cara de haber estado hablando de negocios, y el abogado se fue poco después de que él llegara. Estuvo casi todo el rato con Sam. Fernanda parecía distraída y ocupada, y Ted no pudo evitar preguntarse si habría algo entre ella y Jack. Era una suposición razonable, y hubieran sido la pareja perfecta. Se notaba que Jack también lo pensaba.

Al día siguiente apareció un sombrío artículo en los periódicos sobre el desastroso fin de la carrera financiera de Allan Barnes. Lo único que no se mencionó fue el supuesto suicidio. Al leerlo, a Ted le dio la sensación de que aquello había sido cosa de Fernanda. Se preguntó si esa era la razón de que hubiera encontrado a Jack en la casa el día anterior y de que Fernanda pareciera tan afectada. No podía reprochárselo, pero lo mejor era que todo el mundo lo supiera. Hasta aquel momento habían logrado mantener la información sobre el secuestro lejos de la prensa. Ted supuso que acabaría saliendo a la luz durante el juicio, pero lo cierto era que aún no se había fijado la fecha. Stark y Free ya habían vuelto a la cárcel después de que su libertad condicional quedara revocada.

Sam cooperó sin problemas con Ted. Era increíble las cosas que recordaba, pese a haber vivido una situación tan traumática. A pesar de su edad, iba a ser un excelente testigo.

Después, las cosas se movieron con rapidez para Fernanda

y los niños. Ella cumplió los cuarenta y los niños la llevaron a la International House of Pancakes para celebrar su cumpleaños. No era el cumpleaños que habría soñado un año antes, pero en aquel momento le pareció perfecto. Lo único que quería era estar con sus hijos. Poco después les dijo que tenían que vender la casa. Ashley y Will estaban muy sorprendidos, Sam no. Él ya lo sabía, como le había confesado a su madre, por las conversaciones que había escuchado. Cuando les hizo aquel anuncio, sus vidas parecieron entrar en una etapa de transición. Ash dijo que, ahora que todos sabían que su padre había perdido su dinero, era humillante, porque en la escuela muchas chicas ya no querían ser amigas suyas, cosa que a Will le pareció repugnante. Él estaba en el último curso. Ninguno de ellos había contado que aquel verano habían sido el objetivo de unos secuestradores. Era una historia tan terrible que no habría encajado muy bien en la típica redacción de principio de curso: «¿Qué has hecho estas vacaciones?». Solo hablaban del tema entre sí. La policía les había aconsejado que no lo divulgaran para evitar a los imitadores y a la prensa. Una de las personas que fue a ver la casa cuando se puso en venta se quedó boquiabierta al ver la cocina.

—Dios santo, ¿cómo es que no han terminado la cocina? ¡Una casa como esta debería tener una cocina fabulosa! —Miró por encima del hombro al agente inmobiliario y a Fernanda.

A Fernanda le dieron ganas de abofetearla, pero se contuvo.

—Antes lo era —dijo sin más—. Tuvimos un accidente el pasado verano.

—¿Qué clase de accidente? —preguntó la mujer algo nerviosa.

Por un momento Fernanda sintió la tentación de decirle que dos agentes del FBI y dos policías de San Francisco habían sido asesinados allí. Pero se contuvo y no dijo nada.

—Nada grave, pero preferí quitar el granito.

Porque era imposible eliminar las manchas de sangre, pensó.

El secuestro seguía pareciéndoles algo irreal. Sam se lo contó a su mejor amigo de la escuela y el niño no le creyó. La maestra le echó un sermón sobre lo feo que es decir mentiras e inventarse cosas, y Sam volvió llorando a casa.

—¡No se lo ha creído! —se quejó ante su madre.

¿Y quién lo hubiera hecho? A veces ni ella misma se lo acababa de creer. Había sido todo tan terrible que no acababa de asimilarlo. Y, cuando lo pensaba, seguía asustándola e inquietándola tanto que tenía que obligarse a pensar en otra cosa.

Había llevado a los niños a una psiquiatra especializada en situaciones traumáticas y la mujer se quedó impresionada por lo bien que lo llevaban, aunque de vez en cuando Sam seguía teniendo pesadillas, igual que Fernanda.

Ted siguió visitando a Sam hasta bien entrado septiembre, para reunir pruebas y declaraciones. En octubre su labor había terminado. Después no volvió a llamarles. Fernanda pensaba con frecuencia en él y quería telefonearle. Estaba enseñando la casa y tratando de encontrar una más pequeña, y también buscaba trabajo. Casi no le quedaba dinero y tenía que hacer un gran esfuerzo para no dejarse llevar por el pánico. Pero a veces, por la noche, el pánico la dominaba y Will se daba cuenta. El chico se ofreció a trabajar después de las clases para ayudarla. Fernanda estaba preocupada porque no sabía cómo podría pagar la universidad. Afortunadamente, Will tenía buenas notas y lo aceptaron en la Universidad de California, aunque aún quedaba el problema de cómo pagar la residencia de estudiantes. A veces resultaba difícil creer que Allan hubiera tenido cientos de millones de dólares. Fernanda nunca se había sentido tan deshecha. Y eso la asustaba.

Un día Jack la llevó a comer y trató de hablar con ella del tema. Dijo que no había querido planteárselo demasiado pronto ni ofenderla después de la muerte de Allan; luego pasó lo del secuestro y todos habían estado comprensiblemente preocupados. Pero el caso es que llevaba meses pensándolo y había tomado una decisión. Hizo una pausa, como si esperara que sonaran unos redobles de tambor. Fernanda ni siquiera se lo imaginaba.

—¿Qué clase de decisión? —preguntó.

—Creo que deberíamos casarnos.

Fernanda lo miró fijamente y por un momento pensó que bromeaba, pero se dio cuenta de que no.

—¿Lo has decidido así sin más, sin consultármelo ni hablar conmigo del tema? ¿Mi opinión no cuenta?

—Fernanda, estás en una situación muy apurada. No puedes seguir pagando la escuela de tus hijos. Will ingresará en la universidad en otoño. Y no tienes experiencia en ningún trabajo —dijo con tono realista.

—¿Te estás ofreciendo a contratarme o a casarte conmigo? —preguntó ella, y de pronto se sintió muy enfadada.

Quería disponer de su vida sin siquiera preguntarle. Y, lo más importante, no había mencionado en ningún momento el amor. Lo que había dicho sonaba más a oferta de trabajo que a propuesta de matrimonio, y eso la ofendió profundamente. Había algo de lo más condescendiente en el tono con que hablaba.

—No seas ridícula; quiero que nos casemos. Además, los chicos me conocen —dijo Jack irritado.

A él le parecía perfectamente razonable. El amor era lo de menos. Fernanda le gustaba y eso era suficiente.

—Eso es cierto. —Fernanda decidió que la rudeza de Jack merecía que la correspondiera con más rudeza—. Pero no te quiero.

En realidad, la oferta no la halagaba en absoluto, al contrario, había herido sus sentimientos. La había hecho sentirse como un coche, no como la mujer amada.

—Podemos aprender a querernos —siguió diciendo él con obstinación. A Fernanda siempre le había caído bien; sabía que era un hombre responsable y de fiar, y una buena persona, pero no había chispa entre ellos. También sabía que, si alguna vez volvía a casarse, tenía que haber esa chispa, o al menos amor—. Creo que sería un paso muy sensato para los dos. Yo hace años que soy viudo, y a ti Allan te ha dejado en una situación muy delicada. Fernanda, deja que cuide de ti y de los niños.

Por un momento casi la conmovió, pero no lo suficiente.

Fernanda suspiró mientras él esperaba su respuesta. Jack no veía razón para que se tomara un tiempo para pensarlo. Él le había hecho una oferta y esperaba que la aceptara, como un trabajo o una casa.

—Lo siento, Jack —dijo con tanta amabilidad como pudo—. No puedo hacerlo.

Empezaba a comprender por qué Jack no había vuelto a casarse. Si las propuestas de matrimonio que hacía eran siempre como aquella, o veía el matrimonio de una forma tan pragmática, lo mejor sería que se comprara un perro.

—¿Por qué no? —Parecía confundido.

—A lo mejor es una locura, pero, si alguna vez vuelvo a casarme, quiero que sea porque estoy enamorada.

—Ya no eres una niña y tienes responsabilidades. —Le estaba pidiendo que se vendiera para poder mandar a Will a Harvard. Antes prefería enviarlo a la facultad más insignificante. No tenía intención de vender su alma a un hombre al que no amaba, ni siquiera por sus hijos—. Creo que deberías reconsiderar tu posición.

—Pues yo creo que eres maravilloso y que no te merezco —dijo ella poniéndose de pie, y de pronto comprendió que todos aquellos años de amistad y de colaboración como su abogado se acababan de ir al traste.

—Puede que tengas razón —dijo él tirando de la cadena con fuerza mientras Fernanda la oía resonar en su cabeza—. Pero sigo queriendo que nos casemos.

—Pues yo no —replicó ella mirándolo. Nunca se había fijado, pero era más insensible y dominante de lo que pensaba, y lo único que le importaba era lo que sentía él, que seguramente era la razón por la que no había vuelto a casarse. Había tomado una decisión y consideraba que ella tenía que aceptarla. Pero esa no era la forma en que Fernanda quería pasar el resto de su vida, haciendo lo que le mandaba un hombre al que no quería. Por la manera en que se lo había propuesto parecía más un insulto que un cumplido y demostraba una gran falta de respeto—. Por cierto... —añadió mirándolo por encima del hombro y dejando caer la servilleta en el asiento—. Estás despedido, Jack.

Dicho esto, se dio la vuelta y se fue.

22

Finalmente, la casa se vendió en diciembre. Justo antes de Navidad, por supuesto. Así que pasaron una última Navidad en la sala de estar, con su árbol bajo la mágica araña vienesa del techo. Era una forma perfecta de poner fin a un año que había sido muy duro para todos. Fernanda no había encontrado trabajo, pero seguía buscándolo. Estaba intentando encontrar un puesto de secretaria a media jornada, que le dejara tiempo para ir a recoger a Sam y a Ashley a la escuela. Mientras siguieran en casa, quería estar con ellos. Sabía que otras madres se las arreglaban con canguros y asistentas, pero, si podía evitarlo, ella prefería no hacerlo. Quería pasar todo el tiempo posible con sus hijos.

Tuvo que tomar muchas decisiones cuando la casa se vendió. La compró una pareja procedente de Nueva York. El agente inmobiliario le explicó por lo bajo que el marido había hecho una fortuna. Fernanda asintió y dijo que eso estaba bien. Mientras durara, pensó. El año anterior había aprendido muchas lecciones sobre lo que realmente importaba. Después del secuestro de Sam, ya no tenía ninguna duda. Sus hijos importaban. Lo demás no. El dinero, en la proporción que fuera, no era importante, salvo como un medio para darles de comer.

Había pensado vender todo lo que pudiera de la casa en una subasta, pero al final resultó que a los compradores les encantó lo que Fernanda tenía y lo pagaron a un precio más alto que la propia casa. A la mujer le pareció que Fernanda tenía un gusto exquisito, así que todos quedaron contentos.

Fernanda y los niños dejaron la casa en enero. Ashley lloró. Sam pareció triste. Y, como sucedía siempre en los últimos tiempos, Will fue un gran apoyo para su madre. Transportó cajas, cargó cosas, y estaba con ella el día en que encontró la que se convertiría en su nueva casa. En realidad, después de vender su antigua casa, le quedó lo suficiente para comprar una casita más modesta y pedir una hipoteca. La casa que encontró en Marin era exactamente lo que buscaba. Estaba en Sausalito, en lo alto de una colina, y tenía vistas a los veleros, la bahía, Angel Island y Belvedere. Era tranquila, acogedora, discreta y bonita. A los chicos les encantó. Fernanda decidió que Ashley y Sam fueran a la escuela pública en Marin. Will tendría que desplazarse todos los días los meses que faltaban hasta que se graduara. Dos semanas después de mudarse a su nuevo hogar, Fernanda encontró un trabajo como conservadora en una galería que estaba a cinco minutos de su casa. No les importaba que se fuera todos los días a las tres. El sueldo era modesto, pero al menos tenía un dinero fijo. Y ya tenía un nuevo abogado; era una mujer. Jack seguía sintiéndose profundamente ofendido porque había rechazado su propuesta. A veces, cuando se paraba a pensarlo, a Fernanda le parecía triste y divertido a la vez. Cuando se lo dijo le había parecido tan pomposo... No conocía aquella faceta de él.

Lo que no le parecía divertido era el recuerdo del secuestro de su hijo aquel verano. Aún tenía pesadillas. Le parecía irreal, y era una de las razones por las que no le importó dejar su antigua casa. Allí ya no podía dormir sin la abrumadora sensación de que iba a pasar algo terrible. Dormía mejor en Sausalito. Desde septiembre no había tenido noticias de Ted. Cuatro meses. Finalmente, el policía la llamó en marzo. El juicio de Malcolm Stark y Jim Free se había fijado para abril. Ya se había aplazado en dos ocasiones y Ted dijo que no volvería a pasar.

—Necesitamos que Sam testifique —dijo con algo de torpeza después de preguntarle cómo estaba. Pensaba en ella con frecuencia, pero no había llamado, a pesar de la insistencia de Rick Holmquist—. Me preocupa que pueda resultarle traumático —dijo con voz sosegada.

—A mí también —asintió Fernanda. Le resultaba extraño pensar en Ted. Él había formado parte de aquella terrible experiencia. Era justamente lo que Ted se temía, razón por la cual no la había llamado. Estaba seguro de que hablar con él les recordaría a todos el secuestro. Rick Holmquist le dijo que estaba loco—. Lo aguantará —añadió ella, refiriéndose a Sam.

—¿Cómo está?

—Estupendamente. Es como si nunca hubiera pasado. Va a una nueva escuela, y Ash también. Creo que ha sido bueno para ellos. Como una forma de volver a empezar.

—Veo que tiene una nueva dirección.

—Me encanta mi nueva casa —confesó Fernanda con una sonrisa que Ted adivinó por la voz—. Trabajo en una galería que está a cinco minutos de aquí. Podría venir a vernos algún día.

—Lo haré —prometió él.

Pero Fernanda no volvió a saber de él hasta tres días antes del juicio. Llamó para decirle dónde tenía que llevar a Sam. Cuando Fernanda se lo contó a su hijo, el niño se echó a llorar.

—No quiero ir. No quiero verles otra vez.

Ella tampoco quería. Pero para Sam había sido peor. Llamó a la psicóloga y fue a verla con Sam. Hablaron sobre la posibilidad de que no testificara, de si no sería perjudicial para él. Al final Sam aceptó, y a la psicóloga le pareció una buena forma de superar la experiencia. Fernanda tenía miedo de que aquello le provocara más pesadillas. Y la experiencia ya estaba más que superada. Dos de los hombres estaban muertos, incluido el que le había ayudado a escapar, y los otros dos estaban en la cárcel. Eso ya era suficiente para ella y seguramente también para Sam. Sin embargo, el día en cuestión Fernanda acudió al Palacio de Justicia con Sam, con una fuerte sensación de nerviosismo. Después de desayunar, Fernanda tenía dolor de estómago, y Sam también.

Ted la esperaba en el exterior del edificio. Tenía el mismo

aspecto que la última vez que lo vio. Tranquilo, bien vestido y arreglado, inteligente y preocupado por el bienestar de Sam.

—¿Cómo va eso, inspector en funciones? —Dedicó una sonrisa a Sam, que estaba visiblemente triste.

—Tengo ganas de vomitar.

—Eso no es muy bueno. Me parece que tendremos que hablarlo. ¿Cómo es eso?

—Me da miedo que me hagan daño —explicó el niño sin rodeos.

Era normal. Ya le habían hecho daño una vez.

—No dejaré que eso pase. —Ted se desabrochó la chaqueta, la abrió un momento y Sam vio la pistola—. Llevo esto y, además, en la sala del tribunal estarán con esposas y grilletes en los pies. Están atados.

—A mí también me ataron —dijo Sam con expresión desdichada y se echó a llorar.

Al menos estaba expresando lo que sentía... Fernanda se estaba poniendo mala y, al mirar a Ted, vio que él se sentía tan descontento como ella. Ted tuvo una idea. Les dijo que fueran a la otra acera a tomar algo, que se reuniría con ellos enseguida.

Tardó veinte minutos en volver. Se había reunido con la juez, el abogado defensor y la acusación, y todos se habían puesto de acuerdo. Sam y su madre serían interrogados en el despacho de la juez, en presencia del jurado, pero no de los acusados. No tendría que volver a ver a aquellos dos hombres. Podía identificarlos en fotografía. Ted había insistido en que sería demasiado traumático para el niño testificar en la sala del tribunal y ver a sus secuestradores. Cuando se lo dijo, Sam sonrió feliz, y Fernanda dio un suspiro de alivio.

—Creo que la juez te va a gustar mucho. Es una mujer muy agradable —le dijo el detective a Sam.

Sam entró en el despacho. La juez tenía un aire maternal y cálido y, durante un receso, ofreció al niño leche y galletas y le enseñó fotografías de sus nietos. Sentía mucho que Sam y su madre hubieran tenido que pasar por todo aquello.

El interrogatorio de la acusación se prolongó toda la mañana. Cuando terminaron, Ted los llevó a comer. La defensa interrogaría a Sam por la tarde y se reservaba el derecho de volver a llamarlo más adelante. Por el momento, el niño lo llevaba muy bien. A Ted no le sorprendió.

Fueron a un pequeño restaurante italiano algo alejado del Palacio de Justicia. No tenían tiempo para ir demasiado lejos, pero Ted sabía que necesitaban desconectar de todo aquello. Durante la comida, Sam y Fernanda estuvieron algo callados. Había sido una mañana muy dura que había despertado muy malos recuerdos. Fernanda estaba preocupada por el efecto que pudiera tener en su hijo. El niño no parecía sentirse mal; simplemente, estaba algo callado.

—Siento mucho que tengan que pasar por esto —dijo Ted cuando estaba pagando la cuenta.

Fernanda se ofreció a pagar la mitad, pero él sonrió y no le dejó hacerlo. Fernanda llevaba un vestido rojo y zapatos de tacón. Vio que se había maquillado. Quizá había quedado con Jack o con alguna otra persona. Se notaba que emocionalmente estaba mucho mejor que cuando él la conoció en junio. El traslado y el nuevo trabajo le habían sentado bien. Él también pensaba hacer algunos cambios en su vida. Les dijo que, después de treinta años, iba a dejar el departamento.

—Oh, pero ¿por qué? —Fernanda estaba perpleja. Era un excelente policía y le encantaba su trabajo.

—Mi viejo compañero Rick Holmquist quiere montar una empresa de seguridad. Investigación privada y protección de famosos. Lo veo un poco extravagante para mí, pero Rick sabe llevar esas cosas. Y yo también. Tiene razón. Después de treinta años, quizá ha llegado el momento de hacer un cambio.

Fernanda sabía que, después de treinta años, podía retirarse con la pensión completa. Estaba bien pensado. La idea de Holmquist sonaba muy provechosa.

Aquella tarde, el abogado de la defensa trató de descalificar el testimonio de Sam, pero no lo consiguió. Sam se mostró imperturbable y su memoria parecía infalible. Se ciñó a la misma historia una y otra vez. E identificó a los dos acusados en las fotografías que la acusación le había enseñado. Fernanda no pudo identificar a los hombres que se habían llevado a su hijo porque los vio con pasamontañas, pero su testimonio sobre el secuestro fue profundamente conmovedor, y la descripción de los cuatro hombres asesinados en su cocina fue espeluznante. Al final del día, la juez les dio las gracias y los mandó a casa.

—¡Eres toda una estrella! —le dijo Ted a Sam sonriendo cuando salieron del Palacio de Justicia—. ¿Cómo va tu estómago?

—Bien —contestó el niño con cara de satisfacción.

Hasta la juez le había dicho que había hecho un buen trabajo. Acababa de cumplir los siete años, y Ted le dijo que a un adulto le hubiera costado tanto como a él.

—Vamos a comer un helado —propuso Ted.

Siguió a Sam y a Fernanda con su coche hasta Ghirardelli Square. El sitio podía ser divertido para Sam y para Fernanda. Se respiraba un ambiente festivo. Sam pidió un helado con crema, frutas, almíbar y nueces, y Ted, unas bebidas de extractos de raíces y hierbas para ellos.

—Me siento como una cría en una fiesta de cumpleaños —dijo Fernanda riendo tontamente.

Se alegraba enormemente de que la intervención de Sam en el juicio ya hubiera terminado. Ted dijo que no era probable que volvieran a llamarle para que testificara. Todo lo que había dicho había sido demoledor para la defensa. Ted no tenía la menor duda de que aquellos dos hombres serían condenados y que, por muy maternal que pudiera parecer la juez, les iba a caer la pena de muerte. Daba que pensar. Ted le había dicho que a Phillip Addison se le juzgaría por separado en un tribunal federal, acusado de conspiración para cometer un secuestro y algunos delitos federales, incluyendo evasión de impuestos, blanqueo de dinero y tráfico de drogas. Iba a pasar una buena temporada fuera de circulación y no era probable que Sam tuviera que testificar otra vez en su caso. Iba a proponer a Rick que utilizaran la transcripción del testimonio de Sam. No estaba seguro de que pudiera hacerse, pero haría lo que estuviera en su mano para evitarle a Sam aquel mal trago. Y, aunque Rick abandonaba el

FBI, Ted sabía que dejaría el caso de Addison en buenas manos y que testificaría personalmente. Rick quería que Addison quedara fuera de circulación o, a ser posible, que le cayera la pena de muerte. Había sido un asunto muy grave y, al igual que Ted, deseaba que se hiciera justicia. Ahora que el juicio había pasado, la pesadilla por fin había terminado.

Todo acabó cuando se dictó sentencia un mes más tarde. Había pasado un año desde que todo empezó, el día en que Ted llamó a la puerta de Fernanda preguntando por el coche que había estallado en la calle. Ted la llamó el mismo día que Fernanda leyó el artículo en el que se hablaba de la sentencia. Malcolm Stark y James Free habían sido condenados a muerte por sus crímenes. Fernanda no sabía cuándo serían ejecutados, o si llegarían a hacerlo, porque siempre podían apelar, pero lo más probable es que la pena se cumpliera. El juicio de Phillip Addison todavía estaba pendiente. Seguía detenido, y sus abogados estaban haciendo lo posible para evitar que llegara a celebrarse. Pero Fernanda sabía que, tarde o temprano, él también sería juzgado. Desde luego, con los otros dos se había hecho justicia. Y, lo más importante, Sam estaba bien.

—¿Ha visto la sentencia en los periódicos? —le preguntó Ted cuando la llamó.

Parecía de buen humor, y dijo que estaba muy atareado. Había dejado el departamento hacía una semana y le habían hecho varias fiestas de despedida.

—Sí, la he visto —confirmó Fernanda—. Nunca he creído en la pena de muerte. —Siempre le había parecido algo malo y era lo suficientemente religiosa para creer que nadie tenía derecho a quitarle la vida a otra persona. Pero habían muerto nueve hombres y habían secuestrado a un niño. Y, dado que ese niño era su hijo, por primera vez en su vida le pareció que estaba bien—. Pero esta vez sí —confesó—. Creo que es diferente cuando nos pasa a nosotros.

Pero también sabía que, si hubieran matado a su hijo, ni siquiera una condena de muerte habría podido devolvérselo ni habría compensado la pérdida. Ella y Sam habían tenido mucha suerte. Ted también lo pensaba. Las cosas podían haber ido muy mal y daba gracias de que no hubiera sido así.

Entonces Fernanda pensó en algo que habían hablado muchas veces.

—¿Cuándo vendrá a cenar con nosotros?

Estaba en deuda con él por su amabilidad. Lo mínimo que podía hacer era invitarle a cenar. Le había echado mucho de menos aquellos meses, pero su ausencia era señal de que las cosas les iban bien a los dos. Fernanda esperaba no necesitar nunca más de sus servicios ni de los de nadie. Pero, después de todo lo que habían pasado juntos, lo consideraba un amigo.

—En realidad, por eso la llamaba. Quería preguntarle si puedo pasar a verles. Tengo un regalo para Sam.

—Estará encantado de verle. —Fernanda sonrió y consultó su reloj. Tenía que irse al trabajo—. ¿Le va bien mañana?

—Me encantaría. —Ted sonrió, mientras anotaba la nueva dirección—. ¿A qué hora?

—¿Qué tal a las siete?

Ted estuvo de acuerdo. Colgó, se sentó en su nuevo despacho y permaneció un buen rato mirando por la ventana y pensando. Resultaba difícil creer que ya había pasado un año. Recientemente había visto la necrológica del juez McIntyre y eso le había hecho volver a pensar en todo lo sucedido. Tuvo suerte de que la bomba del coche no le matara aquella vez. Había muerto por causas naturales.

—¿Qué haces soñando despierto? ¿Es que no tienes nada que hacer? —le espetó Rick deteniéndose en la entrada de su despacho.

El negocio ya estaba en marcha y les iba bien. Había un mercado considerable para lo que ofrecían y, una semana antes, Ted le había dicho a su último compañero en el cuerpo de policía, Jeff Stone, que nunca se había divertido tanto, mucho más de lo que esperaba. Le encantaba volver a trabajar con Rick. Montar una empresa de seguridad había sido una gran idea.

—No me vengas con tonterías, agente especial. Ayer te tomaste tres horas para comer. Si vuelves a hacerlo tendré que empezar a recortarte el sueldo. —Rick lanzó una carcajada. Había salido con Peg. Unas semanas más tarde se casaban. Todo les iba estupendamente. Y Ted sería el padrino—. Y no vayas a pensar que tendrás unas vacaciones pagadas cuando estés de luna de miel. Este es un negocio serio. Si quieres casarte y viajar a Italia, hazlo en tu tiempo libre.

Rick entró en el despacho sonriendo y se sentó. Hacía años que no se sentía tan feliz. Su trabajo en el FBI le agotaba y prefería tener su propio negocio.

—¿En qué piensas? —Rick notaba que algo le inquietaba.

—Mañana por la noche voy a cenar con los Barnes. En Sausalito. Se han mudado.

—Eso está bien. ¿Puedo hacer alguna pregunta ruda, como cuáles son sus intenciones, detective Lee?

A pesar del tono de broma, la mirada de Rick era seria. Conocía los sentimientos de Ted. Lo que no sabía era lo que su amigo quería hacer. Pero es que Ted tampoco lo sabía.

—Solo quiero ver a los chicos.

—Oooh. —Rick parecía decepcionado. Se sentía tan feliz con Peg que quería que todo el mundo lo fuera—. Qué pena dejar que una mujer así se eche a perder...

—Sí, es una pena. —Ted estaba de acuerdo, pero había demasiadas cosas con las que no podía reconciliarse y seguramente nunca lo conseguiría—. Me parece que está saliendo con alguien. El día del juicio estaba guapísima.

—A lo mejor se puso guapísima para ti —sugirió Rick, y Ted sonrió.

—Es una idea absurda.

—Tan absurda como tú. A veces me pones malo; en realidad, la mayor parte del tiempo.

Rick se levantó y salió del despacho de su amigo. Sabía que era demasiado testarudo para convencerlo.

Los dos estuvieron muy ocupados el resto de la tarde. Y, como siempre, Ted se quedó trabajando hasta tarde.

El día siguiente estuvo casi todo el tiempo fuera del despacho. Rick lo vio de pasada por la tarde, cuando estaba a punto de salir para Sausalito llevando en la mano un pequeño paquete envuelto en papel de regalo.

—¿Qué es eso? —preguntó Rick.

—No es asunto tuyo —contestó Ted muy alegre.

—Muy bonito —Rick sonrió y Ted pasó de largo camino de la salida—. ¡Buena suerte! —le gritó cuando Ted se echó a reír y la puerta se cerró a su espalda.

Rick se quedó mirando la puerta un momento. Ojalá las cosas le fueran bien esa noche. Ya era hora de que le pasara algo bueno.

23

Fernanda estaba en la cocina con el delantal puesto cuando sonó el timbre. Le pidió a Ashley que abriera. En el último año la niña había crecido unos ocho centímetros y Ted pareció muy sorprendido cuando la vio. Tenía trece años, pero ya no parecía una niña. Llevaba puesta una falda corta de mahón, unas sandalias de su madre y una camiseta sin mangas, y era una jovencita muy guapa. Casi parecía la hermana gemela de Fernanda. Tenían los mismos rasgos, la misma sonrisa, las mismas medidas, aunque ahora ella era más alta que su madre, y la misma melena rubia y lisa.

—¿Cómo te va, Ashley? —preguntó Ted cuando entró por la puerta.

Siempre le habían gustado los hijos de Fernanda. Eran educados, correctos, amables, brillantes y divertidos. Enseguida se veía que su madre había volcado en ellos mucho tiempo y amor.

Cuando Ted entró, Fernanda asomó la cabeza desde la cocina y le ofreció un vaso de vino. Él lo rechazó. No bebía casi nunca, ni siquiera cuando no estaba de servicio. Fernanda desapareció en la cocina y en ese momento Will entró y le estrechó la mano, visiblemente contento de volver a verle. Estaba radiante, y estuvieron charlando unos minutos sobre el nuevo negocio de Ted, hasta que Sam entró dando brincos en la habitación. Desde luego, su personalidad casaba perfectamente con su pelo rojo. Sonrió de oreja a oreja cuando vio a Ted.

—Mamá dice que tienes un regalo para mí. ¿Qué es?

Se rió entre dientes, y su madre salió de la cocina y le regañó.

—¡Sam, no seas maleducado!

—Dijiste que... —se defendió el niño.

—Lo sé, lo sé. Pero ¿y si ha cambiado de opinión o se lo ha dejado en su casa? Vas a hacer que se sienta mal.

—Oh. —Sam pareció apagarse. Entonces Ted le entregó el paquete que le había llevado desde el trabajo. Era pequeño y cuadrado, y tenía un aspecto misterioso. Sam lo cogió con una sonrisa traviesa—. ¿Puedo abrirlo?

—Sí, puedes.

Ted se sintió mal por no haber llevado nada para los otros, pero había estado guardando aquello para Sam desde el juicio. Significaba mucho para él y esperaba que también para Sam.

Cuando Sam abrió la caja, encontró dentro una pequeña bolsita de cuero. Era la que Ted había tenido durante treinta años. Sam la abrió, miró dentro y luego se quedó mirando a Ted. Era su estrella de policía, con su número de placa. Significaba mucho para él. Fernanda parecía tan impresionada como el niño.

—¿Es la tuya?

Sam miró la placa y luego a Ted con reverencia. Sí, era la de verdad. Estaba gastada y Ted le había sacado brillo para llevársela. Se veía reluciente en la mano de Sam.

—Sí, lo es. Ahora que me he retirado, ya no la necesito. Pero es muy especial para mí. Quiero que la guardes tú. Ya no eres inspector en funciones, Sam. Ahora eres detective. Es un buen ascenso para llevar solo un año.

Hacía exactamente un año que Ted lo había nombrado inspector en funciones, cuando se conocieron después de la explosión del coche bomba.

—¿Puedo ponérmela?

—Claro.

Ted se la colocó y el niño fue a mirarse al espejo, mientras Fernanda le miraba con expresión agradecida.

—Ha sido un detalle realmente bonito —le dijo con suavidad.

—Se la ha ganado. Y de la forma más difícil.

Sí, todos sabían que se la había ganado. Fernanda asintió y Ted observó a Sam, que andaba haciendo cabriolas por la habitación con su estrella en el pecho.

—¡Soy detective! —gritaba. Entonces miró a Ted con expresión ávida—. ¿Puedo detener a la gente?

—Yo tendría cuidado con eso —le advirtió él con una sonrisa—. No detengas nunca a tipos muy grandotes que se puedan enfadar contigo.

Acertadamente, Ted sospechaba que Fernanda se la iba a quitar de su vista, junto con otras cosas importantes, como el reloj y los gemelos de su padre. Pero sabía que Sam querría sacarla de vez en cuando para verla. A cualquier niño le hubiera pasado.

—Pienso detener a todos mis amigos —dijo Sam muy orgulloso—. ¿Puedo llevarla al cole para enseñarla, mamá?

Estaba tan entusiasmado que casi no podía aguantarse. Ted estaba contento. Había acertado.

—Yo la llevaré cuando te acompañe al colegio —propuso su madre— y la traeré de nuevo cuando se la hayas enseñado a tus amigos. No querrás que se te pierda o se estropee, ¿verdad? Es un regalo muy especial.

—Ya lo sé —dijo Sam impresionado.

Unos minutos más tarde, todos se sentaron a cenar. Fernanda había preparado rosbif, budín de Yorkshire, puré de patatas y verduras, y pastel de chocolate y helado como postre. Los niños estaban impresionados por las molestias que se había tomado, y Ted también. Fue una cena extraordinaria. Más tarde, todavía estaban charlando sentados a la mesa cuando los niños se levantaron y se fueron a sus habitaciones. Aún quedaban unas semanas antes de las vacaciones de verano. Will dijo que una semana después tenía los exámenes finales y debía estudiar. Sam se fue a su habitación con la placa de policía para mirarla y volver a mirarla. Y Ashley se fue corriendo para llamar a sus amigas.

—Ha sido una cena estupenda. No comía así de bien desde hacía mucho tiempo. Gracias —dijo Ted, que casi no podía moverse. Ahora, la mayoría de las noches trabajaba hasta tarde, iba al gimnasio y volvía a su casa alrededor de medianoche. Rara vez se paraba a cenar. A veces, de día, iba a un café—. Hace siglos que no pruebo la comida casera.

Shirley siempre había detestado la cocina y prefería encargar comida en el restaurante de sus padres. Ni siquiera cocinaba cuando los niños aún estaban con ellos; siempre salían a comer fuera.

—¿Su esposa no cocina para usted?

Fernanda pareció sorprendida y, de pronto, sin ninguna razón particular, se fijó en que no llevaba el anillo de casado. El año anterior, durante el secuestro de Sam, el anillo estaba en el dedo. Pero ahora no.

—Ya no —dijo él sin más, y entonces decidió explicárselo—. Nos separamos después de Navidades. Creo que tendríamos que haberlo hecho hace muchos años. De todas maneras, ha sido duro.

Habían pasado cinco meses y Ted no había salido con ninguna mujer todavía. En cierto modo, seguía sintiéndose un hombre casado.

—¿Pasó algo?

Fernanda pareció apenada y lo miró con gesto comprensivo. Sabía lo fiel que Ted había sido a su mujer y lo mucho que valoraba el matrimonio, aunque había reconocido que entre ellos las cosas no eran perfectas y que eran muy diferentes.

—Sí y no. La semana antes de Navidad me dijo que se iba a Europa con unas amigas hasta después de Año Nuevo. No entendía por qué me molestaba. Según ella, yo me oponía a que se divirtiera, y en cambio yo pensaba que su deber era estar en casa conmigo y con los chicos. Me dijo que llevaba treinta años haciendo aquello y que ahora le tocaba divertirse. Creo que tiene razón. Trabaja mucho y había ahorrado. Parece que se lo pasó muy bien. Me alegro por ella. Pero me hizo ver que ya no tenemos nada en común. Hace mucho tiempo que no lo tenemos, pero aun así yo pensaba que debíamos seguir casados. No me pareció correcto que nos divorciáramos cuando los niños eran pequeños. El caso es que lo pensé mientras estuvo fuera y cuando volvió se lo pregunté. Me dijo que hacía tiempo que quería que nos separáramos, pero que tenía miedo de decírmelo. No quería herir mis sentimientos, lo cual es una razón espantosa para seguir casado.

»Conoció a otra persona unas tres semanas después de que nos separáramos. Le he dejado la casa y me he buscado un apartamento en el centro, cerca de la oficina. Me cuesta un poco adaptarme, pero está bien. Me gustaría haber dado antes este paso. Soy un poco viejo para salir con mujeres. —Acababa de cumplir cuarenta y ocho años. Fernanda cumpliría cuarenta y uno aquel verano y sentía lo mismo que él—. Y usted, ¿qué me dice?, ¿sale con el abogado?

Estaba seguro de que, un año antes, era lo que el abogado quería; solo estaba dando tiempo a que Fernanda se amoldara a su nueva situación de viuda. Y luego pasó lo del secuestro. Ted no andaba muy desencaminado.

—¿Jack? —Fernanda se rió a modo de respuesta y negó con la cabeza—. ¿Qué le hace pensar eso?

Era muy listo. Pero, claro, su trabajo era analizar a la gente.

—Me pareció que usted le gustaba.

Ted se encogió de hombros y pensó que, por la forma en que Fernanda había reaccionado, quizá se había equivocado.

—Es verdad. Pensaba que debía casarme con él por el bien de los niños, para que él pudiera ayudarme a pagar las facturas. Dijo que había tomado una decisión y que lo más correcto era que yo aceptara por los niños. El único problema es que olvidó consultarme sobre su decisión. Y yo no estaba de acuerdo.

—¿Por qué?

Ted estaba sorprendido. Jack era un hombre listo, de éxito y bien parecido. A Ted le parecía perfecto, aunque, por lo visto, a Fernanda no.

—No le quiero —contestó ella sonriendo, como si eso lo explicara todo—. Y le despedí como abogado.

—Pobre tipo. —Ted no pudo evitar reírse ante la escena que Fernanda estaba describiendo. El pobre hombre rechazado y despedido al mismo tiempo—. Qué mal. Parecía un buen hombre.

—Entonces cásese usted con él. Yo no quiero. Prefiero estar sola con mis hijos. —Y, desde luego, lo estaba. Esa era la impresión que le dio a Ted al mirarla. No estaba muy seguro de lo que debía decir—. Por cierto, ¿está divorciado o solo separado?

No es que importara. Solo tenía curiosidad por saber hasta qué punto era seria su decisión de dejar a Shirley. Resultaba difícil creer que ya no era un hombre casado. Para él también lo era.

—El divorcio será definitivo dentro de seis semanas —dijo, y parecía triste. Después de veintinueve años, era algo triste, sí. Ya empezaba a acostumbrarse, pero había sido un cambio muy drástico para él—. Quizá podríamos ir algún día al cine —sugirió con tiento.

Ella sonrió. Después de haber pasado días enteros juntos y noches tirados en el suelo, de haberlo tenido a su lado, cogiéndole de la mano cuando el equipo del SWAT le devolvió a Sam, le pareció que era una forma divertida de volver a empezar.

—Me gustaría. Le hemos echado de menos —dijo con sinceridad; sentía mucho que no la hubiera llamado en todo aquel tiempo.

—Después de todo lo que pasó, tenía miedo de traerle malos recuerdos.

Ella negó con la cabeza.

—No eres un mal recuerdo, Ted. Fuiste la única cosa buena de todo aquello. Eso y poder recuperar a Sam. —Entonces volvió a sonreírle, conmovida por su consideración. Siempre había sido muy atento con ella y con los niños—. A Sam le encanta la placa.

—Me alegro. Se la iba a dar a uno de mis hijos, pero decidí que Sam debía tenerla. Se la ganó.

Ella asintió.

—Sí, sí que lo hizo.

Y, cuando lo dijo, pensó en el año anterior, en todo lo que se habían dicho y en lo que no se habían dicho pero que los dos habían sentido. Había una conexión entre los dos y lo único que impidió que fuera más lejos fue la lealtad de Ted a su esposa.

Fernanda lo respetaba por ello. Ahora parecía que iba a empezar por el principio. Él la miró y, de pronto, los dos se olvidaron del año anterior. El pasado pareció fundirse y, sin decir una palabra, Ted se inclinó hacia ella y la besó.

—Te he echado tanto de menos... —susurró.

Ella asintió y le sonrió.

—Yo también. Me sentí muy triste cuando vi que no llamabas. Pensé que te habías olvidado de nosotros.

Hablaban entre susurros para que nadie les oyera. La casa era pequeña y los niños estaban muy cerca.

—Pensé que no debía... Qué tonto —dijo y volvió a besarla.

No se cansaba de besarla y deseó no haber esperado tanto. Había pasado meses enteros sin llamarla, pensando que no era lo bastante bueno o lo bastante rico para ella. Ahora se daba cuenta de que debía haberlo sabido. Fernanda no era así. Era una mujer de verdad. Desde el secuestro supo que la quería. Y ella le quería a él. Aquella era la chispa de la que Fernanda le habló a Jack, la magia que él no había sabido entender. Aquello sí era un cumplido de Dios, no lo otro..., un cumplido que cura todas las heridas provocadas por la pérdida, el miedo y el sufrimiento. Aquella era la felicidad con la que los dos habían soñado y que no tenían desde hacía mucho tiempo.

Se estuvieron besando en la mesa, y luego Ted la ayudó a recoger, la siguió a la cocina y volvió a besarla. La tenía rodeada con sus brazos, pero la soltó del susto, porque Sam entró en la cocina gritando.

—¡Estáis detenidos! —El tono era de lo más convincente y estaba apuntándolos con un arma imaginaria.

—¿Por qué? —Ted se volvió con una sonrisa.

Casi le da un ataque, y Fernanda se rió tontamente, con expresión abochornada.

—¡Por besar a mi madre! —contestó el niño con una gran sonrisa, y bajó la «pistola», mientras Ted le miraba sonriendo.

—¿Es que hay una ley que lo prohíba? —preguntó Ted.

Acercó al niño y lo abrazó, incluyéndolo en el círculo con ellos.

—No, puedes quedarte con ella —comentó Sam, tratando de soltarse, porque le molestaba que le abrazara—. Creo que le gustas. Dijo que te echaba de menos. Y yo también.

Acto seguido, se fue corriendo para decirle a su hermana que había visto a Ted besar a su madre.

—Entonces, es oficial. —Ted la rodeó con el brazo y pareció satisfecho—. Dice que puedo quedarme contigo. ¿Te llevo conmigo ahora o te recojo más tarde?

—Puedes venir cuando quieras —propuso ella con tiento.

A Ted le gustó la idea.

—A lo mejor te cansas de mí.

Shirley se había cansado, y eso había hecho que su confianza en sí mismo se resintiera. Era muy doloroso que alguien que nos importaba dejara de querernos. Pero Fernanda era muy distinta y Rick tenía razón: él y Fernanda congeniarían mucho más de lo que había congeniado nunca con Shirley.

—No, no me cansaré de ti —dijo ella muy tranquila.

Nunca se había sentido tan a gusto con nadie como aquellas semanas que estuvo con él, a pesar de las dolorosas circunstancias. Era una forma extraordinaria de conocer a fondo a una persona. Solo habían tenido que esperar a que llegara el momento, y por fin había llegado.

Ted estaba en la puerta, diciéndole buenas noches y prometiendo que la llamaría al día siguiente. Las cosas habían cambiado. Ahora tenía una vida normal. Si quería, podía salir de la oficina y volver a casa por la noche si tenía un motivo para hacerlo. Se acabaron los horarios raros y los turnos. Estaba a punto de dar un beso de buenas noches a Fernanda cuando Ashley apareció y los miró con expresión de connivencia. No parecía censurar aquello. Se la veía relajada, a pesar de estar viendo a su madre en brazos de Ted. Él estaba encantado. Aquella era la mujer que había estado esperando, la familia que había echado en falta en su vida desde que sus hijos se hicieron mayores, el niño al que había salvado y al que había llegado a querer, la mujer que necesitaba. Y él tenía la chispa con la que Fernanda soñaba y que pensó que nunca volvería a encontrar.

Ted la besó una última vez y corrió hacia su coche saludándola con la mano. Fernanda seguía en la puerta, sonriendo.

Ted estaba cruzando el puente, sonriendo para sus adentros, cuando su móvil sonó. Esperaba que fuera Fernanda, pero era Rick.

—Bueno, ¿qué ha pasado? No puedo soportar el suspense.

—No es asunto tuyo —dijo Ted, aún sonriendo.

Se sentía como un niño, sobre todo cuando hablaba con Rick. Con Fernanda se sentía como un hombre.

—Sí que lo es —insistió su amigo—. Quiero que seas feliz.

—Y lo soy.

—¿De verdad? —Rick parecía perplejo.

—Sí, de verdad. Tenías razón. En todo.

—Vaya, vaya. Bueno, me alegro por ti, amigo. Ya iba siendo hora —dijo Rick con voz de alivio, feliz por su amigo.

—Sí —asintió Ted—, ya iba siendo hora. —Dicho esto, apagó el móvil y estuvo sonriendo hasta el final del puente.

Primer capítulo del próximo libro de

DANIELLE STEEL

IMPOSIBLE

que Plaza & Janés publicará en otoño de 2006

1

La galería Suvery de París ocupaba un edificio impresionante, un elegante *hôtel particulier* del siglo XVIII del barrio de Saint Honoré. Los coleccionistas accedían, previa cita, directamente al patio interior por unas inmensas puertas de bronce. Enfrente encontraban la galería principal y, a la izquierda, las oficinas de Simon de Suvery, el propietario. Y a la derecha se encontraba la aportación de su hija a la galería: el ala contemporánea. Detrás de la casa se extendía un elegante jardín lleno de esculturas, en su mayoría de Rodin. Simon de Suvery llevaba allí más de cuarenta años. Su padre, Antoine, había sido uno de los coleccionistas más importantes de Europa y, antes de abrir la galería, Simon se había especializado en pintura del Renacimiento y los maestros holandeses. Ahora le consultaban museos de toda Europa, le respetaban los coleccionistas privados y le admiraba y le temía todo el que le conocía.

Simon de Suvery tenía un físico imponente, un cuerpo alto y fornido de rasgos severos y ojos negros que te atravesaban hasta el alma. Simon no había mostrado prisas por casarse. De joven estaba demasiado ocupado montando su negocio para desperdiciar el tiempo en romances. A los cuarenta años se había casado con la hija de un importante coleccionista estadounidense. Había sido una unión dichosa y feliz. Marjorie de Suvery jamás se había involucrado directamente en la galería, consolidada antes de su matrimonio con Simon. A ella le fascinaba la galería y admiraba las obras que Simon le mostraba. Le amaba profundamente y por tanto sentía un gran interés por todo lo que su marido hacía. Marjorie había sido artista, pero jamás le gustó mostrar su obra. Pintaba refinados paisajes y retratos que a menudo regalaba a las amistades. La verdad es que a su marido le gustaba su obra pero sin llegar a impresionarlo. Simon era inflexible en sus elecciones y despiadado en las decisiones que afectaban a la galería. Tenía una voluntad de hierro, una mente afilada como un diamante, un agudo sentido para los negocios y, enterrado muy por debajo de la superficie, bien escondido a todas horas, un buen corazón. Al menos eso aseguraba Marjorie. Aunque no todo el mundo la creía. Simon era justo con sus empleados, honesto con los clientes e implacable cuando deseaba algo que en su opinión la galería debía poseer. En ocasiones tardaba años en adquirir un cuadro o una escultura en particular, pero no descansaba hasta conseguirlo. A su mujer, antes de casarse, la había perseguido de modo bastante similar. Y una vez conseguida la guardó como un tesoro, casi para él solo. Simon solo hacía vida social cuando se sentía obligado y recibía a los clientes en un ala de la casa.

Los Suvery decidieron tener hijos tarde. De hecho, la decisión fue de Simon, y esperaron diez años para concebir. Consciente de cuánto anhelaba un hijo su mujer, Simon había terminado por acceder a sus deseos y solo se llevó una leve decepción cuando Marjorie dio a luz a una niña en lugar de a un varón. Simon tenía cincuenta años al nacer Sasha y Marjorie treinta y nueve. Sasha se convirtió de inmediato en la razón de vivir de su madre. Siempre estaban juntas. Marjorie pasaba horas con la niña, riéndose y arrullándola, jugando con ella en el jardín. Casi se puso el luto cuando su hija empezó el colegio y tuvieron que separarse. Sasha era una criatura bonita y deliciosa. Tenía la belleza morena de su padre y la delicadeza etérea de su madre. Marjorie era una rubia de aspecto angelical y ojos azules que recordaba a una *madonna* de una pintura italiana. Sasha tenía los rasgos delicados de su madre y el pelo y los ojos oscuros de su padre pero, a diferencia de uno y otra, era frágil y menuda. Su padre solía hacerla rabiar diciéndole que parecía la miniatura de una niña. Pero el alma de Sasha no tenía nada de pequeña. Poseía la fuerza y la voluntad férrea de su padre, la calidez y la ternura de su madre y la franqueza que muy pronto aprendió de Simon. La niña tuvo que cumplir cuatro o cinco años para que su padre se fijara de verdad en su existencia y, en cuanto lo hizo, solo le habló de arte. En sus ratos libres Simon la paseaba por la galería nombrándole títulos y maestros, mostrándole sus obras en libros de arte con el objeto de que la niña repitiera los nombres y, en cuanto aprendió a escribir, los deletreara. En lugar de rebelarse, Sasha se empapó de todo y retuvo hasta el último dato de información impartido por su padre. Simon estaba muy orgulloso de ella. Y cada vez más enamorado de su esposa, que enfermó a los tres años de dar a luz.

La enfermedad de Marjorie empezó como un misterio que desconcertaba a todos los médicos. Simon creía en secreto que era psicosomática. El hombre no tenía paciencia con la enfermedad ni la debilidad y opinaba que lo físico podía siempre dominarse y superarse. Pero en lugar de mejorar, Marjorie se debilitaba cada vez más. Pasó todo un año hasta que en Londres le dieron un diagnóstico que después se confirmó en Nueva York. Marjorie sufría una enfermedad degenerativa poco común que le atacaba los nervios y los músculos y terminaría por incapacitarle pulmones y corazón. Simon decidió no aceptar el pronóstico y Marjorie lo encaró con valentía. Se quejaba poco, hacía cuanto la enfermedad le consentía, pasaba todo el tiempo que sus fuerzas le permitían con su marido y su hija y, entre una cosa y otra, descansaba. La enfermedad nunca quebrantó su espíritu pero, al final y tal como le habían pronosticado, el cuerpo sucumbió. Quedó postrada en la cama cuando Sasha tenía siete años y murió al poco de que la niña cumpliera los nueve. Pese a todas las advertencias de los facultativos, Simon se quedó atónito. Igual que Sasha. Sus padres no la habían preparado para aceptar la muerte de su madre. Tanto Sasha como Simon se habían acostumbrado a que Marjorie se interesara por todo lo que hacían y participara en sus vidas incluso postrada en cama. La desaparición repentina de Marjorie cayó sobre ellos como un mazazo y Sasha y su padre se unieron como nunca. En lugar de la galería, Sasha se convirtió en el centro de la vida de su padre.

Sasha creció comiendo, bebiendo, durmiendo y amando arte. El arte era todo lo que sabía, todo lo que hacía, todo lo que quería aparte de a su padre. Sentía por él la misma devoción que él por ella. Incluso de niña sabía tanto de la galería y su complicado e intrigante funcionamiento como cualquiera de los empleados. Y a veces a Simon le parecía que, incluso de niña, ya era más lista y mucho más creativa que cualquiera de sus trabajadores. La única cosa que preocupaba al padre, y no se molestaba en disimularlo, era la creciente pasión de Sasha por el arte moderno y contemporáneo. El arte contemporáneo en particular le irritaba considerablemente y no dudaba en calificarlo de basura, ya fuera en público o en privado. Simon amaba y respetaba a los grandes maestros y nada más.

Como su padre antes que ella, Sasha estudió en la Sorbonne y se licenció en historia del arte. Y tal como le había prometido a su madre, realizó el doctorado en la Universidad neoyorquina de Columbia. Después completó su formación con dos años de prácticas en el Metropolitan Museum of Art. Durante el período neoyorquino regresaba con frecuencia a París, a veces solo para pasar el fin de semana, y Simon iba a visitarla a Nueva York siempre que podía. Al padre le servía de excusa para visitar a clientes además de museos y coleccionistas de Estados Unidos. Lo que más deseaba en el mundo era que Sasha regresara a casa. Simon estuvo irritable e impaciente todos los años que su hija pasó en Nueva York.

Pero lo que jamás habría previsto Simon fue la aparición de Arthur Boardman en la vida de su hija. Sasha le conoció la primera semana de doctorado en Columbia. Por entonces Sasha tenía veintidós años y al cabo de seis meses se casó con Arthur pese a las protestas quejumbrosas de su padre. Al principio, a Simon le horrorizó la idea de que su hija se casara tan joven y la única cosa que lo calmó y consiguió que diera su consentimiento al matrimonio fue que Arthur le garantizó que en cuanto Sasha completara sus estudios y prácticas en Nueva York, los dos se mudarían a París. Simon estuvo a punto de hacérselo firmar con sangre. Pero no pudo resistirse al ver lo feliz que era su hija. Al final aceptó que Arthur Boardman era un buen hombre y el adecuado para Sasha.

Arthur tenía treinta y dos años, diez más que Sasha. Había estudiado en Princeton y tenía un máster en administración de empresas por Harvard. Ostentaba un puesto respetable en un banco de inversiones de Wall Street que, detalle muy conveniente, poseía sucursal en París. Al principio de casarse empezó a presionar para conseguir dirigirla. Al cabo de un año nació su hijo Xavier. Dos años después, Tatianna. Pese a todo, Sasha no aflojó el ritmo de sus estudios. Milagrosamente, ambos bebés llegaron en verano, justo después de que su madre terminara las clases. Sasha contrató a una niñera para que la ayudara mientras estaba en clase o trabajando en el museo. Sabía atender varios asuntos a la vez, lo había aprendido de niña observando a su padre en la galería. Le encantaba llevar una vida ocupada y adoraba a Arthur y a sus dos hijos. Y aunque Simon se mostró al principio un abuelo un tanto distante, enseguida se adaptó. Eran una delicia de niños.

Sasha les dedicaba todo su tiempo libre, cantándoles las mismas canciones y enseñándoles los mismos juegos que había compartido con su madre. De hecho, Tatianna se parecía tantísimo a su abuela materna que al principio incomodaba a su abuelo, pero a medida que la niña fue creciendo el abuelo se aficionó a sentarse a contemplarla y pensar en su difunta esposa. Era como si hubiera renacido en una niñita.

Fiel a su palabra, Arthur trasladó a la familia a París en cuanto Sasha concluyó sus dos años de prácticas en el Metropolitan de Nueva York. Con solo treinta y seis años consiguió que el banco le entregara la sucursal de París y depositara en él toda su confianza, como Sasha. Ella estaría todavía más ocupada en París de lo que había estado en Nueva York, donde solo trabajaba en el museo a media jornada y destinaba el resto del día a atender a sus hijos. En París, trabajaría en la galería con su padre.

Ahora estaba preparada. Simon se había avenido a dejarla salir a las tres para que pudiera estar con los niños. Y además sabía que la vida social de su marido le ocuparía mucho tiempo. Regresó a París victoriosa, educada, emocionada e inasequible al desaliento, contentísima de estar de nuevo en casa. Igual que Simon de tenerla de vuelta y además trabajando con él. Había esperado ese momento veintiséis años y por fin había llegado para felicidad de ambas partes.

Simon mantenía la apariencia severa de cuando Sasha era niña, pero incluso Arthur notó al instalarse en París que la edad iba ablandándolo de manera casi imperceptible. Hasta charlaba con sus nietos de vez en cuando, aunque la mayoría de las veces cuando pasaba a visitarlos prefería sentarse a observarlos. Jamás se había sentido cómodo entre niños, ni siquiera cuando Sasha era pequeña. El hombre tenía setenta y seis años cuando su hija regresó a París. Y la vida de Sasha empezó en serio en ese momento.

La primera decisión que debían tomar era dónde vivir, y Simon los sorprendió a todos resolviendo el dilema por ellos. Sasha había pensado en buscar un piso en la orilla izquierda. Su pequeña familia era demasiado grande para el apartamento del que el banco disponía en el distrito dieciséis. Simon se prestó a abandonar el ala de la casa que había ocupado durante todo su matrimonio y los años anteriores y posteriores a este, sus elegantes dominios de la segunda planta. Insistió en que era demasiado grande para él y aseguró que las escaleras le machacaban las rodillas, aunque Sasha no terminó de creérselo. Su padre todavía caminaba varios kilómetros. Se ofreció a trasladarse al otro lado del patio, a la planta superior del ala que albergaba el almacén y algunos despachos. Enseguida inició las obras de remodelación abriendo deliciosas ventanas ojos de buey bajo el tejado abuhardillado y añadiendo un curioso asiento motorizado que subía y bajaba las escaleras y hacía las delicias de los nietos cuando el abuelo les permitía montarse. Simon subía a pie las escaleras acompañado por los gritos de entusiasmo de los niños. Sasha le ayudó a decorar y remodelar el ala, y eso le dio una idea. De primeras a Simon no le gustó. Era un plan que Sasha tenía desde hacía años, algo en lo que llevaba soñando toda su vida. Quería ampliar la galería para dar cabida a artistas contemporáneos. El ala que antes servía de almacén era perfecta para sus intenciones. Estaba frente a los despachos y el nuevo hogar de su padre. Desde luego abrir la planta baja al público reduciría el espacio para almacenaje, pero ya había consultado con un arquitecto la construcción de un almacén más eficiente en la planta alta. La primera vez que Sasha mencionó la posibilidad de vender obra contemporánea, Simon se subió por las paredes. No iba a corromper la galería y su venerable nombre vendiendo la basura que a Sasha le gustaba, responsabilidad de artistas desconocidos y sin ningún talento. A Sasha le llevó casi un año de amargas discusiones convencerlo.

Solo cuando amenazó con abandonar la galería y montarse una por su cuenta Simon transigió, si bien es cierto que con un considerable rencor y gran profusión de quejas airadas. Aunque de formas más amables, Sasha era tan dura como su padre y se mantuvo firme. En cuanto llegaron a un acuerdo, Sasha no osó tan siquiera citarse con los nuevos artistas en las oficinas principales por la grosería con que los trataba su padre. Pero era igual de tozuda que él. Al año de regresar a París, inauguró el ala contemporánea de la galería a lo grande, a bombo y platillo. Para sorpresa de su padre, las críticas fueron todas estupendas y no solo porque se tratara de Sasha de Suvery, sino porque Sasha tenía buen ojo para el arte contemporáneo de calidad contrastada, igual que su padre en su especialidad.

Sin embargo Sasha mantuvo un pie en cada mundo. Estaba muy puesta en lo que su padre vendía y era una gran entendida en las obras más nuevas. Para cuando cumplió los treinta años, tres después de abrir Suvery Contemporánea en el local paterno, la suya era la galería de arte contemporáneo más importante de París o, quizá, de Europa. Y nunca se había divertido tanto. Ni Arthur. A Arthur le encantaba lo que hacía su mujer y la apoyaba en todos sus pasos, decisiones e inversiones incluso más que su padre, que mantuvo cierta reticencia si bien en última instancia respetaba los logros de su hija en el arte contemporáneo. De hecho, Sasha había devuelto la galería al presente con gran éxito.

A Arthur le encantaba el contraste entre la vida profesional de su mujer y la suya. Le gustaba el aire juguetón del arte que exponía Sasha y la chifladura de sus artistas en contraste con los banqueros con los que él trataba. La acompañaba a menudo a otras ciudades para ver artistas nuevos y disfrutaba viajando con ella a las ferias de arte. Prácticamente habían convertido la segunda planta de su ala de la casa en un museo de arte contemporáneo sobre artistas emergentes. Y las obras que Sasha vendía en Suvery Contemporánea tenían precios mucho más asequibles que los cuadros de impresionistas y maestros antiguos que vendía su padre. Ambos negocios marchaban de maravilla.

Sasha llevaba ocho años a cargo de su sección de la galería cuando el matrimonio se enfrentó a la primera crisis importante. El banco del que Arthur era socio desde hacía años insistió en que regresara a dirigir la sucursal de Wall Street. Dos de los socios habían fallecido en un accidente aéreo y todo el mundo pensaba que Arthur era la opción obvia para dirigir la sucursal. De hecho, era la única opción. En conciencia, no tenía forma de negarse. Su carrera también era importante para él y el banco no pensaba ceder. Le necesitaban en Nueva York.

Sasha lloró desconsoladamente cuando le expuso la situación a su padre y también los ojos del padre se anegaron de lágrimas. Durante los trece años que llevaban casados, Arthur la había apoyado plenamente en todos los aspectos de su carrera y Sasha sabía que ahora debía hacer lo mismo por él y regresar a Nueva York. Era demasiado pedir esperar que renunciara a su carrera por ella para que Sasha pudiera quedarse en la galería con su padre a pesar de que a todas luces Simon estaba envejeciendo. Por entonces Sasha tenía treinta y cinco años y su padre, aunque ni los aparentaba ni actuaba como si los tuviera, había cumplido los ochenta y cinco. En realidad había sido una suerte que Arthur hubiera podido permanecer tanto tiempo en París sin perjuicio para su carrera. Pero había llegado el momento de que Arthur volviera a casa y Sasha con él.

En su estilo característico, Sasha tardó seis semanas exactas en idear una solución. Faltaba un mes para que se mudaran a Nueva York. Al principio la idea dejó a su padre horrorizado y sin respiración. Simon se opuso de pleno, igual que había hecho cuando le propuso vender obra contemporánea. Pero esta vez Sasha no le amenazó, le suplicó. Sasha quería abrir una sucursal de la galería en Nueva York, tanto para arte contemporáneo como tradicional. A su padre le pareció una locura. La Suvery era la galería más respetada de París. Recibía a diario peticiones de compra importantes desde Estados Unidos y de museos de otras partes del mundo. No tenían ninguna necesidad de abrir una sucursal en Nueva York más allá del hecho de que Sasha viviría en la ciudad y quería seguir trabajando para su padre y la galería de sus amores como en los últimos nueve años.

Fue una decisión crucial. A Arthur le pareció una idea brillante y la apoyó sin la menor reserva. Al final convenció al padre de su mujer, aunque incluso después de que se marcharan Simon siguió insistiendo en que hacían una locura. Sasha se ofreció a invertir dinero en el proyecto, así como Arthur. Pero al final Simon, como siempre, no le falló a su hija. Nada más llegar a Nueva York Sasha encontró un piso en Park Avenue para la familia y una casa de piedra rojiza en la calle Setenta y cuatro, entre las avenidas Madison y Quinta, para Suvery Nueva York. Y también como siempre, cuando a Sasha se le metía algo en la cabeza y le dedicaba una cantidad increíble de energía y trabajo, resultó una idea brillante. Su padre visitó el lugar varias veces y, a regañadientes, terminó por admitir que el espacio, aunque a pequeña escala, era perfecto para ellos. Y al cabo de nueve meses, cuando acudió a la inauguración de la galería neoyorquina, el hombre era todo sonrisas. Todo el mundo del arte en Nueva York aclamaba a Sasha. A los treinta y cinco años de edad estaba convirtiéndose en una de los marchantes más importantes del mundo, tal como todavía lo era su padre, y acababa de sumarse a las juntas del Metropolitan y el Museo de Arte Moderno, un honor sin precedentes.

Xavier y Tatianna tenían por entonces doce y diez años respectivamente. A Xavier le encantaba dibujar y Tatianna acostumbraba a apoderarse de cualquier cámara de la que pudiera echar mano y sacar unas fotos curiosísimas de adultos asustados. Tatianna tenía el aspecto de una pequeña elfa rubia y Xavier se parecía a su padre aunque con el pelo casi azabache de su madre y su abuelo. Eran unos niños preciosos y encantadores, ambos bilingües. Sasha y Arthur decidieron inscribirlos en el colegio francés de Nueva York y Tatianna decía sin parar que quería regresar a París. Echaba de menos a sus amigos. Xavier decidió casi al instante que prefería Nueva York.

Durante los dos años siguientes Sasha disfrutó dirigiendo la galería de Nueva York. Viajaba a París con frecuencia, a menudo dos veces al mes. En ocasiones cogía el Concorde para reuniones importantes con su padre y regresaba a Nueva York con Arthur y sus hijos en el mismo día. En verano siempre llevaba a los niños a Francia. Allí pasaba el tiempo con su padre en la casa que llevaban años alquilando en Saint Jean Cap Ferrat, pero se instalaba en el Eden Roc con los niños. Aunque Simon adoraba a sus nietos, si pasaba demasiado tiempo con ellos le ponían nervioso. Y aunque a Sasha no le gustara admitirlo, su padre estaba envejeciendo. Simon tenía ochenta y siete años y poco a poco se hacía más lento.

Con gran pesar, padre e hija habían hablado sobre lo que esta haría cuando dirigiera sola el negocio. Sasha no lograba imaginarlo, pero Simon sí. Su vida había sido larga y no temía pasar a otra cosa. Y además había preparado bien a su gente. Cuando llegara la hora, Sasha podría vivir en Nueva York o París y contar con empleados competentes que trabajaran por ella en cualquiera de las ciudades. Tendría que pasar cierto tiempo en ambas galerías, por supuesto, y viajar con regularidad pero gracias a la previsión y el buen hacer de su padre podría elegir dónde vivir. Tenían unos encargados excelentes en ambos lugares. Pero, aunque le gustaba vivir y trabajar en Nueva York, Sasha continuaba considerando París su hogar. Era evidente que por el momento Arthur estaba demasiado comprometido con el banco para vivir en cualquier otro lugar que no fuera Nueva York. Sasha sabía que permanecería en Nueva York hasta que su marido se retirara. Y puesto que Arthur tenía solo cuarenta y siete años todavía faltaba mucho. Así que tenía suerte de que su padre siguiera a cargo de su parte del negocio a los ochenta y siete años. Pese a su casi imperceptible declive, Simon era un hombre excepcional. Con todo, o quizá precisamente por eso, su repentina muerte a los ochenta y nueve años pilló a su hija por sorpresa. Imaginaba que su padre viviría eternamente. Simon murió tal como habría deseado. Se fue en un instante, justo después de cerrar un enorme negocio con un coleccionista de Holanda.

Sasha voló a París esa misma noche en estado de shock y vagó por la galería sin rumbo, incapaz de creer que su padre hubiera muerto. Se oficiaron unos funerales majestuosos y señoriales a los que acudieron el presidente de la República Francesa y el ministro de Cultura. Todas las personas importantes del mundo del arte acudieron a presentar sus respetos, así como amigos, clientes, Arthur y los niños. Lo enterraron un día de noviembre frío y lluvioso en el cementerio de Père Lachaise, en el distrito veinte, en el límite oriental de París. Le rodeaban gentes como Victor Hugo, Proust, Balzac y Chopin, el lugar de descanso que le correspondía.

Sasha pasó las cuatro semanas posteriores al funeral en París, ocupada con abogados, organizando cosas y ordenando los papeles y efectos personales de su padre. Se quedó más tiempo del necesario, pero es que no soportaba marcharse de la ciudad. Por primera vez desde que había dejado París, quería quedarse en casa y permanecer cerca del lugar donde su padre había vivido y trabajado. Cuando por fin, al cabo de un mes, voló a Nueva York se sintió como una huérfana. Las tiendas y calles decoradas para la Navidad le parecieron una afrenta a la pérdida que acababa de sufrir. Fue un año largo y difícil. Pero pese a todo, las galerías florecieron. Siguieron varios años plácidos, felices y productivos. Echaba de menos a su padre pero, poco a poco, mientras sus hijos seguían creciendo, ella fue echando raíces en

Nueva York. Además seguía regresando a París dos veces al mes para supervisar la marcha de la galería.

A los ocho años de la muerte de su padre, ambas galerías estaban afianzadas y triunfaban por igual. Arthur hablaba de retirarse a los cincuenta y siete. Había llevado una carrera respetable y productiva, pero en privado admitía a su mujer que se aburría. Xavier tenía veinticuatro años, vivía y trabajaba en Londres, donde exponía en una pequeña galería del Soho. Y aunque a Sasha le gustaban sus cuadros, no le consideraba maduro para exponer. El amor materno no le impedía ver que todavía tenía que seguir mejorando. Pero Xavier se tomaba su trabajo con gran pasión. Le entusiasmaba todo lo relacionado con el mundo artístico del que formaba parte en Londres y Sasha se enorgullecía de él. Creía que algún día sería un gran artista. Y, con el tiempo, confiaba en exponer su obra.

Tatianna se había licenciado hacía cuatro meses en bellas artes y fotografía por la Universidad de Brown y acababa de empezar a trabajar como tercera ayudante de un fotógrafo reconocido en Nueva York, lo cual implicaba cambiarle de vez en cuando la película, llevarle cafés y barrer el suelo. Su madre le aseguraba que todo el mundo empezaba igual. Ninguno de sus hijos mostraba el menor interés por trabajar con ella en la galería. Creían que hacía algo maravilloso, pero querían labrarse una vida y una carrera propias. Sasha comprendía lo raro que había sido todo lo que había aprendido de su padre, la oportunidad de que había disfrutado y la inestimable educación que había recibido al crecer en el negocio junto a él. Lamentaba no poder hacer lo mismo por sus hijos.

Se preguntaba si algún día Xavier querría trabajar con ella en la galería, pero por el momento parecía harto improbable. Ahora que Arthur hablaba de retirarse, sintió que de nuevo le tiraban sus raíces parisinas. Por mucho que apreciara las emociones que ofrecía Nueva York, la vida siempre le parecía más agradable en casa. Y París seguía siendo su casa pese a poseer, gracias a su madre, la doble nacionalidad y haber pasado dieciséis de sus cuarenta y siete años, es decir, un tercio de su vida, en

Nueva York. En el fondo seguía siendo francesa. Arthur no se oponía a la idea de volver a instalarse en París una vez retirado y ese otoño habían abordado el tema con mayor seriedad.

Era octubre, una tarde soleada de viernes que dejaba notar los últimos coletazos del calor mientras Sasha inspeccionaba brevemente los cuadros que planeaban vender a un museo de Boston. Guardaban las obras más tradicionales y de los grandes clásicos en las dos plantas superiores de la casa de piedra rojiza. La obra contemporánea ocupaba las dos plantas inferiores. El despacho de Sasha estaba escondido en un rincón al fondo de la planta principal.

Tras la visita por las plantas altas, Sasha metió unos papeles en un maletín y desvió la mirada hacia el jardín de esculturas que se abría detrás del despacho. Como la mayoría del arte contemporáneo que exponían, las obras del jardín reflejaban los gustos de Sasha. Le encantaba contemplar las piezas del jardín, sobre todo cuando nevaba. Pero cuando recogió su pesado maletín faltaban todavía un par de meses para que llegaran las nieves. Pasaría toda una semana fuera de la galería. Salía para París el domingo por la mañana para comprobar cómo iban las cosas por allí. Seguía cumpliendo con la visita rutinaria cada dos semanas como había hecho a lo largo de los ocho años transcurridos desde que falleciera su padre. Ejercía de marchante en ambas ciudades y se había acostumbrado a viajar. Le resultaba fácil. Se las apañaba para tener una vida, amigos y clientes en ambas ciudades. Se encontraba igual de a gusto en París que en Nueva York.

Estaba pensando en el fin de semana que le esperaba cuando sonó el teléfono, justo cuando se disponía a salir del despacho. Era Xavier desde Londres; Sasha miró el reloj y comprobó que en Inglaterra era medianoche. Sonrió en cuanto oyó la voz de su hijo. Adoraba a sus dos hijos, pero en algunas cosas se sentía más unida a Xavier. Siempre le había resultado más fácil tratar con él. Tatianna se parecía más a su padre y, en ciertos aspectos, a su abuelo. Siempre había parecido una persona dura y dispuesta a juzgar a los demás, menos inclinada a ceder y llegar a acuerdos que su hermano. En muchos sentidos Xavier y su madre eran almas gemelas, igual de dulces, amables y siempre dispuestas a perdonar a un amigo o un ser querido. Tatianna abordaba la vida y las personas con mayor dureza.

—Tenía miedo de que ya te hubieras marchado —dijo Xavier con una sonrisa y un bostezo. Sasha cerró los ojos pensando en él y se imaginó su cara. Siempre había sido un niño guapo y ahora se había convertido en un joven atractivo.

—Estaba a punto de marcharme. Me has pillado por los pelos. ¿Qué estás haciendo en casa un viernes por la noche? —Xavier tenía una vida social muy activa en la escena artística londinense y cierta debilidad por las mujeres bellas. Había salido con montones de ellas. A su madre le divertía y solía bromear al respecto.

—Acabo de llegar —explicó el joven para defender su reputación.

—¿Solo? ¡Qué decepción! —le picó su madre—. ¿Lo has pasado bien?

—He ido a la inauguración de una galería con un amigo y luego hemos cenado fuera. Todo el mundo se ha emborrachado y como la cosa empezaba a descontrolarse he pensado que sería mejor volverme a casa antes de que me detuvieran.

—Muy interesante. —Sasha volvió a sentarse a su escritorio y dirigió la vista al jardín pensando en cuánto echaba de menos a su hijo—. ¿Qué estabais haciendo para que os detuvieran? —Pese a su afición por las mujeres, la mayoría de los pasatiempos de Xavier eran inofensivos y bastante acomodaticios. Era solo un joven al que le gustaba divertirse y de vez en cuando se comportaba todavía como un niño travieso. A su hermana le encantaba proclamarse mucho más responsable que él y tenía muy mal concepto de las mujeres que salían con su hermano. No dejaba pasar ocasión de recordarlo, ni a su madre ni a su hermano, que las defendía con vehemencia con independencia de quienes fueran y lo descaradas que se mostraran.

—He ido a la inauguración con un artista que conozco. Está un poco chiflado, pero es un artista magnífico. Me gustaría presentártelo. Liam Allison. Tiene una obra abstracta fantástica. Como se aburría en la inauguración se ha emborracha-do. Después, durante la cena en el pub, se ha emborrachado toda-vía más. —A Xavier le encantaba llamar a su madre para hablar-le de sus amistades. Tenía pocos secretos para ella. Y los relatos de sus proezas siempre divertían a Sasha, que le echaba de me-nos desde que se había marchado de casa.

—Qué encantador. Me refiero a que se haya emborrachado. —Sasha dio por sentado que el amigo sería de la edad de su hijo. Se imaginaba a dos chicos pasándolo en grande portándose un poco mal.

—Pues, sí. Es muy divertido. Se ha quitado los pantalones mientras estábamos en la barra. Lo curioso ha sido que nadie se ha dado cuenta hasta que ha sacado a bailar a una chica. Creo que para entonces incluso él se había olvidado, hasta que ha sali-do a la pista en calzoncillos y una mujer mayor le ha atizado con el bolso. Así que le ha pedido el baile a la anciana y la ha hecho girar un par de veces. En mi vida he visto nada más divertido. La mujer mediría un metro veinte y no paraba de golpearle con el bolso. Parecía una escena de los Monty Python. Mi amigo es un bailarín excelente. —Sasha reía mientras escuchaba, imaginan-do la escena del artista en calzoncillos bailando con una ancia-na que le golpeaba sin parar—. Ha sido muy educado con ella y todo el mundo se tronchaba de risa, pero el camarero ha ame-nazado con avisar a la policía, así que he llevado a mi amigo de vuelta a casa con su mujer.

—¿Está casado? —Pareció que el detalle desconcertaba a Sasha—. ¿A tu edad?

—No tiene mi edad, mamá. Tiene treinta y ocho años y tres hijos. Muy monos. La mujer, también.

—¿Y ella dónde estaba? —Una nota de desaprobación tiñó el tono de su voz.

—Detesta salir con él —dijo Xavier con total naturalidad. Liam Allison se había convertido en uno de sus mejores amigos de Londres. Era un artista serio que se tomaba la vida algo a la ligera y con un extraordinario sentido del humor, muy aficiona-do a bromas, travesuras y diabluras.

—Desde luego comprendo que a su mujer no le guste salir con él. No estoy segura que me gustara salir por ahí con un marido que se quita los pantalones en público y saca a bailar a damas de edad avanzada.

—Más o menos lo que ha dicho su mujer cuando se lo he llevado a casa. Antes de que me marchara, Liam se ha desmayado en el sofá y me he quedado a tomar una copa de vino con ella. Es una buena mujer.

—Tiene que serlo para aguantar eso. ¿Tu amigo es alcohólico? —Por un instante la voz de Sasha sonó seria, como si se preguntara con qué clase de compañías salía su hijo. Ese amigo de Xavier no parecía la compañía ideal o al menos no una buena influencia.

—No, no es alcohólico. —Xavier se rió—. Solo estaba aburrido y se ha apostado conmigo que si se quitaba los pantalones durante una hora nadie se daría cuenta. Y nadie se ha fijado hasta que se ha puesto a bailar.

—Bueno, confío en que tú llevaras puestos los tuyos —repuso Sasha en tono maternal y Xavier se rió de ella. La adoraba.

—Pues, sí. A Liam le ha parecido una cobardía por mi parte. Me ha apostado doble o nada si me los quitaba. No he aceptado.

—Gracias, tesoro. Me alivia oírlo. —Consultó el reloj de pulsera. Había quedado con Arthur a las seis y ya llegaba diez minutos tarde. Le encantaba charlar con su hijo—. Odio hacerte esto pero había quedado con tu padre hace diez minutos. Vamos a los Hamptons después de cenar.

—Me lo imaginaba. Solo quería comprobarlo.

—Me alegro de que lo hayas hecho. ¿Algún plan especial para el fin de semana? —Le gustaba saber lo que hacían Xavier y Tatianna, aunque su hija telefoneaba menos. Intentaba volar sola. Era más probable que llamara a Arthur que a su madre. Sasha llevaba una semana sin hablar con ella.

—No tengo planes. Hace un tiempo asqueroso. Tal vez me quede a pintar.

—Bien. Iré a París el domingo. Te telefonearé cuando llegue. ¿Tendrás tiempo para pasar a visitarme esta semana?

—Puede. Ya hablaremos el domingo por la noche. Buen fin de semana. Recuerdos a papá.

—De tu parte. Te quiero.... Y dile a tu amigo que la próxima vez no se baje los pantalones. Tenéis suerte de no haber acabado los dos en comisaría. Por alteración del orden público o exhibicionismo o por pasarlo demasiado bien o algo así.

Xavier siempre lo pasaba en grande dondequiera que estuviera y, por lo visto, lo mismo cabía decir de su amigo Liam. Xavier le había mencionado antes y siempre insistía en que le gustaría que su madre viera sus obras. Cualquier día de estos lo haría, aunque nunca tenía tiempo. Siempre andaba con prisas y cuando visitaba Londres tenía que reunirse con artistas a los que ya representaba y quería estar con Xavier. Le había propuesto a su hijo que le dijera a Liam que le mandara diapositivas de su trabajo, pero nunca las había recibido, de lo cual Sasha deducía que o bien no se tomaba en serio su arte o bien no se consideraba preparado para mostrárselo. En cualquier caso le parecía un personaje estrafalario. Ya representaba a varios del mismo estilo y no estaba segura de querer otro más por muy entretenido que le pareciera a su hijo. Resultaba muchísimo más fácil tratar con artistas que se tomaban en serio su carrera y se comportaban como adultos. Los cuarentones traviesos que se desnudaban en público eran un quebradero de cabeza y Sasha no necesitaba más de los que ya tenía.

—Hablamos el domingo, entonces.

—Te llamaré a París. Adiós, mamá —se despidió alegremente Xavier, y luego colgó.

Sasha salió corriendo del despacho con una sonrisa. No quería hacer esperar a Arthur y todavía tenía que preparar la cena. Pero le había encantado hablar con su hijo.

Se despidió de todo el mundo mientras salía a toda prisa de las oficinas y paró un taxi para el corto trayecto que la separaba del piso sin dejar de pensar en Xavier. Sabía que Arthur la estaría esperando, inquieto por marcharse de la ciudad. Los viernes el tráfico estaba siempre fatal, aunque mejoraba ligeramente si esperaban hasta después de cenar. Hacía un tiempo espléndido.

Aunque estaban en octubre, hacía calor y lucía el sol. Se recostó en el asiento del taxi un minuto y cerró los ojos. La semana había sido larga y estaba cansada.

El piso al que se dirigía era la única cosa en su vida que consideraba una etapa superada. Llevaba viviendo en él doce años, desde que había llegado de París, y ahora que los chicos se habían marchado resultaba demasiado grande para el matrimonio. No paraba de decirle a Arthur que debían venderlo y mudarse a un apartamento más pequeño de la Quinta Avenida con vistas al parque. Pero si pensaban regresar a París en cuanto Arthur se retirara parecía más apropiado esperarse. Si se instalaban en París, les bastaría una pequeña segunda residencia en Nueva York. Sasha se encontraba en uno de esos rarísimos momentos en que sentía que la vida fluía en un cambio continuo. Tenía esa misma impresión desde que Tatianna se había independizado después de licenciarse. Ahora que sus hijos se habían marchado, en ocasiones su vida le parecía vacía. Arthur se burlaba de ella cuando se lo decía y le recordaba que era una de las mujeres más ocupadas de Nueva York o cualquier otro lugar. Pero de todos modos Sasha echaba de menos a sus hijos. Habían formado parte esencial y determinante de su vida y a veces se entristecía, se sentía menos importante y menos útil ahora que ya no estaban. Daba gracias de que tanto a Arthur como a ella les gustara viajar y estar juntos. Ahora estaban más unidos que nunca, si es que algo así era posible, y todavía más enamorados. Veinticinco años no habían menguado el amor y la pasión que se profesaban. En todo caso, la familiaridad y el tiempo compartido habían urdido un lazo que con la edad los unía todavía más.

Arthur la estaba esperando en casa y la recibió con una sonrisa. Todavía llevaba la camisa blanca arremangada con la que había ido al banco. Su americana descansaba de cualquier modo sobre el respaldo de una silla. Arthur ya había metido cuatro cosas en una bolsa para pasar el fin de semana en la casa de Southampton. Sasha pensaba preparar una ensalada rápida y algo de pollo frío. Les gustaba salir cuando había pasado la hora punta, que en verano y los fines de semana del otoño era criminal.

—¿Cómo ha ido el día? —preguntó Arthur, besándola en la coronilla.

Sasha llevaba el pelo recogido en un moño, como había hecho toda la vida. Durante los fines de semana que pasaba en los Hamptons se lo peinaba en una larga trenza a la espalda. Le encantaba ponerse ropa vieja, suéteres y vaqueros andrajosos o camisetas descoloridas. Le relajaba no tener que arreglarse como en el día a día de la galería. A Arthur le gustaba jugar al golf y pasear por la playa. De joven había sido un gran navegante, como sus hijos, y también disfrutaba jugando al tenis con su mujer. La mayor parte del tiempo Sasha ocupaba el fin de semana en cuidar del jardín o leer. Intentaba no trabajar, aunque a veces se llevaba algunos papeles de la galería.

Como el piso de la ciudad, la casa de los Hamptons también se les había quedado grande pero en este caso le preocupaba menos. No le costaba imaginarse en ella a sus nietos futuros y sus hijos pasaban a menudo algunos días en Southampton con algunos amigos. La casa de los Hamptons siempre le parecía llena de vida, tal vez por las vistas al océano. En cambio ahora veía el piso de la ciudad solitario y muerto.

—Siento llegar tarde —se disculpó mientras se dirigía a la cocina después de besar a Arthur. Después de tantos años, seguían queriéndose y divirtiéndose juntos—. Xavier ha telefoneado justo cuando estaba a punto de salir.

—¿Cómo está?

—Creo que estaba un poco borracho. Había salido por ahí en malas compañías.

—¿Una mujer? —preguntó Arthur, interesado.

—No. Un artista. Se ha quitado los pantalones en un pub.

—¿Arthur se ha quitado los pantalones? —Arthur parecía sorprendido. Sasha mezcló la ensalada.

—No, su amigo. Otro artista loco. —Sasha negó con la cabeza al tiempo que disponía el pollo sobre una bandeja.

Arthur se quedó de pie charlando con su mujer mientras esta preparaba la cena de los dos y la servía en la mesa de la cocina sobre una bonita vajilla y unos salvamanteles y servilletas de hilo. A Sasha le gustaba hacer cosas así para su marido y él sabía apreciarlas y agradecerlas.

—Te has traído el maletín cargadito, Sasha —dijo Arthur al verlo mientras se servía algo de ensalada con expresión relajada y feliz. Adoraba pasar los fines de semana en la playa. Los dos los consideraban sagrados. Jamás permitían que nada interfiriera en sus fines de semana salvo una enfermedad grave o algún acontecimiento de fuerza mayor. De lo contrario, todos los viernes, lloviera o luciera el sol, fuera invierno o verano, a las siete de la tarde ya estaban en la carretera camino de Southampton.

—El domingo me voy a París —le recordó ella mientras comían la ensalada y le servía un trozo de pollo que les había dejado preparado la asistenta.

—Se me había olvidado. ¿Cuánto tiempo estarás fuera?

—Cuatro días. Tal vez cinco. Estaré de vuelta el fin de semana.

Respondían al patrón clásico de las parejas que llevaban casadas una eternidad y se habían acostumbrado el uno al otro. No se comentaban nada importante, sencillamente disfrutaban de la compañía mutua. Él le habló de un colega que se jubilaba y de un negocio menor que había salido según lo esperado. Ella le contó que habían fichado a un artista nuevo, un pintor brasileño de gran talento. Y mencionó que Xavier le había prometido que intentaría visitarla en París la semana próxima. Xavier no tenía problemas para escaparse a París y organizaba sus propios horarios, a diferencia de Tatianna que vivía a expensas del fotógrafo para el que trabajaba. El fotógrafo alargaba la jornada laboral y a Tatianna le gustaba pasar el poco tiempo que le quedaba con los amigos. Pero, claro, tenía dos años menos que su hermano y todavía seguía luchando por independizarse.

—¿Quién es la chica de esta semana? —preguntó Arthur con una mirada divertida. Conocía de sobras a su hijo, igual que Sasha. Y cuando esta miró a su marido con una sonrisa se fijó, como tantas otras veces, en lo guapo que todavía era. Alto, delgado, en forma, con facciones marcadas y una mandíbula fuerte. Muchas de sus amigas de Nueva York estaban divorciadas, una o dos habían enviudado, y ninguna de ellas parecía capaz de encontrar un hombre. No paraban de repetirle lo afortunada que era. De todos modos Sasha ya lo sabía. Arthur había sido el amor de su vida desde el día en que se conocieron.

—La última vez que pregunté era una modelo de artistas que conoció en una clase de dibujo. —Sasha dibujó una sonrisa burlona. Xavier tenía fama entre los amigos y la familia de disfrutar de un coro de adoradoras en constante renovación. Era un joven extraordinariamente guapo y encima, una bellísima persona, de modo que las mujeres le encontraban irresistible. A él le ocurría lo mismo con ellas—. Ya ni siquiera pregunto sus nombres —añadió mientras recogía la mesa y su marido la contemplaba con admiración y una sonrisa. Cargó el lavaplatos. Ahora trataban de ensuciar lo mínimo, aunque cuando los chicos todavía vivían en casa cenaban juntos todas las noches y sin privarse de nada. Ahora Arthur y Sasha cenaban algo ligero en la cocina para simplificar las cosas.

—Hace años que no le pregunto a Xavier cómo se llaman sus novias. —Arthur se rió—. Cada vez que llamaba a alguna por el nombre resultaba que habían pasado cinco más desde que me lo había aprendido. —Fue a ponerse unos pantalones y un jersey viejo más cómodos, igual que Sasha.

Pasados veinte minutos estaban preparados para salir; cogieron la ranchera de Sasha. Todavía la conservaba después de que los chicos se independizaran porque le resultaba muy útil para recoger el trabajo de artistas jóvenes. En la parte trasera transportaban algo de comida y una bolsita para cada uno con todo lo necesario para pasar la noche. Guardaban la ropa de playa en Southampton, así que no tenían que cargar demasiado. También llevaban la maleta para París y el maletín repleto que había llamado la atención de Arthur. Sasha tenía planeado ir al aeropuerto desde Southampton el domingo por la mañana y salir prácticamente al amanecer para llegar a París a una hora decente de la tarde-noche. Si no tenía más remedio cogía vuelos nocturnos, pero esta vez no tenía prisa y le parecía más sensato volar de día aunque detestara perderse el domingo con Arthur.

Llegaron a Southampton a las diez y a Sasha le sorprendió encontrarse cansada. Como de costumbre, había conducido su marido mientras ella cabeceaba durante todo el viaje y se alegró de que se metieran en la cama antes de medianoche. Aunque antes de retirarse se sentaron un rato en la terraza a contemplar el océano a la luz de la luna. Reinaba un tiempo cálido y agradable y una noche clara como el cristal. Ya en la cama, se durmieron en cuanto apoyaron la cabeza en la almohada.

Como ocurría a menudo en la playa, hicieron el amor al levantarse. Después, se quedaron un rato acurrucados juntos. El aburrimiento de los años no había afectado a su vida amorosa, más bien esta había mejorado gracias a la familiaridad y el profundo afecto que se tenían. Arthur la siguió al cuarto de baño y se duchó mientras ella se bañaba. A Sasha le encantaban las mañanas perezosas de Southampton. Luego bajaron juntos a la cocina, Sasha preparó el desayuno y dieron un largo paseo por la playa. Lucía un día espléndido, cálido y soleado, con una ligerísima brisa. Era la primera semana de octubre y pronto el otoño enfriaría el ambiente, pero de momento el tiempo aguantaba. Todavía parecía verano.

El sábado Arthur invitó a cenar a Sasha en un pequeño restaurante italiano del agrado de ambos. A la vuelta se sentaron en la terraza de casa a beber vino y charlar. La vida parecía fácil y tranquila. Esa noche se acostaron temprano porque Sasha madrugaba al día siguiente para coger el vuelo a París. Detestaba dejarle solo, pero sus ausencias ya formaban parte de la rutina de sus vidas. Dejarle cuatro o cinco días no era nada. Sasha se acurrucó contra él en la cama y lo rodeó con los brazos, pegándose a su cuerpo para quedarse dormida. Tenía que levantarse a las cuatro, salir a las cinco y llegar al aeropuerto a las siete para coger el vuelo de las nueve de la mañana. Aterrizaría en París a las nueve de la noche, hora parisina, y llegaría a su casa hacia las once por lo que conseguiría disfrutar de toda una noche de sueño antes de empezar a trabajar al día siguiente.

Sasha oyó el despertador a las cuatro, lo apagó rápidamente y se abrazó un largo instante a su marido, luego se levantó a regañadientes. Se dirigió de puntillas y a oscuras al cuarto de baño, se puso unos vaqueros y un suéter negro. Después se calzó unos mocasines Hermès que habían visto tiempos mejores. Pero hacía ya mucho tiempo que había dejado de vestirse elegante para los vuelos largos. La comodidad era más importante. Solía quedarse dormida en los aviones. Se quedó de pie un momento contemplando a Arthur antes de marcharse y luego se agachó a besarlo suavemente en la cabeza para no despertarle. De todos modos Arthur se removió, como siempre, y sonrió sin dejar de dormir. Al cabo de un instante entreabrió los ojos y amplió la sonrisa mientras alargaba una mano para atraer hacia él a su mujer.

—Te quiero, Sash —susurró adormilado—. Vuelve pronto. Te echaré de menos. —Siempre le decía cosas así que hacían que todavía lo quisiera más. Sasha le besó en la mejilla y luego lo arropó tal como acostumbraba a hacerles a sus hijos.

—Yo también te quiero —le contestó en un susurro—. Duérmete. Telefonearé cuando llegue a París. —Siempre llamaba. Sabía que lo encontraría antes de salir de regreso a la ciudad y deseó poder quedarse con él.

Estaría muy bien cuando Arthur se retirara y pudiera acompañarla a todas partes. La idea le gustó más que nunca mientras cerraba con cuidado la puerta del dormitorio y salía de casa. La noche anterior había pedido un taxi. La estaba esperando fuera y, por petición de Sasha, no había llamado al timbre. Le indicó al taxista la compañía aérea y el aeropuerto y se dedicó a mirar por la ventanilla, sonriendo para sus adentros, durante todo el trayecto. Era muy consciente de la suerte que tenía. Era una mujer afortunada con una vida feliz, un marido al que amaba y que la amaba, dos niños magníficos y dos galerías que habían sido fuente inagotable de alegría y sustento toda su vida. No podía querer nada más. Sasha de Suvery Boardman sabía que lo tenía todo.